U0124555

大米质量安全关键控制技术

张东杰　王　颖　翟爱华　著

科学出版社

北　京

内 容 简 介

　　本书以大米食品安全危害、食品安全关键技术的基本知识及食品安全关键技术在大米生产全程中的应用为主线，重点介绍了大米食品安全危害来源，食品安全控制技术原理及大米安全控制关键技术的现状，大米加工工艺改进及质量安全关键点控制技术，大米包装储运品质变化、质变规律及风险评估与预警等质量安全控制技术，大米储藏、包装技术的应用方法以及大米产品追溯系统与召回系统软件的开发等内容。

　　本书可供从事与大米加工有关行业的管理者和生产者，大米生产质量控制、大米质量检验、大米包装运输、安全卫生监督人员使用；亦可作为大专院校师生、科研院所从事大米加工与质量安全工作人员的教学参考书。

图书在版编目(CIP)数据

大米质量安全关键控制技术/张东杰，王颖，翟爱华著. —北京：科学出版社，2011

ISBN 978-7-03-032063-6

Ⅰ.①大⋯ Ⅱ.①张⋯ ②王⋯ ③翟⋯ Ⅲ.①大米加工-质量控制 Ⅳ.①TS212.7

中国版本图书馆 CIP 数据核字（2011）第 165081 号

责任编辑：张会格　贺窑青/责任校对：张小霞
责任印制：钱玉芬/封面设计：耕者设计工作室

科 学 出 版 社 出版
北京东黄城根北街 16 号
邮政编码：100717
http://www.sciencep.com

骏 杰 印 刷 厂 印刷
科学出版社发行　各地新华书店经销

*

2011 年 8 月第 一 版　　　开本：B5（720×1000）
2011 年 8 月第一次印刷　　印张：17 3/4
印数：1—1 500　　　　　　字数：348 000

定价：68.00 元
（如有印装质量问题，我社负责调换）

前　　言

食品安全越来越受到世界各国政府的关注，联合国粮农组织（FAO）多次讨论食品安全议题，并在其下一个十五年规划中将食品安全列为工作重点。大米作为世界人口的主食，其质量安全问题日益受到全球关注。近年来不断发生的"陈化粮"事件、日本"毒大米"事件、"镉大米"事件等再次为大米的质量安全问题敲响了警钟。世界各国在大米质量安全问题管理方面都采取了各种控制措施，我国对大米质量安全问题也做出了多种探索与实践。但是，由于农业集约化水平的提高，化肥、农药等农用化学药品的无限制滥用，农业污染日趋严重，生态环境日趋退化，大米质量安全问题也日趋艰巨与复杂。我国大米质量安全问题涉及多方面的主客观因素，如大米质量安全评价体系不合理、与大米质量安全体系及其安全性评价措施等相关的基础设施缺乏等。

在分析大米质量安全控制的各种因素过程中，大米的包装储运品质变化研究是解决大米质量安全的主要瓶颈问题，尤其是大米在包装储运过程中各个环节可能存在的化学性、生物性和物理性污染，及质量安全追溯等问题，均是制约大米安全的瓶颈问题，能引起大米品质的变化，严重威胁人类健康，因此加强各个环节的监管对大米质量安全控制有着非常重要的意义。

欲从根本上真正解决大米安全问题，首先必须找出对大米安全产生威胁的根源因素，并对大米安全体系进行综合衡量与评价。对未来大米安全问题进行提前追踪并及时预报与追溯，建立良好的大米安全预警系统和追溯系统，为大米安全管理部门提供有效的信息支撑；对大米安全进行预警研究，就是寻找可能影响大米安全的若干指标因素，建立相关预警指标体系，并根据不同警情指标对大米质量安全的影响，提前发出警报，有利于相关部门迅速采取有效的对策，防范大米存在的不安全因素。因此，采用一套有效合理的预警方法，对大米质量安全的预警研究有着非常重要的意义。

我国在"十五"期间已启动国家重大科技专项"食品安全关键技术应用的综合示范"项目，该专项行动主要研究重点为我国食品生产、加工和流通过程中影响食品安全的关键控制技术、食品安全检测技术与相关设备、多部门的有机配合和共享的监测网络体系。针对当前影响我国食品安全的最关键监控与评价技术，瞄准和跟踪世界先进技术水平，在前期重大攻关项目"食品安全关键技术研究"的基础上加大投入，开展专项行动。为贯彻《国家中长期科学和技术发展规划纲要》精神，全面提升我国食品质量安全控制技术创新能力及科技水平，科学技术部决定启动"十一五"国家科技支撑计划"食品安全关键技术"重点项目课题"粮油安全生产的综合示范"。该项目旨在通过食品质量安全控制关键技术的研究与示范，建立一批能够带动安全水平全面提高的示范基地和产学研紧密结合的食品安全科技创新平台，为全面提高我国食品质量安全的过程监测水平与控制能力和我国食品的国际竞争力提供技术支撑。

　　本书就是以"十五"国家重大科技专项"食品安全关键技术应用的综合示范"项目、"十一五"国家科技支撑计划"食品安全关键技术"重点项目课题"粮油安全生产的综合示范"为依托，以现代化大米厂为基础，重点分析大米在加工、包装、储藏过程中的关键控制点及关键的技术，大米加工、包装、储藏期间影响大米品质的关键过程，以及针对大米食品安全的预警和追溯系统进行实地研究与推广示范为主要研究内容，总结了系列课题的科研成果。本书突出了系统性、科学性、先进性和实用性的特点，在参考前人工作的基础上，重点反映了编者在大米加工及其食品安全工作和科学研究与应用方面的现状和未来研究趋势。

著　者

2011 年 6 月于大庆

目　　录

第一章　食品安全基本理论概述

第一节　食品安全危害来源

一、食品安全的概念

食品安全的概念最早是在 1974 年 11 月由联合国粮食与农业组织（Food and Agriculture Organization，FAO）在罗马召开的世界粮食大会上提出的。1972～1974 年发生了世界性粮食危机，特别是最贫穷的非洲国家遭受了严重的粮食短缺的危害，为此联合国召开了世界粮食大会并通过了《消灭饥饿和营养不良世界宣言》，FAO 同时提出了《世界粮食安全与国际约定》。该约定认为食品安全是一种人类的基本生存权利，即"保证任何人在任何地方都能得到为了生存与健康所需要的足够食品"。

20 世纪 80 年代中期以来，世界性粮食短缺现象基本解决，一些发展中国家的粮食供给不足主要源自外汇的短缺和购买力的不足。由此，1983 年 4 月 FAO 食品安全委员会通过了总干事爱德华提出的食品安全的新概念，即"食品安全的最终目标是确保所有的人在任何时候既能买到又能买得起所需要的任何食品"。同时，食品安全必须满足以下三项要求：①确保生产足够多的食品；②确保所有需要食品的人都能获得食品，尽量满足人们多样化的需求；③确保增加人们收入，提高基本食品购买力。

世界卫生组织（World Health Organization，WHO）在 1996 年发表的《加强国家级食品安全计划指南》中将食品安全定义为："对食品按其原定用途进行制作和（或）食用时不会使消费者受害的一种保证"，并将其与食品卫生和食品安全危害的概念加以区别。食品卫生为："为确保食品安全性和适合性在食物链的所有阶段必须采取的一切条件和措施"；食品安全危害为："食品中所含有的对健康有潜在不良影响的生物、化学或物理的因素或食品存在状况"。

二、食品安全危害的来源

食品经过生产、包装、储藏和运输等过程最终被人体摄入，中间任何一个环节都有可能存在食品安全危害因素及其隐患，如人为加入非食品原料或非食品添加剂（苏丹红、柠檬黄、三聚氰胺等），非食品原料工业酒精配兑白酒；不按照食品的要求生产加工、储存、食用食品，如生产酱菜时加入过量的防腐剂，吃过的剩菜不按要求存放后食用，加工过程细菌感染等；食品源危害，如含重金属、农药残留、兽药残留，毒蘑菇等；人源的危害，不洗手、带有传染病、不注意卫生等。

（一）食品安全危害的类型

食品本身含有毒、有害物质，如河豚含有剧毒河豚毒素、鳍科鱼分解产生组胺等；最重要的是食品在生产、运输、储存、销售过程中可能受到的外界有毒有害物质的污染，造成食品安全危害，这也是最难监管的食品的危害类型。目前，食品的危害按其性质可分为生物性危害、化学性危害和物理性危害三种，最主要的危害是化学性危害，其次是生物性危害和物理性危害。此外，国际上对过敏源性的食品危害也相当重视[1]。

（二）食品的生物性危害来源

食品中的生物性危害主要是指生物（尤其是微生物）本身及其代谢过程、代谢产物（如毒素）对食品原料、加工过程和产品的污染，这种污染会对食品消费者的健康造成损害。食品的生物性危害可能造成疾病的大范围或大跨度的暴发，对人畜危害都很大。生物性危害对食品污染或败坏的方式种类繁多、性质各异，污染的程度和途径也多种多样、各不相同。污染食品的生物因种类和数量的不同，对人体造成的直接或间接危害差别也很大，大致包括急性中毒、慢性中毒、致突变作用、致畸作用、致癌作用五大类。

根据污染食品的微生物类型可将食品的生物危害分为细菌性危害、霉菌性危害、病毒性危害和寄生虫病性危害。微生物广泛存在于自然界中（如土壤、水、空气及人、畜粪便中等），在食品生产、加工、储藏、运输及销售过程中，微生物会通过多种途径污染食品，造成食品安全危害，包括原料污染，各种植物性和动物性食品原料在种植或养殖、采集、储藏过程中的生物污染；生产、储藏、运输、销售过程中的污染，不卫生的操作和管理使食品被环境、设备、器具和包装等材料中的微生物污染；从业人员的污染，主要是从业人员不良的卫生习惯和不严格执行卫生操作过程引发的污染。

1. 细菌性危害

细菌性危害是指细菌及其毒素产生的生物学危害。细菌污染食品后，如果环境条件适宜，可分解食物中的营养物质，如蛋白质、糖、脂肪、维生素、无机盐等，进行自身繁殖，从而导致食品营养价值和品质下降，严重时造成食品腐败变质，呈现一定程度的使人难以接受的感官性状，如刺激性气味、异常颜色、组织腐烂、产生黏液等。此外，有些细菌污染食品后会产生毒素，如肉毒毒素、金黄色葡萄球菌肠毒素等，如果不慎食用，会造成人体中毒，严重危害人体健康，甚至危及生命[2]。

食品中细菌污染的来源有以下几种。

1）原料污染

细菌广泛存在于自然界中，食品原料的污染与其周围环境的卫生条件关系密切。因此，食品原料在采集、加工前的控制非常关键。动、植物食品污染的常见细菌主要有假单胞菌、醋酸杆菌、无色杆菌、黄色杆菌、埃希氏菌、沙门氏菌、变形杆菌、梭状芽孢杆菌、葡萄球菌等。

2）生产、储藏、运输、销售过程中的污染

生产、储藏、运输、销售过程易受细菌污染。由于不良的卫生操作和管理，而使食品被环境、设备、器具中的一些细菌所污染。

3）烹调加工过程中的污染

在食品加工过程中，未能严格贯彻烧熟煮透、生熟分开、机械洗刷等卫生要求，再加上不卫生的管理方法，使食品中已存在或污染的细菌大量繁殖生长，导致食品质量下降。

4）从业人员的污染

食品从业人员未认真执行卫生操作规程，不遵守食品卫生制度，通过手、上呼吸道等对食品造成污染。

2. 霉菌性危害

霉菌污染可使食品的使用价值降低，甚至不能食用，每年全世界平均至少有2%的粮食因发生霉变而不能食用。霉菌污染常见的有黄曲霉毒素污染等，污染的食品主要为霉变的米、麦、花生、玉米等。霉菌产生的有毒代谢产物——霉菌毒素可引起人畜中毒，危害极大。霉菌及其产生的毒素对食品的污染多见于南方多雨地区，目前已知的霉菌毒素约有200余种，不同的霉菌其产毒能力不同，毒素的毒性也不同。与食品关系较为密切的霉菌毒素有黄曲霉毒素、赭曲毒素、杂色曲霉素、岛青霉素、黄天精、桔青霉素、层青霉素、单端孢霉素类、丁烯酸内酯等。

1940年在日本发现的黄变米引起了人们的重视，并从黄变米中分离出了产毒的黄绿青霉、岛青霉和桔青霉，并从菌的培养物中分离出黄绿青霉素、黄天精岛青霉毒素和桔青霉素。

2002年，我国广东、广西等地查出"毒大米"数百吨，根据"毒大米"样本检验结果，黄曲霉毒素的含量严重超标。过量食用被黄曲霉毒素污染的食品，严重者可在2~3周出现肺水肿、昏迷等症状。

霉菌和霉菌毒素污染食品后，引起的危害主要有两个方面，即霉菌引起的食品变质和霉菌产生的毒素引起人类的中毒。霉菌毒素引起的中毒大多通过被霉菌污染的粮食、油料作物及发酵食品等引起，而且霉菌中毒往往表现为明显的地方性和季节性。霉菌污染食品常在食品收获前后，在储藏、运输期间或加工过程中产生。例如，谷物不能及时干燥、储藏期间水分过高，有利于霉菌的生长；昆虫和鼠类的危害会促进霉菌的生长；动物饲料被霉菌污染，导致动物性食品的霉菌污染。总之，食品从生产到人们食用过程中的各个环节（生产、储藏、运输等）的卫生不达标是导致食品被霉菌污染的主要原因。

3. 病毒性危害

食品病毒性污染分 RNA 病毒和 DNA 病毒。RNA 病毒有细小核糖核酸病毒科、披盖病毒科、弹状病毒科、正黏病毒科。DNA 病毒有疱疹病毒科、虹色病毒科。病毒的危害体现在造成人畜共患病。

江河湖海等水体常被人类病毒所污染，主要是肠道病毒（如甲型肝炎病毒、轮状病毒等），有百余种。在污水中病毒滴度可达 320～176 000PFU/L。在污染的自来水或海水中病毒能存活 6 个月以上，可见水体一旦被病毒污染，必然会使水生动物和农作物受到污染。1988 年初，上海市区居民因食用受甲型肝炎病毒污染的毛蚶而发生甲型肝炎暴发流行，发病人数超过 30 万，曾引起国内外很大震动。1991 年在印度 Kanpur 地区因水源被粪便污染，曾引起戊型肝炎大流行。在美国、意大利和澳大利亚也曾有因食用牡蛎和贻贝而导致甲型肝炎暴发。

一般来说，病毒在食品中不能繁殖，但食品却是病毒存留的良好生态环境，使病毒能有更多机会通过不同方式污染食品，如水产品、禽、乳、肉类及蔬菜水果等，在其加工前已被病毒污染，称为原发性病毒污染。在食品的收获、储藏、加工、运输和销售过程中被病毒污染，污染源可能是污水、携带病毒的食品从业人员和生物媒介传递造成的，称为继性病毒污染。病毒污染的主要来源为：

（1）原料动植物生长环境污染；

（2）原料动物感染；

（3）食品加工人员带病毒及不良卫生习惯；

（4）加工过程中生熟不分造成的污染；

（5）加工用水污染。

4. 寄生虫病性危害

污染食物的常见食源性寄生虫可分为 6 大类 30 多种。例如，植物源性寄生虫，如姜片吸虫；肉源性寄生虫，如旋毛虫、绦囊虫、弓形虫；螺源性寄生虫，如广州管圆线虫；淡水甲壳动物源性寄生虫，如肺吸虫；鱼源性寄生虫，如肝吸虫。

深圳市罗湖区调查发现，在新鲜蔬菜中寄生虫的总阳性率为 60.63%，寄生虫污染蔬果的客观情况不容忽视，如果其不完全被清洗干净，则作为可生食蔬果直接食入，通过消化道进入人体从而使人体致病。在所抽样品中，清洗后的蔬果也有检出寄生虫的，表明生食清洗后的蔬果仍有感染寄生虫的危险性。在几种常见的可作为生食食品的蔬菜中，香菜、红萝卜、芹菜、葱、生菜、大白菜的寄生虫阳性率均较高。

寄生虫危害主要是由于不卫生的饮食习惯造成的。例如，生吃淡水鱼、生鱼片，用刚捉到的小鱼做下酒菜，易患肝吸虫病；热衷于吃带血丝的猪肉和牛肉，易引发猪带绦虫、牛带绦虫病；吃醉蟹或未做熟的淡水蟹，易患肺吸虫病等。这些现象要求我们注意日常的卫生习惯，以减少进而避免寄生虫病性危害。

（三）食品的化学性危害来源

食品的化学性危害是指有毒的化学物质污染食物而引起的危害，包括常见的食物中毒等。食品的生物性危害可能造成疾病的广泛暴发，因而人们对生物性危害极为重视。但除生物性危害外，化学危害也会造成食源性疾病。

2007 年，潘根兴和他的研究团队在全国 6 个地区（华东、东北、华中、西南、华南和华北）县级以上市场随机采购大米样品 100 多份进行检测，结果表明，抽查样品的 10% 存在镉超标，对人体造成严重危害。1999 年 1 月，广东省46 名学生的食物中毒；同年 6 月，某省一家医院接收了 34 个中毒患者，中毒原因都是食用了带有甲胺磷农药残留的蔬菜。

1. 食品化学性危害的分类

食品中有两种形式的化学性危害：自然产生的化学物质和添加的化学物质。当这些化学物质的剂量超过一定范围，即可导致化学中毒现象。在危害分析和关键控制点（hazard analysis and critical control point，HACCP）体系研究早期，许多 HACCP 体系因忽略化学危害而受到指责[3]。

1）自然产生的化学物质

自然产生的化学物质包括各种植物、动物和微生物所产生的各种化学物质。虽然许多自然产生的毒素来自于微生物，但传统上仍将其归类于化学性危害。目前已知可导致实验动物致癌的霉菌毒素主要有黄曲霉毒素、黄米毒素、杂色曲霉毒素、岛青霉毒素、展青霉毒素和环氯素等。其中污染及危害程度最大的是黄曲霉毒素。

2）添加的化学物质

第二类可能产生危害的是在农作物生长、收获、加工、储藏和流通阶段添加的化学制品。一般认为，只要在适当的条件下使用，这些化学制品是无害的。只有出现使用错误或超过允许使用量时才会引发直接或间接危害。

化学制品主要包括以下几类。

（1）农用化学制品，如除虫剂、除草剂、杀菌剂、化肥和生长促进剂。各国环保部门都规定了容许使用的杀虫剂和除草剂剂量，特别说明了每种容许使用的化学试剂及其最大允许残留量。

（2）一些禁止使用的化学物质。因为这些物质对民众健康有潜在威胁或还没有足够的科学数据证明其用在人类食品中的安全性，所以禁止在食品中直接或间接使用它们。

（3）不容许食品中含有或超过最大容许限量的有毒元素（如铅、砷、汞等）和其他有毒化合物。在有些情况下，这些成分是自然存在的，而不是人为添加造成的。

（4）为了延长食品的保质期、防止腐败变质；改善食品的感官性质，提高风味，赋予食品颜色；有利于食品加工操作；保持及提高食品的营养价值及其他特殊需要而加入食品中引发危害的化学制品。

必须注意食品加工厂中直接或间接使用的化学试剂，包括润滑剂、清洁剂、消毒剂、油漆和涂料。这些化学试剂有可能从包装材料中迁移，或由于食品加工中使用的微生物和酶的作用而进入食品，对人健康造成危害。

2. 食品化学性危害来源

各种有毒化学物质进入食品并使其具有毒性，主要是由于食品在生产、加工、储存和运输等过程中受到化学物质的严重污染。化学物质污染食品的方式和途径比较复杂，但在我国多是人为造成的。例如，甲醛用于冷冻鱼保鲜；着色剂对回收馒头进行染色；二氧化硫用于白银耳漂白；过氧化苯甲酰对面粉增白；人工染色剂用于干辣椒和枸杞子的染色；工业酒精用于饮用白酒的勾兑等。

食品化学性危害的主要来源有金属污染，食品包装材料、容器和设备，天然毒素，农药残留，兽药残留，食品中的放射性污染和滥用食品添加剂等。

1）食品中的重金属污染

自然资源的大量开发使用，使隐藏在地壳中的元素大量进入生活环境。据估计，全世界每年进入人类环境的汞约 1 万 t、铅 400 万 t，其中从汽油中释放出的四乙基铅有 80 万 t、镉 2 万 t。大量有机化合物（N、富营养成分）也随化学工业进入人类环境，造成水源、大气、土壤和食物等广泛性污染。

饮水和摄食是人体重金属的主要来源，根据美国科学家的监测和研究，发现海洋鱼类、食用贝类中含有大量的甲基汞，长期食用被汞污染的鱼类产品是一般人群甲基汞富集的主要原因。据美国环境保护局（U. S. Environmental Protection Agency，EPA）的报告，2000 年美国近 500 万名妇女体内的汞含量高于安全标准，每年可能有高达 30 万名新生儿因为汞的侵害使其智力和神经系统受到一定的影响。专家建议，儿童、孕妇应尽量少食用深海鱼类和贝类。日本尽管不认为海产品中的汞含量足以对成人产生危害，但厚生劳动省依然提示孕妇减少摄入海产品以保护胎儿大脑的发育。

中国国家环保总局公布，全国每年因重金属污染的粮食达 1200 万 t，造成的直接经济损失超过 200 亿元。目前我国内地遭受镉、砷、铬、铅等重金属污染的耕地面积近 2000 万 km²，约占耕地总面积的 1/5，其中多数集中在经济较发达地区。一项监测研究显示，在我国 15 个城市中，10.45% 的儿童血铅水平大于或等于卫生部确定的高铅血症的标准 $100\mu g/L$。可以认为重金属污染问题已对中国的生态环境、食品安全、百姓健康和农业可持续发展构成了现实威胁[4]。

重金属沿着食物链富集，在粮食作物中残留并最终导致人体中毒的严重事故时有发生。在中国乃至世界范围内，由环境重金属污染引发的疾病相当普遍。例如，20 世纪 50 年代中期在日本曾因食用受重金属汞污染的鱼而出现震惊世界的"水俣病"，即 1956～1960 年，日本水俣湾地区妇女生下的婴儿多数患先天性麻痹痴呆症；2000 年我国东北松花江流域地区也因鱼体重金属汞含量高，导致当地居民体内含汞量高，出现了幼儿痴呆症。

食品的重金属污染对人体危害重大，它的来源主要有以下几个方面。

（1）工业三废的排放造成大气、水源和土壤的污染，通过食物链的富集造成食品污染。

（2）食品容器和包装材料与食品发生反应。

（3）农药的过量使用造成农作物的污染进而污染食品。

（4）含重金属的食品添加剂、加工助剂的过量使用或滥用。

（5）在日常生活中接触重金属后，由于不良卫生习惯而与食品直接接触。

2）食品包装材料、容器与设备的污染

我国传统使用的食品包装材料和容器，据多年使用的实践证明，大部分对人体的安全性很高。但随着化学工业和食品工业的发展，新的包装材料也越来越多，尤其是合成塑料等，在与食品接触中，某些材料的有害成分可能移入食品中，对食品造成污染，危害人体健康。

许多食品安全问题是由于使用了不合格的包装原料而引发的。一些用量较少的原材料也会给食品带来质量安全问题，直接接触食品的包装材料、容器也是一些不安全因素的来源。例如，1997 年江西省发生食用猪油中毒造成几百人死亡的严重事件，事故原因是由于使用剧毒化工用容器盛装猪油造成的。类似情况还有用有毒化工用袋装稻米、面粉，用废弃塑料等有机物生产聚碳酸酯（polycarbonate，PC）饮用水罐。

食品包装材料、容器与设备对食品的污染来源包括以下几个方面。

（1）食品包装材料、容器与设备本身有毒残留物的迁移。

（2）食品包装材料、容器与设备回收或处理不当再次利用时有毒物质污染食品。

（3）食品生产中操作人员的违规操作。

（4）生产食品包装材料、容器和设备的原材料本身已经被污染。

（5）滥用及过量使用。

（6）生产食品包装材料、容器时加工助剂的使用。

3）食品中的天然化学物质危害

天然化学物质危害指天然存在于动物、植物和微生物中的化学物质。常见的有毒蘑菇；发芽马铃薯中的龙葵素；某些坚果中的对易感染人群引发的过敏源；植物上的某些霉菌毒素（黄曲霉毒素、甘薯黑斑病毒素）等；有毒藻类（如双鞭藻）；有毒鱼类毒素，如河豚毒素、鲭鱼毒素；有毒贝类毒素，如神经性贝毒素、健忘性贝毒素等；金枪鱼在腐败过程中产生的组胺和相关化学物质；甲状腺、肾上腺、病变淋巴结；四季豆中的皂素和植物血凝素；棉花籽油中的棉酚；一些含氰植物，如苦杏仁。

食品中的天然毒素都来自食品本身，其对人类的危害多是由于误食造成的，因此需要加强宣传，使消费者掌握对有毒动、植物辨别、存放、烹调、食用的科学方法；原料来源严格把关，不合格的原料严禁用于加工；严格执行良好操作规范以防止食品中的天然毒素对人体造成不必要的危害。

4）食品中的农药残留

农药残留是指使用农药后残存于生物体、食品和环境中的微量农药原体、有毒代谢物、降解物和杂质的总称。农药残留对人产生的危害包括致畸、致突变、致癌和对生殖及下一代的影响。

农药残留按农药的用途可分为杀虫剂、杀菌剂、除草剂、植物生长调节素和粮食熏蒸剂等。按化学成分可分为有机氯、有机磷、有机氟、有机氧、有机硫、有机砷、有机汞和氨基甲酸等。按来源可分为有机合成农药、生物源农药和矿物源农药。

食品中农药残留的来源有以下几种。

（1）施药后直接污染。在农业生产中，农药直接喷洒于农作物的茎、叶、花和果实等表面，造成农产品污染。部分农药被农作物吸收进入植株内部，经过生理作用运转到农作物的根、茎、叶和果实，经代谢后残留于农作物中，尤其以皮、壳和根茎部农药的残留最高。在农产品储藏过程中，为了防止其霉变、腐烂和发芽，施用农药从而造成农产品的直接污染。例如，在储藏过程中粮食施用熏蒸剂、柑橘和香蕉施用杀菌剂、马铃薯和大蒜施用抑芽剂等均可导致这些食品中有农药残留。

（2）从环境中吸收。农田、草场和森林施农药后，有 40%～60% 的农药降落至土壤；5%～30% 的农药剂扩散于大气中，逐渐积累后通过多种途径进入生物体内，致使农产品、水产品和畜产品出现农药残留问题。

（3）通过食物链污染。农药污染环境，经食物链传递可发生生物浓集、生物积累和生物放大致使农药的轻微污染而造成食品中农药的高浓度残留。

（4）加工和储运过程中的污染。食品在加工、储藏和运输中，使用被农药污染的容器、运输工具，或与农药混放、混装均可造成农药污染。

（5）意外污染。拌过农药的种子常含有大量农药，不能食用。

（6）非农用杀虫剂污染。各种驱虫剂、灭蚊剂和杀蟑螂剂逐渐进入食品厂、医院、家庭等，使人类食品受农药污染的机会增多、范围不断扩大。此外，高尔夫球场和城市绿化地带也经常大量使用农药，经雨水冲刷和农药挥发均可污染环境，进而污染人类的食物和水。

5）食品中的兽药残留

兽药残留是兽药在动物源食品中的残留的简称，是指动物在使用药物预防或治疗疾病后，药物的原形或其代谢产物蓄积在动物的组织或可食性产品（如蛋、奶）中。这些药物以游离的形式或以结合的形式残留于组织中，与组织蛋白结合的药物可能存留时间更长。造成我国动物性食品兽药残留超标的主要原因是非法使用违禁药物、滥用抗菌药物和药物添加剂，不遵守休药期的规定。兽药残留不仅给人民健康带来极大的危害，而且严重影响我国动物源食品的出口，造成巨大的经济损失。目前兽药残留主要有抗生素类、磺胺类、呋喃菌类、抗球虫药、激素药、驱虫药类。影响兽药在动物体内分布与残留的因素有用药时动物的饲喂状态、给药、兽药种类及给药次数和休药期。

食品中兽药残留的来源有以下几个方面。

（1）对兽药使用不科学、不规范，导致药物残留的发生。

为预防畜禽疾病，在未确定病因的情况下，滥用青霉素类、磺胺类和喹诺酮类等抗菌药；随意加大用药剂量；改变给药途径；不遵守休药期等。

（2）人为添加。有的企业受经济利益驱动，人为向饲料中添加畜禽违禁药物，包括抗生素类、化学药品类、镇静催眠类等药物。有的厂家为了增加某些食品（如蛋黄、皮肤等）的色泽，使用促进色素沉淀的阿散酸、洛克沙砷等砷制剂；有的企业为了增强褐色蛋壳的色泽，使用土霉素药渣，这些因素也是造成兽药残留的一大原因。

（3）为了缓解畜禽应激反应，对动物使用金霉素或土霉素等药物引起药物残留。

（4）环境污染导致药物残留。

（5）饲养者对控制兽药残留的认识不足。

（6）有关部门对兽药残留的监管力度不够，缺乏兽药残留检验机构和必要的检测设备，兽药残留检测标准不够完善[5]。

6）食品中的放射性污染

食品中的放射性污染是始终存在的，只是存在程度不同而已。随着世界经济贸易的日益发展，必将加强对食品放射性污染的监测[6]。食品中放射性污染的来源包括以下几个方面。

（1）食品中天然放射性。天然放射性核素分两大类，一类是宇宙中射线的粒子与大气中的物质相互作用下产生的；另一类是地球形成时就已经存在的核素及其衰变产物。

（2）食品中人工放射性。主要包括核试验产生的放射性、核工业和核动力产生的放射性及应用放射性核素引起的放射性物质。

7）食品添加剂

一般食品添加剂并不会对人体造成危害，但由于其随食品长期少量的摄入，可能会在体内产生积累，从而对人体健康造成潜在的威胁。食品添加剂的使用及用量都有严格的规定，食品添加剂对食品造成的污染都是人为的，如过量使用、误用、经济利益的驱使将不是添加剂的工业原料当做添加剂加入食品中等。

（四）食品的物理性危害来源

物理性危害通常被描述为外源性的物体或异体，包括在食品中非正常性出现的，能够引起疾病（包括心理性外伤）和对机体损伤的任何物理物质（与生物性危害和化学性危害一样，物理性危害可能在食品生产的任何工艺中进入食品）。其中常见的物理性危害涉及食品中存在的异物。食品危害的来源包括被污染的原料、水、粉碎设备、维护不好的设施和设备，以及加工过程中错误的操作和雇员本身原因。

物理性危害对人体的伤害（不包括食用引人厌恶的毛发、昆虫等）有割破或刺破组织造成出血的生理反应、损坏牙齿、卡住咽喉或食道、堵住气管造成窒息。物理性危害的特点是伤害比较直接，一旦发生马上发现。

异物是食品中最常见的物理性有害因素。食品中发现的任何非正常性出现的物理材料都可称之为异物。FDA 一个下属机构甚至在一年内收到 10 923 项与食品有关的投诉，投诉最多的是食品中存在异物，占投诉总数的 25%。消费者发现食品中有异物或食品受污染，证明食品是在不安全的条件下生产、包装和管理的，就有理由要求制约这类食品的生产。虽然产品中存在的异物不会对健康产生严重危害，但不安全的加工、包装和储藏条件会为危害人体健康提供条件。

物理性危害主要是在运输和储藏过程中不小心混入石子、土块、玻璃等杂物，也有因故意破坏而加入的。其主要来源有以下几个方面。

（1）初级加工者在收获、捕获过程中掺杂。

（2）畜禽在饲养过程中误食及治疗过程中断针头残留。

（3）食品加工时混入或污染，如照明灯、玻璃容器破碎，脱落的螺丝、螺帽，落地产品污染。

（4）畜禽肉和水产品剔骨时残留的骨和刺，贝类去壳时残留的贝壳碎片等。

随着人民生活水平的提高，人们对食品数量和质量的要求越来越高，餐桌健康越来越被人们所重视。与过去相比，食品安全危害已经从生物性危害向化学性危害转变，急性危害向慢性危害转变。对消费者而言，食品安全关系切身利益；对广大食品生产、销售及相关企业而言，食品安全关系生死存亡；对国家而言，食品安全关系国计民生和社会安定，食品安全管理亟待丰富和完善。

第二节　风险评价技术

一、风险评价技术的起源和原理

20世纪50年代以来，世界各国在食品安全管理上掀起了三次高潮，第一次是在食品链中广泛引入食品卫生质量管理体系与管理制度；第二次是在食品企业推广应用HACCP质量保证体系；第三次是开展食品安全风险分析工作[7]。风险评估、风险管理和风险交流是风险分析的三个相互关联的主要组成部分[8]。2009年6月1日起施行的《中华人民共和国食品安全法》（后简称《食品安全法》）第二章第十六条明文规定："食品安全风险评估结果是制定、修订食品安全标准和对食品安全实施监督管理的科学依据"。为切实贯彻《食品安全法》，政府相关各部门需要认真开展食品安全风险评估工作。

（一）概念

1. 食品安全风险分析

风险分析（risk analysis，RA）是通过对影响食品安全质量的各种生物性、物理性和化学性危害进行评估，定性或定量描述风险的特征，在参考有关因素的前提下，提出和实施风险管理措施，并对有关情况进行交流的过程。

风险分析包括以科学为依据的风险评估、以政策为导向的风险管理和整个风险分析中对风险信息和观点的风险交流，三者相互联系、互为前提。其中风险评估是整个风险分析体系的核心和基础。

2. 食品安全风险评估

世界卫生组织将风险评估（risk assessment，RA）定义为食源性危害（化学的、生物的、物理的）对人体产生的已知的或潜在的对健康有不良作用可能性的科学评估[9]。SPS协定（agreement on the application of sanitary and phytosanitary measures）将风险评估定义为进口国对其领土上某种害虫或疾病的进入、存在或传播的可能性，以及对潜在的生物学和经济影响进行评价，或对食品、饮料和饲料中食品添加剂、污染物、毒素或致病菌的存在对人体和动物的健康可能造成的不良作用等进行评估[10]。而广义认为风险评估是指根据科学对特定危险产生的可能性、后果及不确定性进行评价的过程，即依据一定的标准评价估测食品的好坏和优劣、食品安全与否。可见风险评估是对食品链每一环节和阶段进行评估，即对食品的全面评估。

风险评估包括 4 个步骤：危害识别、暴露评估、危害特征描述和风险特征描述。通过以上步骤人们可以清楚地知道食用某项食物是否有危害、危害的名称、易感人群、危害的症状、危害的传播途径、危害的发生概率、安全的标准和限度。另外，风险评估报告将成为风险管理的有力依据，为风险管理和风险交流提供信息和依据。

1）危害识别

危害识别（hazard identification，HI）：对可能在食品或食品系列中存在的，能对健康产生副作用的生物、化学和物理的致病因子进行鉴定，也称"危害确定"和"危害鉴别"[11]。危害确定不是对暴露人群的危险性进行定量的外推，而是对暴露人群发生不良作用的可能性进行定性评价。流行病学的数据往往难以全面获得，因此，动物试验的数据往往是危害确定的主要依据；而体外试验的结果则可以作为作用机制的补充资料，但不能作为预测对人体危险性的唯一信息来源。结构—反应关系在对二噁英等化学物进行评价时，相当有价值[12]。

2）暴露评估

暴露评估（exposure assessment，EA）：定量、定性地评价由食品及其他相关方式对生物的、化学的和物理的致病因子的可能摄入量，也称为暴露特性评估或影响评估。摄入量因文化、经济、生活习惯等因素而不同，因此任何一个国家或地区都需要进行摄入量评估。摄入量评估所需的基本数据为食品中化学物或微生物的含量及食品消费量，具体方法有总膳食法和双份饭法等。

3）危害特征描述

危害特征描述（hazard characterization，HC）：定性、定量地评价由危害对健康产生的副作用及其性质。对于化学性致病因子要进行剂量—反应评估，对于生物或物理因子在可以获得资料的情况下也应进行剂量—反应评估。危害特征描述是定量风险评估的开始，其核心是剂量—反应关系的评估。一般是用高剂量所观察到的动物不良反应来预测人体低剂量暴露的危害，这对最终评价产生许多不确定性。对于大多数化学物质而言，在剂量—反应关系的研究中都可获得一个阈值除以一个适当的安全系数（100 倍），即为安全水平，或称为每日允许摄入量，以每日每千克体重摄入的毫克数表示。但这一方法不适用于遗传毒性致癌物，因为此类化学物质没有阈值，不存在一个没有致癌危险性的低摄入量。目前通常的做法是应用一些数学模型来估计致癌物的作用强度，以每单位（μg、ng）摄入量引起的癌症病例数表示。一般认为在每百万人口中增加一个癌症病例是可接受的危险性。在致病微生物的危险性评价中，近年来也开展了剂量—反应关系研究，即找出预计能引起50％消费者发生食源性疾病的致病微生物的摄入量。

4）风险特征描述

风险描述（risk characterization，RC）：在危害确定、危害特征描述和暴露评估的基础上，对给定人群中产生已知或潜在副作用的可能性和严重性做出定量或定性估价的过程，包括伴随的不确定性的描述，也称为风险特征描述或风险定性。风险描述是危害识别、危害特征描述和摄入量评估的综合结果，即对所摄入的危害物质对人群健康产生不良作用的可能性估计。

3. 风险管理

风险管理（risk management，RM）：就是根据风险评估结果，在管理风险所面临的经济可行性、技术可行性等限制条件下，制定风险管理政策并执行风险管理措施的过程。风险管理不同于风险评价，并不是基于科学，而是还要考虑其他合理的因素，如风险控制技术的可行性、经济社会的可行性及对环境的影响。

食品安全风险管理应遵循以下原则：风险管理应采用一个具有结构化的方法，它包括风险评价、风险管理选择评估、执行管理决定及监控和审查。在风险管理决策中应首先考虑保护人体健康。对风险的可接受水平应主要根据对人体健康的考虑决定，同时应避免风险水平上随意性和不合理的差别。在某些风险管理情况下，尤其是决定即将采取的措施时，应适当考虑其他因素（如经济费用、效益、技术可行性和社会习俗）。风险管理应通过保持风险管理和风险评估二者功能的分离，确保风险评估过程的科学完整性，减少风险评估和风险管理之间的利益冲突。风险管理决策应考虑风险评估结果的不确定性。如有可能，风险估计应包括将不确定性量化，并且以易于理解的形式提交给风险管理人员，以便他们在决策时能充分考虑不确定性的范围。在风险管理过程的所有方面，都应包括与消费者和其他有关团体进行清楚的相互交流。风险情况交流不仅是信息的传播，其更重要的功能是将对有效进行风险管理的重要信息和意见并入决策过程。

风险评估和风险管理既相互作用又相互独立。首先，风险评估是风险管理的基础，在风险评估前，需要风险评估者和风险管理者共同做出风险评估的策略，在实际风险评估和管理的过程中两者又要相互独立，以保证评估的科学完整性和决策制定的正确性。

4. 风险信息交流

风险信息交流（risk communication，RC）：也称危险性信息交流，是为了食品安全风险分析能够顺利进行，风险评估者、风险管理者和各风险利益相关方对风险信息进行的交流。食品安全风险交流并不是食品安全风险分析的最后一步，而是贯穿于评估者、管理者和利益相关方的所有信息交流过程中。

通过风险交流可以达到以下目的：①提高风险分析的管理效果和效率，更好地联动各风险分析机构；②通过有效的风险交流消除消费者的心理恐慌，增强消费者的风险防范意识、能力，并增强消费者对食品安全性的信心；③保证食品安全利益相关者对风险分析全过程信息的理解，保障食品安全风险评估的逻辑性和科学性，使食品安全利益相关者更好地理解风险分析的局限性，进而使食品风险管理决策的制定和执行被广大消费者和企业认同；④在达成和执行风险管理决定时增加一致化和透明度；⑤为理解建议或执行中的风险管理决定提供坚实的基础；⑥制订和实施作为风险管理选项的有效的信息和教育计划；⑦培养公众对于食品供应安全性的信任和信心；⑧加强所有参与者的工作关系和相互尊重；⑨在风险情况交流过程中，促进所有有关团体的适当参与；⑩就有关团体对与食品及相关问题的风险在知识、态度、估价、实践和理解方面进行信息交流。

（二）食品安全风险分析的意义

1. 高效整合现有监管资源

我国传统的食品安全管理体制是以分段管理为主的体制，各部门各自为政，导致资源浪费严重。而建立在风险分析之上的管理体制，极大地整合了现有的资源。

2. 科学提供食品安全监管依据

风险分析建立了一整套科学系统的食源性危害的评估、管理理论，为制定国际上统一协调的食品卫生标准体系奠定了基础。而且，评估者和管理者在职能上的划分也保证了监管的科学性和客观性。

3. 促进国际贸易公平进行

随着经济全球化和贸易国际化的发展，食品安全问题不断出现跨国界的趋势，食品标准的差异影响着双边贸易，食品安全风险分析成为国际解决贸易争端的重要手段，我国必须建立以食品安全风险分析为基础的贸易准则，以获得更多国际贸易平等性并完善现有的食品安全机制。

二、风险分析技术的应用

（一）风险分析在农产品中微生物方面的应用

微生物风险分析是评估食用可能含有致病菌或（和）微生物毒素的食品而对人体产生不良影响程度及其发生概率的过程。

1. 农产品中微生物危害识别的应用

微生物危害识别的目的在于确定人体摄入微生物的潜在不良作用，包括具体暴露途径。例如，加工过程对微生物危害水平的影响，储藏及销售过程对微生物生存及生长的控制，消费趋势及后续加工过程对食品安全的影响；消费者对病原菌的敏感性；微生物的繁殖时间、场所及如何产生影响。其中消费者信息是重要的数据资料，如受影响消费群或目标消费群、潜在危害、食品消费模式、暴发量和受影响人群中疾病的发生率与严重性；食用及加工相关信息，包括原材料和辅料中危害的流行率和水平、从不同食物链阶段到消费者食用期间加工和储存对危害水平的影响、消费者使用说明和产品遗漏处理的风险等。同时，风险评估团队要应用数据、假设基础和信息质量分析技术，而掌握信息质量分析技术包括对信息的来源及产品与研究路线相关性的掌握。

2. 农产品中微生物危害特征描述的应用

1）危害特征描述的特点

危害特征描述的重点是要建立微生物危害的剂量—反应模型，其难度远大于化学物质的剂量—反应关系。在构建剂量—反应关系时，要考虑的重要因素是微生物及其宿主。对于微生物的特性需考虑微生物可增殖性；微生物毒理及感染性随着其与宿主和环境的相互作用而变化；遗传物质在微生物之间能够传递，由此导致遗传特性（如抗体及毒力）的改变；微生物可通过媒介进行传染或扩散；从接触病菌到临床症状出现之间的延迟性；微生物可在个体中生存，导致微生物不断繁殖从而导致感染致病。低剂量微生物由于增殖的原因极可能产生严重后果，加之农产品的属性，如其中所含的蛋白质、高脂肪及氨基酸等可能加速或改变微生物的致病性及产毒能力。

2）剂量—反应模型选择及验证

剂量—反应模型中最通用的是分布函数指数模型、R泊松模型（beta Poisson）、韦伯伽马模型（Weibull Gamma）及蒙特卡罗模型（Monte Carlo）等[13]，主要根据各个评估报告的数据基础及假设变量选择相应模型。剂量—反应模型生成的分布可用多种方法表述，包括平均值、标准差、中位数和百分位数。

3）农产品中微生物暴露评估的应用

暴露评估的目的在于求得某危害物的剂量、暴露频率、时间长短、途径及危害范围。暴露评估模型的建立有多样性和不确定性的特点，分别由于生产和加工方法的不同及某些方面缺乏恰当的信息引起的。理论上，风险评估模型具有明确的不确定性和变异性。

不同的模型输出的暴露评估数据与结果也有所不同。对于不同食品、不同微生物种类，要考虑食品加工过程，并分析各种微生物的生存条件，要选取其薄弱环节进行分析，不同风险评估的注重环节不同，因为微生物本身就是一个不确定因素。

微生物暴露评估与其他暴露评估的差别在于无论假设所有受感染食物最初携带的病菌剂量多与少[14]，所推断每份食品摄入感染疾病的风险都是相同的。这是因为在微生物风险评估中病菌生长状况的作用大于食物最初感染病菌数量的作用。对于不同产品，最初感染病菌数量的表征数据是不同的。例如，肉鸡微生物风险评估输出数据可以有群体间带菌率、群体内带菌率、被感染的禽类体内沙门氏菌的数量。

4）农产品中微生物风险特征描述的应用

定性风险评估需要定性及定量两方面的信息，最终风险评估的置信度依赖于变量、不确定性与数据本身及模型的选择。在风险特性评估时，把摄入的病菌数量（从接触评估暴露到暴露评估得到的）同剂量反应关系的数据（从危害评估得到的）结合起来推断患病的概率，也就是对暴露量对人群健康产生不良效果的可能性进行估计。

此外，对于微生物病菌进行定量风险评估的最大特点在于预测微生物学的应用，预测模型使用数学表达式描述了各种病原菌数量在各种环境参数中的变化，有初级模型、次级模型和三级模型之分。确定性函数和概率性函数方法有共同的模型基础，前者定量暴露评估没有考虑可变性和不确定性，而后者通过概率分布代替点估计值充分计算了不确定性和可变性，模型参数的概率分布以实验数据或专家提议为基础。

（二）风险分析在农产品中重金属危害方面的应用

1. 农产品中重金属危害识别的应用

重金属危害识别的主要依据是动物毒理学实验数据和流行病学研究结果等数据。因人群的重金属暴露量低，重金属毒性实验研究开展较少。因此，重金属危害鉴定所遵循的原则是：确定出最需要的信息，而且尽可能有效利用所获得的信息。

2. 农产品中重金属危害特征描述的应用

由于重金属的半衰期长，对重金属建立每周耐受量（provisional tolerable

weekly intake，PTWI）［有时也采用每日耐受量（provisional tolerable daily intake，PTDI），如有机锡］，即通过剂量—反应关系曲线确定未产生有害效应的最高剂量或基准剂量，考虑不确定因子，最后以有害效应的最高剂量或基准剂量除以不确定系数得出最大 PTWI。血液和尿液中的金属形态常作为金属的毒理学生物标志物。例如，铅和甲基汞最敏感的健康终点都是神经，PTWI 确定是以血液中金属浓度为指标。找出不能再增加的血液金属浓度，反推剂量的关系（甲基汞）；或确定一个剂量，反推此时的血液金属浓度是否在有害效应的最高剂量之下（铅）；而镉 PTWI 确定使用的是肾脏镉累积模型；有机锡是一种杀虫剂，通过动物实验研究确定其每日允许最大摄入量。

3. 农产品中重金属暴露评估的应用

重金属膳食暴露量主要采取总膳食研究，即以某种农产品中重金属浓度乘以该种农产品的消费量得出单项农产品所导致的重金属摄入量，最后对所有单项农产品导致的重金属摄入量进行数据叠加。该方法估计人群摄入量的精确度取决于被分析的农产品能否作为某重金属的重要膳食来源。

4. 农产品中重金属风险特征描述的应用

农产品重金属风险特征是农产品重金属暴露评估结果与重金属 PTWI 或 PTDI 相比较，综合评价农产品中该重金属的风险[15,16]。目前，农产品中铅风险评估结论主要为 1998 年英国的风险评估结果，即平均膳食暴露量为 0.028mg/d，处于每日允许最大摄入量＝0.025μg/(kg·bw) 左右。

（三）风险分析在农产品中农药残留方面的应用

1. 农产品中农药残留危害识别的应用

农产品中农药残留危害识别主要包括流行病学、动物毒性、离体试验数据、分子生物学信息等。目前能确定某种农药是否对人体健康产生影响，主要是依据动物毒性试验，包括急性毒性试验、慢性毒性试验等。

2. 农产品中农药残留剂量—反应评定的应用

剂量—反应评定是指化合物接触量与毒性反应的定量关系，与农药接触水平不同可能对人体健康影响的程度也不同。利用人体与农药的接触量和发生率或毒性效应的严重性来判定农药剂量与反应的关系，是毒性评价最重要的方面。对致癌物和非致癌物的剂量—反应评定方法是不同的：大多数致癌物除非是零接触，否则在任何剂量下都可能产生风险；而接触非致癌物需超过一定剂量，即阈剂量才会产生毒性作用。对阈效应而言，剂量—反应评定需要确定每日允许最大摄入量，或参考剂量（ref-erence dose，RfD），每日允许最大摄入量和 RfD 的科学含义相同。为能更好地保护婴儿和儿童，美国制定了食品质量保护法（the food quality protection act，FQPA），对毒理学数据进行调整，即 PAD＝ADI/FQPA 系数或 RfD/FQPA 系数，被称为人群调整剂量（population-adjusted dose，PAD）。在危害性描述过程中，剂量—反应是为了全面了解毒理学作用方式，对那些毒理学作用方式不很清楚的农药，必须进行作用机理研究，尤其对那些人体接触剂量接近其每日允许最大摄入量的化合物。

3. 农产品中农药残留暴露评估的应用

接触评定指可能的接触暴露途径、接触量、时间与频率及不同人群的接触暴露概率，包括饮食接触评定、职业接触评定、居住环境接触评定、综合与累积暴露评定等多种评定模型。食物中的农药残留是膳食暴露的主要来源，与摄取食物的种类、数量及农药在该食物中的残留量相关，即摄取的农药＝∑（残留浓度×摄取食物量）。1996 年，FQPA 对农药的风险评估提出了新的要求，一是评估人体通过不同途径接触同一农药的总风险，即综合暴露评估；二是评估人体接触同一作用机制的一类农药的总风险，即累积暴露评估，将农药管理从单一药种、单方面的评价拓展到对某一农药或一类农药的全部可能接触评估，使人体健康受到更全面可靠的保护，并加强对婴儿、老人等特殊敏感人群的保护[17]。

目前，长期膳食接触评定方法的研究已经比较成熟，但短期膳食接触评定也非常重要，建立和完善人们膳食结构的数据库是关键。此外，精准预测模型的研究也是重点，如何评定多种作用机制农药的接触风险，目前也是一个研究热点。

4. 农产品中农药残留风险描述的应用

风险描述是将危险鉴定、剂量—反应评定和接触评定结果予以综合分析，进行农药对公众健康影响的定性或定量评定，同时进行不确定水平分析，设立可接受的风险水平，计算暴露边缘、参考剂量百分比的风险率。对于非阈效应，风险值表示人群中产生该毒效应的可能性。例如，$1×10^{-6}$ 致癌风险就表示 $1×10^6$ 人中有 1 人可能因接触该农药而产生癌症。风险描述的另一个作用是对风险评估的整个过程进行评价，分析评价过程中的各种不确定因素、不确定度，协助风险评估结果的使用者做出正确决定。欧美主要以风险描述的结果来对农药进行登记，并对农药使用进行管理与调整。

第三节　食品安全预警及快速反应机制技术

一、食品安全预警及快速反应机制技术的起源和原理

食品安全是国家安全的基础，保障食品安全更是维护社会稳定和居民健康的重要措施。然而近年来食品安全事件连年发生，食品安全控制难度日益增大。随经济发展和城市人口聚集，食品安全问题日益突出，建立完整的食品安全监测与预警系统已经迫在眉睫。专家提倡，保障食品安全既包括对食物成品的检测和监控预警，也包括对食物生产各个环节的监控和管理；相关部门，如质检部门、科研机构和政策制定机构，若运用好检测和监管相结合的策略，以提高食品安全预警的时效性，"实时检测"和"及时反应"之间就必须有一套科学的评估规则和程序。开展食品安全预警基础表研究即是为制定相关的评估规则和程序，并建立相关数学模型提供数据基础，而预警基础表是质量安全预警的基础，意义重大。20 世纪 60 年代中期，美国经营管理专家率先提出"预警管理"的概念，经各国企业经营者的实践和专家学者研究证实，预警管理已发展成为一门较完善的管理学分支。早期研究认为预警管理是指企业的预警管理，因在市场经济中经营环境的不确定性使企业经受诸多的经营风险。国际管理学界在 80 年代中后期开始关注研究企业失败与管理失误的问题，并且把企业预防与控制的管理立足点置于企业内部管理过程。我国学者在 90 年代初也开始研究我国企业大面积亏损问题，并逐步形成了有中国特色的预警管理学说。

（一）预警及预警的相关概念

预警的理论和方法是在人们认识自然、改造自然、适应自然的过程中产生的，在构建人类社会、自然界、科学技术的有机统一和促进人口、资源、环境相互协调与和谐发展中不断完善的，并日趋成熟。

1. 预警

预警是指事物发展处在复杂系统之中，各种风险因素相互依存、相互作用，当预测到事物的发展趋势可能偏离正常的轨道、产生损失时，及时发出警报，提醒人们注意，并采取措施予以防范。

2. 无警

无警是指事物发展处于正常轨道，属于比较安全的状态，不会导致大的损失，不需要发出警示或警告。食品安全预警的无警，是指食品质量处于安全的状态，正常食用食品不会对人体产生危害或潜在危害。

3. 有警

有警是指事物发展偏离正常轨道，处于将要发生损失且损失结果超过人们接受能力的态势。食品安全的有警是指食品质量处于不安全的状态，若食用将对人体产生危害；通过需要发出警示警告，以引起食品消费者注意，促使管理者加以防范并适时控制，将危害降低至最低。

4. 警情

警情是指事物发展变化、未来状态是否偏离正常的运行轨道或导致损失，如果偏离轨道或导致损失，那么偏离的程度和损失的大小是什么情况。食品安全的警情，是指食品因质量问题对消费者产生损失的危害程度、范围大小等基本情况。

5. 警度

警度是指对预警结果偏离程度（危害程度）的描述，而警情强调的是对预警结果损失大小的描述。警度强调的是根据预测的损失大小，在预警实践中，更加直观地反映预警结果。

6. 警限

警限是指警情或警度划分的界限，可以理解为无警与有警及警度转折的临界值，或某一警度的区间阈值。食品安全预警的警限，根据引起风险的不同因素，予以区别对待。

7. 警源

警源是指警情产生的根源，即引发警情的各种可能的风险因素。食品安全预警系统的警源，系指引起食品不安全的各种风险因素，即生物因素、化学因素和物理因素等，以及导致风险因素的各种人为因素。

8. 警兆

警兆是指出现警情的先兆，是由警源发展变化而来的预兆性、先行性、苗头性参数。食品安全是一项复杂的、系统的社会工程，涉及农牧业自然再生产和经济再生产的方方面面，任何一个方面、一个环节出现问题都可能导致食品不安全。在食品安全预警研究中，这些方面和环节都可能成为警兆。

9. 警制

警制是预警机制的简称，从系统论的角度来看，预警机制就是预警系统。食品安全预警机制包括逻辑维、时间维和知识维，属于系统工程方法论。

（二）预警的逻辑过程

1. 明确警义

警义就是警情的含义。明确警义就是确定预警的对象。自然活动和社会活动本身是构成预警的基本对象。

2. 寻找警源

警源是警情产生的根源，是"火种"。

警源从生成机制上可分为两大类：一类是自然警源，即来自自然因素的警源；另一类是社会警源，即社会活动带来的警源。

警源从国家经济安全上可以分为两种警源：一种是外生警源，即在全球化和对外开放的背景下由国外输入的警源；另一种是内生警源，即来自国内社会经济运行机制内部的警源。

3. 分析警素

警素是反映警情的指标。在自然预警中，一般可用单指标测度。在社会预警中，警素难以用单指标来刻画，因为作为复杂系统的社会现象有很多影响因素和传递机制，从而需要建立能反映其相互联系的数量特征的指标体系来刻画警素。有了警义、警源和警素，就可以形成国家经济安全状况的描述性框架，该框架具有层次性、结构性和传递性等系统性特征。

4. 研究警度

警度就是对警情的度量。对自然预警的单指标而言，它既是警素也是警度；而对社会预警的多指标体系来说，经常面临的是各指标不能同度量的问题，需要采用适当的方法进行综合评价。

5. 确定警限

警限是对警情程度的合理测度，作为提出预警对象运行是否正常的衡量标准，并以此判断预警对象运行中是否出现警情及警情的严重程度。

6. 探讨警级

警级是衡量预警对象风险程度的尺度。针对预警对象可以设置不同的评级数，通常采用五级法：警情小（安全）、警情较小（较安全）、警情一般（基本安全）、警情较大（较不安全）和警情大（不安全）。

（三）预警方法的分类

1. 定量预警法

定量预警法主要依靠调查研究所获得的数据资料和有关信息，运用数学方法进行量化处理，近似揭示预警对象和影响因素之间的数量变动关系，建立相应的预警模型，然后对预警目标做出定量测算。根据测算出来的数值，对照警限的划分，从而确定警情，进入预警系统程序。因数学模型的应用使得预警具有逻辑、推理和运算的特点，确保了定量预警法的严谨性、可信性和科学性。

2. 定性预警法

定性预警法是指根据预警过去和现在的观察资料，依靠个人和集体的智慧、经验，主要利用主观判断的方式方法，对事物、现象的发展趋势和未来状态进行预警分析的方法。定性预警法是凭借预警者的经验、知识和思想，通过相关信息来权衡，较多地依靠主观做出判断。

3. 半定量预警法

半定量预警法是介于定量预警法和定性预警法之间的一种方法，基本思想是将定量分析和定性分析有机地结合起来，综合予以运用。

（四）食品安全预警系统

1. 食品安全预警系统分类

食品安全预警系统是指科学地利用预警理论和数学模型，结合专家预测方法，按照影响食品安全的各因素对食品安全建立预警体系流程，做到对食品安全进行预报、监测、追踪和信息反馈的整套系统。食品安全预警系统是将影响食品安全的因素做量化分析，并及时做出警报，采取科学的决策和措施，将食品安全的危害降到最低损失。根据不同的预警要求和特点食品安全预警系统可以分为 6 类[18]，见表 1-1。

突发型预警是指食品安全危机没有任何征兆突然暴发，有很强的突然性；渐变型预警是指经过长期的潜伏和循序渐进，各种危机因素积累在一起，在某个时期暴发产生食品安全危机，表现为需要一个积累过程；常规型预警是指影响食品安全的因素已知，这些因素由食品本身的特点决定，需要经常进行预防。

表 1-1 食品安全预警系统分类

Table 1-1 Classification of food safety warning system

分类标准	类型
警情发生状况	突发型预警、渐变型预警、常规型预警
预警层次类型	单因子预警、多因子预警、复合系统综合预警
预警评价方式	指标预警、统计预警、模型预警
预警时间尺度	长期预警、中期预警、短期预警
预警空间范围	全球预警、国家预警、省域预警、县域预警
国家预警管理架构	管理部门职能预警、多部门协同预警

食品安全单因子预警是指只评价影响食品安全的某一个因素的后果来判断整个食品安全的预警效果；食品安全多因子预警是指将影响食品安全的因素分成多个子系统，根据每个子系统对食品安全的影响轻重来给出各自的影响权重，然后对每个子系统带来的后果进行预警；食品安全复合系统综合预警是指影响食品安全的复合系统是由多个子系统组成，对整个复合系统进行综合评价，以总体系统表现的后果对食品安全做出预警。

食品安全指标预警是指从影响食品安全的因素中选择合适的评价指标[19]，根据所选择的合适评价指标对食品安全进行预警；统计预警是指利用统计分析的方法对所收集的信息进行分析，从而对食品安全进行预警；模型预警是指将影响食品安全的因素通过建立相关的数学模型进行分析和计算，并对食品安全进行预警。

食品安全长期预警指对食品安全预警时间在 5 年以上的预警；中期预警是指对食品安全进行预警的时间在 1～3 年的预警；短期预警是指对食品安全进行预警的时间在 1 年以下的预警。

食品安全全球预警是指随着科学技术的进步在全球开展对食品安全进行的预警；食品国家预警是指对国家的所有食品安全进行的预警；食品省域预警是指针对省内的食品安全进行的预警；食品安全县域预警是指对具体的某一个县域内的食品安全进行预警。

食品安全管理部门职能预警是指针对国家所属的职能部门的义务而进行的食品安全预警；食品安全多部门协同预警是指根据食品安全影响因素设置多部门协同工作，共同对食品安全进行预警。

2. 食品安全预警系统工程三维结构

系统科学是食品安全预警理论的重要基础，系统工程是食品安全预警的基本方法。系统工程是组织管理系统的规划、研究、设计、制造、试验和使用的科学方法，是一种对所有系统都具有普遍意义的方法，并指出系统工程具有应用性、经济性、系统性、综合性、创造性和普遍适用性等特点。

系统工程方法论（methodology of systems engineering，MOSE）是在系统工程的实践中不断形成和发展起来的，是用于解决复杂系统问题的一套工作步骤、方法、工具和技术。1969 年，美国通信工程师和系统工程专家霍尔（Hall）提出了著名的霍尔三维结构，是由逻辑维、时间维和知识维所组成的立体空间结构，使系统工程的工作阶段和步骤更为清晰明了[20]。

食品安全预警和霍尔三维结构相结合，产生了食品安全预警系统工程三维结构[21]（图 1-1）。食品安全预警系统的知识维包括哲学、经济学、管理学、系统科学、农业科学、食品科学六大学科，并与其他学科交叉综合；食品安全预警系统的逻辑维包括明确警义、寻找警源、分析警兆、确定警情、预报警度、排除警患和完善警制七大步骤；食品安全预警系统的时间维包括理论分析子系统、风险因素子系统、信息采集子系统、甄别预测子系统和决策反馈子系统五大子系统相应阶段。

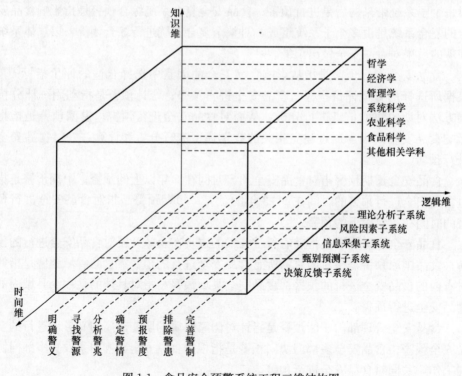

图 1-1　食品安全预警系统工程三维结构图

Fig. 1-1　Food quality and safety warning systems engineering three-dimensional structure

1）食品安全预警系统的逻辑维

明确警义是指确定研究对象，准确把握食品安全预警的目的和涵义，是预警研究的前提和基础。

寻找警源是指寻找引起食品安全警情的根源，或者说是分析各种风险因素，是排除警患的前提条件。

分析警兆是指分析食品安全警兆指标的发展变化情况，判断指标的时间序列或因果关系，是确定警情、明确警度的基础。

确定警情是指根据警兆的分析，准确把握食品安全"警"的情况以及可能引起危害的程度，参照警限阈值标准进行推理、判断，确定是无警、轻警、中警、重警和巨警等。

预报警度是指对外发布警情状况，以警示特定人群做好相应的准备，以防范危害发生或减少危害程度。

排除警患是指消除或降低食品安全的风险因素，是预警研究的目标所在。

完善警制是指食品安全经历一次预警实践过程，即可修改、提高和完善一次预警机制，如此循环往返，不断提升预警的准确性、有效性和实用性。食品安全预警系统的逻辑维可以用图 1-2 表示。

2）食品安全预警系统时间维

理论分析子系统是食品安全预警系统的理论基础。它是以哲学、经济学、管理学、系统科学、农业科学和食品科学六大学科为基础，及时跟踪、把握食品生产、加工和流通的基本态势，充分借鉴吸收预警理论的先进经验和最新成果，不断发展、提高和完善食品安全预警理论，如图 1-3 所示。

风险因素子系统：全面分析影响食品安全的各种风险因素，如物理因素、化学因素和生物因素及其内部成分的细分，定量或定性分析风险因素的时间序列关系或因果关系。该子系统对应于逻辑维的"寻找警源"、"分析警兆"等步骤。

信息采集子系统：从风险因素子系统出发，根据已经确定的预警指标体系，通过查阅文献资料、实地调查研究、监测预警指标等方法，获得预警所需的数据、资料等相关信息。信息采集是预警研究的基础性工作。

甄别预测子系统：是对信息采集子系统获得的数据、资料等相关信息进行加工、处理、甄别、判断、分析和预测，根据已经确定的警限，明确警情。甄别预测是预警研究的关键性工作，该子系统对应于逻辑维的"确定警情"步骤。

决策反馈子系统：根据甄别预测子系统已经明确的警情，进行决策和反馈，采取相应的对策，如对特定人群予以警告和警示，使之了解食品安全的警情和警度，查找风险因素、消除隐患，以便将损失降低到最低限度。经过一次预警实践，人们对食品安全预警的认识得到提高，从而使预警机制得到完善，为下一个周期在更高一个层面上预警奠定基础。该子系统对应于逻辑维的"预报警度"、"排除警患"和"完善警制"等步骤。

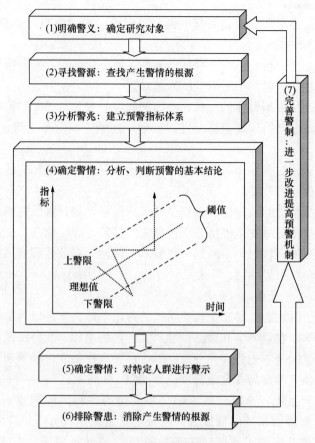

图 1-2　预警系统逻辑图

Fig. 1-2　Warning system logic diagram

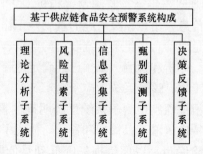

图 1-3　基于供应链食品安全预警系统构成

Fig. 1-3　Based on the quality of food safety warning
system of supply chain

二、食品安全预警及快速反应机制技术的应用

（一）国外关于食品安全预警及快速反应机制技术应用

食品安全问题已引起了世界各国政府和联合国机构的高度重视，各国纷纷开展食品安全监测预警系统的研究。《实施卫生和动植物检疫措施协议》提出风险评估的概念，规定各成员国政府有权采取适当措施确保人类和动植物的健康。国际食品法典委员会（Codex Alimentarius Commission，CAC）提出"食品进口和出口检查及验证系统"等食品安全管理手段。欧盟的食品饲料快速预警系统（rapid alert system for food and feed，RASFF）是一个连接各成员国食品与饲料安全主管机构、欧盟委员会及欧洲食品安全管理局等的网络系统。所有参与其中的机构都建有各自的联系点，联系点彼此联系，形成沟通渠道顺畅的网络系统。这个系统的主要目标是保护消费者免受不安全食品和饲料的危害。系统及时收集源自所有成员的相关信息，以便各监控机构就食品安全保障措施进行信息交流。1997 年美国发布的"总统关于食品安全的倡议"认为，危险性评价是食品安全管理的重要手段。由于食品安全系统的贯彻实施，使美国食品的安全性具有很高的公众信任度。

（二）国内关于食品安全预警及快速反应机制技术应用

我国对食品安全预警及快速反应机制技术的研究起步较晚，与发达国家有很大的差距。我国在管理部门职能分工、信息的共享与交流、技术法规和标准的制定、专业人才的培养、资金的投入、舆论导向和公众认知等方面还存在许多问题。但是与我国过去相比，由于各级政府的高度重视，政府、企业和消费者的风险防范意识不断强化，相关职能部门加大了预防食品安全风险积累的监管力度，应对突发食品安全事件的能力正在逐渐提高，预警研究和预警系统的建设得到了前所未有的发展。

1. 专家支持系统已初步形成

在食品安全预警系统的构建过程中，相关领域的专家们在预警方面发挥着重要的决策支持作用。2007 年 5 月 17 日，农业部成立了国家农产品质量安全风险评估专家委员会，涵盖了农业、卫生、商务、工商、质检和环保等部门，涉及农学、兽医学、毒理学、流行病学、微生物学和经济学等多学科领域，成为我国农产品质量安全风险评估的学术咨询智囊团。

2. 相关职能部门的预警机制已初步形成

为掌握全国食品和农产品安全状况，卫生部和农业部重点开展了食品和农产

品监测工作，国家质检总局建立了食品安全风险快速预警与快速反应系统，开展了食品生产加工环节风险监测工作。卫生部参照全球环境监测规划/食品污染监测与评估计划，开展了食品污染物和食源性疾病监测工作。监测点已经覆盖 15个省（自治区、直辖市）8.3 亿人口，重点对消费量较大的 54 种食品中常见的 61 种化学污染物进行监测。目前，全国大部分省市也已开展省级例行监测工作。国家质检总局加强了食品安全风险快速预警与快速反应系统的建设，目前已实现对 17 个国家食品质检中心日常检验检测数据和 22 个省（自治区、直辖市）监督抽查数据的动态采集，每月收集有效数据 2 万多条。同时，国家质检总局加大了食品生产加工环节风险监测的工作力度，重点监测非食品原料和食品添加剂问题，截止到 2007 年 6 月底，风险监测抽样覆盖 24 个省（自治区、直辖市），共检测 20 类产品中的 2501 个样品，涉及 33 种检测项目，获得 9477 个有效监测数据。通过动态收集、监测和分析食品安全信息，初步实现了食品安全问题的早发现、早预警、早控制和早处理[22]。

3. 食品安全突发事件应急系统建设进展较快

我国的应急处理职能是由各级政府和职能管理部门共同构建的，由国务院和各级地方政府负责应急处理职责，并在国务院及省（自治区、直辖市）设置食品安全委员会。国家食品药品监督管理局根据职责，承担综合监督、组织协调重大食品安全事故的查处工作。我国已初步形成食品安全应急处置系统，重大食品安全应急预案正在向着可操作性方向发展，应急处置的范围从大中城市向乡镇延伸，应急预案进一步制度化、规范化和科学化。

根据国务院《突发公共卫生事件应急条例》、《国务院关于进一步加强食品安全的决定》等要求，从 2004 年开始至 2007 年 8 月，先后有北京、甘肃、吉林、宁夏、西藏、新疆、广西、湖南、安徽等省（自治区、直辖市）建设了重大食品安全事故应急预案，浙江的杭州和宁波，江苏的南京、扬州和连云港，安徽的合肥和安庆，广东的深圳，辽宁的鞍山等城市或地区也先后建设了重大食品安全事故应急预案。由此可见，我国已经初步构建了食品安全重大事故应急控制系统构架，形成了覆盖全国的食品安全应急预警网络。

第四节　食品安全控制管理与认证技术

一、HACCP 管理体系的概念及发展状况

（一）HACCP 管理体系的概念及发展状况

1. HACCP 管理体系的概念

HACCP 是食品企业降低产品微生物含量的最为有效的管理体系。HACCP

质量管理体系与其他质量管理体系的主要区别是，HACCP 管理体系能使生产者在早期阶段就可以识别出潜在的风险并及时进行调控和处理，以免对消费者的健康造成伤害及造成社会福利的损失[23]，即"预防为主"是 HACCP 管理体系最主要的优点。HACCP 管理体系是一个适用于各类食品企业的简便、易行、合理和有效的控制体系。

2. HACCP 管理体系的发展状况

HACCP 管理体系（简称 HACCP 体系或 HACCP）最早创立于美国。到目前为止，世界各国竞相实施，已成为国际间进行食品进出口有效的质量管理体系。HACCP 经历了三个发展阶段：第一阶段为萌芽阶段（20 世纪 50 年代），它主要应用于化学工业。60 年代，美国国家航天航空局为保证太空食品的安全性，弥补传统食品管理方式的不足，共同提出一种新的食品卫生监督管理模式，这种新的食品管理模式就是 HACCP 的雏形[24]。

第二阶段为发展阶段（20 世纪 70～90 年代中期），1971 年，美国第一次国家食品保护会议首次公布 HACCP 体系。1973 年，FDA 将 HACCP 应用于低酸罐头食品中。1974 年正式将工艺应用到了 HACCP 对低酸性罐头食品生产中。

第三阶段为成熟及推广阶段（20 世纪 90 年代中期至现在），1995 年美国食品安全检验局（food safety and inspection service，FSIS）颁布了减少肉和家禽工业生产中病原菌的 HACCP 原则，FDA 公布了"加工和进出口水产品安全卫生程序"，要求所有在美国生产或出口至美国的水产品必须符合 HACCP 法规。该法规已于 1997 年生效[25]。至此，HACCP 已进入法制化阶段。在此期间，欧盟、日本等一些国家也纷纷采用 HACCP 管理体系并将其法制化。我国也于1990 年开始引进 HACCP 管理体系，并取得了一定的成绩。

3. HACCP 体系的七项基本原理[26]

原理一：进行危害分析并确定预防措施。危害分析是建立 HACCP 体系的基础，在制订 HACCP 计划的过程中，最重要的就是确定所有涉及食品安全性的显著危害，并针对这些危害采取相应的预防措施，对其加以控制。实际操作中可利用危害分析表，分析并确定潜在危害。

原理二：确定关键控制点。即确定能够实施控制且可以通过正确的控制措施达到预防危害、消除危害或将危害降低到可接受水平的关键控制点（critical control point，CCP）。

原理三：确定 CCP 的关键限值，即指出与 CCP 相应的预防措施必须满足的要求。关键限值是确保食品安全的界限，每个 CCP 都必须有一个或多个关键限值，一旦操作中偏离了关键限值，必须采取相应的纠偏措施才能确保食品的安全性。

原理四：建立监控程序，即通过一系列有计划的观察和测定（如温度、时间、pH 和水分等）活动来评估 CCP 是否在控制范围内，同时准确记录监控结果，以备用于将来核实之用。

原理五：建立纠偏措施。如果监控结构表明过程失控，应立即采取适当的纠偏措施，减少或消除失控所导致的潜在危害，使加工过程重新处于控制之中。

原理六：建立验证 HACCP 体系是否正确运行的程序。在这个 HACCP 的执行程序中，分析潜在危害、识别加工中的 CCP 和建立 CCP 关键限值，这三个步骤构成了食品危险性评价操作。

原理七：建立有效的记录保存和管理体系。在实际应用中，记录为加工过程的调整、防止 CCP 失控提供了一种有效的监控手段，因此，记录是 HACCP 计划成功实施的重要组成部分。

（二）良好操作规范（GMP）的概念及发展状况

1. GMP 的概念

GMP 是保证食品具有高度安全性的良好生产管理体系。其基本内容是从原料到成品全过程中各环节的卫生条件和操作规程[27]。GMP 的工作重点是：确认食品生产过程的安全性；防止异物、毒物、微生物污染食品；双重检验制度，防止出现人为的损失；标签的管理；人员培训；生产记录、报告的存档以及建立完善的管理制度[28]。

2. GMP 的发展状况

GMP 是政府强制性的食品生产、储存卫生法规。美国最早将 GMP 用于工业生产，FDA 在 1963 年发布了有关药品的法规，并在第二年开始施行。

1975 年日本厚生省参照美国 GMP 制定了食品卫生规范，作为推动企业自身管理的技术指引。此后农林水产省制定了《农林产品规格化与质量指示合格化》，它包括日本佳速航空（Japan Air System，JAS）规格制度与质量指示基准制度，并以此作为食品品质管理的依据。在日本，食品属于日常生活用品存在安全问题的一类产品，实行安全认证制度。

我国根据国际食品贸易的要求，于 1984 年由原国家商检局首先制定了类似于 GMP 的卫生法规《出口食品厂、库最低卫生要求》，对出口食品生产企业提出了强制性的卫生规范。到 20 世纪 90 年代初，在《安全食品工程研究》中对 8 种出口食品制定了 GMP 规范。1988 年和 1989 年，我国颁布了 19 个食品加工企业卫生规范；2002 年 5 月，我国对《出口食品厂、库卫生要求》进行了修订，

发布了《出口食品生产企业卫生要求》。该要求规定从事食品出口生产的企业都
应根据其要求建立卫生质量保证体系。同时该要求对从事出口食品生产的企业人
员；环境卫生；生产车间及设备；生产用原料、辅料的卫生要求；生产过程；出
口食品的包装、储存和运输过程的卫生控制；产品的卫生检验及卫生质量体系的
运行都进行了分别规范，成为出口食品企业通用的卫生规范要求。

（三）卫生标准操作规范（SSOP）的概念及发展状况

1. SSOP 的概念

SSOP 是卫生标准操作规范（sanitation standard operation procedure）的简
称。它是食品加工企业为了保证达到 GMP 所规定的要求，确保加工过程中消除
不良的人为因素，使其加工的食品符合卫生要求而制定的指导食品生产加工过程
中如何实施清洗、消毒和卫生保持的作业指导文件[29,30]。

2. SSOP 的发展状况

美国 21 CFR part 123《水产品 HACCP 法规》中强制性要求加工者采取有
效的卫生控制程序（sanitation control procedure，SCP），充分保证达到 GMP 的
要求，并且推荐加工者按照 8 个主要卫生控制方面起草一个卫生操作控制文件，
即 SSOP，并加以实施。因此，SSOP 是食品生产和加工企业建立及实施HACCP
的重要前提条件。

二、食品安全控制管理与认证技术的应用

发达国家在食品安全认证方面起步较早，普遍建立有相对完备的认证体系和
运行机制。例如，法国政府早在 1935 年推行的原产地标记认证，已被吸收进
WTO/TRIPS 协议，成为国际地理标志保护的重要内容[31]；在 20 世纪 60～70
年代，欧美发达国家便以法令的形式颁布了 GMP，在食品和药品行业广泛采
用[32]；1995 年，美国 FDA 颁布了强制性的水产品 HACCP，之后宣布自 1997
年 12 月 18 日起所有对美国出口水产品的企业必须建设 HACCP 体系[33]；日本
有专门的认证机构负责推广和促进日本有机农业标准（Japanese agricultural
standard，JAS）认证，JAS 认证的产品有 400 多种，获得 JAS 认证的产品具有
较强的市场竞争力；韩国政府依据《环境农业法》推行的亲环境食品认证，为现
代农业提供了 4 种不同的生产模式[34]。目前，食品认证已经不仅仅是促进农户
和其他组织提高生产与管理水平、提高竞争力的可靠方式和重要手段，同时也成
为一个国家从源头确保食品安全、规范市场行为、指导消费、保护环境和人民生
命健康、促进对外贸易的战略性选择，在国家经济建设和社会发展中起着日益重

要的作用[35]。

1. 发达国家食品安全控制管理与认证技术在有机食品上的应用

美国在 20 世纪 70 年代已有三个州制定了有机食品的法规，并开展了有机食品的认证工作。1992 年旨在协助农业部制订全国各有机食品标准的国家有机标准委员会成立。从 2002 年夏天开始，美国农业部"有机"专用章统一出现在有机食品上，代替原来的非正式或各州制订的"有机"标识。美国、欧盟、日本的有关食品安全认证的管理比较见表 1-2。

表 1-2　美国、欧盟、日本的有机食品安全认证的管理比较[36]

Table 1-2　Compare with U. S. , EU, Japan food quality and safety certification of management

项目	美国	欧盟	日本
管理部门	农业部	EU 本部	农林水产省食品流通及农蚕园艺局
制订时间	1990-11-28	1991-6-24	1992-10-1(1996 年、1997 年、2001 年三次修改)
实行时间	1993-10-1	1994-7-1	1993-4-1
表示名称	有机	有机或生态	有机食品
栽培条件	收获前三年内不使用农药、化肥	播种前二年内或收获前三年内（多年生作物）无化肥、农药的农田	收获前三年内无化肥、农药的农田，化肥、农药等使用量在正常使用量的 50% 以下
加工条件	除水、盐外，有机食品含量 95% 以上，附加对添加剂限制和对包装、用水的要求	除水、盐外，有机食品含量 95% 以上，附加对食品添加剂的限制	
土壤改良	轮作和堆肥（可使用腐熟厩肥，但限制硝酸盐及细菌对水质污染）	轮作和堆肥（一定条件下可使用腐熟厩肥、堆肥等）	
生产者	有机生产计划的制订、记录、存档	有机生产计划的制订、记录、存档	按有机食品生产管理规定

根据美国《有机食品生产法案》，任何未经认证的产品如果标上"有机"标识，都是违反联邦法令的。如要在销售的产品上标示"有机"字样必须通过有关认证机构的认证，包括畜禽、食品和原料作物及有机产品加工者。

《欧盟有机农业规定 EU2092/91》是 1991 年 6 月制定的，对有机食品的生产、加工、贸易、检查、认证及物品使用等全过程进行了具体规定。欧盟标准适用于其成员国的所有有机食品的生产、加工、贸易（包括进口和出口）。

2. 发达国家的食品安全控制管理与认证体系模式的应用

目前，世界各国普遍认识到食品由农产品的生产到最终用于消费是一个有机、连续的过程，对其管理也不能人为地割裂，因此，强调对食品安全的全程性管理。这种全程性管理不仅强调要从农业投入品开始，对食品由生产到消费的各个环节进行管理，并且体现在尽可能地减少管理机关的数量，由尽可能少的机关对食品安全进行全程性管理。

1）主要由农业部门来负责的模式

对食品安全管理采取主要由农业部门来负责这一模式的典型国家是加拿大。1997 年 3 月，加拿大议会通过了《加拿大食品监督署法》，决定在农业部之下设立一个专门的食品安全监督机构——加拿大食品监督署（类似于中国部委管理的国家局或部属事业单位），统一负责加拿大食品安全、动物健康和植物保护的监督管理工作。加拿大食品监督署负责农业投入品监管、产地检查、动植物和食品及其包装检疫、农药残留监控、加工设施检查和标签检查，真正实现了"从农田到餐桌"的全程性管理。

2）成立专门的独立食品安全监督机构的模式

成立专门的独立食品安全监督机构这一模式以欧盟国家为代表。在英国，依据 1990 年《食品安全法》的规定，食品安全监管职能在中央，原来属于农业渔业及食品部，1999 年 11 月，英国议会通过《1999 年食品标准法》，决定成立一个独立的食品安全监督机构——食品标准局（Food Standard Ageney，FSA）。食品标准局的职能，一是政策制定，即制定或协助公共政策机关制定食品（饲料）政策；二是服务，即向公共当局及公众提供与食品（饲料）有关的建议、信息和协助；三是检查，即为获取并审查与食品（饲料）有关的信息，可对食品和食品原料的生产、流通，以及饲料的生产、流通和使用的任何方面进行观测；四是监督，即对其他食品安全监管机关的执法活动进行监督、评估和检查。

3）多个部门共同负责的模式

多个部门共同负责的模式以美国为代表。美国负责食品安全的机构主要包括三个部门：农业部（U. S. Department of Agriculture，USDA）、卫生和公共事业部及环境保护署。农业部主要负责肉类、家禽及相关产品和蛋类加工产品的监管；卫生和公共事业部负责其他食品、瓶装水、酒精含量低于 7% 的葡萄酒饮料的监管；环境保护署主要监管饮用水和杀虫剂。此外，美国商业部、财政部和联邦贸易委员会也不同程度地承担了对食品安全的监管职能。

3. 发达国家的食品安全控制管理与认证方式及手段的应用

在食品安全控制管理方式上，发达国家认为，食品安全包括农产品质量安全，首先是食品生产者、加工者和居于食物链中的其他人（包括消费者）的责任。政府在食品安全控制管理中的主要职责就是最大限度地减少食品安全风险。这种思路在很大程度上影响了法律对食品安全控制管理手段的规定。就目前掌握的立法情况看，西方主要国家在管理食品安全方面主要有以下手段。

1）制定和完善标准

制定食品安全标准并予以强制执行被认为是政府在食品安全监管中的首要职能和最广泛职能。

2）建立检验检测体系

英、美等国的有关法律都规定主管部长可任命分析员负责检验检测工作。《加拿大农产品法》第 14 条更是明确规定农业部部长可认可有关实验室并承担检验、分级和试验等工作。

3）加强监督检查

加强监督检查是食品安全监管的最主要和最经常的手段，目的在于确保有关法令、标准得到严格遵守。英国、美国、加拿大等国有关法律授权监管机关可对农产品的生产、加工和销售场所进行检查，并规定检查人员有权检查、复制和扣押有关记录，并可取样分析。对检查中发现的违法食品，监管机关可以采取查封、扣押和禁止移动、禁止销售等强制措施。

4）规定严厉的法律责任

在英国、美国、加拿大等国，食品安全的违法者不仅要承担对受害者的民事赔偿责任，而且还要受到行政乃至刑事制裁。这些制裁措施除罚款外，主要还有没收和销毁违法产品、责令停产停业和吊销营业执照等，违法情节严重的，还可能被判处监禁。

4. HACCP（现 ISO22000）认证

HACCP 称为"危害分析和关键控制点"。根据 GB/T15091—1994《食品工业基本术语》，HACCP 定义为：生产（加工）安全食品的一种控制手段；对原料、关键生产工序及影响产品安全的人为因素进行分析；确定加工过程中的关键环节；建立、完善监控程序和监控标准；采取规范的纠正措施。我国在 20 世纪 90 年代初引进了 HACCP 管理体系，并将其应用于出口食品加工企业中。现在 HACCP 管理体系已广泛应用到食品加工企业及相关企业。在 2002 年，国家认证认可监督管理委员会（国家认监委）先后发布了《食品生产企业 HACCP 管理体系认证管理规定》和关于在出口罐头、水产品、肉及肉制品、速冻蔬菜、果蔬汁、速冻方便食品 6 类出口食品企业开展强制性 HACCP 体系认证的规定。列入《出口食品卫生注册需要评审 HACCP 管理体系的产品目录》（以下简称《目录》）的企业，必须建立和实施 HACCP 管理体系。各地出入境检验检疫机构负责所辖区域内企业 HACCP 管理体系的验证工作，并根据国外食品卫生管理机构的要求，出具 HACCP 验证证书。国家认证认可监督管理委员会负责全国HACCP管理体系认证认可工作的统一管理、监督和综合协调工作，监督管理HACCP管理体系的实施和出入境检验检疫机构的验证工作，负责调整和公布《目录》。企业建立和实施的 HACCP 管理体系可申请 HACCP 认证。经第三方认证机构按照规定评审符合要求的，由认证机构颁发 HACCP 认证证书。

5. GAP 认证

1997 年欧洲零售商农产品工作组（European Retailers Produce，EUREP）在零售商的倡导下提出了"良好农业规范"（good agricultural practices，GAP），简称 EUREPGAP。2001 年 EUREP 秘书处首次将 EUREPGAP 标准对外公开发布。EUREPGAP 标准主要针对初级农产品生产的种植业和养殖业，分别制定和执行各自的操作规范，鼓励减少农用化学品和药品的使用，关注动物福利，环境保护，工人的健康、安全和福利，保证初级农产品生产安全的一套规范体系。

2003 年我国卫生部制订和发布了"中药材 GAP 生产试点认证检查评定办法"，作为中国官方对中药材生产组织的控制要求。2003 年 4 月国家认证认可监督管理委员会首次提出在我国食品链源头建立"良好农业规范"体系，并于 2000 年启动了中国良好农业规范（CHINAGAP）标准的编写和制定工作，CHINAGAP 标准起草主要参照欧洲良好农业规范（EUREPGAP）标准的控制条款，并结合中国国情和法规要求编写而成。CHINAGAP 标准的发布和实施必将有力地推动我国农业生产的可持续发展，提升我国农产品的安全水平和国际竞争力。

第五节 食品追溯与召回技术

一、食品追溯与召回技术的起源和原理

（一）食品追溯

1. 食品追溯的概念

食品追溯是指在生产、加工和销售的各个关键环节中，对食品、饲料、有可能成为食品或饲料组成成分的所有物质的追溯或追踪能力。所谓的"追溯"就是一种还原产品生产和应用历史及其发生场所的能力，目的是发现食品链的最终端。通过建立追溯体系，可识别出发生食品安全问题的根本原因，及时实行产品召回或撤销。

食品追溯体系是一种基于风险管理为基础的安全保障体系。一旦危害健康的问题发生，可按照从原料上市至成品最终消费过程中各个环节所必须记载的信

息，追踪食品流向，回收存在危害的尚未被消费的食品，撤销其上市许可，切断源头，以消除危害并减少损失。

2. 食品追溯体系的主要内容

食品追溯体系包括两个层次的内容：宏观意义上指便于食品生产和安全监管部门实施不安全食品召回和食品原产地追溯，便于与企业和消费者信息沟通的国家食品追溯体系；微观上指食品企业实施原材料和产成品追溯和跟踪的企业食品安全和质量控制的管理体系。

（二）食品追溯起源

近年来，由于食品安全（食物中毒、疯牛病、口蹄疫、禽流感等畜禽疾病，以及严重农药残留、进口食品材料激增等）危机频繁发生，极其严重地影响了人们的身体健康，引起了全世界的广泛关注，如何对食品进行有效跟踪和追溯，已成为一个极为迫切的全球性课题。

20 世纪 90 年代，由于疯牛病的滋长和蔓延，欧盟各个国家于 1997 年开始对牛肉质量追踪与追溯系统的研究和建设，经过多年的探索和应用，欧盟国家已形成比较完善的牛肉质量追踪与追溯系统，实现了"从农田到餐桌"的全过程质量控制[37]。2002 年欧盟还利用法律条文来规范监督可追溯系统的实施，要求从2004 年起，在欧盟范围内销售的所有食品都能够进行追踪与追溯，否则，不允许上市销售，并且要求绝大多数国家对家畜和肉制品进行开发并实施强制性可追溯制度。

因此，许多国家和地区已经开始应用食品追溯系统进行食品安全管理。继欧盟之后，美国、日本、澳大利亚、新西兰和中国等国都在大力推广食品追溯系统，食品追溯系统已经成为保证食品安全的基本要素，并发挥着越来越重要的作用。

（三）食品追溯系统

食品追溯系统是一个能够连接生产、检验、监管和消费各个环节，让消费者了解符合卫生安全的生产和流通过程，提高消费者放心程度的信息管理系统。该系统提供了"从农田到餐桌"的追溯模式，提取了生产、加工、流通和消费等供应链环节消费者关心的公共追溯要素，建立了食品安全信息数据库，一旦发现问题，能根据追溯进行有效的控制和召回，从源头上保障消费者的合法权益[38]。

通过食品追溯系统的建设，可以解决因为油污、潮湿等原因造成的对条码的损坏而不能准确读出数据的问题，不但可以追溯养殖与加工业的疫病与污染问题，还可以追溯养殖过程中滥用药、加工过程中超范围超限量使用添加剂，改变以往对食品安全管理只侧重于生产后的控制，而忽视生产中预防控制现象，完善食品加工技术规程、卫生规范以及生产中认证的标准，带动行业的整体进步，全面提升我国食品行业的水平。

食品追溯系统在食品安全管理体系中已经成为一项重要的手段。通俗地说，食品追溯系统就是利用食品追溯关键技术标示每一件商品、保存每一个关键环节的管理记录，能够追踪和追溯食品在食品供应链的种植/养殖、生产、销售和消费整个过程中相关信息的体系。从技术角度而言，食品追溯系统实质上是以标示为技术载体的信息记录系统[39]。

食品供应链具有的多主体、多环节、多渠道和跨地域等特征，同时，成员之间相互依赖、相互影响，使它蕴含着很大的风险。任何一个环节出现问题都会波及整个食品供应链。如果根据行为者的主观意愿划分，可以将食品安全问题分为两种类型。一是作为行为者的食品供应链成员，在利益驱动下的主观愿意及在投入物的选择和用量上违背诚信道德导致的食品安全问题。二是由于管理上的疏漏及现有技术的局限性导致的食品安全问题[40]。例如，由于信息不对称导致安全食品市场供需不均衡而产生的食品安全问题[41]。

为科学有效地解决复杂食品供应链产生的食品安全问题，分析、设计和应用食品追溯系统，一方面有助于充分利用食品追溯系统的可追溯能力，加大对有主观意愿行为者的处罚力度，提高食品安全管理水平和技术保障能力；另一方面有利于监测任何对人类健康和环境有影响的因素，维持人类社会健康、和谐和可持续发展。

在食品追溯关键技术的支持下，食品追溯系统具备了标示标准化、标示唯一性、数据自动获取、关键节点管理和食品供应链成员信息共享等基本的技术条件，图像处理、计算机、无线射频识别（RFID）、DNA[42]、PCR[43]和抗体分析等技术在食品追溯系统中得到了广泛应用[44]，有力地推进了食品追溯系统的发展，使其不但能够实现追溯，而且能够客观有效地评估食品供应链各个环节的状况，并且能够指导食品供应链成员企业的生产和管理，为消费者提供安全的食品，提升整个食品供应链的竞争力。

（四）食品追溯系统的建立

在现代社会里，建立健全食品追溯制度已是食品企业、消费者和政府的共同要求，并成为全球食品安全管理的发展趋势。为此，建立和完善食品追溯系统有助于提升食品安全管理水平。

1. 食品追溯系统建设的目的

食品追溯系统是指在食品供应链的各个阶段或环节中由一系列追溯机制组成

的整体[45]，食品追溯系统涉及许多个食品企业或公司、多门学科，具有多种功能，但基本功能是信息交流，具有随时提供整个食品供应链中食品及其信息的能力。在食品供应链中，只有各个食品企业或公司都引入和建立起本企业或公司内部的追溯系统，才能形成整个食品供应链的追溯系统，实现食品追溯。食品追溯系统能在食品供应链的各个阶段或环节追踪和追溯食品及其相关信息，实现以下目的。

1）提高食品安全性

一旦发生与食品安全相关的事故，食品追溯系统能迅速追溯其原因，迅速有效地清除不安全食品，确定食品安全事故的肇事者，并有助于收集损害健康的资料，实施风险管理。

2）提供可靠信息

食品追溯系统能迅速向消费者和政府食品安全监管部门提供食品信息，加强食品标示的验证，防止食品标示和信息的错误辨识，实现公平交易。

3）提高经营效益

食品追溯系统可以通过产品身份的识别、信息收集和储存，增加食品管理的效益，降低成本，提高食品质量。

2. 食品追溯系统建设的要求

虽然食品追溯系统的建立，目前尚没有被国际社会普遍接受的标准，但以下基本要求可供参考。

1）在各个环节记录和储存信息

食品生产经营者在食品供应链的各个环节应明确食品及原料供应商，购买者及互相之间的关系，并记录和储存这些信息。

2）食品身份的管理

食品身份的管理是建立追溯的基础，其工作包括以下内容。

（1）确定食品追溯的身份单位和生产原料。

（2）对每一个身份单位的食品和原料分隔管理。

（3）确定食品及生产原料的身份单位与其供应商、购买者之间的关系，并记录相关信息。

（4）确立生产原料的身份单位与其半成品和成品之间的关系，并记录相关信息。

（5）如果生产原料被混合或被分割，应在混合或分割前确立与其身份单位之间的关系，并记录相关信息。

3）企业的内部检查

开展企业内部联网检查，对保证追溯系统的可靠性和提升其能力至关重要。

企业内部检查的内容有以下三项。

（1）根据既定程序，检查其工作是否到位。

（2）检查食品及其信息是否得到追踪和追溯。

（3）检查食品的质量和数量的变化情况。

4）第三方的监督检查

第三方的监督检查包括政府食品安全监管部门的检查和中介机构的检查，有利于保持食品追溯系统的有效运转，及时发现和解决问题，增加消费者的信任度。

5）向消费者提供信息

一般而言，向消费者提供的信息有以下两个方面。

（1）食品追溯系统所收集的即时信息，包括食品的身份编码和联系方式等。

（2）历史信息，包括食品生产经营者的活动及其产品的历史声誉等信息。向消费者提供此类信息时，应注意保护食品生产经营者的合法权益。

3. 食品追溯系统的设计原则

任何种类的信息系统设计都需要遵循一定的设计原则，确定设计要点，构建具有特定功能的体系结构。食品追溯系统建设是一项耗资额巨大、技术复杂度高、开发周期长的系统工程。因此，在系统设计阶段必须认真分析，明确整个系统的设计原则和设计要点。

为了满足中国食品追溯体系创新的需要，根据系统需求分析，使系统能最大限度地满足食品追溯当前和未来不断变化的业务需求，同时也能在最大限度地保护项目投资的前提下，充分利用迅速发展中的先进的信息技术和产品。因此，食品追溯系统设计主要基于以下几项原则。

1）先进性和成熟性

在食品追溯系统各项功能设计过程中，要采用先进和成熟的技术，注意协调先进性和成熟性两者之间的关系。

2）开放性、适应性和标准性

在食品追溯系统设计开发过程中提供的系统方案、技术指标及产品均应符合国际和工业标准，系统中采用的所有产品都要满足相关的国际标准和国家标准（行业标准），是一个开放的可兼容系统，可以有效地保护用户投资。

3）高可靠性

食品追溯系统的稳定性是应用单位信誉与成功的关键，因此，应为用户提供一个具有高可靠性的方案，以保证系统的安全可靠性，具有高可靠性和强大有效的容错能力是系统设计的重要前提。在食品追溯系统设计方案中，应在充分体现方案技术先进性的同时，体现技术的成熟性，并注重保持数据库的多层次管理、分级授权安全保密机制的优良性能。

　　4）可扩充性

　　在发展迅速的信息技术领域，应用环境、系统的硬件或软件都会不断地加以更新，因此，食品追溯系统的可扩充性、兼容一致性直接决定着系统功能的完善和进一步发展。食品追溯系统应满足不断优化、平滑升级的要求。

　　5）实用性、可维护性

　　食品追溯系统设计必须严格按照国家有关标准，既要方便于现有的设计及习惯，又要体现系统化后的适用性和优越性，操作界面、应用平台普通化。硬件的连接完全采用标准化接口；软件设计采用面向对象的程序设计思想和结构化的方法，便于模块的增加与删减；程序结构清晰、易懂，便于维护。

4. 食品追溯系统的设计要点

　　食品追溯系统具有对所处政治、经济和文化等环境的依赖性，在系统设计时必须综合考虑环境因素的影响、突出环境特色。从食品追溯系统的作用中能够体会到，它的作用突出地反映在食品安全管理体系中，它更多地渗透着食品安全与风险管理理念。因此，食品追溯系统设计的要点主要体现在以下 4 个方面。

　　1）关键追溯技术的选择

　　在食品追溯系统中，食品追溯关键技术的应用，有力地保障了食品追溯系统的正常运行。但是，在食品追溯系统设计时必须综合考虑效率/成本、效益/成本之间的均衡问题，根据需要选择关键追溯技术。面对追踪技术选择，要进行技术先进性、准确性、可靠性、兼容性等特性和效率/成本、效益/成本之间的综合分析，以确定食品追溯系统的关键追溯技术。

　　2）关键追溯环节的识别

　　食品追溯贯穿于食品在食品供应链的双向流动过程，尽管每一个环节都应纳入食品追溯系统，但是在系统设计、追踪数据确定和食品供应链过程识别中，衡量每一个环节对食品安全的贡献度，按照贡献度的大小确定关键追溯环节，从而形成一个贯穿整个食品供应链、数据信息可靠传递的信息记录体系。

　　3）关键追溯用户的确定

　　食品追溯系统是一个开放的系统，需要有针对性地确定其关键用户，以更好地满足用户需求。政府职能部门、食品供应链成员、消费者都应纳入系统分析对象，并沿着"用户对象分析—用户需求分析—系统目标分析—系统功能分析—系统环境分析"的思路逐步确定关键追溯用户。结合食品追溯系统的设计要点，关键追溯用户的确定贯穿于系统分析和对象识别过程，充分分析关键追溯用户的需求，建立食品追溯系统的逻辑模型。

4）关键追溯环境的搭建

食品追溯系统的正常运行离不开正常的软、硬件环境，系统应用模式中选择和应用软件开发工具、数据库、网络配置都应遵循食品追溯系统的设计原则，满足当前功能和未来升级的需要。关键追溯环境的搭建体现在系统框架设计中，一个以任务为导向的食品追溯系统软、硬件环境建设过程，从技术层面关注应用软件开发工具、数据库、网络配置，构建一个安全、可靠的系统运行环境。

5. 食品追溯系统建设的阶段及步骤

根据食品追溯系统建设的目的和基本要求，进一步描述食品追溯系统建设的阶段及步骤。

1）准备阶段

步骤一，提出引入和建立食品追溯系统的计划，确立其引入和建立的目的、范围、要求及预算等。

步骤二，组建食品生产经营人员小组。

食品追溯系统的运转是建立在食品生产经营者之间相互合作的基础之上的。因而，在建立该系统时，食品供应链中各阶段或环节的生产经营者应共同参与，共同制定食品及其信息的收集、储存及交流的规则和相关政策。

步骤三，分析当前情况，形成基本方案。

（1）分析当前情况：消费者的需求、食品生产经营者的需求及现有的资源。

（2）设立目标：食品追溯系统建立的基本想法、食品追溯系统发挥的作用、期望达到的效果及食品追溯系统建立的规格/规模。

（3）制订食品追溯系统建立的基本方案。

2）建立阶段

步骤四，建立信息系统。

食品身份单位的确定；食品进出货的岗位工作分析；计算机的使用情况。

步骤五，确定信息系统规格。

数据库的规格；输入/输出规格；外部信息交流的规格。

步骤六，汇编食品追溯程序手册。

清晰地界定食物供应链中岗位工作及责任人；每个岗位应收集的信息、收集信息的方式及要求；收集信息的时段；人员的培训及管理。

3）运行阶段

步骤七，试运行食品追溯系统，检验和评估其系统设计及建设的情况。

步骤八，根据试运行的情况修正和进一步完善食品追溯系统。

步骤九，公布食品追溯系统及其操作手册。

步骤十，全面启用食品追溯系统。

6. 食品的可追溯系统的局限和困难

1) 可追溯系统的局限

食品采用这套可追溯制度本身不提供食品质量保证，因为这个系统只在跟踪方面很有效，它不能提高食品的质量，但它的重要性在于能提供食品安全、质量和产品标签之间的关系。一个有效的可追溯制度同样可提供整个市场流通环节的有效流向信息，ISO9000 认证和 HACCP 能提高食品的质量，因此，质量管理与产品的快速召回相结合，对完善食品的管理很有必要。

2) 可追溯系统的困难

(1) 资金问题。要设计和采用标准化的可追溯系统，需要投入较多的资金。为了解决这些复杂的事情，欧共体筹措一个称为"鱼产品的可追溯能力"的基金，是由 24 个出口商、加工商、进口商和研究机构的公司、机构和办事处组成的协会，他们的做法值得借鉴的。上海"十一五"计划准备出资对上海的食品，特别是肉类制品使用 RFID 技术管理。

(2) 兼容性问题。当可追溯系统排在第一位时，它必须能从一个单位到另一个单位追踪产品。这要求所有涉及产品的单位能有效地进行交流与数据传送。一旦兼容建立，数据必须进行识别和标准化。国家级和国际级的可追溯系统，必须建立标准数据传送模型。

(3) 商业保密问题。由于主要原料的来源和一些技术指标和有关操作过程必须在标签上标明，产品流通的每一个环节、最终消费者等重要信息都容易让同行知道；加上现在代理产品市场的混乱，生产商知道了具体的分销商，有可能直接插手，让分销商辛辛苦苦开拓的市场被收回。这种情况对中小型企业不利。因此如何解决信息与工业秘密问题，有待探讨。

(五) 食品召回

食品召回是指食品生产者按照规定程序，对由其生产原因造成的某一批次或类别的不安全食品，通过换货、退货、补充或修正消费说明等方式，及时消除或减少食品安全危害的活动。

所谓不安全食品，是指有证据证明对人体健康已经或可能造成危害的食品，包括以下几种。

(1) 已经诱发食品污染、食源性疾病或对人体健康造成危害甚至死亡的食品。

(2) 可能引发食品污染、食源性疾病或对人体健康造成危害的食品。

(3) 含有对特定人群可能引发健康危害的成分而在食品标签和说明书上未予以标示，或标示不全、不明确的食品。

国家质量监督检验检疫总局 2007 年 08 月 31 日发布第 98 号令，于当日公布并正式实施《食品召回管理规定》。管理规定共 5 章 45 条，主要内容包括食品召回的管理体制；食品安全信息管理；食品安全危害调查和评估；食品召回实施，包括主动召回、责令召回和召回结果评估与监督及召回食品后处理和法律责任。其中第四条定义的食品召回是指食品生产者按照规定程序，对由其生产原因造成的某一批次或类别的不安全食品，通过换货、退货、补充或修正消费说明等方式，及时消除或减少食品安全危害的活动。

（六）食品召回的条件

食品召回的条件主要有缺陷说、不安全说和标准说。缺陷说是从产品缺陷责任发展而来，主张食品具有设计缺陷、制造缺陷、指示缺陷和发展缺陷时，构成食品召回的基础。不安全说认为食品对消费者的人身、财产、健康和生命已经造成危害或可能造成危害的状况下，应立即召回。不安全说是采用最广泛的食品召回条件，如《食品召回管理规定》就以不安全说作为食品召回条件。而《食品安全法》采用的是标准说，"食品生产者发现其生产的食品不符合食品安全标准，应当立即停止生产……" "食品经营者发现其经营的食品不符合食品安全标准，应当立即停止经营……" "食品安全标准是强制执行的标准。除食品安全标准外，不得制定其他的食品强制性标准。"强制标准的确立，是将食品召回限定在可控制的标准化范围内，由国家制定统一的标准，用法律形式强制执行，可以有效防范未达到强制标准的食品企业进入市场。

（七）召回系统的来源[46]

20 世纪 80 年代，为了消除或减少食品安全恶性事件的发生，一些发达国家和地区根据本国国情先后建立了不同类型的食品安全管理体制，力图实现"从农田到餐桌"的全过程管理与控制。在整个食品供应链全过程管理与控制下，各国的食品安全水平有了不同程度的提高。同时，为了应对食品安全突发事件，在这些国家和地区的食品安全管理体系中设立了缺陷食品召回制度或相应的管理内容，使食品安全体系更加完善。在欧美及澳大利亚、新西兰等国家和地区 30 年的食品安全管理实践中，食品安全管理体系不断完善，食品召回制度成为世界各国处置食品安全事件的一项重要措施[47]。

产品召回制度始建于 20 世纪 60 年代的美国，后逐渐引入食品等与消费者生命财产安全密切相关的行业。作为最早建立食品召回制度的国家，美国在长期的食品安全保障实践中不断完善召回制度，形成了较为完善的食品召回体系。

（八）食品召回程序

规范的食品召回程序是食品召回体系的重要组成部分，也是保证食品召回制度有效实施的重要基础。英国、美国等国家从缺陷汽车召回模式发展而来的食品召回，强调食品召回方案的报告和许可程序[48]。在缺陷汽车的召回程序中，缺陷汽车的制造商如果发现产品存在缺陷，首先应报告行政主管部门，对产品缺陷进行危害风险评估，并提交缺陷汽车的召回处理方案，经行政机关的批准，方可付诸实施。英国、美国等国家在食品召回的程序上，除主动召回外，也设置了一套与缺陷汽车召回相同的工作引序和操作模式。根据朱德修的研究，中国的食品召回程序主要包括制订食品召回计划、启动食品召回、实施食品召回和食品召回总结评价4个环节。

1. 制订食品召回计划

1) 食品召回计划的两种观点

食品召回计划的制订和实施是否需要经过食品安全监督管理部门批准，目前主要有许可制和备案制两种观点。

（1）许可制观点直接来自英国、美国等国的食品召回制度，主张食品召回计划的制订和实施应采用许可制。在美国，只有经过 FSIS 或 FDA 的批准方可实施相应食品的召回计划，也只有经过 FSIS 或 FDA 的认可才能终结召回程序。中国《食品召回管理规定》同样对召回计划的制订和实施规定了许可制，不论是主动召回还是责令召回，只有经过质量监督部门的核准，召回计划才能付诸实施，也只有经过质量监督部门的评估，认为达到预期效果的，才能终结食品召回程序。

（2）备案制观点来自上海市食品药品监督管理局《缺陷食品召回管理规定（试行）》。这一规范性文件设定了主动召回和责令召回两种方式。在主动召回程序中，第1条第3款规定："市食品药品监管局应当对食品生产经营者提交的召回报告、召回计划及召回通知书进行审查，认为需要提出意见的，一级缺陷食品的召回应当在接到召回计划和召回通知书后24h 内提出，二级、三级缺陷食品的召回应当在72h 内提出。逾期未提出意见的，视作同意。"第19条第2款规定："市食品药品监管局应当对食品生产经营者提交的召回终结报告进行审查，认为需要提出意见的，应当在3天内提出。逾期未提出意见的，视作同意。"该文件同时规定，责令召回程序参照主动召回程序执行。因此，该规范性文件对食品召回计划的制订和实施，采用了备案制而非许可制。

2) 食品召回计划的主要内容

任何食品生产者在发现其生产的食品属于应当召回的范畴时，都应该迅速制订书面召回计划，按计划实施食品召回。食品召回计划的主要内容包括以下几个方面[49,50]。

（1）停止生产不符合食品安全标准的食品的情况。

（2）通知食品经营者停止经营不符合食品安全标准的食品的情况。

（3）通知消费者停止消费不符合食品安全标准的食品的情况。

（4）食品安全危害的种类、产生的原因、可能受影响的人群、严重和紧急程度。

（5）召回措施的内容，包括实施组织、联系方式及召回的具体措施、范围和时限等。

（6）召回的预期效果。

（7）召回食品后的处置措施。

2. 启动食品召回

食品生产者是食品召回的第一责任者，负责启动食品召回行动。在启动食品召回程序中应做好以下工作。

（1）企业负责人召开食品召回会议并审查有关资料。

（2）确认食品召回的必要性。首先进行食品安全风险评估，如需召回相关产品，则确定召回的具体方法。

（3）向当地食品召回协调组织报告。

3. 实施食品召回

根据食品安全风险评估，不符合食品安全标准的食品的级别不同，食品召回的级别不同，召回的范围、规模也不同。要根据发现不符合食品安全标准的食品的环节来确定食品召回层次。若不符合食品安全标准的食品在批发、零售环节发现但尚未对消费者销售的，可在商业环节内部召回。当不符合食品安全标准的食品在消费者购买后发现，则应在消费层召回。不符合食品安全标准的食品发现后，食品生产者一方面应立即停止不符合食品安全标准的食品的生产、销售，并通知经营者从货柜上撤下，单独保管，等待处置；另一方面应通知新闻媒体和在店堂发布经过食品安全监督管理部门审查的、详细的食品召回公告，尽快从消费者手中召回不符合食品安全标准的食品，并采取补救措施，或销毁或更换，同时对消费者进行补偿。

4. 食品召回总结评价

食品召回工作完成后，食品生产企业要做总结评价，包括以下几个方面。

（1）编写食品召回进展报告，说明召回工作进度。

（2）审查食品召回的执行程度，如召回计划、召回体系、实施情况、效果分析和人员培训等。

（3）向食品安全监督管理部门提交总结报告。

（4）提出保证食品安全，防止再次生产、经营不符合食品安全标准的食品的措施。

二、食品追溯与召回技术的应用

（一）食品追溯的应用

1. 食品追溯关键技术

进行食品的跟踪与追溯的每一个环节，不仅要将本环节的信息进行标记，还要采集前面环节的已有信息，并将全部信息标示在产品标签上，以备下一个环节使用。

1）产品标示

产品标签是追溯的关键。食品的品质信息包括成品的成分（或营养成分）与定义、保存条件、运输要求、生产方法、生产处理过程、生产日期和保质期、生产批次和批量等；食品的物理信息包括重量、形态等；有害物质的信息包括微生物含量、农药、药物和激素残留量等。

可根据不同的产品、不同产品的价值和信息量来选择不同的标识码。可使用的标识码有 2D 条形码、混合条形码、矩阵码、电子标签（磁条信息标签、RFID 等），电子标签可读可写。2D 条形码、混合条形码和矩阵码可以记录 2000 个字符的信息，包括供应商代码和身份、修改日期、批数量、毛重及其他信息。混合条形码可用在全球开放的物流信息标示和条形码标示系统（EAN·UCC），每步骤可加贴身份标签。其操作是供应商分别贴上产品的各种信息和接收方信息的 2D 条形码，接收方只有在接受方信息一致才接收，防止供应和接收错误。这些条形码制作成本低，阅读设备的成本也低，只可读，不能写。许多信息量不大的食品可采用这些标识码。在实际操作中货值不高的食品可采用这些条形码。

磁卡也可以广泛应用于食品标示，磁卡信息量很大，可读可写。供应链接收方不仅将卡内原有的信息扫描进中央数据库，还可以将自身的信息加进去，如流通方的身份、食品的保藏信息等，可以重复使用。可用于高档食品，如婴儿奶粉的标签。

RFID 能储存数百万个字节，并可以根据需要制作食品的温度、时间、显示产品所走过路径的踪迹。RFID 分被动型和主动型，被动型不装有电源，主动型装有电源。被动型 RFID 需要阅读器下载资料信息；而主动型 RFID 进入接收范围，就能自动阅读信息而不需要等待信号。虽然 RFID 价格不低，但有它的特殊用途，不需要扫描，一次就能将几百个标签输入计算机而且不会出错，节省时间。目前澳大利亚 Natl 家禽畜牧识别协会将 RFID 用于牛和家禽的追踪，欧共体用于肉类工业。所以 RFID 在食品工业的应用会越来越广泛。RFID 适合于产品（贸易单元）、包装箱（物流单元）和（或）可回收物品。2D 信息码和无线电信息码可记载条款信息、实时地点信息，而且这些信息能够即时获得。对于可读可写的标签，产品出货时，已经将接收方的信息输入标识码，用手提扫描器扫描信息标签，信息标签上的资料就自动传送到供应商中央数据处理器。

电子标签信息储存量大，不容易受损坏，不容易受污染，可存放于整个食品物流的全过程。电子标签能清楚地还原食品的历史生产过程，能准确确定食品的品质和存放位置，容易对食品安全问题溯源。

2）食品运输过程中的追踪管理

司机用手提感应器扫描运输货物标识码，然后车上的计算机接收这个信息，传送至无线电通信终端，不到 1s 完成信息转移。欧洲采用多工业运输标签（ANSI materials handling label），那样，产品标签加上运输标签，产品的去向一目了然。采用全球定位系统（GPS）来追踪产品的野外去向，数秒钟系统就能测定货物在什么区域，如果有指令，手提阅读器很快就知道。将货物的去向设定好，货物操作直接指令货物到合适的地方，否则，会有报警响声。

目前，佳吉货运公司就采用 GPS 来追踪运输货物的去向，只有输入你的发货单号，就可明确你的货物的流通地点。

3）存放地点的追踪管理

在欧洲，采用 EAN·UCC 全球定位数码（GLN）来确定产品所放位置。GLN 数字符号代表某个仓库，甚至装卸货台的代码，还包括地址、邮编、电话、联系人、银行信息、交货要求和限制条款等。因此要追踪一批产品，可由实时放置系统（RTLS）就知道建筑物内要找的食品。由于 EAN·UCC 系统能为贸易项目、物流单元、流通链中的各个参与方及位置提供全球唯一标记，所以非常适合用于实施食品的追溯。

每次进出货物都需要手提阅读器或数据传感器接收该产品的信息，而阅读器或传感器与中央数据库是立即感应的。这样全面记录物流者的物流方式、物流时间和物流路线，追溯过程准确、快捷。

4）食品零售的追踪管理

食品零售的追踪管理采用每次交易中记录相应的供应者与消费者，并提供相应的个人资料。那么，如果有问题，可追踪到某个消费者。食品的可追溯是一个多层次的活动，需政府部门组织，许多部门参与，包括质量部门、物流、信息技术（IT）部门、营销部门等。只有在生产、包装、储存、运输等各个环节建立无缝的链接并进行有效的管理才能实现。

在全球范围内，保持和提高健康水平是提高人类福利的基本要求，而食品安全则是健康的基础。许多发达国家和地区为了消除或减少食品安全恶性事件的发生，根据各国的国情建立了不同类型的食品安全管理体制，力图实现"从农田到餐桌"的全程管理与控制。与此同时,食品追溯与召回体系建设成为世界各国政府关注的热点。由于近年来频发的食品安全恶性事件,如苏丹红事件、"大头婴儿"奶粉事件、三鹿奶粉事件等,使食品安全问题一次次成为全社会关注的焦点。

面对食品安全方面存在的种种问题,中国应在总结以往工作经验的基础上,借鉴国外的先进经验,建立一个适合中国国情的高效、科学、强而有力的食品追溯与召回体系,使中国在控制食品污染、减少食源性疾病、保障消费者健康方面步入世界前列。

2. 食品追溯系统的应用

食品追溯体系在保障人类健康、解决食品国际贸易争端等方面发挥了重要作用,各国政府已经投入大量的人力、物力和财力,加强食品追溯体系建设。食品追溯体系是一项涉及多部门、多环节、多学科知识的复杂系统工程,需要相应的食品追溯技术体系作为支撑。食品追溯关键技术的成熟,不仅有助于降低企业管理成本,而且有助于促进相关技术产业的发展,提高企业构建食品追溯体系的积极性。

随着社会经济的发展和人类社会的进步,在食品追溯体系建设过程中所出现的问题也越来越复杂。如何在中国食品尤其是农产品生产比较分散、生产集约化程度不高、科技化和标准化水平较低的情况下实现食品追溯,以及如何在比较落后的食品流通方式,如批发市场、集贸市场中对食品进行追溯。这些复杂问题的出现给食品追溯体系建设带来了不小的压力。

信息技术的发展为食品追溯体系的完善提供了坚实的技术基础。快速发展的条形码技术、无线射频识别技术、耳标等自动识别与数据采集技术及物种鉴别技术为食品追溯带来了极大的便利,并促进了食品追溯的快速发展。可见食品追溯技术在食品追溯与召回中扮演着重要角色,食品追溯体系建设必须以信息技术为基础。

为了顺利完成食品供应链全程追踪与追溯,食品供应链成员必须在生产、加工、储存、运输及流通等环节收集相关的产品信息、过程信息及环境信息等食品安全信息。从技术方面而言,食品追溯需要依托检测技术和追溯方法才能实现。

一是检测技术,如蛋白质分析技术、脂质体技术和 DNA 技术等;二是追溯方法,如目标、条形码和 RFID 技术等。只有通过一系列的检测技术发现食品中存在质量问题,才能通过追溯方法查找原因,保障食品追溯体系的有效性[51]。

食品追溯检测技术的研究,主要集中在动物源食品的追溯检测。常用的检测指标主要包括物种、来源地、生产系统或条件,其中最为关键的就是物种鉴别技术，主要包括蛋白质分析技术、脂质体技术、DNA 技术及虹膜识别技术。

在食品追溯体系中，定位信息标准化技术非常重要。目前，应用较广的主要是全球标准化组织系统，它的重要优势就是标准化。因此，EAN·UCC、EPC 和 ISO 等电子编码体系具有非常重要的作用，能够以标准化的方式提供食品在食品供应链中的定位信息。

条形码和 RFID 等先进的信息自动识别与数据采集技术，可以对食品供应链的生产、加工、储藏及零售等环节的管理对象进行标示，并借助信息系统进行管理。一旦出现食品安全问题，可以通过这些信息标示进行追溯，准确缩小食品安全问题的查找范围，定位出现问题的环节，追溯食品安全问题的源头[52]。

作为食品安全的推动力，世界上已经有越来越多的国家采用食品追溯关键技术推动食品追溯体系的深远发展。例如，美国和韩国采用 RFID 技术实现对畜产品的追溯；加拿大采用条形码、塑料悬挂目标或两个电子纽扣目标标示牛群；日本对牛肉生产强制实行可追溯系统，并要求保存每头家畜的 DNA 样本，以便通过物种鉴别进行食品追溯；澳大利亚对家畜个体采用耳标或瘤胃标示球进行标示[53]；在欧盟，家畜标示和注册系统已经实施，可提供动物产品源头追溯，从而使饲料和饲养操作透明、公开。

中国在食品追溯领域起步较晚，但发展势头迅猛。在"十一五"国家科技支撑计划项目"食品安全关键技术"中，由中国农业科学院农产品加工研究所、东南大学系统工程研究所和中国农业科学院生物技术研究所共同承担了"食品污染追溯技术研究"课题，积极追踪国际先进的食品追溯技术发展动态，开发具有自主知识产权的食品追溯关键技术，从而推动食品追溯体系的建设和实施。

（二）食品召回适用的情形

食品召回的适用情形在不同国家有不同的规定。根据杨明亮的研究，从保护消费者健康安全及适应国际食品贸易发展的需求方面来看，有以下情形之一的，食品生产经营者应及时实施食品召回。

1. 微生物污染

产品由于腐烂变质或遭受致病菌污染导致对消费者造成身体损害。

2. 化学性污染

食品被有毒、有害的化学物质污染。

3. 异物

产品在生产过程中混进异物（如玻璃碴或金属物质）。

4. 包装缺陷

产品由于包装不严，有裂隙等情形。

5. 非法使用杀虫剂或有毒、有害农药残留

错误使用杀虫剂、农药引起的产品农药残留超标。

6. 产品成分过失

产品成分中含有未标明成分（也可能是一种过敏性物质）或产品中某种成分达不到相应的标准。

7. 操作人员患有不宜从事食品加工的疾病

有些操作人员由于自身带有致病菌而在生产过程中污染产品。

8. 人为破坏

产品在生产过程中由于操作人员人为进行破坏，如加入有毒、有害物质或加入异物等，或在运输中和经销过程中受到了人为破坏，导致产品缺陷。

9. 尚未证实的投诉或举报

公司有时可能会接到一些举报、威胁，被告知其产品中掺有某种有毒、有害物质，这些投诉或举报有可能是真实的，也有可能是恶意的。

10. 标签问题

产品标签不符，或与其产品本身有不符之处，或其标签有未尽之处等问题。

第六节　稻米的污染主要来源

一、国内、国外稻米安全状况分析

民以食为天，食以稻为先。根据 FAO 统计，水稻是世界第一大粮食作物，是世界上一半以上人口的主食。2002 年联合国通过决议，正式命名 2004 年为国际水稻年。在联合国大会的历史上，把单个作物（水稻）命题为国际年是前所未有的。国际水稻年的主题——稻米就是生命，可见水稻在人类生活中的重要地位。因此水稻的安全关系到国计民生，应该受到更多的重视。

（一）国外状况分析

目前在世界各发达国家和地区，如美国、加拿大、日本、欧盟等均已建立了

较为完善的国家食品安全监督管理体系、食品安全监测和预警系统、食品安全风险分析体系，而且体系在工作过程中透明度高[54]。尤其美国在"21世纪食品工业发展计划"中将食品安全研究放到了首位，1998年美国仅在食品的微生物快速检测技术研究上的专项经费就有 4.3 亿美元，在美国宪法中也规定了国家食品安全系统由执法、立法和司法部门负责，不断改进和完善食品安全控制体系。

1. 泰国稻米的安全标准

泰国为防止优良品种的外流，规定不得向外出口稻谷，因此泰国的稻米标准实际上是稻谷标准，包括白米、糙米、糯米和蒸煮米标准。泰国的稻米标准起点高、分类细。特别是对米粒长度的要求很高，精确到整精米的 1/10。对碾磨程度除有精碾、合理碾和一般碾外，还提出了超精碾的概念。虽然泰国的大部分传统水稻品种具有良好的抗性，但泰国当前大面积种植的品种是抗性较差、需肥特性明显、产量高的改良品种，这也意味着产量的大量提高是以使用大量的农药、化肥为代价的。可是泰国稻米标准中却没有农药残留量的指标，也没有反映如微生物含量、重金属含量等的卫生指标。泰国稻米品质优良，除具有优良的水稻品种外，还有一个重要的原因就采用了科学的加工技术和先进的设备以及严格的质量控制。

2. 日本稻米的安全标准

日本是最早制定稻米标准和实行稻米检查的国家，在稻米标准的规范和调控下，日本水稻生产全过程都实现了标准化，从新品种选育的区域试验和特性试验，到新品种的栽培技术工艺规程以及稻米的收获、加工储藏方法都非常具体。不同品种水稻有相应的栽培技术标准，严格规定农药化肥的施用量，施用次数和时间，在如此严格的质量控制条件下生产出来的国产稻米，尽管价格是进口米的7～10 倍，但质量有绝对保证。

（二）国内状况分析

食品中污染物是造成食源性疾病的重要因素，和其他粮食作物相比，水稻更易受到重金属的污染，因为水稻生长在水中，而金属离子易溶于水而被水稻吸收，积累在水稻籽粒中，对人类健康产生严重威胁。水稻中重金属污染研究已经有了大量报道。经采样调查发现，我国 10％的市售稻米存在镉金属超标，人在食用这种稻米之后会导致"骨痛病"。我国几乎没有关于重金属污染土地的种植规范，大量被污染土地仍在正常生产稻米。

1. 国内稻米加工的不安全因素

稻米是中国传统主食和大宗出口商品。是我国 60％以上人口的主食，我国稻米消费量占全部粮食消费量的 40％左右[55]。水稻是我国最主要的粮食作物，且历来是第一大农作物。稻米加工企业中产品质量存在的不安全因素主要有以下几个方面。

（1）原粮品质。原粮中含有的病虫害粒、晦暗粒、发霉粒、高水分粮粒在适当的条件下会形成霉菌并产生毒素。黄粒米中含有的黄曲霉素具有致畸、致突变、致癌性已为大量科学实验所证实。

（2）加工设备不清洁。设备用的机油、清洁剂污染稻米，特别是碾米机、提升机和溜管内米糠长时间凝结后结块导致霉菌、致病菌等形成。

（3）运输污染。装载稻米的输送设备不清洁，导致不明污染物形成。

（4）生产车间内粉尘浓度超标。

（5）包装材料不清洁等。

随着中国加入 WTO 及人们生活水平的不断提高，人们对稻米卫生质量的要求日趋严格。同时，随着中国食品风险安全警示通报机制的建立和完善，更要求从事稻米加工的生产企业从"农田到餐桌"建立和实施质量保证体系，并使之有效运行和持续改进，可以为消费者提供优质安全的稻米产品，同时减少企业可能因产品的安全风险而导致的经济损失和信誉损失。确保稻米的卫生质量，维护中国稻米在国际、国内市场的声誉。

2. 国内稻米标准与国际稻米标准的对比

我国是水稻种植大国，稻米标准归属重大基础性标准，在国民经济中占重要地位。随着人民生活水平的提高，稻米的消费需求以精、优为主导，而现行的 GB1354—1986《稻米》仍是 20 世纪 80 年代制定的，已不能适应今天的需求，也不能合理保护优质稻米生产商和消费者的利益。而在国际标准化组织颁布的标准中，有关稻米的标准有 ISO730E；Rice Specification（大米标准）。其中同时规定了糯米、白米、蒸谷米的指标；由 FAO 建立，FAO 和 WHO 共同负责的国际食品法典委员会颁布的标准中，有关稻米的标准有 CODEX STAN 198；Codex Standard for Rice（大米法典标准）。其中同时规定了糙米、白米、蒸谷米和蒸谷糙米的指标。因此，我国需要借鉴国际上的经验，对稻米的标准加以修改完善。

二、污染源分析

稻米是人们日常生活的主要主食，我国有 60％的人民以稻米为主食，然而稻米的污染问题十分严重，各地均有对稻米安全状况的调查，结果并不乐观。例如，有研究团队在采样调查时发现，我国 10％的市售稻米存在镉金属超标；西宁市对 37 份市售稻米样品进行检测，其中汞检出率为 48.6％，超标率为 2.7％；

砷检出率为100%，超标率为0。健康风险评价结果表明，西宁市市售稻米中的砷含量对人体健康风险影响较小，汞含量对人体健康存在一定的危害；广东市抽检的88份稻米、花生及其制品中，黄曲霉毒素总阳性率达62.5%，总超标率为14.8%。其中20份稻米黄曲霉毒素B_1、B_2、G_1、G_2阳性率分别为40.0%、15.0%、0、0，表明广东省市售稻米、花生及其制品中黄曲霉毒素污染率较高，有较大的潜在危害。

稻米作为人们不可缺少的主食，其安全状况必须引起足够的重视。稻米的危害按其性质可分为化学性危害、生物性危害和物理性危害。

（一）稻米的化学性危害

成品米中的化学性危害主要来源是农药残留、重金属的污染和包装材料的污染等。

水稻在栽种时期由于使用杀虫剂、除草剂等农药及工业生产时产生的"三废"（废气、废水、废渣）通过水、土壤造成的有害元素，如铅、镉、汞、砷等易被水稻根部吸收进而对成品米造成的本地污染；稻米在包装前的储藏环节对熏蒸剂、防护剂的吸收和稻米在加工过程中机械的磨损，以及在储运过程中由于与农药和一些含有重金属的物品混放造成稻米农药残留及重金属的污染。

而包装材料中不安全因素的来源主要是溶剂残留超标。复合软包装袋中可能存在的溶剂残留有乙酸乙酯、甲苯、丁酮、二甲苯、异丙醇。其中乙酸乙酯基本无毒，异丙醇、甲苯、丁酮、二甲苯有一定的毒性，而后三者毒性更大。所以一般软包装企业不使用丁酮、二甲苯作为稀释剂，但一些厂家为了降低成本会使用大量的甲苯。这些对人体有毒害的物质可能会随着包装时间的延长而迁移到被包装的稻米中。

（二）稻米的生物性危害

稻米中的生物性危害主要来源是霉菌及其产生的生物毒素和一些粮食害虫。

稻米是一种需要经过淘洗、加热后食用的食品，所以稻米上的细菌量对人体产生危害的程度不大。但稻米在储运过程中水分、温度控制不当很容易受到霉菌的侵染。特别是加工精度低，表面残留米糠多的稻米更易生霉，因为真菌的菌丝常常可以侵入谷糠层。稻米感染的霉菌主要以曲霉和青霉为主，如黄曲霉、白曲霉、灰绿曲霉、岛青霉和灰绿青霉等。这些霉菌的一些代谢产物有毒，而使稻米带毒，对人体产生极大的伤害，如黄曲霉毒素B_1具有强烈的毒性和致癌性。

（三）稻米的物理性危害

稻谷在收获过程中混入的如草屑、沙子、石块和金属碎屑等异物，加工中机械设备磨损物脱落，操作人员、包装材料等带来的外来异物（金属、玻璃、纽扣等）等有形杂质造成稻米的本地污染。还有在储运中外来的异物。

三、重金属的污染危害

由于工业化的发展以及人类的生产和生活活动使农田环境日益恶化，并由此产生了一系列的农产品质量与安全问题，一些初级农产品中发现有重金属残留[56]。农产品污染不仅影响其出口贸易，还直接威胁着人类健康。农产品食物消费是人类重金属污染的最主要途径，人体长期暴露于重金属污染物会引起神经系统、肝脏和肾脏等损害。农产品中重金属危害的风险评估是判定农产品中重金属累积是否会对人体产生危害的首要方法。稻米是中国乃至世界人们的主要主食，其重金属污染问题备受关注。对稻米造成的重金属污染主要包括砷、汞、铅、镉和铜等，尤其是镉，曾经有调查发现我国市售稻米中有 10％存在镉污染，一度引起了人们的恐慌。

事实上，在食品行业内，稻米重金属危机早已存在。早在 2002 年，农业部稻米及制品质量监督检验测试中心就对全国市场稻米进行安全性抽检。结果显示，稻米中超标最严重的重金属是铅，超标率 28.4％；其次是镉，超标率 10.3％。只是当时由于没有明显的案例而未能引起关注。更为严重的是，中国几乎没有关于重金属污染土地的种植规范，大量被污染土地仍在正常生产稻米[57]。

（一）重金属对人体的危害

重金属及其化合物经食物、水和空气进入人体后，蓄积在人体的各器官中，产生毒害作用，可导致高血压、肾功能紊乱、肝损害、肺水肿和贫血等疾病，并损害生殖、神经、免疫和心血管等系统，影响生长发育，甚至重金属对致癌性、致畸性和致突变作用[58]。例如，镉中毒会使人、畜散失骨质和骨密度，使肌肉萎缩关节变形，骨骼疼痛难忍，不能入睡，发生病理性骨折，以致死亡；铅能置换骨骼中的钙而储存在骨中，能造成认知能力和行为功能改变、遗传物质损伤、诱导细胞凋亡等，而且具有一定致突变和致癌性。

（二）稻米重金属污染的来源

（1）重金属矿冶炼和工业"三废"在空气、灌溉水和土壤中富集可间接造成稻米污染。

（2）大量使用含有重金属的农药对稻米造成污染。

（3）稻米生产加工过程中生产原料、添加剂等重金属含量过高造成稻米重金属的污染。

（4）水稻生长期间杀虫剂和除草剂等药物的使用，稻米生产加工过程中添加剂的过量使用等也会对稻米造成污染。

（5）含有重金属的污水对水稻的灌溉会对大米造成重金属污染。

四、农药使用的污染危害

在现代农业中，农药是防治农作物病虫害的普遍应用药物。农药之所以具有防病杀虫功效，是因其具有毒性。农药在喷洒到农作物表面的时候，除发挥其防病杀虫作用外，还被作物吸收或残留于籽实表面一部分。而这种农药残留量若超过食用安全线，食用之后就会对人体健康造成危害。

（一）农药污染稻米原因

1. 用药水平高

中国食品中有机氯农药的残留量一直高于世界水平，如美国每亩[①]地用药187.17g、中国为250g；在中国用药的平均水平高于其他国家的同时，某些地区的用药水平又远高于中国用药水平的平均值；上海、福建、广东等省（直辖市）其每亩地的用药量是全国平均值的3倍左右。有机氯农药在农药史中曾是使用量最大、使用历史最长的一大类农药。

2. 农民缺乏对农药残留特性和规律的认识

在水稻种植时使用禁用农药是造成稻米农药污染的另一个原因。目前，我国使用的农药中有机磷、氨基甲酸类高毒农药占农药总使用量的一半以上。氨基甲酸类农药低毒、残留期短，被国内外广泛应用于防治农作物病虫害。虽然这类农药低毒，但施用后仍然会有所残留。有机磷和氨基甲酸类农药都是胆碱酯酶抑制剂，对人具有较高毒性，一旦在稻米中残留，被人误食就会发生中毒现象。

3. 标准体系尚不完善

虽然我国已经有了一套相对完善的食品卫生标准，但也存在某些不足。例如，杀螟松是一种广谱有机磷杀虫剂，对水稻生产中的多种害虫有较好作用，在中国，尤其是南方各省均有使用，但直到现在还没有制订有关杀螟松的食品卫生标准；而1974年世界卫生组织就规定了该农药的日允许量和食品中的最高允许量。

（二）农药对人体的危害

环境中的农药被生物摄取或通过其他方式进入生物体，蓄积于体内，通过食

---

①　1亩≈666.7m²。后同。

物链传递并富集，使进入人体内的农药不断增加严重危害人们的身体健康。化学农药对人体的危害，除高毒农药造成的对人畜的急性毒性外，长期食用低毒性的农药食品，通过生物浓缩、食品残留这个重要途径，可造成严重的潜在危害，引起致癌、致畸、致突变。

农药施用后，即进入环境，在环境中农药的代谢途径、代谢物以及它们在外环境中的特定残留部位，因农药结构、理化性质的不同对人体的危害也各不相同。

1. 有机氯农药

1）急性毒性

急性毒性为经口引起急性中毒，主要表现为中枢神经系统的症状，中毒动物初期出现易怒性、肌肉震颤，续之出现阵发性及强制性抽搐，最后可因全身麻痹而死亡。

2）慢性毒性

慢性毒性主要是影响神经系统和侵害肝脏，有肌肉震颤、肝大、干细胞变性、中枢神经系统和骨髓障碍等，也有报道其引起肾及脑组织以及甲状腺、副甲状腺发生病变的。

3）致癌性

有机氯农药经常和长期地通过多种途径进入人体，经多年蓄积可产生致癌作用，或与某些非致癌物质协同作用而表现出致癌性。

2. 有机磷农药

有机磷农药进入人体后迅速分布全身，6～12h 后在血中浓度达到最高峰，其中以肝脏含量最高，其次为肾、肺、脾；可通过血脑屏障，有的还可以通过胎盘屏障。有机磷农药毒性作用机制主要是抑制体内的胆碱酯酶，使其失去水解乙酸和胆碱的能力，造成乙酰胆碱在体内大量蓄积形成乙酰胆碱中毒。包括急性中毒和慢性中毒。

1）急性毒性

急性毒性主要表现为中枢神经系统失常，临床上可分为轻度中毒，表现出头晕、无力、多汗、胸闷、恶心、食欲不振、瞳孔缩小和血中胆碱酯酶活力下降 20%～30% 等；中度中毒，表现出除轻度中毒症状外还有大汗、呕吐、腹痛腹泻、气管分泌物增多、轻度呼吸困难、血压和体温升高、神志不清或模糊、血中胆碱酯酶活性下降 50%～70% 等；重度中毒，除轻度中毒和中度中毒症状外还表现出瞳孔小似针尖、呼吸极度困难、肺水肿、大小便失禁、昏迷或惊厥、血中胆碱酯酶活性下降 75% 以上等。

2）慢性毒性

有机磷农药具有迟发性神经毒性，同时还对记忆力、生殖功能、免疫功能有影响，也存在严重的潜在危害，可致畸、致癌和致突变。

3. 氨基甲酸酯类农药

氨基甲酸酯类是一种抑制胆碱酯酶活性的神经毒，多数属中等毒，无需经体内代谢活化，可直接与胆碱酯酶形成氨基甲酰化胆碱酯酶复合体，使胆碱酯酶失去水解乙酰胆碱的能力；但水解后可复原成具有活性的酯酶和氨基甲酸酯，因此是一种可逆性的抑制剂。

（三）农药污染途径

农药对稻米的污染途径主要包括以下几种途径。

（1）施用农药后对稻米的直接污染。

（2）施用农药的同时或以后对空气、水体、土壤的污染使稻米中有农药残留，即间接污染。

（3）经过食物链和生物富集作用污染稻米。通过食物链是农药对稻米污染的一种方式，具有蓄积毒性的农药都以这种方式造成食品中农药的残留，如有机氯等能长期地残留于人体、土壤和生物体内，再通过食物进入人体并聚集于脂肪组织和母乳中，危害人体健康。

（4）稻米在运输和储存过程中由于和农药混放造成污染。

五、储藏过程的污染危害

全世界稻米年产量 5.2 亿 t 左右，我国年产稻米 1.85 亿 t，约占世界稻米年产量的 35%，位居首位。我国也是稻米消费大国，目前人均年消费稻米 100kg 左右，口粮年消费总量 1.2 亿 t 左右。稻米是粮食中最难保存的粮品之一，因为保护胚乳的稻壳和皮层在稻米加工时均被去除，胚乳直接处于外界环境因素之中；且米粒是富含淀粉和蛋白质等营养物质的亲水胶体物，极易受湿、热、氧、虫和霉等影响而变质[59]。特别在夏季高温、高湿条件下，稻米陈化、霉变速度加快，导致酸度增加、黏性下降、品质变劣，甚至丧失食用价值。据 FAO 2006 年统计，全世界稻米因收获后储藏和加工不当而导致每年损失量达 15%～16%；为此，稻米储藏保鲜一直受到国内外有关粮食食品科技人员的关注。

（一）稻米储藏特点

稻米失去谷壳保护，胚乳外露，易受虫害，储存稳定性比稻谷差。稻米的损失途径包括在采购、除杂、运输、干燥、储藏和销售等过程中物理质量的损耗及在此过程中商业品质的下降。而稻米储藏在这一过程中经历的时间最长、损失最为严重。稻米储藏的特点表现为易发生爆腰陈化、吸湿返潮霉变、虫害等[60]。

1. 爆腰

稻米腰部出现不规则的龟裂称为爆腰。爆腰是由于对谷粒急剧加热或冷却，使米粒内部与表面膨胀或收缩不均匀，以及米粒受到外力作用造成的。在储藏或加工过程中，高水分的稻米必须在低温或在常温条件下进行缓慢降温、干燥，若采用高温干燥或骤然冷却，就会造成爆腰，增加碎米。爆腰的稻米食用品质和储藏稳定性会变差。

2. 陈化

稻米陈化表现为米质变脆、米粒起筋，无光泽；糊化和持水力降低，黏度下降，脂肪酸含量上升，米汤溶出物减少；稻米蒸煮后硬而不黏，并且扎嘴；有陈味。一般稻米储存一年即有不同程度的陈化。成品粮比原粮更易陈化。稻米若水分大、温度高、精度低和糠粉多，则陈化快，反之则慢，尤其在盛夏梅雨季节陈化较快[61]。

3. 吸湿返潮

稻米吸湿能力与加工精度和糠粉含量及碎米总量有关。尤其是糠粉，其吸湿能力强且带有较多微生物，容易引起发热、长霉和变味，还阻塞米堆孔隙，使积热不易散发。

4. 霉变

稻米发生霉变主要与温度、湿度、稻米表面的糠粉多少和害虫等有关。引起粮食霉变变的微生物主要有真菌（霉菌、酵母菌、植物病原真菌等）、细菌和病毒等，而最易促成稻米霉变的是真菌中的霉菌。霉变初期稻米表面发灰，失去光泽，呈灰粉状，米沟明显。霉变过程中稻米表现为发热、出汗，散发出轻微的霉味；霉菌自身及其代谢产生的色素，引起稻米变色，使米粒原有的色泽消失，而呈现出黑、暗和黄等颜色。霉变与稻米含水量、环境温度、湿度和气体成分显著相关。水分在 12% 以下时，霉菌繁殖困难，在 14% 以下，这时的水分活性 AW 值就低于 0.64，对某些霉菌孢子有一定抑制的作用，大多数微生物无法繁殖。霉菌在 20℃ 以下时大为减少，10℃ 以下可完全抑制害虫繁殖，霉菌停止活动。

5. 虫害

稻米的虫害主要是米象。据研究米象在温度低于 11℃ 或高于 35℃ 时不产卵。气体环境对害虫影响比较显著，CO_2 能刺激害虫呼吸，使害虫气门持续张开，体内耗氧剧增，直至氧尽身亡。

（二）稻米储存过程中稻米品质的变化

稻米在储藏过程中外观品质的变化主要表现在色泽和气味上，稻米在储藏过程中比较明显的外部特征主要表现在以下几个方面。

1. 异味

稻米发热霉变而由微生物产生的轻度霉味使稻米香气减退或消失。异味的出现是稻米发热霉变的先兆。

2. 出汗

由于米粒微生物、糠粉的强烈呼吸，局部水分聚积，米粒表面出现潮润现象，俗称"出汗"。

3. 散落性降低

米粒潮润、吸湿膨胀、使散落性降低导致抽样筒或温度计插入米堆阻力增大，在米堆表面行走，两脚陷入较浅，手握稻米易成团。

4. 色泽鲜艳

由于米粒表面水汽凝聚，色泽显得鲜明，胚乳部分的透明感略有增加。

5. 起毛

米粒潮润，黏附糠粉，或米粒上未碾去的皮层浮起，显得毛糙，不光洁，俗称"起毛"。

6. 起眼

胚部组织较松，含糖、蛋白质和脂肪等营养物质较多，菌落先从胚部出现，使胚部变色，俗称"起眼"。含胚的稻米先变化，颜色加深，类似咖啡色；无胚的稻米，先是白色消失，生毛（即菌丝体），然后变色，再发展变成黑绿色。

7. 起筋

米粒侧面与背面的沟纹呈白色，继续发展成灰白色，如筋纹，故称"起筋"。一般靠近米堆表层先出现起筋，通风散热之后越加明显，光泽减退、发暗。

（三）稻米储藏过程中污染的来源

造成稻米储藏过程中污染的因素包括物理因素、化学因素和生物因素三种。

由于在加工过程中保护稻米胚乳的稻壳和皮层全部被去除，胚乳处于裸露状态，因此对周围环境的任何条件都极其敏感。加热、冷却、氧、水分、干燥、光线、射线和天然存在的菌类、微生物及肉眼可见的生物、工业污染、食物混杂和存放时间等因素都会对稻米造成污染，而且这些对稻米储藏不利的因素广泛存在。造成稻米储藏过程中稻米污染的主要来源包括：微生物的生长活动；稻米中酶的活动和其他化学反应；昆虫、寄生虫和啮齿类动物的侵染；储藏温度控制不当；吸水或失水；氧参与的反应；光；物理胁迫或滥用；储藏时间过长。

上述因素可单独造成稻米储藏过程中的污染，更常见的是多个因素共同起作用造成的污染。例如，细菌、昆虫和光照均会引起稻米的变质和腐败；同样，温度、水分和空气也会同时影响细菌的繁殖和活动以及稻米中酶的化学活性。

六、运输过程的污染危害

运输又被认为是国民经济的根本。食品物流包括食品运输、储存、配送、装卸、保管和物流信息管理等一系列活动。食品运输环节是食品物流众多环节中一个十分重要的环节。食品运输环节的安全与否直接涉及食品物流全程安全目标能否实现。任何产品都不可能一生产出来，不经过搬运、装卸、包装、运输和保管就可以立即消费。稻米也是这样，不可能一生产出来就让消费者直接消费，都需要经过以上步骤才能最终来到人们的餐桌。因此，运输的安全问题不言而喻，只有保证稻米在运输中的安全才能保证人们不会吃到被污染的稻米[62]。

稻米运输的主要工具包括汽车、火车、轮船和飞机等。

稻米运输过程中造成污染的来源主要包括：运输工具不符合卫生要求；运输过程中包装破损；运输过程中运输人员操作不规范；运输前储藏不完善，稻米已被污染等。建立一个科学、完整又适合中国国情的食品运输安全政策与法规体系，为食品运输安全的全程监控和管理提供必要的依据，有着现实的迫切性。

七、包装过程的污染危害

2005年以来由食品包装引起的安全事故层出不穷，可见食品包装的安全性是一个不容忽视的问题。在众多因包装引起的安全问题中也有聚氯乙烯薄膜包装稻米致癌的报道，当时引起了人民的极度恐慌。食品包装是现代食品工业的最后一道工序，它起着保护、宣传、方便食品储藏、运输和运输销售的重要作用。在一定程度上，食品包装已经成为食品不可分割的重要组成部分，其在原材料、辅料、工艺方面的安全性将直接影响食品质量，继而对人体安全健康产生影响。

（一）稻米及其制品包装材料的分类和危害因素

1. 塑料制品

塑料制品以合成树脂为主要原料，添加适量的增塑剂、稳定剂、抗氧化剂等助剂，在一定的塑化条件下加工而成。树脂本身是没有毒性的，但其单体或降解产物毒性较大。因为加工过程中加入一些助剂，或非法使用一些助剂，以及加工工艺和加工设备简陋，使塑料树脂中残留单体超量或产生有毒、有害物质，可对稻米及其制品造成污染，威胁人体健康。

2. 纸制品

用于稻米及其制品包装的主要是草浆和棉浆，由于农作物在种植过程中使用农药，稻草、麦秆中有农药残留，最终导致原纸受到农药污染；采用回收纸重新造纸，油墨颜料中的铅、镉、多氯联苯等有害物质仍残留在纸浆中；使用漂白剂对纸浆进行漂白，而有些漂白剂具有一定的毒性；纸着色剂具有荧光染料；加工使用的原纸或加工过程不符合要求，造成微生物污染。

3. 金属制品

用于稻米及其制品包装的金属材料有马口铁和铝，在与食品接触的内表面通常会有涂层，以防止稻米及其制品的酸性物质及蛋白质加热过程中产生的硫对金属的腐蚀。涂料可在溶剂蒸发后产生各种残渣，如氯乙烯残留、游离酚和甲醛的残留等，威胁人体健康。

4. 玻璃容器

稻米及其制品包装用的玻璃容器是以二氧化硅为主要原料，经高温熔融制成。在加工过程中加入的一些辅料毒性较大，对人体健康存在危害。同时，玻璃碎片易混入食品中，造成物理性危害。

5. 复合包装袋

复合包装袋是利用各种材料的特性，将不同材质的薄膜经湿法或干法黏合而成。生产过程中使用的黏合剂、彩色油墨可产生有毒物质。

（二）稻米包装污染来源

稻米本身就是一种不易储藏易污染的食品，包装材料与稻米直接接触，在生产过程中必须更加注意包装材料本身的安全性及操作人员的操作规范和卫生，否则极易对稻米造成污染。包装材料对稻米及其制品的污染来源包括以下几个方面：

（1）生产包装材料本身的原材料已被污染；

（2）生产包装材料过程中添加的助剂对稻米及其制品造成污染；

（3）包装材料的生产工艺及设备落后造成微生物污染；

（4）生产包装材料自身的化学物质；

（5）包装材料分解或降解出有毒物质；

（6）滥用包装材料；

（7）生产人员在生产过程中不按操作规范操作或自身的不卫生造成包装材料被污染。

八、害虫的污染危害

害虫对稻米造成的危害不仅仅是昆虫能吃多少食品的问题，而主要是昆虫侵蚀食品之后所造成的损害给细菌、酵母和霉菌的侵害提供了可乘之机，从而造成进一步的损失。现在控制粮食虫害的方法主要是喷杀虫剂、充惰性气体或冷藏等，但使用化学杀虫剂可能产生毒副作用，因而带来新的安全问题。

稻米会受到昆虫虫卵的污染，虫卵孵化后变为幼虫，幼虫进而变为蛹和成虫，不同阶段的昆虫活动均会造成稻米品质的下降。啮齿类动物也会给稻米带来污染，啮齿类动物的排泄物含有许多微生物，有的会引起食源性疾病，它们在对稻米进行破坏时将排泄物留在稻米中，人们吃了这些被污染的稻米，就会给身体健康带来巨大危害。例如，老鼠可传播沙门菌病钩端螺旋体病、鼠疫和斑疹伤寒等。

（一）食品害虫的特点和危害

食品害虫是指能引起食源性疾病、毁坏食品和造成食品腐败变质的各种害虫。食品害虫种类繁多、分布广泛、抵抗力强，具有耐干燥、耐热、耐寒、耐饥饿、食性复杂、适应力和繁殖力强等特点，而且虫体小、易隐蔽，有些有翅，能进行远距离飞行和传播。因此，食品害虫极易在食品中生长繁殖，尤其是粮食和油料被害虫侵害比较普遍。对稻米造成危害的害虫主要是米象和玉米象等。

昆虫和螨在食品中生长繁殖可以蛀食、剥食和侵食食品，造成食品数量损失。据联合国粮农组织报道，每年世界上不同国家的谷物及其制品在储藏期间的损失率为9%～50%，平均为20%。害虫分解食品中的蛋白质、脂类、淀粉和维生素，使其品质、营养价值和加工性能降低。害虫侵蚀食品，遗留有分泌物、虫尸、粪便和蜕皮，使食品极易被害虫和微生物污染。害虫大量滋生时，产生热量和水分，它们与微生物一起增殖，导致食品发热、发霉、变色、变味和结块。另外，还有些害虫携带病原体，通过食品传播疾病。

（二）稻米害虫

1. 米象、玉米象

米象和玉米象属鞘翅目象虫科。它们是世界性分布的储粮害虫，是稻米最主要的害虫。玉米象在我国各省（自治区、直辖市）均有分布，是谷类食品最主要的害虫，成虫危害稻谷、玉米、高粱及其制品等多种食品，而幼虫只在粮粒内产生危害。被害食品中破碎粒增加、湿度增大，使螨类和霉菌繁殖，从而导致食品发霉变质，危害更大。米象主要危害谷类及其加工制品等。

2. 谷蠹

谷蠹属鞘翅目长蠹科。谷蠹耐热、耐干能力强，食性杂，分布于全世界，为热带和亚热带地区的重要储粮害虫，其成虫和幼虫摄食谷类、豆类等，以稻谷和小麦危害最为严重。

3. 印度谷螟

印度谷螟属鳞翅目螟蛾科，分布于全世界，国内以华北地区和东北地区特别严重。幼虫危害玉米、稻米和米面制品等食品。幼虫吐丝，将食品连缀成团块或长茧，排除的粪便有臭味，造成食品的严重污染。

参 考 文 献

[1] 尤玉如. 食品安全与质量控制. 北京：中国轻工业出版社，2008：87

[2] 陈长宏，张科，陈环. 食品的细菌污染及预防. 现代农业科技，2010，(20)：348-350

[3] 姜南，张欣，贺国铭，等. 危害分析和关键控制点（HACCP）及在食品生产中的应用. 北京：化学工业出版社，2003：13

[4] 李荣林，李优琴，石志琦. 食品重金属污染风险评估研究及其意义. 江苏食品与发酵，2008，(2)：14-17

[5] 吕桂霞，刁有祥，许胜勇. 建立完善的兽药残留监控体系势在必行. 中国兽药杂志，2002，36 (9)：7-9

[6] 葛宝坤. 进口食品的放射性污染及监测. 口岸卫生控制，1997，2 (1)：24-28

[7] 金培刚. 食品安全风险管理方法及应用. 浙江预防医学，2006，(5)：62-63

[8] 赵丹宇，张志强，李晓辉，等. 危险性分析原则及其在食品标准中的应用. 北京：中国标准出版社，2001：233

[9] USEPA. Proposed guidelines for carcinogen riskassessment . Federal Register, 2002, (61)：17 960-18 011

[10] Giovannini A, Migiorati G, Prencipe V, et al. Riskassessement for listeriosis inconsumers of Parma and San Daniele harms. Food Control, 2007, 18: 89-799

[11] 阚学贵. 食品卫生监督. 北京: 法律出版社, 2007: 92-98

[12] 卜元卿, 骆永明, 滕应, 等. 环境中二噁英类化合物的生态和健康风险评估研究进展. 土壤, 2007: 162-172

[13] Rocourt J, BenEmbarek P. Quantitative risk assessmentof Listeria monocytogenes in ready-to-eat foods. the FAO/WHO approach. FEMS Immunology and Medical Mi-crobiology, 2003, (35): 263-269

[14] Dach J, Dick S. Heavy metals balance in Polish and Dutch agronomy: Actual state and previsions for the future. Agriculture, Ecosystems & Environment, 2005, 107 (4): 309-316

[15] JECFA. Evaluation of certain food additives and the contaminants. Sixth-first Report of the Joint 2004. FAO/WHO Expert Committee on FoodAdditives. WHO Food Additives Series, 2004, (52): 505-623

[16] Long C, Wang Y J, Zhou D M, et al. Heavy metals pollution in poultry and livestock feeds and ma-nures under intensive farming in Jiangsu Province. Chna Journal of Environmental Sciences, 2004, 16 (3): 371-374

[17] 褚洋洋. 大豆油流通中质变规律及潜在危害风险评估的研究. 大庆: 黑龙江八一农垦大学硕士学位论文, 2008

[18] 刘赟青. 基于 Agent 的食物质量安全预警基础表管理系统. 北京: 中国农业科学院硕士学位论文, 2009

[19] 唐晓纯. 食品安全预警体系评价指标设计. 食品工业科技, 2005, 11 (26): 152-154

[20] 丁伟东, 刘凯, 贺国先. 供应链风险研究. 中国安全科学学报, 2003, 13 (4): 64-66

[21] 姚军. 供应链的风险及其防范. 辽宁师范大学学报 (自然科学版), 2003, 26 (4): 361-363

[22] 唐晓纯. 食品安全预警理论、方法与应用. 北京: 中国轻工业出版社, 2008: 50-58

[23] 朱光富. 谈 HACCP 与 SSOP 的关系及 CCP 的判定. 北京: 中国标准出版社, 2002

[24] 白丽. 基于食品安全的行业管制与企业行动研究. 长春: 吉林大学博士学位论文, 2005

[25] U. S. FDA. Six areas of sanitation &their relationship to therequirements of the food 21CRF. 123. http://vm. cfsan. fda. gov/list. html [2011-3-14]

[26] 卫生部卫生监督中心. 关键控制点危害分析. http//jdzx. net. cn/XXYD/gjkzdwhfxjj4. htm[2005-09-29]

[27] 王滨. GMP 和 HACCP 在我国食品卫生管理工作中的应用. 职业与健康, 1999, (11): 15-16

[28] 中国食品 GMP 发展协会. GMP 沿革. 北京: 中国食品 GMP 发展研讨会, 1998

[29] 朱加虹, 袁康培, 张永志. 食品安全现状与 HACCP 应用前景. 食品科学, 2003, (8): 260-264

[30] 孔保华, 王家国, 刁新平. HACCP 与其它质量保证体系. 肉品卫生, 2003, (3): 30-33

[31] 朱彧, 刘素英, 杨明升, 等. 法、德农产品质量安全管理的主要做及启示. 农业质量标准, 2005, (6): 39-41

[32] 樊红平, 温少辉, 丁保华. 中国农产品安全认证现状与发展思考. 农业环境与发展, 2005, 12: 23-26

[33] 樊红平, 牟少飞, 叶志华. 美国农产品质量安全认证体系与对我国的启示. 世界农业, 2007, 9: 39-42

[34] 罗斌. 日本、韩国农产品质量安全管理模式及现状. 广东农业科学, 2006, (1): 72-75

[35] 陈锡文, 邓楠, 韩俊, 王晓方. 中国食品安全战略研究. 北京: 化学工业出版社, 2004: 57

[36] 李健民, 徐江卫, 孙文生. 从绿色食品标准化看无公害蔬菜的生产. 中国食物与营养, 1999, (5):

39-42

[37] 樊红平，牟少飞，叶志华. 美国农产品质量安全认证体系与对我国的启示. 世界农业，2007，（9）：39-42

[38] 王霞，张东杰，鹿宝鑫，等. 大豆油脂追溯系统的研究与开发. 黑龙江八一农垦大学学报，2008，20（5）：65-69

[39] 王霞，杨勇. 我国粮食产品质量安全现状与可追溯系统. 黑龙江农业科学，2008，（6）：130-132

[40] 周应恒，张蕾. 溯源系统在全球食品安全管理中的运用. 农业质量标准，2008，（1）：39-43

[41] Caswell J. Valuing the benefits and cost of improved food safety and nutrition. The Australian Journal of Agricultural and Resource Economics，1998，42（4）：409-424

[42] Arana A，Soret B，Lasa I，et al. Meat traceability using DNA markers：application to the beef industry. Meat Science，2002，61（4）：367-373

[43] Hormisch D E. Traceabiliti of processed animal proteins with varying texture in feed：determination with microscopic and polymerase chain reaction methods. Biotechno-logie Agronomie Societe et Evironnement，2004，8（4）：257-266

[44] 张向前，徐幸莲，周光宏. 可追溯系统在肉牛产业链中的应用. 畜牧与兽医，2006，（6）：30-42

[45] 杨明亮. 食品溯源. 中国卫生法制，2006，14（6）：4-5

[46] 鹿保鑫，杨勇. 我国食品召回制度探讨. 农产品加工，2008，（5）：27-28

[47] 杨明亮，赵亢. 发达国家和地区食品召回制度概要及其思考. 中国卫生监督，2006，13（5）：326-332

[48] 吴丘林. 我国食品召回制度探析. 上海：上海交通大学硕士学位论文，2007

[49] 朱德修. 对建立和实施食品召回制度的探讨. 肉类工业，2006，（3）：45-48

[50] 刘依婷.《食品召回管理规定》解读. 中国质量技术监督，2007，（11）：10-11

[51] 杨林. 采用全球统一标识系统实施食品安全追溯. 轻工标准与质量，2008，25（1）：38-40

[52] 谢丹，梁美超，刘东红. 无线射频识别技术在食品生产流通中的应用. 粮油加工，2007，16（8）：120-124

[53] 臧伍明，张迎阳，韩凯. RFID技术在畜产品可追溯系统中应用研究. 肉类研究，2007，（9）：32-35

[54] 丁长琴. 农产品绿色贸易壁垒的影响及对策探析. 农业经济问题，2010，（5）：96-99

[55] 于泓鹏，徐丽，高群玉，等. 大米淀粉的制备及其综合利用研究进展. 粮食与饲料工业，2004，（4）：21

[56] 金亮，李恋卿，潘根兴，等. 苏北地区土壤2水稻系统重金属分布及其食物安全风险评价. 生态与农村环境学报，2007，23（1）：332-339

[57] 张义贤. 汞、镉、铅胁迫对油菜的毒害效应. 山西大学学报（自然科学版），2004，27（4）：410-413

[58] 余涛，杨忠芳. 重金属元素摄入总量与健康安全评估. 地质通报，2008，27（2）：1962-202

[59] 王金水，赵友梅，卞科. 不溶性直链淀粉与储藏稻米质构特性的关系. 中国粮油学报，2000，15（4）：5-8

[60] 曹冬梅，杨忠华，张东杰，等. 大米贮藏期间品质变化规律的研究. 粮食与饲料工业，2009，（9）：1-2

[61] 邱明发，金铁成. 米谷蛋白与淀粉组分在大米陈化过程中的变化. 中国粮油，1998，13（1）：12-15

[62] 王宪青，刘妍妍，翟爱华，等. 谷物与大豆食品的安全现状与分析. 农产品加工，2005，（11）：68-69

第二章 稻米加工工艺改进及质量安全控制

第一节 概 述

一、世界稻米加工业发展现状

从全球范围来看，营养卫生和绿色安全已成为稻米加工的主流和方向。美国早在 20 世纪 70 年代就建立了各种谷物的营养、卫生和安全的标准体系，严格规定了谷物的各种营养成分和卫生、安全标准，并严格规定了食用稻谷的农药残留和重金属含量等。CAC 已将 GMP 和 HACCP 作为国际规范推荐给各成员国。为防止出现食品安全危机，世界各国加速进入绿色食品时代，许多国家对农产品的化肥、农药和抗菌剂等的使用都作了严格限制，生态农业、回归自然、发展绿色农产品和确保稻米及其产品安全已成为粮食加工业的共识。

稻米加工业的规模化生产和集约化经营是发达国家发展稻米加工业的成功经验。日本、美国和泰国，稻米加工企业的规模都在日产 500t 左右。日本稻米加工技术和装备在世界大米加工领域中是最先进的，其稻米加工技术先进、制作精良、自动化程度高，稻米加工厂均拥有计算机中央控制室，实现了稻米加工精度和产量的自动调节与控制[1]。国际上著名的稻米加工企业均采用日本生产的稻米加工设备。

二、我国稻米加工业发展现状

我国稻米加工业进入一个新的历史发展时期，具有良好的发展氛围和有利因素。首先，消费结构进一步得到改善，我国 2008 年城市居民的恩格尔系数为 37.9%、农村为 43.7%，人均国内生产总值（gross domestic product，GDP）突破 3000 美元，将从单纯的满足生理需求向注重营养健康等方面转变，这将为稻米加工业发展提供巨大的市场空间；其次，国家加大科技创新支持力度，有利于引进国内外先进的技术、设备和管理经验，稻米加工企业也将不断增加投入，增强技术创新能力，生物和信息等高新技术的广泛应用使稻米加工产业链不断延伸，深加工产品更加丰富，稻米加工产品的附加值不断提高；最后，农业产业结构的调整与产业化进程的加快为大米加工业提供更丰富的优质原料[2]。

然而，我国稻米加工行业至今"小、散、低"的状况还相当突出，缺乏核心竞争力。目前分布在全国城乡的日产 15 万～30 万 t 的小型大米加工机组不下 10 万台套，其年加工能力超过 1 亿 t。我国粮食加工总体加工能力处于简陋和落后状态的主要问题是：缺乏稻米的调质技术，稻米加工的碎米率较高；大米的抛光、色选技术落后，导致我国的优质米退出世界粮食市场；大米的产后转化落后，资源的综合利用水平低。我国每年有 3200 万 t 稻壳、1400 万 t 米糠、1700万 t 碎米、100 万 t 谷物胚，尚处于未开发的状态。日本、美国等国的粮食加工产值比为 3∶1 以上，而目前我国只有 0.5∶1。发达国家粮食产品加工程度都在90％以上，我国只有 20％～30％，可见我国粮食加工发展空间很大。

　　未来几年我国将实施《全国千亿斤粮食生产能力建设规划》，调整农业产业结构，加强专用农产品原料基地建设，促进农业由生产导向型向市场导向型与加工导向型转变，为稻米加工业发展提供优质专用的加工原料。

三、我国稻米加工业与世界发达国家的差距

　　我国稻米加工业经过几十年的发展，已取得了较好的成绩，缩短了与国际先进水平的差距，甚至在一些领域和方向上已达到了国际先进水平。例如，我国的碾米工艺和设备已可与美国和日本等发达国家媲美，但规模小、分布散、进一步规模化和集约化生产的问题还不容忽视。从提高企业的实力和国际竞争力方面分析我国稻米加工业与世界发达国家的差距主要体现在以下几个方面。

　　（一）思想观念的差距

　　长期以来，在稻米生产加工领域中存在着忽略稻米品质的现象。随着我国国民经济快速发展，人民生活水平日益提高，相对富余而品质较差的稻米出现剩余，加之稻米转化的观念淡薄、技术储备不足等客观因素，导致卖稻谷难和压库严重等现象的产生，使农业经济的可持续发展受到严重影响。国际范围内，我国粮食人均占有量仅达到中等偏下水平。所以出现"三农"问题的重要原因，在于思想观念和粮食深度转化等方面与世界发达国家之间存在较大差距。

　　（二）规模化生产和集约化经营的差距

　　截止 2009 年全国稻米加工企业的年生产能力为 1.6 亿 t，实际加工稻谷7400 万 t，年生产稻米 1900 万 t，开工率 25.6％，这说明我国稻米加工企业还普遍存在规模小、开工率低和效益差等实际问题，与发达国家差距明显。

　　（三）机械装备的差距

　　近年来，我国稻米加工机械虽然取得了长足的进步，但具有自主知识产权的加工机械少，模仿国外加工机械的产品多，产品质量与发达国家相比也有一定的差距，主要表现在稳定性和可靠性差、造型落后、外观粗糙、基础件和配套件寿命短、无故障时间短。绝大多数产品还没有制定可靠性的标准，性能上的差距主

要表现在生产能力低和能耗高，无故障时间是发达国家的 1/3～2/3。技术水平上的差距主要表现在高新技术应用少、自控技术差、生产线自动化程度低。机械装备的差距严重制约着我国稻米加工业的发展和产品质量的提高。

（四）产品质量标准的差距

我国稻米加工从原料到产品的标准与国际不对接，且标准的可操作性不强。产品标准中农药残留限量等质量安全指标少，不能满足人民群众对消费安全的期望。标准技术含量偏低，与稻米加工业发展的实际需要相差较远。质量检测机构建设缓慢，质检机构数量与社会的实际需要存在较大差距，从事高、精、尖检测机构和综合类检测机构较少，检测能力弱、检测速度慢、检测的试验环境条件差、检测人员的素质有待提高。

四、我国稻米加工业的发展趋势

随着 WTO 过渡期的结束，发达国家借助控制核心技术的优势，以标准和知识产权构成的技术壁垒日益成为各国间贸易保护的重要手段。而且随着我国人口、资源和环境压力的不断加大，稻米供需矛盾日益凸显。因此，我们必须抓住技术进步和经济全球化给我国稻米产业和技术发展带来的后发优势及跨越式发展的历史机遇，依靠科技进步，努力提高稻米综合生产能力和稻米资源利用率。

（一）完善与建立稻米质量标准及检测手段

20 世纪 50 年代，中国就颁布了稻米产品的质量标准，并在稻米加工业中发挥了很大作用。随着时代的进步和经济体制的转轨，旧标准及检测手段已不适应现代谷物加工业发展的需求，必须对优质谷物及其加工产品、深加工产品、专用产品和功能性产品等标准及检测方法进行修订和制定，使新标准与国际标准接轨，在加工生产中实施 HACCP 体系规范、ISO9000 和 ISO14000 族标准，使各类质量标准、检测标准和技术规程贯穿于稻米生产、加工和流通全过程，以指导合理利用稻米资源，保证产品质量，并且还应加快研制谷物快速检测设备及在线检测设备，特别是适用于流通领域的价格低廉和易于推广使用的检测仪器及辅助设备。

（二）研发新型高效的机电一体化稻米加工设备

稻米加工业的工艺要求必须通过相应的设备才能实现。1987 年以来，我国粮机制造业有了良好的发展。目前，粮机年生产能力达 13 万 t，平均每台设备质量按 1t 计，每年生产稻米加工设备多为 12 万台。但粮机产品品种和质量与发达国家之间尚有一定差距，主要集中在零部件加工的精度与材质，电器元件的灵敏性、稳定性与可靠性，整机装备的精确性，设备运行的可靠性、稳定性及耐用性等方面。只有提高我国粮机的制造质量，才能使其更好地为稻米加工业服务[3]。

（三）加强联合稻米加工机械企业

我国稻米加工机械制造业经过几十年的发展和技术进步，所生产的稻谷清理机械、脱壳机械、谷糙分离机械、碾米机械、白米分级机械、计量和包装机械等产品，基本都能满足稻米加工需求。但由于企业的规模和实力与国外著名粮机制造公司有较大差距，导致研发经费投入较少、研发能力较弱、研发原创性的产品能力不强；而模仿型产品由于制造条件和材料的限制，产品质量与国外知名公司生产的产品仍有差距。未来 10 年里，中国稻米加工机械制造企业应加强联合，增强品牌建设，使其不仅能满足国内市场的需求，而且还能参与到国际粮机市场的竞争潮流中。

（四）加速组建稻米加工产业集团

根据世界发达国家稻米加工业规模化生产和集约化经营的发展经验与模式，充分利用稻米资源进行深加工、综合利用技术，可极大提高稻米加工业的经济效益和社会效益。秉承国家优势农产品区域化产业带的规划，在主产稻区重组和建设一批年产稻米 30 万 t 的大型龙头企业，严格实施 HACCP 体系规范，应对挑战；以生产优质品牌稻米来满足于国际贸易领域和保障非产粮区城市稻米的基本供给。

（五）利用信息资源，提高谷物加工业管理的现代化、科学化水平

21 世纪是经济快速增长的时期，更是信息时代。企业管理的重要性和必要性也在本阶段日益凸显。通过制定法规、技术标准、商业代码、流通设施、检验仪器、加工设备及科研项目和科研成果等稻米加工业信息资源数据库的建立，提高现有稻米加工信息资源利用率，促进已有科技成果及其相关信息资源的转化，为实现宏观管理提供快速、高效和可靠的政策支持，提高稻米加工业的现代化管理水平。

五、HACCP 管理体系在大米企业中的应用

（一）HACCP 管理体系在稻米加工业推行的必要性

HACCP 管理体系（简称 HACCP 体系）作为科学、简便、实用的预防性食品安全质量的控制体系，其推行已成为当今国际食品行业安全质量管理领域中不可逆转的发展趋势和必然要求。但除出口食品强制性要求实施 HACCP 体系的企业必须建立 HACCP 体系外，其他出口食品企业和内销食品企业建立 HACCP 体

系的还是少数，包括稻米加工业。截止到 2007 年，全国食品生产企业 448 153 家，其中 10 人以下企业小作坊 352 815 家，占全国食品生产企业的 78.7%，还有无数无牌无证的加工厂，获得 HACCP 认证的只有 4000 多家，获得 HACCP 认证的大米企业更是寥寥无几。数字表明推广 HACCP 体系的建立和应用任重道远[4]。

　　大米是中国传统主食和大宗出口商品，是我国 60% 以上人口的主食，我国稻米消费量占全部粮食消费量的 40% 左右。大米工艺质量体系的实施和运行，不仅关系到米厂能否生产出品质优良的大米，提高自身产品的经济价值，更关系到大米食用的安全性、社会的稳定性和人民的健康。我们应该对大米加工工艺中可能的关键控制点和危害因素进行调查研究，阐明生产加工食品的验证和控制措施与条件，切实提出一套符合我国国情的大米企业 HACCP 实施指南和应用模式。

（二）正确理解 HACCP 与 GMP、SSOP 和栅栏技术的关系

　　HACCP 是执行 GMP 法规的关键和核心，GMP、SSOP 和其他前提计划是制订和实施 HACCP 计划的基础和前提。如果企业没有达到 GMP 法规的要求，或没有制订有效的和可操作性强的 SSOP，则实施 HACCP 计划无异于空中楼阁。现阶段许多食品企业在建立的 HACCP 系统中混淆了三者的关系[5]。GMP 是政府强制性的对食品生产、包装、储运等过程的卫生要求，以保证食品具有安全性的良好生产管理体系，该体系主要对生产食品的建筑、设施和设备的设置，操作人员状况，卫生管理及生产过程管理，产品质量检验管理等方面提出要求，避免在不卫生、可能发生污染或破坏品质的环境下生产食品，因此 GMP 是食品生产企业实现生产工艺合理化、科学化、现代化的首要条件。

　　SSOP 是食品生产加工企业为了达到 GMP 的要求而制订的卫生操作控制文件——卫生标准操作规范，以消除与卫生有关的危害。大米企业应清晰地认识到这三者的关系，在大米生产工艺过程中，SSOP 侧重于解决卫生问题，GMP 更侧重于控制食品的安全性。良好的 GMP、SSOP 是大米企业得以规范运行的先决条件，能促进企业加强自身的质量保证措施。HACCP 与 GMP 和 SSOP 的有机结合，使大米企业在同行业中拥有优越的竞争力[6]。

　　栅栏技术（hurdle technology，HT）是由 Leistner（德国肉类研究中心微生物和毒理学研究所所长）在长期研究的基础上率先提出的。食品要达到可储性和卫生安全性，就要在其加工中根据不同的产品采用不同的防腐技术，以阻止残留的腐败菌和致病菌的生长繁殖。

　　将栅栏技术与 HACCP 和微生物预测技术结合起来，可以设计、优化并加工出卫生安全、耐储藏、营养丰富和风味独特的食品。如果将 HACCP 体系与 HT

结合应用于大米生产加工过程中，可以最有效地全面确保大米的卫生质量与安全。当两个体系共同用于生产加工时，可有针对性地选择和调整栅栏因子，再利用 HACCP 体系中的监控程序，对关键控制点和栅栏因子都实施监控，并按照 HACCP 原理要求进行纠偏和验证，从而能更加全面地预防和控制产品卫生质量及安全。而且 HACCP 体系的引入，使得在选择和调整栅栏因子时有据可依，还可检测所选定的栅栏因子是否达到预期要求。

（三）正确选择关键控制点

大米生产加工企业应对加工工艺进行危害分析，及时根据实际情况确定关键控制点。对消费者而言，食品应兼有满足消费者视觉和味觉的享受，并提供营养等功能。如何在保证大米质量安全的同时兼顾大米色、香、味、形和营养价值等因素的工作就显得日益重要，而色、香、味、形和营养价值等因素不是生产过程中建立的 HACCP 体系中所关注的食品安全的重点[7]。本部分就结合大米生产的特点，选择了 6 个点作为关键控制点来阐释。

（四）充分认识传统的食品安全控制方法与 HACCP 体系的区别

传统的食品安全控制流程一般建立在"集中"视察最终产品的检测等方面，通过"望、闻、问"的方法去寻找潜在的危害，存在一定的局限性。而在 HACCP 体系的管理下，食品安全被融入到整个生产过程中，并非是传统意义上的最终产品检测，HACCP 体系作为预防和低耗保障食品安全的方式被越来越多的国家和企业所认同。FDA 的统计数据表明，在水产品加工企业中实施 HACCP 体系的企业比未实施 HACCP 体系的企业食品风险概率降低了 20%～60%；企业在实施 HACCP 体系后，各项指标均得到有效控制，大米的安全质量得到提高，客户投诉明显减少[8]。

（五）建立健全 HACCP 体系

大米企业应充分认识到 HACCP 体系对降低危害风险的科学性和作用。利用 HACCP 体系，通过控制大米加工过程中的关键控制点，既可降低生产产品安全危害的风险，又可避免单纯依靠终产品检验进行质量控制潜伏的危害，使其不仅在最终成品中达到国家标准，而且各工艺中的半成品也达到国家食品卫生要求。

第二节 大米生产工艺安全技术的研究与应用

一、引言

在传统体制下，粮食生产的产前、产中和产后流程被人为地分割开来；产前和产中由农业系统管理，产后由粮食系统掌握，相互之间沟通少；而且过去粮食系统的国有加工厂专门承担商品粮加工任务，很少兼顾食用粮的加工质量和安全问题。

据统计，2008 年进入统计数据库的稻谷加工企业有 7311 家，其中年产量达 10 万 t 的企业有 40 个，比 2007 年增加 7 个，增加了 21%。这些大米企业经过改革开放 20 年来的建设，引进、消化和吸收了国际大米加工的先进工艺和设备参数，半数以上的企业在生产技术水平方面飞速发展，出米率提高了 2%～3%，并能生产各种规格的高等级精制米和免淘米，为我国优质稻米加工打下了基础。据不完全统计，目前分布在全国城乡的日产 15～30t 的小型大米加工机组不少于 10 万台，其年加工能力超过 1.0 亿 t[9]。据有关方面调查，目前农村 60% 的大米加工设备处于简陋和落后状态，加工质量达不到精制米的要求，特别是稻谷出米率普遍低于正规加工厂 2%～3%。相当于每年损失稻谷 380 万 t。科学合理地改进稻谷加工工艺，无异于提升了稻谷的产量，而坚持简陋粗放的加工流程，无疑减少了粮食产量。据国家相关部门调研，我国现阶段粮食产后加工中的损失为 3%～7.5%，如以每年加工稻谷 1.7 亿 t 计算，则全年将损失稻谷约 640 万 t，每年直接经济损失 75 亿元左右。我国农村和集镇稻谷加工的现况不容乐观，主要是粗放加工，造成了宝贵稻米资源的极大浪费，优质稻米的加工更是任重而道远。本时期应把加工任务不足的国有大米企业改制纳入优质稻米的加工体系中来，发挥其工艺和设备的相对优势，真正实现贸、工、农一体化，这也是在符合我国国情基础上，创建优质稻米加工体系最经济、最现实和最有效的途径。

二、大米生产工艺安全技术的研究

加速创立我国自主名牌优质稻米，推动我国优质稻米的开发研究、生产、加工、流通和管理登上新台阶，是时代赋予的重任。粳稻和籼稻是稻谷的两大品种，椭圆型优质粳稻的加工一般比长粒型优质籼稻容易，原因是优质籼稻以它细长的结构形态，决定了它承受剪、切、压、折的能力较差。稻谷机械加工过程中，主要依靠加工机具对稻米的剪、切、压或折等作用力，使稻谷脱壳、糙米去皮，导致优质籼稻在加工中最容易破碎[10]。近期加工优质籼稻的实践经验证明，100kg 稻谷只能加工出不到 50% 的完整白米，碎米量较大，加之出米率和整米率低，造成优质稻资源的浪费，直接影响优质稻米加工的经济效益。另外，优质稻米要加工成优质名牌大米，按照国际精制大米的标准，除大米色泽洁白晶莹外，含碎米一般要低于 2%，有的可放宽至 5%。此外，成品大米还应达到"四断"或称"四无"，即无杂、无谷、无石和无糠。我国要创立自己的名牌优质大米，必须要参照国际标准创建中国优质稻米加工的技术体系。经我国科技人员前赴后继的付出，关于稻谷加工工艺与设备的研究，尤其是在稻谷加工中的清理去杂、稻谷脱壳和谷糙分离各工段的工艺和设备水平方面已基本可以满足优质稻谷加工的工艺标准，与国际上先进水平的差距不大。但要建立我国自主产权的优质稻米加工体系，特别是长粒型优质籼稻的加工体系，还需在糙米精选调质、大米精碾、白米色选、配米和米质调理 5 项关键技术方面进行创新和完善。

（一）糙米精选技术

糙米精选在我国的大米加工业中长期处于空白状态，近几年才开始研究和在少数加工厂推广，且稻谷经脱壳和谷糙分离后所获得的糙米，尚有很多问题需要解决。如何除去糙米中的杂质、糙碎和未熟粒，防止这些物料进入碾米机，从而避免造成资源浪费和碾米机无用功率增加。对于优质米加工来说，一定要在生产体系中设置糙米精选工序。目前瑞士布勒公司和日本佐竹公司都有成熟的糙米厚度分级机，我国也开始研究生产。

（二）糙米调质技术

1. 糙米调质机理

糙米的调质处理技术就是利用胚乳是一种多孔毛细管胶体物质，当外界环境的湿度高于或低于稻米的水分时，易发生吸湿或散湿的原理，通过对糙米进行均匀加湿使糙米的糠层组织吸水膨胀软化，形成外大内小的水分梯度和外小内大的强度梯度，糠层与白米籽粒结构间产生相对位移。皮层和糊粉层组织结构强度减弱，白米籽粒结构强度相对增强，糙米外表面的摩擦系数增大，大大减少了碾米过程中的出碎和裂纹，而白米表面也更光滑，使整精米率大幅度提高[11]。

2. 糙米调质效果影响因素

糙米的糠层组织水分梯度主要由着水量和润糙时间产生，因此影响糙米调质效果的主要因素为着水量和润糙时间。此外还有雾化水滴的大小和雾化时糙米与雾化水的温度等。要获得良好的调质效果，必须准确掌握着水量及润糙时间。

1）着水量（加湿量）

糙米调质着水量的确定必须建立在糙米入碾的最佳水分确定的基础上。最佳入碾水分是指在此水分下糙米碾白时的糙出白率最高、出碎率最低、电耗最省和产品质量最好，与碾白工艺、产品的质量要求、操作习惯和气候条件等相关。糙米的最适水分为 14%～15%，如果低于这个水分，糙米的工艺效果不会最好，不利于减少碎米和节省碾米的动力，另外，水分含量过低时加工出的大米，食用品质不佳。所以，糙米进米机碾米前，应进行糙米水分调质处理，对陈稻和水分低于 14% 的糙米更是必需的一项工艺。在着水润糙过程中，皮层与胚乳之间的水分梯度是随着加湿量的增加而增加的，糙米的着水量通常要根据糙米的含水量具体掌握和调整，着水量过小，达不到着水调质的目的；着水量过大，吸水过多，易使糙米产生裂纹，甚至籽粒过潮变酥变烂。糙米着水量的调控原则应既能达到最佳的水分梯度，又能保证米糠和大米水分符合标准为宜。

2）润糙时间

糙米着水后润糙的时间长短也是很重要的因素，直接影响水分渗透的程度，即决定了水分梯度的大小。润糙时间与调质条件和糙米粒的吸水速度等因素有关，必须有足够的时间来保证糙米粒吸水并使水分按梯度分布，还要保证糙米粒之间的水分均匀分布，并能产生理化和生化变化。

目前，通常采用的着水调质的方式有水滴式、空气压缩机雾化式、水泵喷雾式和超声波雾化式，其中超声波雾化，水滴粒度小且喷雾均匀，效果优于前述几种雾化方式。无论何种加水方式，米机前均应设置一缓冲仓让糙米粒湿润，使水分渗入皮层和糊粉层，以降低皮层及糊粉层与胚乳的结合力，但水分不得进入胚乳，以免胚乳着水后强度下降，在碾米过程中增加碎米的产生。因此，着水量和湿润时间在糙米的生产工艺中至关重要。

（三）大米精碾技术

大米精碾是加工优质精米的技术基础，只有把握大米精碾的质量，才能为后道大米抛光工序提供去皮均匀、粒面细腻的白米，使抛光后的大米表面光滑、晶莹如玉，提高大米的商品价值，大米精碾过程与糙出白率、增碎率和碾白电耗等经济技术指标密切相关，所以大米精碾技术是大米加工企业实现优质低耗的重要技术保证，大米精碾的技术关键在于选择合理的精碾工艺和先进的精碾主机。

1. 工作原理

目前大米加工领域普及的是立式碾皮机和卧式碾皮机，其工作原理是把被去皮谷物视为连续介质，在固定的开放型碾白室内受到均匀的轴向、周向及径向压力，并进行螺旋运动。在运动过程中，其介质之间间隙远小于介质，每个介质无休止地做不规则运动，在运动过程中相互碰撞，交换着动能和势能并转化为热能。动能和势能交换越强烈，以热能形式表现越强烈，介质的去皮效果越明显，能量损失越大，需补充能量亦增大，动力消耗越大。由介质相互摩擦及动能元件对介质能量的传递所产生的作用称为压力碾白或速度碾白，这就是碾米机的工作原理[12]。

2. 结构特点

碾米机由静止装置和动能装置组成，静止装置由外壳和固定在外壳内并与之保持一定间隙的筛筒和放置在筛筒中央的带槽实心旋转砂辊组成。碾白室的出口安装有调节机内介质间隙大小的压砣。其旋转砂辊或铁辊直径大小、形状、结构和转速高低，对介质获得的势能与压砣调节的介质间隙大小和关系影响重大，是动力消耗和碾皮效果好坏的关键所在。按碾辊材质的不同，碾米机可大致分为砂辊碾米机和铁辊碾米机。砂辊碾米机具有碰撞及翻滚作用柔和、碎米率低、电耗低、出米率高和生产效率高等优势，适宜加工籽粒结构强度较差、表皮坚硬的粉质米粒，不过成品米光洁度差、色泽暗；铁辊碾米机碾白室压力较大，易产生碎米，但成品米表面细腻光洁、色泽亮，所以制米厂大多使用碾削为主、擦离为辅的混合米机组合。米刀的新旧程度和磨损状况、米辊和米筛的安装质量、米机出口压力的选择、喷风效果的好坏等均影响成品米的质量。尤其是砂辊碾米机米筛，如果筛眼卡有许多碎米，米机工作时会产生不稳的电流，直接或间接影响排糠效果[13]。

近期的生产实践经验证明，对精米加工，选择三机碾白的碾米工艺较为合理，不论精碾粳米或籼米都能适应。三机碾白工艺采用二砂一铁的工艺更能保证产品质量，特别有利于提高后道大米抛光的效果和质量。至于精碾米机的选择，从碾米的机理剖析，快速轻碾既能减少增碎，又能保证米粒表面不产生由于强烈碾削而造成的刮痕，大直径立式砂辊碾米机属于快速轻碾的机型，对减少增碎和保持米粒表面平整均比横式砂辊碾米机要好，对粒型细长的籼稻谷，选用立式砂辊碾米机更为合适。优质精米的加工，一般采用二道或三道立式砂辊和铁辊碾米机串联碾白，已能达到精米碾白的工艺要求。

立式碾米机最早起源于欧洲，故又称欧洲式碾米机。欧洲的稻谷品种是长粒型，类同我国的籼稻，它同样具有不耐剪切、压、折的缺陷，立式碾米机的机内作用力小，不易破碎稻米，这可能是设计立式米机的原因。横式碾米机起源于日本，日本稻谷品种类似于我国椭圆形的粳稻，粳稻从它的形态结构来讲具有较强的抗压和抗剪切能力。横式碾米机机内作用力强烈，适宜于粳米碾白，这是横式碾米机的特点。所以加工优质籼稻应选用立式碾米机。现在瑞士布勒公司的立式碾米机在国内已引进使用，日本佐竹公司是日本生产大米加工机械的老牌企业，以前以生产横式碾米机著称世界，这几年为适应长粒籼稻碾米的需要，也研究开发了立式碾米机，并在苏州新区建立了苏州佐竹公司，生产稻谷加工机械，目前苏州佐竹公司生产的立式碾米机，在国内已有较大的市场[14]。国内湖北省粮机厂和湖南省郴州粮机厂也开始生产立式碾米机，虽然在生产能力和机械质量方面与布勒、佐竹公司尚有一定的差距，但国内产品的价格便宜，一般只有国外产品的1/8左右。加工优质粳稻尚可选用国内生产的横式碾米机，采用三机碾白的工艺。[15]

（四）大米抛光技术

抛光本身对白米的内在品质并没有影响，但由于抛光后的米粒呈晶莹半透明状，对要求较高的消费者有一定的吸引力，市场前景广阔，而且许多粮机厂家和大米企业在提高大米表面光洁度方面也在努力地增加投资和技术开发。

1. 大米抛光机的结构和工作原理

大米抛光的原理是：糙米经过多机碾白后，去除碎米和糠片，经喷雾着水、润米后（使胚乳和米糠的结合力减小，由于添加的水量很少，仅在米粒的表面形成一层薄薄的膜，加之抛光时间短，对大米的含水率没有影响），进入抛光机的抛光室内，在固定的压力和温度下，通过摩擦使米粒表面上光[16]。

1）结构

大米抛光机由储料斗、喷雾机构、喷风风机（部分设备没有）、吸糠风机、抛光室和机体 6 个部件组成。储料斗由储料斗、储料斗座及流量调节门等组成，固定在机体顶部。喷雾机构由控温式水箱、流量计、橡胶管和喷雾器组成。喷风风机和吸糠风机均由蜗壳、叶轮、轴承座及风管组成，分别固定在机体下部。抛光室由主轴、螺旋推进器、抛光辊筒、轴承座、米筛及筛框等零件组成，固定在机体上部。

2）工作过程

经过碾米机碾白后达到特等米精度的白米，由储料斗流下并在螺旋推进器的作用下进入抛光室，同时由控温式水箱将已加热的水通过流量计，经橡胶管和喷雾器进入喷风管道，与喷风气流混合后进入抛光室。水雾附着在米粒表面，使米粒表面糠粉凝聚，同时使米粒表面湿润、软化。通过抛光室内辊筒的回转运动，使米粒在抛光室内不断运动，在运动过程中，米粒之间、米粒与抛光辊筒之间及米粒与米筛之间产生相对运动、发生摩擦。由于米粒表面湿润软化，这种摩擦将去除米粒表面的糠粉和粉刺，提高表面光洁度，从而使米粒洁净光亮，达到大米表面抛光的要求。抛光过程中产生的细米糠和细屑由吸糠风机吸出。

大米抛光是生产优质精制白米的必不可少的一道工序，目的主要兼顾 3 个方面[17]。

（1）清除米粒表面浮糠，使米粒表面光洁细腻，提高大米的外观品质和商品价值。

（2）延长大米的货架期，保持米粒的新鲜度。

（3）改善和提高大米的食用品质，使米饭食味爽口、滑溜。

我国生产的各类抛光机，大多很难达到以上三个方面的要求。目前使用的大米抛光机一般只能起到刷米机清除米粒表面浮糠的作用，达不到米粒表面淀粉胶质化作用。大米抛光后产生米粒表面淀粉预糊化和胶质化程度，完全取决于大米抛光过程中的水和热作用或添加食用助抛剂的作用。大米抛光机在抛光过程中的水热作用，不外乎在大米抛光过程中机器自身所产生的摩擦热和外界加入的水分而产生的水热作用，或者是全部依靠抛光机以外的水和热产生的水热作用。经验证明，凡是以上两种产生水热作用的抛光机都能达到良好抛光效果。因此，有关制造大米抛光机的粮机厂，应加强在这方面的研究，以提高大米抛光机的抛光效果。

2. 影响大米抛光效果的因素分析

　　1）抛光机抛光效果的因素分析

　　（1）抛光压力。抛光压力是由米粒的速度和碰撞力在抛光室内建立起来的。影响碾白压力的因素是多种的，但抛光压力可以通过抛光室出口的压力门来调整和控制，抛光压力大，碰撞运动剧烈，抛光后增碎多；抛光压力小，碰撞运动就缓和，抛光后增碎少，因此，掌握合理的抛光压力是避免碎米的根本。

　　（2）线速度。抛光辊线速度是决定米粒速度和碰撞力的主要因素。线速度低，米粒离开铁辊的速度就低，碰撞运动就缓和，抛光后增碎少，但转速太低，米粒翻滚不够时会使米粒局部碾得过多，产生过碾现象，过碾会降低出米率，也会使米粒局部碾得不够，抛光不均匀；线速度高，米粒的速度和碰撞力大，米粒翻滚机会增加，抛光较均匀，但米粒翻滚过分时，会使米粒两端被碾去，碎米增加，同样会降低出米率。所以，选择合理的转速以获得合适抛光辊线速度对降低碎米率、提高大米抛光亮度十分重要。

　　（3）大米流量。在抛光过程中流量要稳定。如果流量过小，会使米粒在抛光室内翻动的机会过多，产生的摩擦力和撞击力过大，从而产生过碾现象。过碾不但会使米粒表面失去光亮，还会严重影响出米率；如果流量过大，米粒在抛光室内就不容易翻滚，使米粒与铁辊、米筛接触的机会过少，加工出来的大米同样达不到抛光的效果。因此，抛光过程中要根据具体的加工原料品种，具体实践操作，适当控制流量，使米粒在抛光室内适当的翻动、撞击、挤压、摩擦，才能保证抛光机加工出来的大米达到米粒完整和表面光亮的工艺效果。

　　（4）着水量。抛光时对抛光室内大米按一定比例进行均匀地喷雾着水，使大米表面润湿，有利于米粒表面糠粉分离，同时，在擦离抛光压力和抛光过程中产生的摩擦温度作用下使大米表面淀粉糊化形成胶质层，从而达到提高大米光亮度的目的。但着水量过大会引起米粒非正常流动，造成抛光机内压力过大，增碎加剧，甚至导致"闷车"，因此，在抛光机的使用中首先应控制着水量。

　　（5）吸风量。抛光给风形式有空心轴喷风、强拉吸风、喷风与吸风结合。对轴心喷水的抛光机应采用强拉吸风形式。强拉吸风能使进入空心轴的水在较强的负压作用下迅速雾化，从而提高着水的均匀性。采用强拉吸风，还能增加米粒翻动的机会，提高抛光精度；促进米粒与糠粉之间的分离，有利于排糠；降低抛光后白米的湿度和温度，起到凉米的作用。如果吸风量过大，会使出米受阻抛光压力升高，反而增加碎米。要根据具体机型选择合适的吸风量，才能有效降低增碎，有利于抛光作用的发挥。

因此大米抛光机不但要满足精米抛光要求，更需要控制抛光时的压力、线速度、流量、着水量和吸风量等工艺因素。如果抛光工艺参数控制不当，会产生碎粒增加或抛光不足等问题，因此抛光机的操作尤其重要。

2）提高糙米的精度

通过谷糙分离后的净糙米中，尽管含谷量在国际标准及工艺规定的范围内，但未成熟粒、糙碎米和细杂却混入了净糙米中。为了完善碾米的工艺效果，凡有色选或抛光设备的生产厂家，大都选用长度分级机或厚度分级机，它们可有效地除去不完善粒、未成熟粒、细杂和少量的谷灰等。此种模式不但能减轻米机的压力、降低电耗、提高出品率，而且进入抛光机的白米质量更好，尤其是本身的净糠粉更少，抛光效果更加明显。

3）添加食用助抛剂

为提高抛光效果，进行抛光时在米粒的表面还喷上抛光剂，抛光后表面光滑、具有光泽。国内常用的抛光剂是水，国外会在水中添加其他添加剂，借此增加大米表面光亮度。用抛光剂水溶液喷涂在米粒表面，使之形成一层极薄的凝胶膜，从而产生珍珠光泽使米粒外观晶莹如玉。白米进入抛光室后，在以葡萄糖和硅酸镁为组成成分的抛光剂水溶液和抛光辊摩擦作用下产生的热，使大米表层发生胶化生成一层极薄的凝胶层，从而产生明显的珍珠蜡光。

目前瑞士布勒公司和日本佐竹公司已研究开发了几代大米抛光机，产品进军中国市场，其抛光效果比中国生产的抛光机胜过一筹，抛光后的大米不含糠粉，粒面晶莹光滑，抛光过程中的增碎率少于2%，生产能力很大，每小时可抛光大米4~5t，这是我国生产的抛光机不具备的，但国外抛光机的价格昂贵，一般为中国抛光机价格的10~15倍。

（五）大米色选技术

大米色选是去除精白米中黄粒米的重要技术保证，我国从20世纪90年代开始，不少碾米厂为了保证精米加工的质量和提高精白米的纯度，逐步增加了白米色选工序，先后从日本和英国等国家引进各种机型的色选机来清除白米中的黄粒米。不论从大米外观，还是从健康角度，白米中一定要去掉黄粒米，所以色选机在米厂的使用势在必行。

1. 色选原理

色选机是利用光、电和气动相结合的高科技产品。物料由喂料器通过振动均匀地进入通道，并以恒定速度进入色选区，从传感器和背景板间通过，光电传感器在荧光灯的照射下通过背景板折射光线的不同对大米进行观察，根据比较色差产生相应的电压信号，经放大处理后传到 CPU 中央处理器，并作出分析辨别产生输出电信号，给阀驱动电路板进行放大处理驱动喷射电磁阀的动作，将好米中的异色粒或白垩粒按操作要求吹出。根据物料质量及色选要求，操作者可设定不同参数进行选别，提高精米外观品质[18]。

2. 色选机的主要功能

色选机按它的分选性能一般分为异色粒选别、粉质粒选别及玻璃选别。在大米加工中，异色粒主要是未成熟粒、病变粒、霉变粒、黄粒和矿物质等；粉质粒主要是心白粒、糯米粒、腹白粒等。只有带红外线识别功能的色选机才能用于选别玻璃，目前国内碾米企业主要利用色选机来实现以下功能[19]：

(1) 选出大米中的异色粒；

(2) 选出大米中的腹白粒；

(3) 选出糯米中的非糯米粒；

(4) 选出大米中的糯米粒；

(5) 选出大米中的玻璃或其他杂质。

3. 色选机的工艺性能

色选机的工艺性能主要用色选精度和带出比两个指标来综合衡量。色选精度是指含有异色颗粒的大米经过色选后，正常米粒的质量含量，以百分数表示。带出比是指经过色选后，其带出料中的异色颗粒质量与正常米粒质量之比。这两项指标一般均在异色粒含量 2% 以下及流量额定的条件下测定，而且与异色粒的种类、颜色和密度有关。需要强调的是，考察色选机在实际使用过程中的工艺性能，除色选精度和带出比两个指标外，还必须考虑进机原料的异色粒含量和产量这两个重要指标。只有综合考虑这几个指标，才能全面科学地衡量色选机工艺性能的优劣。通常在异色粒含量相同和产量额定的情况下，色选精度越高，带出比越低，说明色选机的工艺性能越好。

4. 色选工艺

色选机除在安装使用环境、日常维护及操作人员的使用技能等方面的要求外，大米加工中影响色选工艺效果的因素主要还有以下几个方面。

1) 原料大米的含糠量

当原料大米中含糠较多时，在水分及温度适宜的情况下，色选机的通道上容易结垢，影响米粒的流动；同时，分选室内的粉尘浓度过高还会影响电眼的识别能力和喷射阀的工作，从而降低色选精度，因此，要求进入色选机的大米表面光洁、含糠少、流动性好。

2）原料大米的异色粒含量

一般要求原料大米的异色粒含量不超过色选机的标定范围，此时色选精度、带出比和产量都可以达标。而当异色粒含量超出正常范围时，要保证一定的色选精度和带出比则必定降低产量，使单位加工成本大大增加；而要达到产量要求则色选精度必然降低，带出比必然升高，从而影响成品质量和出米率。

3）原料大米的温度

经过多机碾白和抛光处理后的大米，由于其温度高于正常米温，如马上进入色选机，易使大米表面的糠粉黏附在通道表面，影响米粒的正常流动，降低色选效果。

4）气源质量

色选机分选装置是利用高压空气将异色米粒吹出正常轨道，高压空气的质量将影响色选机精度和带出比。气源要求无油、无水、无尘、干燥且压力稳定，否则容易堵塞气路和喷射阀，影响喷射阀动作的灵敏程度，损坏喷嘴。

5）色选工艺效果的好坏有赖于其他工序的配合

如前文所述，进机大米中的异色粒含量是影响色选效果的重要因素，这就要求色选工序之前的诸多工序（清理、砻谷、谷糙分离、碾白、抛光和分级等）充分发挥各自效用，将进机大米中的异色粒含量严格控制在色选机的标定范围内，否则将影响色选工艺效果。

好的设备和合适的工艺是相辅相成的。面对品种、规格和型号日益繁多的色选机，企业应依据自身的原料条件和成品质量要求，作出理性和合适的选择，然后配以适当的色选工艺，并加强生产管理，才能让色选机产生最佳的工艺效果，感受大米色选技术的优越性及由此带来的经济效益和社会效益。随着技术的进步，国内现阶段使用的色选机的品种、规格和型号越来越多，功能普遍由当初的单面单选转变为双面复选，其工艺性能和稳定性也大幅提高。与此同时，大米色选工艺也日臻成熟。由于色选机是集光、电、气、机为一体的高科技产品，价格比较昂贵，每台每小时处理能力为 $4\sim5t$，大米的色选机价格在 80 万～100 万元/台。

三、大米生产安全工艺质量关键点分析

食品的安全性是当今世界食品生产与供给中最受重视的问题。即使在科学技术高度发达、自认为是世界食品供给最安全的国家和地区，如美国和欧盟等，也不断面对着食品安全的挑战，而不得不将其列为 21 世纪食品领域的主要研究方向。在我国，由于饮食不卫生的食品而造成的伤亡事故时有发生。因此，加强食品生产、流通环节的安全卫生防护与监督控制，提供安全、卫生、营养、方便和多样化的食品，是每个食品从业人员必须牢记的原则。

大米是我国传统的大宗商品，随着生活水平的提高，各大米消费国对大米卫生质量的要求日趋严格，食品安全风险警示通报机制的建立和完善，更要求从事出口大米加工的生产企业按出口食品生产企业卫生要求。建立健全卫生质量保证体系，从源头抓起，确定大米加工过程卫生质量关键控制点，并进行有效控制是确保大米卫生质量的有效手段。

影响大米质量的主要因素为黄曲霉毒素和一些重金属，人们食用了含有黄曲霉毒素的食物后会导致肝脏中毒，出现眼睛发黄、呕吐、水肿、虚弱和昏迷等症状，并能导致死亡。食用含过量镉食品而造成的中毒大多是急性的，主要症状是恶心、呕吐、腹泻和腹痛。铅化合物对人体的影响主要是神经系统、肾脏和血液系统，还会引起肾功能损害，影响儿童的智力发育等。砷慢性中毒表现为疲劳、乏力、心悸和惊厥，并能引起皮肤损伤，出现角质化、蜕皮、脱发和色素沉积，还可能致癌。汞对人体的危害主要表现为头痛、头晕、肢体麻木和疼痛等，总汞中的甲基汞在人体内极易被肝和肾吸收，其中15%被脑吸收，但首先受损的是脑组织，并且难以治疗，往往促使死亡或遗患终生。对人体危害最大的是有机汞。

作者通过检验检疫工作中的实践，以某制米厂为试验基地，检测大米加工过程中不同阶段的理化指标，如汞、铜、砷、铅、镉和黄曲霉毒素 B_1、黄曲霉毒素 G_1，就如何确定大米加工过程中卫生质量关键控制点进行以下分析，并对关键控制点进行改造，以提高产品的食用品质和安全品质[20]。

（一）实验材料

1. 测量汞所用试剂

硝酸（优级纯）、硫酸（优级纯）、氢氧化钾（5g/L）、硼氢化钾（5g/L）、汞标准储备溶液、汞标准使用溶液、30%过氧化氢。

2. 测量铜所用试剂

硝酸（10%）、硝酸（0.5%）、石油醚、硝酸（1+4）、硝酸（4+6）、铜标准储备溶液、铜标准使用溶液。

3. 测量砷所用试剂

氢氧化钠溶液（2g/L）、硼氢化钠溶液（10g/L）、硫脲溶液（50g/L）、硫酸溶液（14%）、砷标准溶液、湿消解试剂、干灰化试剂。

4. 测量铅所用试剂

硝酸、过硫酸铵、过氧化氢（30%）、高氯酸、硝酸（1+1）、硝酸

（0.5mol/L）、硝酸（1mol/L）、磷酸铵溶液（20g/L）、铅标准储备溶液、铅标准使用溶液。

5. 测量镉所用试剂

硝酸、过硫酸铵、过氧化氢（30%）、高氯酸、硝酸（1＋1）、硝酸（0.5mol/L）、硝酸（1mol/L）、磷酸铵溶液（20g/L）、镉标准储备溶液、镉标准使用溶液。

6. 原料

制米厂各工艺采集的样品。

（二）米厂大米原加工工艺分析

米厂大米加工工艺流程及取样点见图 2-1。对原有稻米加工厂的生产线进行实际考察分析，检测每道工序半成品及成品的大米质量安全指标。

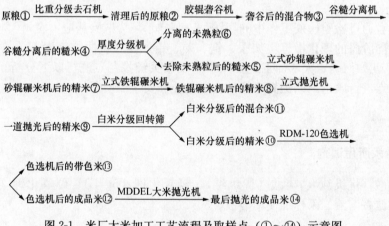

图 2-1　米厂大米加工工艺流程及取样点（①～⑭）示意图

Fig. 2-1　Rice mill rice processing flow diagram and sampling point

1. 国家大米安全标准

国家大米安全标准见表 2-1。

表 2-1　国家大米安全标准

Table 2-1　National safety standards for rice

项目	指标	项目	指标
砷	≤0.4mg/kg	镉	≤0.1mg/kg
汞	≤0.01mg/kg	铜	≤10mg/kg
铅	≤0.2mg/kg	黄曲霉毒素 B_1	≤5.0μg/kg

2. 检测方法

砷含量测定：砷按 GB/T5009.11 规定执行。采用氢化物原子荧光光度法。
汞含量测定：汞按 GB/T5009.17 规定执行。采用原子荧光光谱分析法。
铅含量测定：铅按 GB/T5009.12 规定执行。采用石墨炉原子吸收光谱法。
铜含量测定：铜按 GB/T5009.13 规定执行。采用原子荧光光谱分析法。
镉含量测定：镉按 GB/T5009.15 规定执行。采用石墨炉原子吸收光谱法。

3. 检测产品的取样点

原粮、清理后的原粮、砻谷后的混合物、谷糙分离后的糙米、去除未熟粒后的糙米、分离的未熟粒、砂辊碾米机后的精米、铁辊碾米机后的精米、一道抛光后的精米、白米分级后的精米、白米分级后的混合米、色选机后的成品米、色选机后的带色米和最后抛光的成品米。

4. 检测结果

对原有稻谷加工厂的生产线进行半成品和成品大米取样检测。
1）砷含量检测结果
砷含量检测结果见图 2-2。
2）铅含量检测结果
铅含量检测结果见图 2-3。

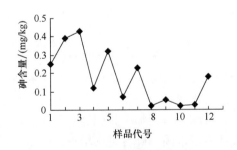
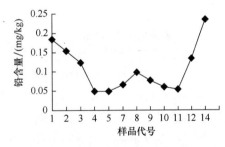

图 2-2　米厂不同工艺阶段砷含量变化曲线
Fig. 2-2　Arsenic content in different stages of the rice mill technology curve

图 2-3　米厂不同工艺阶段铅含量变化曲线
Fig. 2-3　Lead content in different stages of the rice mill technology curve

3）其他重金属检测结果
其他重金属的检测结果见表 2-2。

表 2-2　米厂不同工艺阶段其他重金属含量

Table 2-2　Rice mill other heavy metals in different stages　　　（单位：$\mu g/kg$）

工艺阶段	项　目　指　标		
	汞	镉	铜
原粮	0.0182	0.020	17.40
清理后的原粮	0.0186	0.018	18.44
砻谷后的混合物	未检出	未检出	1.24
谷糙分离后的糙米	未检出	未检出	未检出
去除未熟粒后的糙米	未检出	未检出	未检出
分离的未熟粒	未检出	0.0094	6.70
砂辊碾米机后的精米	未检出	未检出	未检出
铁辊碾米机后的精米	未检出	未检出	未检出
一道抛光后的精米	未检出	未检出	未检出
白米分级后的精米	未检出	未检出	未检出
白米分级后的混合米	0.009 42	未检出	未检出
色选机后的成品米	未检出	未检出	未检出
色选机后的带色米	未检出	未检出	未检出
最后抛光的成品米	未检出	未检出	未检出

4）黄曲霉毒素 B_1、黄曲霉毒素 G_1 检测结果

经紫外分光光度法检测，黄曲霉毒素 B_1、黄曲霉毒素 G_1 未检出。

5. 结果分析

1）砷含量的变化分析

由图 2-2 可以看出，在砻谷、谷糙分离、碾米过程中，砷的含量有所减少，说明稻壳、未成熟粒及糠粉中含有一定量的砷，在去除过程中，砷的含量有所减少。稻壳中含砷高，主要是由于稻谷生长过程中受环境污染、施肥或农药残留引起的。当清理后的原粮经过胶辊砻谷机后，砷的含量增加，是因为胶辊的主要材料是橡胶，橡胶中含有大量的硫和砷，由此可以推断，砷含量的增加是胶辊的磨损所致。经砂辊、铁辊碾米机处理后，砷的含量又有增高。是由于铁辊对米粒的碾磨作用力是靠中间旋转的铁辊与外围钢制辊筒的挤压作用完成的。米粒在运动过程中米粒间互相挤压摩擦，磨损米粒与铁辊、外围辊筒互相挤压摩擦造成磨损，使砷含量增高。最后的抛光处理使砷含量增高，是由于抛光设备为新安装的抛光机，内壁的金属材料容易脱落。

2）铅含量的变化分析

由图 2-3 可以看出，在原粮清理、砻谷、谷糙分离过程中，铅的含量有所减

少，可推断原粮的杂质、稻壳中含有铅。籽粒经铁辊碾米机、色选机、抛光机后，铅的含量较前一工序成品高，并且经最后抛光的成品米铅的含量超出了国家标准。分析：机器内壁成分中含有铅，当籽粒与机器内壁撞击和摩擦时，机器内壁表面磨损，夹杂到成品中，导致成品米中铅的含量超出了国家标准。

　　3）其他重金属含量的变化分析

　　由表 2-2 可以看出，对在原粮的检测过程中，发现含有一定数量的汞、镉、铜，但在砻谷后，均未检出，说明稻壳中含有大量的汞、镉、铜，主要污染来源为农药残留、土壤、水分和大气污染等。在检测过程中，不仅对各加工工艺的成品进行采样检测，还对谷糙分离的未熟粒、大米分级后的混合米、色选后的带色米进行检测，发现其中也含有一定量的重金属。以上说明，谷糙分离工序、大米分级工序和色选工序对去除重金属有一定作用，可以确定为关键控制点。

　　4）黄曲霉毒素分析

　　黄曲霉毒素未检出，但由于黄曲霉受温度、湿度、籽粒状况、空气成分和微生物区系等多种因素影响，浸染需要时间，所以对以上各采样产品进行储藏，一定时期后，再次进行检测。

6. 结论

　　关键控制点是可以进行控制、并能防止或消除食品安全危害，或将食品危害降低到可接受水平的必需步骤。根据制米厂大米加工工序质量检测的结果与国家规定的大米安全指标相比较，发现大米生产的几个工序中砷略有超标、铅濒临国家限制标准的上限，针对这一问题进行了工艺改造设计，并确定以下工序为大米加工过程的关键控制点：原粮的保存、清理工序、砻谷工序、谷糙分离工序、碾米工序、白米分级工序、色选工序和抛光工序。

四、工艺改进设计与分析

　　对原有稻米加工厂的生产线进行实际考察分析，检测每道工序半成品的大米质量安全指标，发现大米生产的几个工序中砷和铅略有超标，针对这一现象进行工艺改造设计。

（一）糙米调质技术

　　为提高碾白效果，在糙米精选分级后、进米机碾米前，应进行糙米水分调质处理，增强碾米的工艺效果，进而降低重金属的含量。

　　在不改变原有碾米工艺、设备的基础上，在砻谷与碾米工序之间，也就是在谷糙分离后的净糙米进入头道碾米机前，增加一台糙米雾化着水机，通过对糙米表面进行均匀雾化着水 0.2%～0.6%，将糙米皮层水分增加 16.5%～17.0%，使皮层的水分与白米籽粒水分相差 2‰～3‰，在料仓（斗）内存放 20～40min，使糙米的糠层和胚吸水后膨胀软化，形成外大内小的水分梯度和外小内大的强度梯度，糠层与白米籽粒结构间产生相对位移，皮层、糊粉层组织结构强度减弱，白米籽粒强度相对增强，糙米外表面的摩擦系数增大，这样不必使用较大的挤压力和剪切力既可实现碾白，大大减少了碾米过程中的破碎和裂纹，使白米表面更光滑，整米率大幅度提高。糙米雾化着水后再碾米与现行的干磨碾米相比有以下几个显著工艺效果：①改善了白米碾磨不匀，提高了白度；②外加水分抵补了碾米时因米温升高产生的水分蒸发，也正因为如此而克服了白米外表层水分急剧蒸发产生的内应力，从而降低了白米的龟裂；③节省碾米电耗；④降低碎米率，增加出米率。

1. 糙米调质是提高出米率、改善大米外观品质的需要

用低水分稻谷加工大米时，虽然稻谷容易脱壳，但由于糙米的皮层与胚乳的黏结度要比湿润的稻谷紧密得多，因此碾削时皮层难于脱落。目前国内许多米厂没有糙米调质工艺，不是在湿润糙米皮层、调整米皮硬度后采用较轻的压力和摩擦力将皮层除去；而是直接采用较大的压力和摩擦力，强行将干燥的糙米皮层脱去，这势必造成糙米过碾而严重爆腰，碎米增多。

所谓糙米调质就是在一定温度下对糙米进行喷雾着水，并将着水的糙米在糙米仓内进行一定时间的润糙调整，喷雾着水的着水量及润糙所需的时间视稻谷品种、原粮水分而异。在润糙过程中，米粒内部的水分形成梯度分布，使糠层的水分含量大于胚乳，既保证干枯的糙米皮层得到充分的湿润，又能使胚乳保持最高的机械强度，这样的糙米在进入米机碾白时，仅用较轻的碾白压力就能脱皮，从而大大提高了成品白米的整米率；另外，在碾削过程中，内部湿润的米粒之间、米粒与碾辊和米筛之间的摩擦，能对大米起到抛光的作用，在米粒表面形成一层极薄的凝胶膜，使出机白米外观光洁如玉、晶莹剔透，还可提高成品米的储藏性能，防止大米在储存、运输、销售等环节中的米粉脱落，保持大米的口味新鲜度。

2. 糙米调质是改善米饭食用品质的需要

米饭食用品质的研究表明：影响米饭食用品质的主要因素是大米的化学指标和物理指标，如直链淀粉含量、水分含量、陈米化程度、大米的粒度、大米的光泽及爆腰率和碎米含量等。当原料品种一定时，水分及碎米含量（包括爆腰率）对米饭的食用品质起着极为重要的作用。这是因为水分高的大米在做米饭时，浸泡过程中吸水速度慢，不易产生水中龟裂，米饭食用品质好；碎米的吸水速度比整粒快，在制备米饭的 α 化过程中，其断面淀粉使米粒表面成为浆糊状，碎米含量少的大米做饭时米粒吸水速度均匀，α 化程度稳定，米饭的咬劲好，外观质量

好。由此可见，将糙米进行调质处理，适当增加大米水分，对改善米饭食用品质起着明显的作用。

3. 糙米调质是提高经济效益的需要

调质后的糙米进入米机碾白时如同加入了滑润剂，在相同剥刮效果的条件下，调质糙米碾白米机所需的电流要比未经调质的糙米碾白米机所需的电流小10％左右，糙米加工耗电量相应减少，成本降低；而米糠和碎米减少，出米率相应提高，因此设置糙米调质工艺也能为提高大米厂的经济效益作出贡献。

4. 烘干稻米的加工工艺中，设置糙米调质工序尤为重要

为防止高水分稻米在储存过程中变质，粮库、米厂设置稻米烘干工艺是非常必要的，但经过烘干的稻米其加工特性发生了明显的变化，如不采用调质工艺，则加工出的成品大米外观、色泽及用其制成的米饭食用品质均会明显变差。

5. 可降低大米中砷、铅的含量，提高产品的食用安全性

采用糙米调质工艺，由于减小米粒表面硬度，采用较轻的压力和摩擦力将皮层除去，这样降低了设备与米粒的摩擦与削剪作用，使糙米在碾白过程中减少设备的磨损，降低大米中砷和铅的含量，提高产品的食用安全性。

6. 糙米调质要点

（1）糙米调质工艺位置位于谷糙分离后，如工艺中有厚度分级机，则应在其后，即是对净糙米调质。

（2）对糙米加湿必须是喷雾，而不能是加水，必须使水成雾，可通过压缩空气使水雾化，也可通过电动离心产雾。

（3）喷雾量须适当，一般的喷雾量为糙米重量的 0.5％～0.8％。须视稻谷品种、水分、温度等因素确定。

（4）须设一定仓容量的糙米仓，糙米受雾后须在仓内静止一段时间，以使皮层水分调整，一般为 20～40min，亦须视不同品种、水分等因素而定。在条件许可情况下，糙米仓大些为佳，这不仅利于糙米调质，还利于前后工段流量平衡，可降低电耗。

（5）糙米调质器的位置，一般是放在糙米仓上面（或通过流管进仓）。对老米厂改造，如空间高度不够，则糙米调质器也可放在净糙下进提升机的管道上。

（二）多机轻碾技术

在原有的二级碾米（一砂一铁）的基础上，增加一至二道主碾米机。经多机分层轻碾，减少重碾后米粒表面留下的深沟，提高后道抛光的效果。

精米加工选择三机碾白的碾米工艺较为合理，三机碾白工艺采用二砂一铁的工艺更能保证产品质量，特别有利于提高后道大米抛光的效果和质量。根据碾米的机理，快速轻碾既能减少碎米，又能保证米粒表面不产生由于强烈碾削而造成的洼痕，很难使米糠、灰尘和真菌等沉积其中并繁衍。大直径立式砂辊碾米机属于快速轻辊的机型，可减少碎米、提高大米加工整精米率、减少大米中糠粉的含量，使大米外观更加光洁。多机轻碾，保持均匀去皮，粒面平整，增碎率低。立式砂辊碾米机一般采用二道式或三道式串联碾白。

由于铁辊对米粒的碾磨作用力是靠中间旋转的铁辊与外围钢制辊筒的挤压作用完成的，米粒在运动过程中米粒间互相挤压摩擦，磨损米粒与铁辊、外围辊筒互相挤压摩擦造成磨损，使砷、铅等含量增高。将砂辊、铁辊改为大直径立式砂辊、铁辊碾米机，可减少外围辊筒与米粒的摩擦强度，降低砷和铅等含量。图2-2、图2-3中的数据表明，经过铁辊碾米机后的精米，砷和铅含量都有明显的增高。经改造后砷、铅含量下降（表2-3），远远低于国家标准。

表 2-3　米厂改造前后重金属指标检测结果

Table 2-3　Rice mill test results of heavy metals before and after reconstruction

（单位：mg/kg）

工艺阶段	项目指标									
	砷		铅		汞		镉		铜	
	前	后	前	后	前	后	前	后	前	后
1	0.25	0.31	0.184	0.182	0.0111	0.0182	0.02	0.02	17.4	17.4
2	0.39	0.4	0.154	0.15	0.0186	0.0186	0.018	0.018	18.44	18.44
3	0.43	0.14	0.123	未检出	未检出	未检出	未检出	未检出	1.24	未检出
4	0.12	0.11	0.049	0.046	未检出	未检出	未检出	未检出	未检出	未检出
5	0.32	0.064	0.049	未检出	未检出	未检出	未检出	未检出	未检出	未检出
6	未检	未检	未检	未检	未检出	未检出	0.0094	0.0087	6.70	6.66
7	0.07	0.04	0.066	0.051	未检出	未检出	未检出	未检出	未检出	未检出
8	0.23	0.05	0.098	未检出	未检出	未检出	未检出	未检出	未检出	未检出
9	0.022	0.020	0.077	0.062	未检出	未检出	未检出	未检出	未检出	未检出
10	0.056	0.048	0.06	0.045	未检出	未检出	未检出	未检出	未检出	未检出
11	0.021	0.02	0.054	0.044	0.0094	未检出	未检出	未检出	未检出	未检出
12	0.028	0.017	0.134	0.086	未检出	未检出	未检出	未检出	未检出	未检出
13	未检	未检	未检	未检	未检出	未检出	未检出	未检出	未检出	未检出
14	0.18	0.041	0.235	未检出	未检出	未检出	未检出	未检出	未检出	未检出

（三）调温抛光

改用新型抛光机。通过增加抛光机以外的水温和热量产生的水热作用达到抛光作用，不但起到刷米机清除米粒面浮糠的作用，而且使米粒表面淀粉胶质化。

抛光是由碾米抛光机来完成的，通过抛光机可使米粒表面致密光洁，既保证了米的质量，又改善了米粒的外观。抛光有干法抛光和湿法抛光两种，湿法抛光是大米在抛光室内借助水的作用进行抛光，目前应用较多。干法抛光的原理是糙米经过多机碾白后，去除碎米和糠片，经喷雾着水和润米后（使胚乳和米糠的结合力减小，由于添加的水很少，仅在表面形成一层薄薄的膜，加之抛光机的抛光时间不长，对大米的含水率没有影响）进入抛光室内，通过摩擦使米粒表面上光。

目前使用的白米抛光机一般只能起到刷米机清除米粒表面浮糠的作用，达不到米粒表面淀粉胶质化作用。如何能使大米抛光后产生米粒表面淀粉预糊化和胶质化程度，这完全取决于大米抛光过程中水和热的作用或添加食用助抛剂的作用。

抛光是在一定温度和湿度条件下，经过一定时间的研磨完成的。因此抛光过程中的一些重要工艺参数必须得到满足。首先，加入水的温度必须严格控制，温度太低或太高都会使抛光的米粒发黑，影响抛光的质量；通过提高抛光机入水的温度，由室温提高到 $45\sim50℃$，加强抛光处理效果，不仅可以清除米粒表面浮糠，还起到使米粒表面淀粉预糊化和胶质化作用，淀粉糊化弥补裂纹，从而获得色泽晶莹光洁的外观质量，降低附着糠粉的数量，减少微生物的污染，提高大米的储藏性能、安全品质和食用品质。其次，加水量的多少必须严格控制。加入的水量太多，抛光后的湿度太大，既影响抛光的质量，也影响将来的储运；加入的水量太少，抛光后的湿度太小，抛光后的光洁度和致密度会达不到要求。

要使大米抛光达到设计要求和效果，必须要有优质的原料、完善的碾米工艺、先进的大米抛光设备及正确的操作。

五、改造后安全生产工艺及要求

（一）制米厂工艺改造的工艺设计

通过对制米厂关键工艺技术进行分析后，形成了新的工艺流程，改造前后生产工艺如下所述。

米厂改造前生产工艺流程为

原粮→初清筛→平面振动清理筛→比重分级去石机→砻谷机→重力谷糙分级筛→糙米厚度分级机→立式砂辊碾米机→立式铁辊碾米机→立式抛光机→白米分级筛→色选机→成米。

米厂改造后的生产工艺流程为

原粮→初清筛→平面振动清理筛→比重分级去石机→砻谷机→重力谷糙分级筛→糙米厚度分级机→加湿调质→立式砂辊碾米机→立式铁辊碾米机→加湿铁辊碾米机→白米分级筛→立式抛光机→白米分级筛→色选机→调温二次抛光→成品米。

（二）生产工序描述

1. 原粮选择

原粮即稻谷，是大米加工的原料，生产优质的大米必须要有优质的稻谷。稻谷的卫生质量如何直接影响成品大米的卫生质量，尤其是在当前大米加工设备还无法解决的一些问题，如稻谷的农药残留、重金属含量、虫害、病害、水分和黄粒（配备有色选设备的除外）等问题，稻谷的卫生质量更是决定成品大米卫生质量的关键，控制好原粮的卫生质量是加工出合格大米的前提条件。原粮应选择籽粒饱满、成熟度高和角质度高的优质稻谷。透明的籽粒一般要求在 85% 以上，不完善粒、黄粒控制在 10% 以下，以当年生产的新鲜稻谷为佳[21]。对卫生质量不合格的原粮，即使加工工艺和设备再先进，管理再科学、规范，产品的卫生质量也无法保证。所以，原粮卫生质量的控制是大米加工中的第一个关键控制点。

（1）糙米水分过高，皮质较松软，去皮较易，但其籽粒结构强度较差，砻碾时易产生碎米。糙米水分过低，虽然稻谷容易脱壳，但由于糙米的皮层与胚乳的黏结度比湿润稻谷紧密得多，因此碾削时皮层难以脱落；米粒皮层过于干硬，去皮困难，如直接采用较大的压力和摩擦力，强行将干燥的糙米皮层脱去，势必造成碎米增多。水分适中的糙米，糙籼为 13.5%～14%、糙粳为 14.5%～15%，籽粒的结构强度大时，一般碾米时产生碎米较少。

（2）原粮粒度不均匀会造成砻谷机操作参数不好掌握，选糙中回砻反复循环过多，产生爆腰和增碎。同时，在碾白过程中也不利于碾削力的调整，出现碾白不均、碎米增多和整米率下降的现象。

（3）未熟粒的米质基本都是粉质，抗压强度差、成碎率高、产生糠粉较多，影响大米整体感官。

（4）爆腰率又称裂纹，是指糙米粒或大米粒上出现一条或多条纵、横向裂纹的现象，其产生原因是稻谷受机械外力的撞击作用或干燥过程中因米粒体积的膨胀和收缩所产生的不均匀的应力而造成的。米粒产生爆腰后其强度大大降低，加工时米粒容易被折断，产生碎米，使完整率下降。即使在加工过程中未碎而进入成品大米，在运输过程中，也极易使其变成碎米，使成品大米含碎超标。

（5）粉质粒具有结构疏松、抗压强度低等特点，加工过程中易出现碎米，影响大米感官品质。

(6) 谷外含糙率是指原料稻谷本身所含有的糙米率，主要是在脱粒、翻晒过程中产生。这部分糙米由于缺乏稻壳层的保护，在输送、清理和砻谷过程中受各种机械力的作用，易产生碎米和爆腰。另外，谷外糙米在去石工序中容易随石子排出机外，使出米率下降。糙米一般储藏湿度为 $65\%\sim75\%$、温度为 $18℃$ 以下，比稻谷环境要求高，和稻谷一起储藏，谷外糙米会吸附异味或变色，产生黄米。

(7) 由于收割和储存不适当，在收获期间，遇到高温多雨未及时脱粒干燥，粮堆发热，粮食中氨基酸和糖类等物质发生反应，使米粒变黄。大米发生黄变后，香味和食味都发生了不良变化，引起米粒黄变的霉菌，如黄曲霉等，就可能造成米粒有毒。原粮含异色粒超过 2%，则产品质量难以保证。

2. 清理工序

原粮清理是大米加工的首道工序。它主要包括初步清理、除稗、去石和磁选几个阶段。该道工序的作用是利用合适的设备及妥善的操作方法将混入稻谷中的杂质除去，确保净谷进入下道工序，并保证成品大米中不含杂质或将其降低到可接受水平，是控制成品大米含杂质量达到可接受水平的关键工序。因此，清理工序应为大米加工的第二个关键控制点。

除在传统的清理工艺基础上加强去石和磁选功能外，还有必要对净谷进行分级处理。在传统工艺中，轻粒、重粒稻米混在一起进入砻谷机，由于籽粒的饱实度、整齐度不一致，砻谷过程中不仅导致糙碎，爆腰糙米增加，脱壳效率也受到一定的影响。对净糙进行轻、重籽粒分级，提取 $5\%\sim10\%$ 的轻粒稻米，轻、重粒稻米分开进行砻谷。由于稻谷饱实度相近，便于砻谷机的操作控制，稻谷脱壳率会相应提高，减轻了砻谷过程中对稻米的损伤，降低了砻谷工艺中糙米的爆腰率和糙碎率。工艺布置上可作以下安排：重粒稻谷直接进入砻谷机脱壳；轻粒稻谷经一道吸风分离进入一个中间料斗，每班最后 1h 将其进入砻谷机脱壳。如有条件，另设一台小砻谷机效果更好。

3. 砻谷、谷壳分离、谷糙分离工序

稻米经过清理，然后脱除稻米颖壳的工序成为脱壳，也称为砻谷，脱去稻米颖壳的机器称为砻谷机。砻谷是根据稻米籽粒结构的特点，对其施加一定的机械力破坏稻壳而使稻壳脱离糙米的过程。由于砻谷机本身机械性能及稻米籽粒强度的限制，稻米经砻谷机一次脱壳不能全部成为糙米，因此在砻下物中含有未脱壳的稻米、糙米和谷壳等。砻下物分离就是将稻米、糙米和稻壳等进行分离，糙米送往碾米机碾白。未脱壳的稻米返回到砻谷机再次脱壳，而稻壳则作为副产品加以利用。砻谷机设置一定容量的净谷仓，以稳定生产、调节流量。

稻壳由砻谷机吸风口吸出后，经谷壳分离装置分离稻壳中稻米、糙谷和不完善粒，以减少粮食损失。分离后的稻壳经玻璃离心分离器沉降后，用管道压送至稻壳库。

优质产品佐竹双筛体重力分离机，可以适用各种品种稻谷的谷糙分离，保证谷糙分离效果，对品种混杂严重的稻米也能确保净糙产量和质量。谷糙分离是碾米工业中的关键环节，在加工优质、高等级大米时，必须采用多机轻碾工艺，对谷糙分离工艺要求更高。进机净糙应该是不含未脱壳的稻米，若是糙米含谷进机，势必依靠碾米时在米机中加大压力来断谷，将使碎米率增加，还导致能耗增加、经济效益下降。

4. 糙米分级工序

原粮受气候影响较大，早霜经常导致原粮中未成熟粒较多，为将糙米中未成熟粒分离出来，在谷糙分离工段之后，设置一道厚度分级机，可分离糙米中的未成熟粒，确保糙米质量，同时避免后道工序增加能耗。可在采用平面回转筛进行谷糙分离的碾米厂中，对现有的平面回转筛进行改造，在每层筛面的分级段都采用一段小网眼的钢丝筛用作除杂去碎。由于上面各层都提走一部分物料，所以下面各层筛面物料都是逐步减少的，各层筛面的除杂去碎分级段可根据料流情况有所增长，提高除杂效果。这样可使各层筛面的物料保持一定的厚度，利于物料的自动分级，提高谷糙分离效果、保证净糙质量。最理想是重新设计制作平面回转筛，增加一层去除杂质和糙碎的筛面。

5. 碾米工序

从砻谷机出来的是糙米，使用碾米机进行加工后成为白米。碾米工序是利用适当的设备，逐级剥除糙米表面的部分或全部米皮，使之成为符合一定等级精度标准的成品大米，是控制大米精度达到可接受水平的关键工序。因此该工序应为大米加工的第三个关键控点。这一工序主要依靠米的留皮程度来检查加工质量。采用多次碾米的方法，即每碾一次，米皮去掉一部分，经过多次碾米，米皮基本去净，一般经过三次碾米即可达到所需的精度指标。这样做可以降低碎米和碾米损耗，提高经济效益。实际经验和试验数据都证明在碾米过程中，多次碾米比一次碾米可大大提高整米率。采用多次碾米似乎是浪费时间和物力，实际上综合计算是提高了经济效益。

6. 大米分级工序

大米分级工序是利用大米分级筛，将符合标准精度的大米和碎米进行分级，使成品大米的碎米含量符合一定等级标准，是控制成品大米中含碎米达到可接受水平的关键工序。因此该工序为大米加工过程中第 4 个关键控制点。经过以上一系列的加工过程后有些米粒经受不了加工过程的冲击，变成了断米和碎米。为适应市场各类消费者的需求，收到最好的经济效益和社会效益，加工企业应依据国家标准按大米加工精度分级对大米进行分级。这样优质米整米率高、碎米率低，外观表现为颗粒均匀，几乎全为整米粒。但为了提高大米的外观质量和档次，优质大米的加工还要进行色选和抛光处理。

7. 色选工序

色选工序是利用色选机，除去大米中带有颜色的籽粒（黄粒米及其他有色杂质），是控制大米品质达到可接受水品的关键工序。因此，该工序为大米加工过程中第 5 个关键控制点。色选是碾米厂最终质量控制和质量强化的一道工序，由此去除黄米粒等变色米和碎玻璃等异色杂质，以提高大米纯度和质量。色选机的色选产量和色选效果往往是一对矛盾，一般来说，产量大的色选机色选效果相应低，所以，产量高和色选效果好的色选机是一种先进的色选机[22]。色选是利用光电原理，从大量散装产品中将颜色不正常的或感受病虫害的个体（球、块或颗粒）及外来夹杂物检出并分离的单元操作，色选使用的设备即为色选机。在不合格产品与合格产品因粒度十分接近而无法用筛选设备分离或密度基本相同无法用密度分选设备分离时，色选机却能进行有效分离，且效果明显。

8. 抛光工序

抛光工序是利用抛光机，加以少量水，去除米粒表层黏附的米糠和糠粉，使成品达到一定的光泽度。因此该工序为大米加工过程中第 6 关键控制点。通过抛光处理，不仅可清除米粒表面浮糠，还起到使米粒表面淀粉预糊化和胶质化作用。米粒表面淀粉预糊化和胶质化程度如何，完全取决于大米抛光过程中水和热的作用或添加食用助抛剂的作用。能较好产生水热作用的抛光机都能达到良好的抛光效果。抛光后提高大米的抗氧化能力，使成品米光洁透亮，延长保鲜期。抛光的工作原理是对大米粒面进行均匀喷雾着水，通过抛光辊与米粒摩擦及水雾作用将粒面糠粉在米粒表面糊化，将粒面划痕填平，形成晶莹透明的胶质层，使大米手感光滑，外观有光泽，晶莹光洁，质量得到提高。由于采用自来水做抛光剂，而不似初期以化学剂或油作抛光剂，费用低且无污染，用水做抛光剂得到了广泛应用。随着科学技术的发展，这些工艺逐步得到完善与发展，使大米加工业得到快速发展，制米业的市场前景广阔，反过来也促进了大米加工工艺的发展。

9. 成品打包系统

经抛光后的精制米通过分级，去除碎米由色选机分离异色粒后可直接打包，也可进入配米仓配米后打包。

精洁米、标一米、出口米既可以大包装打包，也可以小包装打包。小包装采用佐竹机械公司生产的小包装机，该机计量准确且可抽真空，有利于延长米的保质期。小包装适于进入超市销售，提高销售价和经济效益。

销售包装必须用无毒、无异味的材料，在包装上应注明产品名称、商标、重量、等级和产地。包装物一定要做到牢固可靠，并注明出厂日期。

10. 通风除尘

大米车间生产过程中产生的粉尘较多，影响人们的身体健康，通风除尘对保证车间卫生和环境卫生非常重要。

全车间风网共 6 组，其中除尘风网 2 组，砻糠吸送风网 1 组，头道米机吸风风网 1 组，二道米机、抛光机吸风风网 1 组，分级筛、色选机和包装机吸风风网 1 组。

（1）原粮初清风网对卸粮坑，初清筛进行吸风，一方面清除初清过程中产生的粉尘，另一方面去除原粮中的大部分泥灰和轻杂，有利于减轻车间稻米清理工序的负荷。

（2）车间稻米清理风网，对清理车间内的所有设备进行吸风除尘，能确保所有设备吸风量，保证清理车间的清洁，有利于降低风网总的动力配置和设备数量。该风网设置二级除尘，经二级除尘器净化后的空气冬季可回到车间各楼层，春、夏、秋季可排出室外。

（3）砻糠吸送风网。两台砻谷机的砻糠吸送采用一组风网。从砻谷机吸出的砻糠经谷壳分离装置分离稻米、瘪谷后，进入玻璃刹克龙（分离器）分离沉降，经关风器排出至压送管道，送至锅炉房或砻糠堆放点。

该风网设置一台风机，作用是将玻璃刹克龙分离出来的砻糠用管道压送到砻糠堆积处。

（4）米机、抛光机吸风风网。该风网用于对两台米机和一台抛光机的吸糠和米糠的输送。考虑到垦区水稻烘干前的水分高，加工困难，米机的吸风采用强吸风，加大风量，及时吸出碾出的米糠，改善米机的碾白条件，对提高产量和降低电耗有利。吸出的米糠经分离筛分离后装袋打包。

黄米糠、白米糠分别收集，黄米糠经糠秕分离、膨化后送浸油厂。该组风网采用二级除尘，经袋式除尘器净化后的空气冬季回风至室内，降低热能损失，其他季节可排出室外。

六、米厂工艺改造前后质量比较

米厂工艺经改造后对改造关键点的大米半成品及大米产品安全指标和品质指

标进行对比，确定改造后的大米品质有所提高，全部达到大米出品的安全水平上限。不同工艺阶段用数字表示：①原粮；②清理后的原粮；③砻谷后的混合物；④谷糙分离后的糙米；⑤去除未熟粒后的糙米；⑥分离的未熟粒；⑦砂辊碾米机后的精米；⑧铁辊碾米机后的精米；⑨一道抛光后的精米；⑩白米分级后的精米；⑪白米分级后的混合米；⑫色选机后的成品米；⑬色选机后的带色米；⑭最后抛光的成品米，对比检测结果见表 2-3。

由表 2-3 可知进行工艺改造后，砷、铅的含量明显降低。改造后铁辊碾米机后的精米，砷的含量由 0.23mg/kg 降到 0.05mg/kg，铅的含量由 0.098mg/kg 到未检出（低于 0.005mg/kg）；厚度分离机后的糙米，砷的含量由 0.320mg/kg 降到 0.064mg/kg，铅的含量由 0.049mg/kg 到未检出（低于 0.005mg/kg）；成品大米中，砷的含量由 0.18mg/kg 降到 0.041mg/kg，铅的含量由 0.235mg/kg 到未检出（低于 0.005mg/kg）。而其他各项指标均未检出。

七、新工艺实施后产品质量分析

（一）糙米调质工艺质量分析

着水润谷加工工艺，即调质处理，确实是减少碎米率、提高出品率和大米质量的一种切实可靠、简便易行、立竿见影的有效方法。

糙米雾化着水后进入米机碾白，如同加入滑润剂，使碾米电耗降低、米糠和碎米减少、出米率提高。制米厂用同批次稻谷原料，在正常生产条件下，对未雾化着水与雾化着水的糙米进行生产测试。通过测试发现，雾化着水后，成品米水分增加 0.4%，每吨增重 4kg，按每千克大米 2.20 元计算，增效 8.80 元；加工每吨大米减少碎米 13kg，即增加成品米 13kg，成品米和碎米千克差价 0.80 元，增效 10.4 元；加工每吨大米减少米糠 5.5kg，成品米和米糠差价 1.10 元，增效 6.05 元；加工每吨米碾米节电 9.0°，每度电 0.85 元，增效 7.65 元。综上所述，加工每吨成品米增加经济效益 32.90 元。可见，糙米雾化着水技术具有可观的经济效益，广阔的推广前景。因此，建议凡需采用此法的有关大米加工厂，可因地制宜地设计出适合本厂的稻谷着水润谷加工工艺流程图，并购置质量好、使用寿命长的稻谷着水混合机，同时制订出相应的机器设备操作规程和维修保养制度并付诸实施，特别重要的是在生产实践中还要不断地总结经验，对新工艺、新设备进一步改进和完善，才能达到预期的效果。

（二）多机碾米工艺质量分析

多机快速轻碾既能减少碎米，又能保证米粒表面不产生由于强烈碾削而造成的洼痕，使米糠、灰尘、真菌等很难沉积其中并繁衍；将砂辊、铁辊改为大直径立式砂辊、铁辊碾米机，可减少外围辊筒与米粒的摩擦强度，降低砷、铅等含量。

（三）抛光工艺质量分析

采用调温抛光工艺能充分去除黏附在白米表面的糠粉，因而能加工出普通抛光机无法加工出的米粒表面光滑洁净的优质大米；抛光后的大米表面光滑，很少有沟纹或凹痕，很难使米糠、灰尘、真菌等沉积其中并繁衍，所以白米可以储藏很长时间。减少后续设备的停机时间，可以除去黏附的米糠和糠粉并加工出非常洁净的白米，所以在通过白米分级机、色选机、回转平筛时就能提高机器的使用效率，使清理次数大大减少；能充分去除陈旧白米的糊粉层，从而去除陈旧白米的异味，使陈旧白米的食味和外观得到很大改善。在制米厂，将采用调温抛光工艺生产的大米与普通抛光生产的大米分别进行储藏，通过测定脂肪酸值、黏度及品尝评分，确定采用调温抛光工艺生产的大米储藏期延长 50 天以上。

八、大米加工安全工艺技术示范效果

（一）产品质量得到提升

以 HACCP 质量控制体系为保证，采用安全生产工艺生产的精品大米和清洁大米、精白米和大米系列产品质量如表 2-4 至表 2-7 所示。由产品描述可以看出，制米厂采用了先进工艺，大米各项质量指标均高于国家标准。

表 2-4　精品米产品描述
Table 2-4　Quality rice product description

产品名称	精品米 1kg 包装、2kg 包装、5kg 包装
使用的原料	大米加工
产品特性（物理、化学、生物特性）	采用黑龙江优质大米，米粒外观光洁，晶莹剔透，粒形整齐。具有大米固有的色泽、气味和口味，不含任何添加剂。企业标准 Q/BDH001—2004：水分＜14.5%、去皮程度 98%、留胚粒率≤10%、垩白粒率≤5%，不得含有黄粒米，碎米总量≤4%、不完善粒≤0.6%、最大限量杂质≤0.01%
食用方法	经淘洗后充分加热
原料	黑龙江优质大米、部分通过有机大米认证、部分通过绿色产品认证
包装类型及包材	编织袋、塑料袋、无纺布袋
保存条件和保质期	180 天
销售方式和消费者	分销、直销
标签说明	阴凉干燥处存放、淘洗并充分加热后食用、夏季蒸熟或煮熟后的米饭要低温或高温保存

表 2-5　精洁米产品描述

Table 2-5　Clean rice product description

产品名称	精洁米 25kg 包装、10kg 包装
使用的原料	大米加工
产品特性（物理、化学、生物特性）	采用黑龙江优质大米，米粒外观光洁，晶莹剔透，粒形整齐。具有大米固有的色泽、气味和口味，不含任何添加剂。企业标准 Q/BDH001－2004：水分＜14.5%、去皮程度 95%、留胚粒率≤15%、垩白粒率≤10%、黄粒米每千克＜4 粒、碎米总量≤7.0%、不完善粒≤0.8%、最大限量杂质≤0.02%
食用方法	经淘洗后充分加热
原料	黑龙江优质大米、部分通过有机大米认证、部分通过绿色产品认证
包装类型及包材	编织袋、塑料袋、无纺布袋
保存条件和保质期	180 天
销售方式和消费者	分销、直销
标签说明	阴凉干燥处存放、淘洗并充分加热后食用、夏季蒸熟或煮熟后的米饭要低温或高温保存

表 2-6　精白米产品描述

Table 2-6　White rice product description

产品名称	精白米 25kg 包装、10kg 包装
使用的原料	大米加工
产品特性（物理、化学、生物特性）	采用黑龙江优质大米，米粒外观光洁，晶莹剔透，粒形整齐。具有大米固有的色泽、气味和口味，不含任何添加剂。企业标准 Q/BDH001－2004：水分＜14.5%、去皮程度 90%、留胚粒率≤18%、垩白粒率≤15%、黄粒米每千克＜8 粒、碎米总量≤11%、不完善粒≤1.0%、最大限量杂质≤0.05%
食用方法	经淘洗后充分加热
原料	黑龙江优质大米、部分通过有机大米认证、部分通过绿色产品认证
包装类型及包材	编织袋、塑料袋、无纺布袋
保存条件和保质期	180 天
销售方式和消费者	分销、直销
标签说明	阴凉干燥处存放淘洗并充分加热后食用、夏季蒸熟或煮熟后的米饭要低温或高温保存

表 2-7　大米产品描述

Table 2-7　Rice product description

产品名称	大米 25kg 包装、10kg 包装
使用的原料	大米加工
产品特性（物理、化学、生物特性）	采用黑龙江优质大米，米粒外观光洁，晶莹剔透，粒形整齐。具有大米固有的色泽、气味和口味，不含任何添加剂。企业标准 Q/BDH001—2004：水分＜14.5%、去皮程度 90%、留胚粒率≤20%、垩白粒率≤20%、黄粒米每千克＜20 粒、碎米总量≤13%、不完善粒≤1.0%、最大限量杂质≤0.06%
食用方法	经淘洗后充分加热
原料	黑龙江优质大米、部分通过有机大米认证、部分通过绿色产品认证
包装类型及包材	编织袋、塑料袋、无纺布袋
保存条件和保质期	180 天
销售方式和消费者	分销、直销
标签说明	阴凉干燥处存放、淘洗并充分加热后食用、夏季蒸熟或煮熟后的米饭要低温或高温保存

　　生产过程中采用严格科学的管理措施和 HACCP 质量控制体系，使产品质量得到提升，与国内市场上的同类产品相比具有较大优势，通过从全工艺生产线管理体系中确定 6 个关键控制点，并对关键控制点进行严格的质量控制。自从质量控制体系实施运行以来，大米生产工艺逐步清醒和完善了生产工艺中产业链的各个环节，建立了一套科学、成熟的质量安全管理体系，保障了每一粒大米的健康、营养和安全。对大米质量的提升主要包含以下几个方面。

1. 产品的外观品质

　　在市场上，消费者首先根据外观来判断稻米的品质，虽然不同地区和民族，对外观品质有不同的爱好，但国内外衡量外观品质的主要指标基本一致，即通过大米的色泽和光泽度、固有的稻谷的气味，以及粒长、粒形、米粒裂纹、垩白率、垩白面积和透明度等综合情况来评定。

　　外观品质的好坏是产品重要的衡量标准，它是产品质量保证的重要依据，消费者对它进行感官评定，从而认定产品的好坏。提升产品的外观品质是非常重要的，不光关系到产品在消费者心目中的形象，更关系到企业的生存和发展。

　　通过对工艺的改进及质量安全体系的实施运行，制米厂产品的外观品质得到了较大的提升。米粒外观光洁、晶莹剔透、粒形整齐，具有大米固有的色泽、气味和口味，不含任何添加剂。企业标准 Q/BDH001—2004 为水分＜14.5%、去皮程度 98%、留胚粒率≤10%、垩白粒率≤5%，不得含有黄粒米，碎米总量≤4%、不完善粒≤0.6%、最大限量杂质≤0.01%。各项指标均符合并高出国家大米行业所指定的行业标准，提升了产品的品质、企业形象，提高了企业效益，也为国内制米行业质量体系的建立实施走出了关键的一步。

2. 产品安全品质的提升

市场上最能反映产品安全品质的高与低，表现为产品在消费者食用后是否出现安全事故，以及消费者投诉案件的多少。投诉的案件少，美誉度自然就会提升，成为老百姓放心食用的食品，这与企业的生存发展有着必然的联系。我们通过对工艺实施安全质量管理和工艺改造后，消费者投诉案例没有了，满意度达100%，产品安全品质得到提升。

3. 产品卫生品质的提升

通过对工艺的质量安全控制，降低了重金属在大米工艺中的指标含量，减少了各种致病菌对产品的危害，使产品的卫生品质得到了提升。

（二）消费者评价得到提高

大米企业采取先进的稻米安全生产工艺和 HACCP 质量保证体系，一年来消费者对产品评价较好，这主要体现在三个方面：一是实现了"零投诉"的目标，没有针对大米产品质量的投诉；二是从社会调查得到的消费者的反馈信息中显示，几乎所有的消费者对米厂的评价都较高；三是产品的合格率由 96% 提高到 99%。

图 2-4 为米厂在 2005 年 11 月所作的社会调查，结果显示有 77% 的消费者对米厂大米产品很满意，21% 的消费者认为满意，另有 2% 的消费者认为一般，而不满意率为 0，由此看来，消费者对产品的满意度达到 100%。

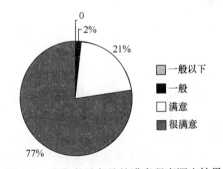

图 2-4　消费者对产品的满意程度调查结果

Fig. 2-4　Consumer satisfaction survey products

（三）企业经济效益得到增长

米厂由于采取先进的稻米安全生产工艺和 HACCP 质量保证体系，产品质量较高，经济效益得到增长，体现在两个方面：一是由于产品质量较高，价格也得到提高，比同类企业产品高出 20～30 元/t，与同等规模企业相比销售额高出 750

万元/a 以上；二是由于产品质量高，无安全问题，年销售量明显增加，2005 年的销售量比 2004 年增加 5 万 t，实现了 5％的利润增长率。

第三节　大米生产质量安全控制体系的建立与示范

一、国内外大米生产中质量安全体系的建立与实施现状

在食品安全问题越来越受到关注的今天，现代食品企业安全状况和水平成为每个食品生产企业管理者、食品卫生管理部门和食品安全工作者的首要任务。现代食品安全的管理要求是"从农田到餐桌"全过程的系统安全控制，尤其像稻米这样的农产品更是要求食品安全管理是立体的、全方位的。健全完善食品安全质量保证体系就是其中的一个方面。目前国际上公认的食品安全质量保证体系就是以 SSOP、GMP 为基础的 HACCP 管理体系。HACCP 管理体系是对食品加工全过程实施宏观和微观控制，它将生产管理人员及各部门对食品安全应负的责任具体落实到每个加工环节上，做到了责任层层落实，质量环环把关，保证了食品质量，避免了重大事故的发生，节省了大量的人力物力，因而它是一种高效、科学且经济的管理方法。

目前在世界各发达国家和地区，如美国、加拿大、日本和欧盟等均已建立了较为完善的国家食品安全监督管理体系、食品安全监测和预警系统、食品安全风险分析体系，而且体系在工作过程中透明度高。尤其美国在"21 世纪食品工业发展计划"中将食品安全研究放到了首位，1998 年美国仅在食品微生物快速检测技术研究上的专项经费就有 4.3 亿美元，在美国宪法中也规定了国家食品安全系统由执法、立法和司法部门负责，不断改进和完善食品安全控制体系。

我国近几年对食品安全问题也非常重视，食品生产企业着力制定规范管理制度、提高管理水平，大大改善了我国食品产业中管理不规范和管理水平低造成的行业发展瓶颈。已形成了无公害农产品生产基地认证、无公害农产品认证和绿色食品认证及有机食品认证体系。近年来，国家质量监督检验检疫总局开始对 28 种食品实行强制性市场准入。此外，ISO9000 体系认证和 HACCP 体系认证等一些国际通用认证也被国内采用。但在实施 HACCP 体系过程中，照搬国外模式，尚未结合中国国情建立有中国特色的 HACCP 体系，从目前所引用的国外HACCP体系在中国的应用实践表明，仍存在不少问题，尤其是食品加工方式和原料生产与国外有较多不同：①中国食品生产企业机械化程度较低，使大量劳动密集型加工业、各生产环节依赖人工操作，这样会带来更多的生物、化学、物理危害；②中国大部分生产企业所用原料（如水稻）来自于粗放型生产的农户，即"公司＋农户"生产形势，就避免不了粗放式生产带来的问题，这样就使食品生

产企业对原料的安全卫生质量的控制范围与难度增大；③中国尚未完善科学、统一和高效的食品安全监测体系，食品安全监测资源分散在多个食品安全监管部门，部门从属性强，资源共享性差，难以有效地为食品产业链各个环节提供高效技术监督服务。这也是我国虽然实行 HACCP 体系但取得成效不大的原因。

大米是中国传统主食和大宗出口商品，是我国 60％以上人口的主食，我国稻米消费量占全部粮食消费量的 40％左右。水稻是我国最主要的粮食作物，而且历来是第一大农作物，但大米加工企业中产品质量存在不安全因素，主要有以下几个方面。①原粮品质。原料中含有的病虫害粒、晦暗粒、发霉粒和高水分粮粒在适当条件下会形成霉菌并产生毒素。黄粒米中含有的黄曲霉毒素具有致畸、致突变和致癌性，已为大量科学实验所证实。②加工设备不清洁。设备用的机油、清洁剂污染大米，特别是碾米机、提升机和溜管内米糠长时间凝结后结块导致霉菌和致病菌等形成。③运输污染。装载稻米的输送设备不清洁，导致不明污染物形成。④生产车间内粉尘浓度超标。⑤包装材料不清洁等。

随着中国加入 WTO 及人们生活水平的不断提高，人们对大米卫生质量的要求日趋严格。同时，随着中国食品风险安全警示通报机制的建立和完善，更要求从事大米加工的生产企业从"农田到餐桌"建立和实施质量保证体系，并使之有效运行和持续改进，可以为消费者提供优质安全的大米产品，同时减少企业可能因产品的安全风险而导致的经济损失和信誉损失。确保大米的卫生质量，维护中国大米在国际和国内市场的声誉。

二、米业安全体系的建立和示范

（一）卫生标准操作程序（SSOP）

1. SSOP-01 水的安全性要求

目的：在加工过程中，水的质量是第一重要的，因此要设计出对水质量的卫生要求，并且要高标准达到安全质量标准。直接接触产品或产品表面的水，其水源要安全卫生，或经过处理使其达到国家饮用水的标准，非饮用的生产用水必须是未受污染的。

水源的卫生要求：在整个加工过程中，都使用深井水或自来水，深井水水源周围 10m 内不得有污染源（如化粪池、废弃物堆积地），井口需加盖。由市（区）卫生防疫站每年对水质进行多次理化检测和微生物检验，其结果要存档。

防止水的污染要求：饮用水和非饮用水的输水管道在设计和安装上均由公司的维修部专门负责，确保饮用水和非饮用水的输水管道是分离的，互相没有交叉和渗透，出水口要有明确标记。蓄水池周边 3m 内和上方不得有污染物及废弃物堆放。保证供水系统和排水系统无交叉污染，并有一定的间隔距离，至少在 3m

以上，见《供水（饮用水和非饮用水）、排水网络图》。由维修部门定期对供水、排水系统进行检查，防止出现管道末端堵塞、管道破裂、水泵失灵及虹吸倒流现象的发生，蓄水池每年至少清洗维护一次，并将检查和维护结果记录在《自备水源蓄水塔（池）清洗记录》中。

记录：设置《自备水源蓄水塔（池）清洗记录》记录表，定期检查记录和存档。

2. SSOP-02 食品接触表面卫生要求

目的：与食品直接接触的器具、设备及其他接触物（手、手套等）要保持良好的卫生状况。

要求：工厂设备和器具。设备和器具应采用无毒无味、抗腐蚀、不吸水和不变形的材料（如不锈钢，便于拆卸、易清洁）。设备不应安装在紧贴墙面的死角，应装在让机器里面与四周有足够的空间用来做卫生工作；器具应平滑无坑洞易清洁。在更换设备或采购新的设备时，须和生产部协商将清洁因素考虑在内。一切直接接触产品的器具和设备的表面都要进行有效的清洁。每天开工前，各班组负责人对加工所需的一切设备、器具进行检查，若卫生条件不符合，则记录在《加工车间卫生检查记录》中，并重新清洁，否则不能进行生产。加工过程中，若器具、手等被污染（如粘有化学物质）应随时清洗，由各班组负责人进行监督指导。每日生产结束后，按责任分工，对加工车间的一切设备、器具和地面等全部清洁，并记录在《清洁执行记录》由各班组负责监督检查，符合后方可离开车间。产品接触物要定时进行有效地清洗、消毒。工作服必须由无毒的材料制成，并保持清洁卫生，换洗的工作服需清洗。胶手套允许特殊岗位、特殊情况下（如手部受伤者）使用，并随时检查手套是否有破损的现象，如有破损应及时更换。人员的卫生清洁参照 SSOP-07 执行。

记录：设置《加工车间卫生检查记录》、《清洁执行记录》记录表，定期检查记录、存档。

3. SSOP-03 预防交叉污染和二次污染的要求

目的：防止加工人员、原料和废弃物、器具、包装材料及区域间的交叉及二次污染，防止人员造成污染。

要求：所有工作人员应遵守 SSOP-07 的规定。员工在接触原料、半成品和成品之前都需要保持手的洁净。工作中工作人员在处理废弃物、接触地面或其他污染物后，在接触产品前必须清洗。低卫生水准区（原料处理区、砻谷区）的工作人员不应向高卫生水准区（成品包装区）流动。参观者的路线由高清洁区到低清洁区，并由工作人员陪同，穿戴工厂提供的工作服，遵守有关管理文件。防止器具、设备及包装材料的污染、低卫生水准区和高卫生水准区的器具不得交叉使用。食品接触的器具、设备表面被废水、污物等污染时或碰到了地面及其他不卫生物品时必须立即清洁。用于制造、加工和包装等的设施与器具在使用前应确认其已被清洁。设备的传动部位不与产品直接接触以预防润滑油污染。已清洁过的设备和器具应避免再受污染。外包装材料不允许直接接触地面，应放置离地面10cm以上，应放置在洁净、干燥的仓库内。

要防止原料和废弃物的污染，低卫生水准区的原料处理不得在高卫生水准区处理。废弃物的处理应遵守 SSOP-10 的规定。未加工的原料、半成品和已加工的成品必须分开存放。严格区分和标记原料、成品的不合格品与合格品。由车间负责人每次生产期间对以上可能出现的污染进行监督

记录：设置《加工车间卫生检查记录》记录表，定期检查记录、存档。

4. SSOP-04 卫生间设施的维护

目的：保证工作人员干净地进出卫生间，消除卫生间对工作人员的污染。

要求：卫生间设施齐全，方便清洁，水冲厕所，污水排放畅通。厕所必须定期进行清洗，每天至少清洗一次，必要时（如夏季高温时期）可增加清洗频率。以上记录于《清洁执行记录》，车间负责人每天对卫生间卫生状况进行检查，并记录在《加工车间卫生检查记录》。

记录：设置《清洁执行记录》、《加工车间卫生检查记录》记录表，定期检查记录、存档。

5. SSOP-05 防止外来污染物进入的要求

目的：防止外来污染物接触到产品或间接接触到产品而造成污染。

要求：墙壁、支柱和地面采用无毒、不渗水、防滑、无裂缝、坚固耐久和易清洗消毒的材质，有一定的坡度。要定期清洗，不得有纳垢、侵蚀等情形。天花板使用无毒、防水、不脱落、耐腐蚀、易于清洗的材质。要定期清洗，不得有成片剥落、积尘、纳垢，侵蚀等现象。食品暴露的正上方不应有异物下落现象。夏季车间各入口、门窗及其他孔道需设有防虫蝇灯或透明塑料软门帘。要定期清洗，不得有成片剥落、积尘、纳垢和侵蚀等现象。车间内设有通风设施，机械进风口距离地面 2m 以上，远离污染源，开口设防护罩。车间生产时，窗户需关严且密封性好。产品加工过程在封闭过程中进行，传动设备与产品不接触以确保润滑油不污染食品，加工操作台及检验台面照明充分达到 220lx 和 540lx，光源选用日光灯，光线应不改变食品的本色以便工作人员发现外来污染物。相关负责人应每天检查设施的运行状况并记录。

记录：设置《加工车间卫生检查记录》记录表，定期检查记录、存档。

6. SSOP-06 化学药品的标记、储存和使用要求

目的：产品、产品接触面及食品包装材料应防止接触润滑油、清洁剂、消毒剂及其他化学污染物。

标示与储存要求：实验室的化学药品存放于化验室，并标示清楚。车间所使用的清洁剂应是正规厂家生产，符合国家相关要求，放置于指定位置并远离生产区，标记并记录存放量、品牌和购买商家。杀虫剂、鼠药远离生产区，单独存放于办公室，标记并记录存放量、品牌和购买商家。润滑剂、机油存放于维修部门，公司装修或其他任何用途的化学药品存放于维修部门，并记录存放量、品牌和购买商家。

使用要求：公司中所有与生产有关或无关的、有毒或无毒的化学物品的购买、存放、管理和发放都由专人负责，且这些物质的使用要有领取记录，用多少领多少。盛过化学品的容器不得再存放食品。生产区未用完的化学药品须存放于原处，不使用相关化学药品的生产区不得存放或短暂存放不相关的化学品。化学药品使用时要按照指导书或说明书的要求使用。

记录：设置《化学药品出入库管理记录》、《化学药品使用记录》记录表，定期检查记录、存档。

7. SSOP-07 员工的健康及个人卫生状况要求

目的：加强对员工个人卫生的控制，以防止因人员因素对产品质量造成的危害。

员工健康要求：公司对每个工人建立一份健康档案。生产车间的加工工人、管理人员每年一次由主管部门（卫生防疫站）组织体检，并出具健康证明。经市（区）卫生防疫站体检或主管人员检查，发现任何有或可能有疾病、传染病和外伤（如切伤、烫伤）、开放性溃疡及其他任何可能对食品、食品接触面或包装材料造成污染的员工，都要立即调离生产岗位，直到恢复健康或符合条件为止。对新入厂的员工进行培训，要特别强调在以后的生产过程中如果生病、受伤或与传染病患者（如肠道疾病、肝炎疾病等）有接触，都必须立即通知生产主管人员（尤其是他们尚无症状时，更应注意向主管人员汇报），培训结果记录和存档。所有管理人员都有监督了解工人身体健康状况的责任。在观察到或被告知有可能污染生产工序的工人生病或受伤的情况下，生产主管人员可以要求其离开生产线。

个人卫生应达到的状况：工作时应穿戴整洁的工作服。包装车间员工需戴工作帽，要将头发完全罩住，防止头发等夹杂物落入食品中。与食品有接触的从业人员要勤理发、洗澡，不得蓄留指甲、涂抹指甲油及佩戴饰物等，也不得涂抹肌肤化妆品。工作人员手部应保持清洁，并于进入加工场所前、上卫生间后或手部

受污染时即刻洗手。工作中吐痰、擤鼻涕或有其他可能污染手部的行为后，应立即清洗。工作人员的个人衣物及物品不得带入加工间。也不得穿戴工作服到加工区外的地方。工作期间严禁大声喧哗、吸烟、嚼口香糖及饮食等行为。各相关区域负责人应对员工个人卫生情况和健康状况进行监督。

记录：设置《加工人员健康检查档案记录》、《加工车间卫生检查记录》记录表，定期检查记录、存档。

8. SSOP-08 鼠类、虫类的控制要求

目的：控制食品厂区域的鼠类、虫类，达到防止微生物、疾病传播的目的。

预防措施：日常工作中如发现蜘蛛网需及时清除，车间内部废弃品日产日清，废弃物桶每日清洁。维修保养部门将维护生产区内所有门窗钉牢实，在安装设备或水管时周围墙壁如果造成裂缝或空洞及时修补，车间内所有与外界相通的开口（如换气扇口等）均设有防护网，加工车间安装通风设备，保持车间内空气新鲜，通风中有防蚊、防蝇、防虫和防尘设施。生产车间在建筑方面要完全做到防鼠、排水系统畅通、排水口安装网罩，以防老鼠穿入。厂区卫生间有冲水设备，有墙裙，平滑不透水，耐腐蚀，保持清洁，不滋生蟑螂及蚊蝇。废弃物远离车间，集中堆放，当天清理出厂，防止污染，废水、废气按环保规定排放。加工车间的门窗由严密、不变形、耐腐蚀的材料建成，门窗及其他进出料口有严密的防蝇、防虫和防尘设施。在卫生检查时，要检查防护设施的状态并记录。

控制措施：依照季节和区域的划分制订一套灭鼠以及消灭蟑螂、苍蝇等昆虫的计划并实施。在蚊、虫、蝇大量孳生的季节，公司采用药物喷洒的形式以维护厂区环境无害虫，特别是垃圾场，并记录在《防蝇虫执行记录》，每次执行均要记录。厂区内不准饲养家畜及宠物。在厂区和生产区、库房设置灭鼠点（见《灭鼠网络图》），在灭鼠点设置粘鼠板或捕鼠器，每周定期检查灭鼠情况，捕鼠结果记录在《防鼠记录》中。车间内对蟑螂的消灭采用集中定期的喷药杀灭方式。夏季在车间入口处安装灭蝇灯、塑料帘子。灭蝇灯的高度为 $1.8\sim2\text{m}$。

记录：设置《防鼠记录》、《防蝇虫执行记录》记录表，定期检查记录、存档。

9. SSOP-09 废弃物处理要求

目的：通过合理有效的处理方式防止污染。

废弃物的分类：加工间废弃物（稻壳/糠粉等）；生活垃圾（员工日常生活垃圾）；其他垃圾（设备、器具废弃物）。

废弃物的处理要求：加工过程产生的下脚料要装在垃圾桶中，每天午休及下班时进行清理并送到垃圾存放区。加工车间的垃圾桶是专用可封口容器，封口后送出生产区，使用后容器及时清洁。加工间的垃圾存放点放置于出口处，不得设

于包装区。加工间废弃物必须一天一清理。由车间工作人员执行，车间负责人进行检查（一天一次）。加工间废弃物和生活垃圾可以存放在同一垃圾点。存放点须定期清理、杀虫灭鼠。加工间废弃物和生活垃圾应当日清理出厂区。

记录：设置《加工车间卫生检查记录》、《清洁执行记录》记录表，定期检查记录、存档。

10. SSOP-10 结构和布局

目的：保证合理的厂区环境和加工操作空间，防止交叉污染。

工厂布局要求：工厂内的道路应平坦、无积水和无尘土飞扬，地面应为水泥和沥青铺成。工厂内的生活区和加工区必须分开，以控制不同区域的人员和物品相互交叉污染。

加工区域的结构和布局要求：加工车间必须保证有良好的通风和防尘设施，照明充分。加工车间的地面必须保证有一定的排水坡度，墙壁必须采用易清洗消毒的建筑材料。加工车间的布局、生产工艺安排和机器设备的摆放必须设计合理。加工车间内的人流应是高卫生水准流向低卫生水准。

技术改造要求：凡加工区域内的技术改造、设备增添及生产工艺的更新，其方案必须由 HACCP 小组审核，否则不能进行。加工区域内的技术改造，HACCP 小组必须派人员监督执行，工程结束时，对总体情况进行验收，并做好记录。

环境维护：厂区的环境需每天清扫，由环境管理员进行检查并搞好绿化，废弃物不得露天堆放。水源周围 10m 不得堆放废弃物。垃圾存放地需远离车间，并不得朝向车间门。各项环保指标达到国家要求。

记录：设置《环境卫生执行记录》记录表，定期检查记录、存档。

11. SSOP-11 包装、储存和运输的卫生控制

目的：控制产品包装、储存和运输条件，防止产品污染。

要求：具体内容见第三章第三节。

记录：设置《库房检查记录》、《库房清洁执行记录》、《粮仓监控记录》、《粮仓清扫记录》、《运输工具清洁记录》和《运输工具卫生检查记录》等记录表，定期检查记录、存档。

（二）精品米生产良好作业规范（GMP）

1. 目的

人们已经认识到稻米食用品质与营养价值的优劣受其育种技术、种植技术、储存技术、加工技术和蒸煮技术的影响。精品米生产良好作业规范为精品米在原

粮育种、种植、收储、加工、销售和蒸煮等技术处理过程中，对有关人员、建筑、设施和设备的设置及卫生、生产和品质等管理均符合良好条件作专业指引，并适当运用危害分析重点管制（HACCP）系统的原则，以防范在不卫生、可能引起污染或品质劣化的环境下作业，并减少作业错误发生及建立、健全品质保障体系，以确保精品米的安全卫生并稳定产品品质。

2. 适用范围

精品米生产良好作业规范适用于生产北大荒米业系列产品，也适用于经适当包装或散装的大米制造企业，详细规定了大米原料的获取及管理、产品包装及管理、加工厂的建设、加工设备、加工质量管理、加工卫生管理和产品出货管理等。

3. 专门用词定义

（1）稻米：指稻谷经脱壳去皮碾制后，经熟化处理，可供人饮食或咀嚼的物品。

（2）精品米：指以优质稻谷为原料，经特别碾磨制成的不能淘洗、因留存胚与糊粉层而具有营养保健作用的新鲜大米。

（3）稻壳：指稻米制造过程中，经砻谷分离出的稻谷外颖壳部分的物质，其对糙米有极好的保护作用。

（4）果皮：指糙米的表面厚约 $10\mu m$ 的表皮、中果皮、叶绿横断细胞层和管状细胞层。

（5）种皮：指在果皮内侧，厚约 $2\mu m$，由珠被发育而成的一层极薄的膜状组织。

（6）外胚乳：指种皮的内侧，厚 $1\sim2\mu m$，由珠心组织老化而成。

（7）糊粉层：指在胚乳外表覆盖的那层 $11\sim29\mu m$ 厚的糊粉细胞群。

（8）胚芽：指位于腹面的茎部，由胚茎、胚芽、胚根和吸收层组成。

（9）胚乳：通俗意义上的精米。

（10）原材料：指原料及包装材料。

（11）原料：新鲜无污染的优质稻谷。

（12）包装材料：包括内包装及外包装材料。

（13）内包装材料：指与食品直接接触的食品容器，如瓶、罐、盒和袋等，以及直接包裹或覆盖食品的包装材料，如箔、膜、纸和蜡纸等，其材质应符合《GB \T8947—1998 复合塑料编织袋》、《GB \T8946—1998 塑料编织袋》、《GB 7707—87 塑料袋》、《GB 6543—86 瓦楞纸箱》和《GB 9687—88 食品包装卫生标准》规定，并要求包装供应商提供相应的官方检验报告。精品米成品的内包装材料系以棉质、塑料或多层纸等材料制成袋状，用以装填精品米，使其能有效地与外界隔离。不受微生物及其他杂质污染的材料，当今优先推荐使用纳米抗菌包装材料，并以抽真空或充气为益。

（14）外包装材料：指未与食品直接接触的包装材料，包括标签和纸箱捆包材料等。

（15）产品：包括半成品、最终半成品及成品。

（16）半成品：指任何成品制造过程中所得的产品，此产品经随后的制造过程，可制成成品。

（17）最终半成品：指经过完整的制造过程但未包装标示完成的产品。

（18）成品：指经过完整的制造过程并包装标示完成的产品。

（19）厂房：指用于精品米的制造、包装、储存等或与其有关的全部或部分建筑或设施。

（20）制造作业场所：包括谷仓（散装仓库）、稻谷精选、碾制及包装等的场所。

（21）谷仓（散装仓库）：从事稻谷接收处理、储存与装运的仓库。精品米的原料仓库要清洁、卫生，并且处于准低温状态，其包装与收储都要严格遵照《国家粮油储藏技术规范》要求执行。

（22）稻谷精选场：指稻谷碾磨产制精品米前，进行精选、砻谷等作业的场所。

（23）碾制场：稻谷碾磨产制精品米的场所。

（24）包装室：指执行成品包装的场所。

（25）精品米包装室：指精品米包装场所。

（26）米糠包装室：指米糠包装场所。

（27）内包装室：指从事与产品（精品米）内容物直接接触的内包装作业场所。

（28）外包装室：指从事未与产品（精品米）内容物直接接触的外包装作业场所。

（29）内包装材料的准备室：指不必经任何清洗消毒程序即可直接使用的内包装材料，进行拆除外包装或成型等的作业场所。

（30）缓冲室：指原材料或半成品未经过正常制造流程而直接进入管制作业区时，为避免管制作业区直接与外界相通，于入口处所设置的缓冲场所。

（31）成品、半成品仓库：指精品米或其半成品储放的场所。

（32）精品米散装仓库：指精品米成品未装袋前的储放场所，该处常温存放时间不得超过 8h。

（33）精品米袋装仓库：指精品米包装成袋后的储放场所，该场所应处于低温状态，即在 6℃以下。

（34）糙米储存仓库：作为主要流通方式的半成品糙米储放的场所，该场所应处于低温状态，即在 6℃以下。

（35）米糠袋装仓库：指米糠包装成袋后的储放场所。

（36）管制作业区：指清洁度要求较高，对人员与原材料的进出及防止有害动物侵入等须有严密管制的作业区域，包括清洁作业区及准清洁作业区。

（37）清洁作业区：指零售用精品米包装室等清洁度要求最高的作业区域。

（38）准清洁作业区：指稻谷精选场及碾制场等清洁度要求次于清洁作业区的作业区域。

（39）一般作业区：指原料仓库、材料仓库、米糠包装室及成品仓库等清洁度要求次于管制作业区的作业区域。

（40）非食品处理区：指品管（检验）室、办公室、更衣、洗手消毒室和厕所等非直接处理食品的区域。

（41）清洗：指去除尘土、残屑、污物或其他可能污染食品的不良物质的处理作业。

（42）消毒：指以符合食品卫生的化学药剂及（或）物理方法，有效杀灭有害微生物，但不影响食品品质或其安全的适当处理作业。

（43）食品级清洁剂：指直接使用于清洁食品设备、器具、容器及包装材料，且不得危害食品的安全及卫生。

（44）外来杂物：指在制作过程中除原料外，混入或附着于原料、半成品、成品或包装材料的污物或令人厌恶，甚至致使食品失去其卫生及安全性的物质。

（45）有害动物：指会直接或间接污染食品或传染疾病的小动物或昆虫，如老鼠、蟑螂、蚊、蝇、臭虫、蚤和虱等。

（46）有害微生物：指造成食品腐败、品质劣化或危害公共卫生的微生物。

（47）食品器具：指直接接触食品或食品添加物的器械、工具或器皿。

（48）食品接触面：指直接或间接与食品接触的表面。包括器具及与食品接触的设备表面。间接的食品接触面，是指在正常作业情形下，由其流出的液体会与食品或食品直接接触面接触的表面。

（49）安全水分基准：指在预定的制造、储存及运销条件下，足以防止有害微生物生存的水分基准。一种食品的最高安全水分基准是以水活性（water activity，A_w）为依据。若有足够数据证明在某一水活性下，不会助长有害微生物的生长，则此水活性可认为对该食品是安全的。精品米的最高安全水分基准可参照北大荒精品米标准 Q/BDH2003—2 的规定。

（50）水活性：是食品中自由水的表示法，为该食品的水蒸气压除以在同温度下纯水饱和水蒸气压所得的商。

（51）批号：指表示「批」的特定文字、数字或符号等，可据以追溯每批的经历资料者，而「批」则以批号所表示在某一特定时段或某一特定场所所生产的特定数量的产品。

（52）标示：指标示于食品的容器、包装或说明书上用以记载品名或说明的文字、图书或记号，符合《GB 7718 食品通用标签标准》、《GB 13432 特殊营养食品标签》及精品米生产企业标准的规定。

（53）精选：指去除稻谷原料中的尘土、夹杂物及等外品等物质的作业。

（54）隔离：场所与场所之间以有形的手段予以隔开者。

（55）区隔：较隔离广义，包括有形及无形的区隔手段。作业场所的区隔可以下列一种或一种以上的方式予以达成，如场所区隔、时间区隔、控制空气流向、采用密闭系统或其他有效方法。

4. 环境

1）种植环境

精品米生产必须有固定的原粮来源，所用的稻谷原料必须产自于远离工业污染源的固定生产基地，其水、土、空气、机器、人员、种子和肥料等生产环境、生产器具和生产资料不能受到污染，不得污染所种植的稻谷，应符合《NY/T393—2000 绿色食品 农药使用准则》、《NY21—1986 农药安全使用指南》。

所选用的种子要有指定种子培育机构依据当地自然状况培育的高产、抗病、不倒伏的优良品种，应符合《NY5115—2002 无公害食品大米》、《NY/T419—2000 绿色食品大米》。

全部种植过程要有原料种植技术部门依据不同地域、不同品种、不同的天气状况等制订严格具体的操作规范。

稻谷成熟后、收获时要采用指定的联合收割机直接收粒、灌包入仓，减少污染机会，消灭精品米的安全隐患，原粮的包装与收储都要严格遵照《国家粮油储藏技术规范》要求指行。

2）厂区环境

工厂不得设置于易遭受污染的区域，否则应有严格的食品污染防治措施。厂区四周环境应容易随时保持清洁，地面不得有严重积水、泥泞、污秽等造成食品污染的可能，以避免成为污染源。厂区的空地应铺设混凝土、柏油等，或进行绿化，以防尘土飞扬并美化环境。

邻近及厂内道路应铺设柏油等，以防灰尘造成污染。厂区内不得有足以发生不良气味、有害（毒）气体、煤烟或其他有碍卫生的设施。厂区内禁止饲养禽、畜及其他宠物。厂区应有适当的排水系统，排水道应有适当斜度，且不得有严重积水、渗漏、淤泥、污秽、破损或鼠类有害动物而造成精品米污染的可能。

厂区周界应有适当防范外来污染源侵入的设计与构筑。若有设置围墙，其距离地面至少 30cm 以下部分应采用密闭性材料构筑。厂区如有员工宿舍及附设的餐厅，应与制造、调配、加工和储存精品米的场所完全隔离。

5. 厂房及设施

1）厂房配置与空间

精品米生产企业建设应遵守《GB 14881—94 食品企业通用卫生规范》的要

求，同时参照联合国食品法典委员会《食品卫生通用规则》及其附件《HACCP体系及其应用导则》，并应符合国家各有关科研院所出版的粮食加工厂设计规范的有关规定和要求。

厂房应依作业流程需要及卫生要求，有序而整齐地配置，以避免交叉污染。厂房应具有足够空间，以利设备安置、卫生设施、物料储存及人员作息等，以确保精品米的安全与卫生。食品器具、器械等应有清洁卫生的储放场所。

制造作业场所内设备之间或设备与墙壁之间应有适当的通道或工作空间，其宽度应足以允许工作人员完成工作，且不致因衣服或身体的接触而污染精品米、精品米接触面或包装材料。检验室应有足够空间，以安置试验台、仪器设备等，并进行物理、化学、官能及微生物等试验工作。微生物检查场所应与其他场所适当区隔，如未设置无菌操作箱须有效隔离，如设置有病原菌操作场所应严格有效隔离。

2）厂房区隔

凡使用性质不同的场所（如穀仓、稻谷精选场和碾制场等），应个别设置或加以有效区隔。应分别设置稻谷原料散装仓库（穀仓）、糙米散装仓库、精品米袋装仓库、米糠袋装仓库及物料仓库。稻谷精选场与碾制场应加以区隔。包装场所应分设精品米包装室和米糠包装室并加以有效隔离。凡清洁度区分（如清洁、准清洁及一般作业区）不同的场所，应加以有效隔离（表 2-8）。

表 2-8　精品米工厂各作业场所的清洁度区分

Table 2-8　Fine rice plant cleanliness of the distinction between workplace

厂房设施（原则上依制程顺序排列）	清洁度区分	作业区类型
原料仓库（穀仓） 材料仓库	一般作业区	
稻谷精选场 糙米储存仓库 缓冲室	准清洁作业区	
碾制场 内包装材料的准备室 精品米包装室	清洁作业区	管制作业区
米糠包装室 成品仓库	一般作业区	
品管（检验）室 办公室（注） 更衣及洗手消毒室 厕所 其他	非食品处理区	

注：办公室不得设置在管制作业区内（但生产管理与品质管理场所不在此限，唯需有适当的管制措施）。

3）厂房结构

厂房的各项建筑应坚固耐用、易于维修、维持干净，并应为能防止食品、食品接触面及包装材料遭受污染（如有害动物的侵入栖息、繁殖等）的结构。厂房以钢筋水泥结构的永久性建筑为佳。

4）安全设施

厂房内配电必须能防水。电源必须有接地线与漏电断电系统。高混度作业场所的插座及电源开关宜采用具防水功能的。不同电压的插座必须明显标示。厂房应依消防法令规定安装火警警报系统。在适当且明显的地点应设有急救器材和设备，且必须加以严格管制，以防污染食品。

5）地面与排水

地面应使用非吸收性、不透水、易清洗消毒和不藏污纳垢的材料铺设，且须平坦不滑，不得有侵蚀、裂缝及积水。废水应排至适当的废水处理系统或经由其他适当方式予以处理。作业场所的排水系统应有适当的过滤或废弃物排除的装置。排水沟应保持顺畅，且沟内不得设置其他管路。排水沟的侧面和底面接合处应有适当的弧度（曲率半径应在3cm以上）。

排水出口应有防止有害动物侵入的装置。屋内排水沟的流向不得由低清洁区流向高清洁区，且应有防止逆流的设计。

6）屋顶及天花板

制造、包装、储存等场所的室内屋顶应易于清扫，以防止灰尘蓄积，避免结露或成片剥落等情形发生。管制作业区及其他食品暴露场所（原料处理场除外）屋顶若为易藏污纳垢的结构者，应加设平滑易清扫的天花板。若为钢筋混凝土构筑者，其室内屋顶应平坦无缝隙，而梁与梁及梁与屋顶接合处宜有适当弧度。

平顶式屋顶或天花板应使用白色或浅色防水材料构筑，若喷涂油漆应使用可防污、不易剥落且易清洗者。

蒸汽、水、电等配管不得设于食品暴露的直接上空，否则应有能防止尘埃及凝结水等掉落的装置或措施。空调风管等宜设于天花板的上方。楼梯或横越生产线的跨道的设计构筑，应避免引起附近食品及食品接触面遭受污染，并应有安全设施。

7）墙壁与门窗

管制作业区的壁面应采用非吸收性、平滑、易清洗和不透水的浅色材料构筑。清洁作业区的墙脚及柱脚（必要时墙壁与墙壁间或墙壁与天花板间）应具有适当的弧度（曲率半径应在3cm以上），以利清洗及避免藏污纳垢，干燥作业场所除外。

包装室在作业中需要打开的窗户，应装设易拆卸清洗且具有防护食品污染功能的不生锈纱网，应不积垢且经常维修。零售用精品米包装室的室内窗台如有2cm以上者，其台面与水平面的夹角应在45°以上，未满2cm者其棱角应以不透水材料填补消除死角。

管制作业区对外出入门户应装设能自动关闭的纱门（或空气帘）、鞋底清洁设备或换鞋设施。门扉应以平滑、易清洗和不透水的坚固材料制作，并经常保持关闭。

8）照明设施

厂内各处应装设适当的采光及（或）照明设施，照明设备以不安装在食品加工线上有食品暴露的直接上空为原则，否则应有防止照明设备破裂或掉落而污染食品的措施。测定散装原料仓库的作业时使用的灯具应采用防爆灯，以防止尘爆。

工厂应设置有停电时可自动启动的紧急照明设备。依通则的一般作业区域的作业面应保持110lx以上的照度，包装作业场所应保持220lx以上的照度，检查作业台面则应保持540lx以上的照度。所使用的光源不能改变食品的颜色。

9）通风设施

制造、包装及储存等场所应保持通风良好，必要时应装设有效的换气设施，以防止室内温度过高、蒸汽凝结或异味等发生，并保持室内空气新鲜。

在有粉尘产生之处应有适当的排气或装置旋风式集尘器、滤粉机，以防粉尘污染。管制作业区换气设施的排气口应装设防止有害动物侵入的装置，而进气口应距地面2m以上，远离排风口和污染源，并有空气过滤设备。两者均应易于拆卸清洗或换新。

厂房内的空气调节、进排气或使用风扇时，其空气流向不得由低清洁区流向高清洁区，以防止食品、食品接触面及内包装材料可能遭受污染。

10）供水设施

供水设施应能提供工厂各部所需的充足水量、适当压力及水质。必要时，应有储水设备及提供适当温度的热水。所有水质均应符合《GB 5749—85 生活饮用水卫生标准》。储水槽（塔、池）应以无毒、不致污染水质的材料构筑，并应有防护污染的措施。食品制造用水应符合饮用水水质标准，非使用自来水者，应设置净水或消毒设备。

不与食品接触的非饮用水（如冷却水、污水或废水等）的管路系统与食品制造用水的管路系统，应以颜色明显区分，并以完全分离的管路输送，不得有逆流或相互交接现象。地下水源应与污染源（化粪池、废弃物堆置场等）保持1m以上的距离，以防污染。

11）洗手设施

洗手设施在适当且方便的地点（如在管制作业区入口处、厕所及加工调理场等），设置足够数目的洗手及干手设备。必要时应提供适当温度的温水或热水及冷水，并装设可调节冷、热水的水龙头。在洗手设备附近备有液体清洁剂。必要时（如其污染有危害食品卫生的可能）设置手部消毒设备。

洗手台应以不锈钢或瓷材等不透水材料构筑，其设计和构造应不易藏污纳垢且易于清洗消毒。干手设备应采用烘手器或擦手纸巾。如使用纸巾者，使用后的纸巾应丢入易保持清洁的垃圾桶内（最好使用脚踏开盖式垃圾桶）。若采用烘手器，应定期清洗、消毒内部，避免污染。

水龙头应采用脚踏式、肘动式或电眼感应式等非手动开关方式，以防止已清洗或消毒的手部再度遭受污染。洗手设施的排水，应具有防止逆流、有害动物侵入及臭味产生的装置。应有简明易懂的洗手方法标示，且应张贴或悬挂在洗手设施附近明显的位置。

管制作业区的入口处宜设置独立隔间的洗手消毒室。室内除应具备上述规定的设施外，并宜设置换鞋设施。

12）更衣室

更衣室应设于管制作业区附近适当而方便的地点，并独立隔间，男女更衣室应分开，并与洗手消毒室相邻。室内应有适当的照明，且通风应良好。

应有足够大小的空间，以便员工更衣之用，并应备有可照全身的更衣镜、洁尘设备及数量足够的个人用衣物柜及鞋柜等。更衣室设有紫外杀菌灯。

13）仓库

仓库应有把原料、包装材料或成品等依性质不同分开保管的场所。原材料仓库及成品仓库应隔离或分别设置，同一仓库储存性质不同物品时，也应适当区隔。

仓库的构造应能使储存保管中的原料、半成品和成品的品质劣化减低至最低，并有防止污染的构造，且应以坚固的材料构筑，其大小应足够作业的顺畅进行并易于维持整洁，并应有防止有害动物侵入的装置。

一般仓库应设置数量足够的垫板，并使储藏品距离墙壁、地面均在 5cm 以上，以利空气流通及物品的搬运。现代的低温仓库必须有较好的保温设施和高效的出入库保温门窗，以减少能源消耗。精品米仓库内壁应无毒且有特殊处理，使内壁光滑、防潮。仓库应有温度记录，必要时应记录温度。

14）厕所

厕所应设于适当而方便的地点，其数量应足够供员工使用。应采用冲水式，并采用不透水、易清洗、不积垢且其表面可供消毒的材料构筑，厕所排污管道应与车间排水管道分设，且有可靠的防臭水封。

厕所内的洗手设施应符合本规范的规定且宜设在出口邻近。厕所的外门应能自动关闭，且不得正面开向制造作业场所，但如有隔离设施及有效控制空气流向以防止污染者不在此限。厕所应排气良好并有适当的照明，门窗应设置不生锈的纱门及纱窗。

6. 机器设备

1）设计要求

所有精品米制造用机器设备的设计和构造应能防止危害食品卫生且易于拆卸、保养、清洗、擦拭，并容易检查，应有使用时可避免润滑油、金属碎屑、污水或其他可能引起污染的物质混入食品的构造。

食品接触面应平滑、无凹陷或裂缝，精品米流程管路的设计应无死角，以减少食品碎屑、污垢及有机物的聚积，使微生物的生长繁殖速度减至最低程度。

设计应简单，且为易于保持干燥的构造。储存、运送和制造系统（包括动力、气动、密闭及自动系统）的设计与制造应使其能维持适当的卫生环境。在食品制造或处理区，不与食品接触的设备与用具，其构造也应能易于保持清洁状态。

未包装精品米成品的输送应采用空气压送方式，以避免虫、蛾附生于斗式升降机的内壁，且使米粒表面的糠粉得以最大程度的排除。

2）材质要求

所有用于食品处理区及可能接触食品的食品设备与器具，应由不会产生毒素、无臭味或异味、非吸收性和耐腐蚀且可承受重复清洗和消毒的材料制造，同时应避免使用会发生接触腐蚀的不当材料。

食品接触面原则上不可使用木质材料，除非其可证明不会成为污染源者方可使用。

3）生产设备要求

生产设备的排列应有秩序，且有足够的空间，使生产作业顺畅进行，并避免引起交叉污染，而各个设备的产能务须互相配合。用于测定、控制或记录的测量器或记录仪，应能适当发挥其功能且须准确，并定期校正。以机器导入食品或用于清洁食品接触面或设备的压缩空气或其他气体，应给予适当处理，以防止间接污染。

7. 组织与人事

1）组织与职责

生产制造、品质管理、卫生管理、劳工安全管理和各部门均应设置负责人员，以督导或执行所负的任务。

生产制造负责人专门掌管原料处理、加工制造及成品包装工作。品质管制负责人专门掌管原材料、加工中及成品品质规格标准的制订与抽样、检验及品质的追踪管理等工作。卫生管理专职人员掌管厂内外环境及厂房设施卫生、人员卫生、制造及清洗等作业卫生和员工卫生教育训练等事项。劳工安全管理负责人则掌管工厂安全与防护等工作。

品质管制部门应独立设置，并应有充分权限以执行品质管制任务，其负责人应有停止生产或出货的权限。品质管制部门应设置食品检验人员负责食品一般品质与卫生品质的检验分析。

应成立卫生管理组织，由卫生管理专责人员及各部门负责人等组成，负责规划、审议、督导和考核全厂卫生事宜。生产制造负责人与品质管制负责人不得相互兼任，其他各部门人员均得视实际需要兼任。

2）人员与资格

生产制造、品质管制、卫生管理及安全管理的负责人，应聘用大专相关科系专业或高中（职）以上专业具备食品制造经验 4 年以上的人员。

食品检验人员可以聘用具有大专相关专业的食品检验技术员，如为高职或大专非相关科系专业人员应具有经政府认可的专业训练（食品检验训练班）合格并持有结业证明的人员。

各部门负责人员及技术助理，应于到厂后三年内参加政府单位或研究机构、企业管理训练单位等接受专业职前或在职训练，并持有结业证明。

3）教育与训练

工厂应制订年度培训计划书，根据计划执行并作成记录。年度培训计划应包括厂内及厂外培训课程，且其规划应考虑有效提升工作人员对食品 GMP 的管理及执行能力。

对从事食品制造及相关作业的工作人员应定期举办（可在厂内）有关培训。各部门管理人员应忠于职责、以身作则，并随时随地督导及教育所属员工确实遵照既定的作业程序或规定执行作业。

8. 卫生管理

1）卫生管理标准书的制订与执行

工厂应制订卫生管理标准书，以作为卫生管理及评审核定的依据，制订标准依据《GB14881 食品企业通用卫生规范》进行，还应制订卫生检查书，规定检查时间及项目，确实执行并作成记录。

2）环境卫生管理

邻近道路及厂内道路、庭院，应随时保持清洁，厂区内地面应保持良好状态、无破损、不积水、不起尘埃。

厂区内草木要定期修剪，不必要的器材、物品禁止堆积，以防止有害动物孳生。

厂房、厂房的固定物及其他设施应保持良好的卫生环境，并作适当的维护，以保护食品免于污染。排水沟应随时保持通畅，不得有淤泥蓄积，废弃物应作妥善处理。应避免有害（毒）气体、废水、废弃物、噪音等产生，防止形成公害问题。

废弃物的处理应依其特性酌情分类集存，易腐败废弃物至少应每天清除一次，清除后的容器应清洗消毒。废弃物放置场所不得有不良气味或有害（毒）气体溢出，应防有害动物的孳生，并防止食品、食品接触面、水源及地面遭受污染。

3）厂房设施卫生管理

厂房内各项设施应随时保持清洁及良好状态，厂房屋顶、天花板及墙壁有破损时应立即加以修补，地面及排水设施不得有破损或积水。制造作业场所及厕所等在开工时应每天清洗（包括地面、水沟、墙壁等），必要时予以消毒。

灯具、配管等外表应保持清洁，并应定期清扫或清洗。制造作业场所及仓储设施应采取有效措施（如纱窗、纱网、空气帘、栅栏或捕虫灯等）防止或排除有害动物。

厂房内若发现有害动物存在时，应追查并杜绝其来源，但其捕灭方法以不致污染食品、食品接触面及包装材料为原则（尽量避免使用杀虫剂等）。

原料处理、加工、包装和储存等场所内，应在适当地点设有集存废弃物的不透水、易清洗消毒（即废弃者不在此限）、可密盖（封）的容器，并定时（至少每天一次）搬离厂房。反复使用的容器在丢弃内容物后，应立即清洗消毒，若有大量废弃物产生时，应用输送设施随时迅速送至厂房外集存处理，并尽快搬离厂外，以防有害动物孳生及水源、地面等遭受污染。处理废弃物的机器设备应于停止运转时立即清洗消毒。

管制作业区不得堆置非即将使用的原料和半成品、内包装材料或其他不必要物品。清扫、清洗用机具应有专用场所妥善保管。食品处理区内不得放置或储存有毒物质。

若有储水槽（塔、池），应定期清洗并每天（开工时）检查加氯消毒。使用非自来水者，每年至少应送请政府认可的检验机构检验一次，以确保其符合饮用水水质标准（锅炉用水，蒸发机等冷却用水，洗地、消防等用水除外）。

4）机器设备卫生管理

用于制造、包装、储运的设备及器具，应定期整理清扫擦拭及实施有效除虫作业。

用具及设备的清洗作业，应注意防止污染食品、食品接触面及内包装材料。应避免机器的润滑油、金属碎屑等污染食品。用于制造食品的机器设备或场所，不得供做其他与食品制造无关的用途。

5）工作人员卫生管理

工作人员手部应保持清洁，工作前应用清洁剂洗净。凡与食品直接接触的工作人员不得蓄留指甲、涂指甲油及佩戴饰物等。作业人员必须穿戴整洁的工作衣帽，以防头发、头屑和外来杂物落入食品、食品接触面或包装材料中，必要时需戴口罩。

工作中不得有抽烟、嚼口香糖、饮食及其他可能污染食品的行为，不得使汗水、唾液或涂抹于肌肤上的化妆品或药物等污染食品、食品接触面或内包装材料。

员工如患有出疹、脓疮、外伤（染毒创伤）和结核病等可能造成食品污染的疾病者，不得从事与食品接触的工作。新进人员应先经卫生医疗机构健康检查合格后，始得聘用，聘用后每年至少应接受一次身体检查，其检查项目应符合《食品从业者制造、调配、加工、贩卖、储存食品或食品添加物的场所及设施卫生标准》的相关规定。

应依标示所示步骤，正确洗手或（及）消毒。个人衣物应储存于更衣室，不得带入食品处理或设备、用具洗涤的地区。

工作前（包括调换工作时）、如厕后（厕所应张贴"如厕后应洗手"的警语标示）或手部受污染时，应清洗手部，必要时予以消毒。访客的出入应适当管理。若要进入管制作业区时，应符合现场工作人员的卫生要求。

6）清洁及消毒用品的管理

用于清洗的药剂，应证实在使用状态下安全且适用。食品工厂内，除维护卫生及试验室检验上所必须使用的有毒药剂外，不得存放有毒药剂。清洁剂、消毒剂和熏蒸剂及危险药剂应予明确标明并表示其毒性和使用方法，存放于固定场所且上锁，其存放与使用应由专人负责。

杀虫剂及消毒剂的使用应采取严格预防措施及限制，以防污染食品、食品接触面或内包装材料。并且应由明白其对人体可能造成危害（包括万一有残留于食品时）的卫生管理负责人使用或在其监督下使用。

9. 制度管理

1）制造作业标准书的制订与执行

工厂应制订制造作业标准书，由生产部门主办，同时须征得品管及相关部门认可，修订时亦同。制造作业标准书应详述配方、标准制造作业程序、制造管制标准（至少应含制造流程、管制对象、管制项目、管制标准值及注意事项等）及机器设备操作与维护标准。

教育、训练工作人员，并依照制造作业标准书执行作业，使训练后的工作人员能符合生产和卫生及品质管理要求。

2）原材料处理

不可使用因储存不当造成陈化、发热变质的稻谷原料。其原料、制造环境和制造过程等都应符合有关良好作业规范所要求的卫生条件。合格的原料与不合格原料应分别储放，并作明确标记。

原料的保管应能使其免遭污染、损坏，并减低品质劣化于最低程度。原材料的使用应依先进先出的原则，避免储存时间过久。原料、材料等的储存场所，应实施有效的有害动物防治措施。稻谷原料进厂时，应逐批抽取具代表性的样品，以供检验。

3）制造作业

所有食品制造作业（包括包装与储存）应符合安全卫生原则，并应尽可能降低微生物的生长可能及食品污染的情况。

食品制造作业应严密控制物理条件（如时间、温度、水活性、pH、压力和流速等）及制造作业（如加热、酸化及干燥等），以确保不致因机械故障、时间延滞、温度变化等因素使食品腐败或遭受污染。应采取有效方法，以防止加工中或储存中食品被原料或废料等污染。

应采取有效措施以防止金属和外来杂物混入食品中。本项要求可通过筛网、捕集器、磁铁、电子金属检查器或其他有效方法达成。用于输送、装载或储存原料、半成品、成品的设备、容器及用具，其操作、使用与维护应使制造或储存中的食品不致受污染。与原料或污染物接触过的设备、容器和用具，除非经彻底的清洗和消毒，否则不可用于处理食品成品。盛装加工中食品的容器不可直接放在地上，以防溅水污染或由器底外面污染所引起的间接污染。如由一般作业区进入管制作业区，应有适当的清洗与消毒措施，以防止食品遭受污染。

包装袋的印刷油墨量应控制得宜，不得有污染精品米成品的可能，编织袋包装在缝口时，应采取窝边缝制，合格证夹在里线以外、外线以内，或粘贴在包装外的缝口线处，不与精品米有直接接触。并保证缝固拆夹时，生产日期能够外露。稻谷原料精选时的外来杂物及粉尘应妥善收集。

10. 品质管制

工厂应制订品质管制标准书，由品质管理部门主办，经生产部门认可后确实遵循，以确保生产的食品适合食用。其内容应包括本规范 10.2～10.6 的规定，修订时亦同。

检查所用的方法如采用经修改过的简便方法时，应定期与标准法核对。制造过程重要生产设备的计量器（如温度计、压力计、称量器等）应制订年度校正计划，并依计划校正与记录。标准计量器每年至少应委托具可信度的机构校正一次，确实执行并作成记录。

品质管制记录应以适当的统计方法处理，工厂须备有各项相关的现行法规或标准等资料。

合约管理：工厂应建立并维持合约审查及其业务协调的各项书面程序。

合约审查：在接受每一份订单时，应对要求条件加以审查，以确保要求事项适合明文规定，并有能力满足所要求的事项。

合约修订：在履行合约或订单中，遇有修订时，应将修订后的记录正确地传送到有关部门，并按照修订后的内容执行作业。

原材料的品质管制：应建立其原材料供应商的评鉴及追踪管理制度，并详订原料及包装材料的品质规格、检验项目、验收标准、抽样计划书（样品容器应予适当标记）和检验方法等，并确实实行。

每批原料须经品管检查合格后，方可进厂使用。原料可能含有农药、重金属或黄曲霉毒素等时，应确认其含量符合本产品标准规定后方可使用。

内包装材料应定期由供应商提供安全卫生的检验报告，只有改变供应商或规格时，应重新由供应商提供检验报告。对于委托加工者所提供的原材料，其储存及维护应加以管制，如有遗失、损坏或不适用时，均应作成记录，并通报委托加工者做适当的处理。

加工中的品质管制：应找出加工中重要的安全、卫生管制点，并订定检验项目、检验标准、抽样方法和检验方法等，确实执行并做记录。当发现加工中的品质管制结果有异常现象时，应迅速追查原因并加以矫正。

成品的品质管制：应详细制订成品的品质规格、检验项目、检验标准、抽样及检验方法。应制订成品留样保存计划书，每批成品应留样保存。必要时，应做成品的保存性试验，以检测其保存性。每批成品须经成品品质检验，不合格者应加以适当处理。成品不得含有毒或有损人体健康的物质或外来杂物，并应符合现行法定产品卫生标准。精品米应经常实施二次加工试验，以确保品质。

检验状况：原材料、半成品、最终半成品及成品等的检验状况，应予以适当标示及处理。

11. 仓储与运输管制

1）储运作业与卫生管制

储运方式及环境应避免日光直射、雨淋、激烈的温度变动与撞击等，以防止食品包装的变形、破损，以及食品的成分、含量、品质及纯度受到不良的影响，而将食品品质劣化程度保持在最低限。

仓库应经常予以整理整顿，防止虫、蛾等衍生，储存物品应以栈板垫底，不得直接放置于地面。仓储中的物品应定期查看，如有异状应及早处理，并应有温度（必要时湿度）记录。包装破坏或经长时间储存食品品质有较大劣化的可能，应重新检查，确保食品未受污染及品质未劣化至不可接受的水准。

仓库出货顺序宜遵循先进先出的原则。有造成污染原料或成品的可能的物品，禁止与原料或成品一起储运。进货用的容器、车辆应检查，以免造成原料或厂区的污染。每批成品应经严格的检验，确实符合产品的品质卫生标准后方可出货；如有破袋或袋上有污渍者应再检验，确实无污染变质可能的才可出货。

2）成品卫生管理

精品米成品的储存堆放，应避免虫、蛾等的污染。精品米包装袋如有破损，应随时再检查是否被有害动物的排泄物污染情形并妥善处理，防止污染扩散。若以散装方式运输成品时，其相关设施能有效使精品米不受外界微生物、水气及其他物质污染。

3）仓储及运输记录

物品的仓储应有存量记录，成品出厂应作成品出货记录，内容应包括批号、出货时间、地点、对象、数量等，以便发现问题时可迅速回收。

12. 标识

标识的项目及内容应符合《GB 7718—94 食品标签通用标准》；零售成品应以中文及通用符号显著标识下列事项，最好加框集中标识（包括标识顺序），应标识以下几项内容。

品名应使用国家标准所定的名称，无国家标准名称者，自定其名称。自定其名称者，其名称应与主要原料有关。

内容物名称及重量、容量或数量；食品添加物名称；制造厂商名称、地址及消费者服务专线或制造工厂电话号码。

有效日期，或制造日期及有效日期，或保存期间及有效日期；未标识有效日期者，其品质管制标准书须载明该产品的保存期间。本项方法应采用印刷方式，不得以标签贴示。

批号，以明码或暗码表示生产批号，据此可追溯该批产品的原始生产资料。

食用说明及调理方法，视需要标识。

其他经国家主管机关公告指定的标识事项；零售用小包装产品宜有商品条码（bar code）；外包装容器标识有关批号，以利仓储管理及成品回收作业。

13. 客诉处理与成品回收

应建立客诉处理制度，对顾客提出的书面或口头抱怨与建议，品质管制负责人（必要时应协调其他有关部门）应立即追查原因，给予改善，同时由公司派人向提出抱怨或建议的顾客说明原因（或道歉）与致意。

应建立成品回收制度，以迅速回收出厂成品。顾客提出的书面或口头抱怨与建议及回收成品均应做记录，并注明产品名称、批号、数量、理由、处理日期和最终处置方式。该记录宜定期统计检讨并分送有关部门参考改进。

要建立自己的售后服务体系，包括服务承诺、服务程序、服务电话和服务人员等，制订相应的产品回收、退货、召回程序及相关管理办法，确保消费者的利益。

14. 记录处理

1）记录

卫生管理专职人员除记录定期检查结果外，应填报卫生管理日志，内容包括当日执行的清洗消毒工作及人员的卫生状况。

品质管理部门对原料、加工与成品品质管理及顾客诉讼处理与成品回收的结果应确实记录、检讨，并详细记录异常矫正及再发防止措施。

生产部门应填报制造记录及制造程序管制记录，并详细记录异常矫正及再发防止措施。

2）工厂的各种管制记录应以中文为原则

不可使用易于擦除的文具填写记录，每项记录均应由执行人员及有关督导复核人员签章，签章以采用签名方式为原则，如采用盖章方式应有适当的管理办法。记录内容如有修改，不得将原文完全涂改以致无法辨识原文，且修改后应由修改人在修改文字附近签章。

记录核对所有制造和品管记录应分别由制造和品质管理部门审核，以确定所有作业均符合规定，如发现异常现象时，应立刻处理。

3）记录保存

工厂对本规范所规定有关的记录（包括出货记录）至少应保存至成品的有效期限后一个月。

15. 管理制度的建立与稽核

工厂应建立整体有效的食品 GMP 管理制度，对组织及推动制度的设计及管理应具有整体性与协调性。

1）管理制度的稽核

工厂应建立有效的内部稽核制度，以定期或不定期的方式，由各级管理阶层实施查核，以发掘工厂潜在的问题并加以合理的解决、矫正与追踪。担任内部稽核的人员，须经适当的训练，并做记录。工厂应建立有效的内部稽核制度并详订稽核频率，以 3 个月 1 次为原则，确实执行并做记录。

2）管理制度的制订、修正及废止

工厂应建立食品 GMP 相关管理制度的制订、修正及废止的作业程序，以确保执行品质作业人员持有有效版本的作业文件，并确实得到执行。

（三）稻米 HACCP 体系

1. HACCP 小组组成及职责分配

HACCP 计划在拟定时，小组成员需经过搜集资料，了解、研究、分析国内外先进的控制办法，熟悉掌握 HACCP 的支撑系统，才能提高 HACCP 方法的有效性，以便更全面的了解与食品安全有关的数据资料，最终提出更实际和科学地解决问题的方案措施和改进办法，使决策更科学。HACCP 小组组成及职责分配见表 2-9。

表 2-9　HACCP 小组组成及职责分配

Table 2-9　HACCP team composition and the distribution of responsibilities

序号	组内职务	HACCP 体系内部职责
1	组长	体系的组建、文件的批准发布、全面监督体系程序的执行情况，定期组织体系的验证工作
2	组员	落实体系方案在各部门的实施，负责所有体系文件的具体解释，接受具体情况的反馈，调整体系的运行，审核相应的文件，具体组织体系的内部审核，定期组织召开 HACCP 小组会议
3	组员	负责原料储存和保管、设备相关的 GMP、SSOP 程序的日常监管实施，建立和充实体系的支持性文件，提出对 CCP 点的设置、监控方案及纠正程序的持续性改进方案，负责体系的日常验证工作
4	组员	负责成品分发、产品回收、运输车辆的 GMP、SSOP 程序的日常监管实施，对交付后进入流通领域由于各种原因导致的可能发生的食品安全危害的产品及时、快速、全面的召回，在体系持续性改进方面提出与本职工作相关的意见和建议

2. 稻米系列产品描述

对产品（包括原料与半成品）及其特性、规格与安全性等进行全面的描述，尤其对原辅料、成分、理化性质、加工方式、包装系统、储运、所要求的储存期限。稻米系列产品描述见表 2-4 至表 2-7。

3. 确定产品用途及消费对象

实施 HACCP 计划的食品应确定其最终消费者，特别要关注特殊消费人群，如儿童、妇女、老人、体弱者、免疫功能不健全者。将有关食用目的和如何食用等内容添入产品描述中，见表 2-4 至表 2-7。

4. 编制稻米生产工艺流程图

编制稻米生产工艺流程图是一项基础性工作。流程图应包括所有操作步骤，

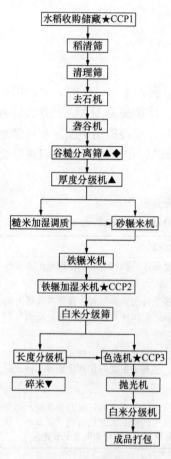

图 2-5　工艺流程图

Fig. 2-5　Chart of rice progress

★关键控制点；◆ 返工点；

▲循环点；▼中间产物

从原料选择、加工到销售和消费者使用都要在流程图中依次清晰标出。见图 2-5。

5. 流程图现场验证

　　流程图中所列的每一步操作，应与实际操作过程进行比较确认，如果有误，HACCP 小组应加以修改调整。

6. 危害分析及预防措施

　　危害分析是 HACCP 最重要的一环。按食品生产的流程图，HACCP 小组要列出各工艺步骤可能会发生的所有危害及其控制措施，危害包括生物性、物理性和化学性的危害。在生产过程中，危害可能来自原辅料、加工工艺、设备、包装储运和人为等方面。危害分析及控制措施见表 2-10。

7. 稻米工艺 HACCP 计划及关键控制点/关键限 值制订依据

　　HACCP 执行人员采用判断树来认定 CCP，一种危害往往可由几个 CCP 来控制，若干种危害也可由 1 个 CCP 来控制。见表 2-11。

8. 建立关键控制点的监测程序

　　1）原料接收点

　　①对进厂的每批原料都应按相关标准法规和规定程序进行抽样检验，安全性检验合格的原料方能接收。同时对全部检验结果进行统计分析，找出相应的统计规律，以便对原料的整体供应质量进行掌握；②通过对检验结果分析，可以对合格供方作出调整或选择，也可对供方提出相应的质量控制要求；③对送货的货车本身应进行检查，检查车厢状况是否符合装运稻谷的安全卫生要求，如是否在装运前进行过清扫、厢体是否有破漏、是否处于良好状态、是否运送过禁运原料或物品；④要求送货司机对车况做出保证声明，并签字；⑤应对卸货过程进行监控，防止违规操作，要保证所卸原料被运放到正确的位置；⑥对于原料接收的下料斗和提升机处进行检查，看是否有交叉污染发生，要及时执行必要的清扫或清理程序。

表 2-10　预防措施

Table 2-10　Preventive measures

序号	步骤	引入、控制、增加的危害	潜在的食品危害是否显著	判断依据	预防措施	CCP
1	原粮接收	C：药残	是	根据 GB 1350—1999，如农药残留超标，危害严重、发生可能性大	拒绝接收	是
2	包材接收	C：化学品迁移	否	公司采购符合国家要求的包材食品级		
3	稻谷的储存	C：稻谷发霉产生毒素	是	危害严重、普遍存在的粮食问题	控制接收水分；控制粮仓的温度、湿度；用色选机；倒仓剔除结露、霉变米，金属仓、堆垛存放的水稻 6 月前加工	是
		C：稻谷生虫	否	气温低、金属仓和堆垛存放的稻谷 6 月前未加工		
		C：金属、石子、玻璃	否	装粮前经过清扫、防爆灯、后序步骤可以剔除		
4	包材的储存	C：引入化学品	否	SSOP 化学品管理 SSOP 库房卫生		
		P：混入金属、玻璃	否	SSOP 防爆灯 SSOP 库房卫生		
5	初清—除石—磁选—净谷	C：设备润滑油	否	传动设备与大米不接触		
		C：积存在设备上的杂质腐败	否	SSOP 定期清洁		
		P：玻璃、金属、石子	否	全封闭过程，有永磁铁、性能稳定，金属剔除失控的可能性小、后序步骤有色选		
6	净谷暂存	C：霉变产毒	否	时间短		
7	砻谷—谷糙分离	C：橡胶棒磨损	否	稻壳与米迅速分离；设备提供商提供材料证明适于大米加工要求		
		C：润滑油	否	传动设备与大米不接触		
		C：积存在设备上的杂质腐败	否	SSOP 定期清洁设备		
8	厚度分级	B；C；P：无				

序号	步骤	引入、控制、增加的危害	潜在的食品危害是否显著	判断依据	预防措施	CCP
9	糙米加湿—碾米—抛光	C：水中化学物质、润滑油	否	符合饮用水标准、传动设备与大米不接触		
		C：积存在设备上的杂质腐败	否	SSOP 定期清洁		
		C：晾米引风中化学物质	否	SSOP 厂区周边环境、环保排放达标；引风口位置、垃圾处理		
		P：砂轮的磨损	否	磨损细小、后序步骤有精选、色选可剔除		
		C：润滑油	否	传动设备与大米不接触		
		C：抛光用水中化学物质	否	自来水—国家饮用水标准；管道设计—卫生部门审核—卫生许可证（有效期）		
10	长度分级	B；C；P：无				
11	色选	C：黄变粒、其他有毒植物种子	是	如失控，米中混入黄变、霉变米和其他有毒植物种子	所有产品通过正常工作的色选机	是
		P：控制金属、石子	是	如失控造成的危害严重、可能性大	所有产品通过正常工作的色选机	
12	包装	C：封口不严，货架期发霉产毒	否	可能性小、大米抛光后不利于霉菌的生长、水分低；大米装运前进行全套检查、剔除破袋		
		P：包装过程引入玻璃、金属、头发	否	SSOP 工作人员个人卫生、SSOP 外来污染物		
13	储存	C：生霉产毒	否	低温储存、地面防潮、先进先出		
		P：玻璃、石子	否	防爆灯、库房卫生		
14	搬运—运输	P；C：搬运时破损引入的化学物质或金属	否	SSOP 包装、储存、运输控制		

表 2-11　CCP 计划及关键控制点/关键限值制订

Table 2-11　CCP plans and critical control points /critical limits development

CCP	显著危害	预防措施关键限值	监控				纠正措施	记录	验证
			什么	怎样	频率	谁			
CCP1 原粮接收	C:药残	GB1350—1999	5个等级标准	委托检验	一年一次	农业部食品质量监督检验测试中心	拒绝接收	检验报告	由总公司基地部验证
CCP2 原粮储存	C:霉变产生毒素		粮堆温度	观察	夏季:安全水分是一周一次,半安全水分三天一次,不安全水分一天一次;冬季:一周一次,金属仓三天一次	保管员	控制接收水分、低温储存;控制粮仓的温度、湿度;先进先出、粮仓被良好维护、色选机剔除;倒仓剔除结露、霉变米、投料前人工挑选出结块霉变米;金属仓、堆垛存放原粮6月前加工	粮仓监控记录	由制米厂主管原粮副厂长复查所有监控记录
CCP1 色选	C:黄变米其他有毒植物种子 P:异色物理杂质	企业产品标准	4类产品标准	观察	1次/批	检验员	①重新设置参数恢复控制;②不合格产品重新通过正常工作的色选机	①CCP监控记录;②CCP纠偏记录	由制米厂负责人复查所有监控记录、纠偏记录

2) 原料储存

①检查原料是否按规划合理堆放和正确标记,检查原料账面库存量与实际库存量是否一致;②定期检查储存物料堆内的温度值,看是否有发热现象,特别是对立筒仓储存的原料;③定期检查库房是否有漏雨,鸟害、鼠害,微生物及昆虫活动;④检查在堆包、发料中是否有破袋、撒漏和交叉污染发生。

3) 清理设备效率

①应定期取样检查清理设备的除杂效率,主要包括清理筛、磁选器、去石机的清理效率,通常每周应检查两次,并应做好记录,责任人应签字;②对磁选器应定期检查磁力强度,通常可每3个月测一次,并做好记录,责任人应签字。当磁力强度低于规定值时应充磁。

4）原料与中间品运输

每日应检查中间输送设备，看是否有交叉污染发生，评估其危害程度，并做好记录，发现问题及时处理。

5）成品处理

定期检查成品处理后的米温，并做好记录；定期测定分级作业对霉变粒的去除率并做好记录。

6）成品储存

大米产品在储存中应监测储存条件，如温度、湿度和储仓是否有污染，或副产品是否发生霉变、污染等，并做好记录。

7）成品包装

①按规定程序检测包装容器的质量，并做好记录，看是否符合计量要求；②按规定程序检查包装容器内外所附标记、说明书，标签是否与所装成品一致，并做好记录。

8）成品发放

①检查成品是否按规划合理堆放和正确标记；②检查温度值，看是否有发热现象；③定期检查库房是否有漏雨、鸟害和鼠害、微生物及昆虫活动；④检查在堆包、发料中是否有破袋、撒漏和交叉污染发生；⑤认真检查所发放成品与发货单标记的是否一致；⑥认真检查运输工具是否满足卫生安全要求，运输工具不得装运过有毒有害物品、化学药品等。上述检查必须认真做好记录。

9）检验、化验工作

①应定期用标准品校正化学分析的准确性；②定期与权威实验室之间进行比对检验，以校准本地化验的准确性，做好记录；③对检验、化验仪器进行定期校准，同时应定期对检验、化验人员的操作技能进行考核。

10）厂房、仓房等建筑设施

有关人员应每周检查厂房、仓房等建筑设施，看周围是否有污染物、有毒有害物质；地面是否清洁，门窗是否有破损，是否有防鸟、防鼠和防虫等设施，应认真作好这方面的工作。

9. 建立纠偏措施

当 HACCP 小组和 CCP 工序操作人员发现 CCP 偏离时，应及时通报现场负责人。对受影响的产品按照 HACCP 计划表要求采取以下方式处置。

（1）接收的原料发生偏离时，则拒收。

（2）加工过程中发生偏离，则①重新加工；②隔离和保存要进行评估的产品；③另作他用；④销毁产品；⑤追溯可能受影响的所有产品。

制米厂厂长及 HACCP 小组成员对 CCP 发生偏离的原因进行分析并采取

措施。

（1）操作人员原因，由班组负责人负责对各 CCP 点的操作人员进行关键工序的培训，经培训合格，方可上岗工作。

（2）监控设备原因，更换或维修设备及调整监控设备的校验周期。

（3）生产设备的原因，更换或维修设备及调整生产设备的维护周期。

HACCP 小组成员所采取的措施。

（1）评价纠偏措施的有效性。

（2）评价并验证 HACCP 计划的可操作性。

当关键限值被超过且一个纠偏行动发生时，要做记录，记录的内容包括以下几个方面。

（1）产品确认（如产品描述、持有产品的数量）。

（2）偏离的描述。

（3）受影响产品的最终处理。

（4）处理结果及解决时间、纠偏行动负责人的姓名。

（5）按规定的时间对纠正措施记录进行复查。

（6）由生产车间负责对 SSOP 纠偏行动的控制。

当发生偏离 SSOP 的行为时应考虑下列纠正行动。

（1）确定是否会直接导致安全危害的发生。

（2）如果以（1）评估为基础不能够直接导致安全危害的发生，产品可进入下道工序。

（3）如果以（1）评估为基础存在危害，能够直接导致危害的发生，将此批产品隔离作标记，确定产品：①重新加工；②降级处理。

（4）如果存在潜在危害的产品不能做（3）那样的处理，产品必须销毁。

10. 建立验证程序

HACCP 小组负责对新制订的 HACCP 计划，如产品说明、工艺流程图、危害分析和 CCP 的确定，关键限值、监控程序、记录保存程序和纠偏活动的规定进行首次确认，确认所依据的有关资料、文献和数据要整理归档，由品质管理部门负责执行，HACCP 小组负责对运行中 HACCP 计划进行验证。

验证包括以下几个方面。

（1）定期复核 CCP 点的监控验证记录（HACCP 计划表）。

（2）采取纠正措施（包括发生偏差时产品的处理）。

（3）对监控措施设备的校准。

（4）对原料进行每批检验、对成品进行每批检验并进行一些针对性的半成品检测。

当发生①原料发生变化；②产品和工艺有了变化；③验证数据出现相反的结果；④经常出现关键限值的偏差；⑤在对生产过程的观察中发现了新的问题；⑥销售方式和消费者发生变化；⑦其他变化时。各部门负责将有关资料及时反馈给 HACCP 小组，HACCP 小组要及时对 HACCP 计划的适宜性重新确认。

11. 建立记录和文件保存制度

文件和记录的保存是 HACCP 的重要组成部分。系统的记录保存始于 HACCP计划的制订，继续于 HACCP 体系的建立和对于关键控制点及其控制限的监控与纠偏行动。另外，记录和文件管理对验证和审核 HACCP 体系的运行是否符合 HACCP 计划，是否有效运行都是至关重要的。HACCP 的记录主要包括以下内容：①风险分析文件，包括确定风险和控制措施的依据；②HACCP 计划，包括 HACCP 工作组及其职责分配表，大米产品描述、用途、适用对象，验证的流程图；HACCP 计划表应包括以下信息：确定 CCP 的过程、关键的危害、关键控制限、监控、纠正措施、验证程序与表格、记录保存程序；③支持文件，如有效记录，包括供货商的证明书、储存记录、清理记录、成品处理记录、验证记录、每周检查记录等；④在 HACCP 计划的实施中产生的记录。

所有记录都要有记录人签字和审核人签字，并有时间记录。

三、安全管理体系运行结果分析

自 HACCP 食品安全管理体系在大米加工业运行以来，始终严把产品质量关，一直秉承"奉献绿色精品，关爱生命家园"的经营理念；全面推行食品安全（HACCP）管理体系，并按要求建立和完善公司的管理体系，即 ISO9000 和 ISO14000，实现了公司的各项管理目标。食品安全管理体系的建立和运行，无论在公司的企业管理方面，还是在食品安全生产方面都对公司产生了深远的影响，同时，也为提高公司市场竞争力和市场占有份额起到了良好的作用。

（一）有效提高工作人员质量意识

米厂不断强化员工的品牌意识、市场意识，组织员工参加各种学习与培训，构建员工的品牌知识体系，让员工在工作中始终保持清晰的目标与高度的责任心，带领员工以科学的态度和方法做好创品牌、保品牌、用品牌的各项工作。形成人人心系品牌，个个争先，为打造中国米业龙头品牌做贡献的良好局面。

（二）有效地稳定和提高产品质量

产品质量的竞争，实际是凝结在产品中的科技含量的竞争。米厂深知没有一流的技术和管理，就没有一流的产品。为此，国内大型稻米加工业不惜花巨资引进了堪称国际一流的日本佐竹、瑞士布勤全程微电脑控制稻米加工生产线及计量、包装、检测设备，并在生产过程中采用严格科学的管理措施和 HACCP 质量控制体系，产品质量得到了提升，与国内、外市场上的同类产品相比具有较大优势。

通过一系列科技项目的投入，提升了米业的产品质量，也提升了米厂品牌的科技含量，促进了米厂由传统农业向现代高科技农业的转变。他们还制订了一整套方案，划定绿色种植基地，指导农民科学种植水稻，并购进世界领先水平的加工设备，严格控制仓储、运输交付过程，严把质量关。绿色粮食基地远离工业区，较好地保持着原始的生态环境，是空气、水源、土壤绝少污染的一块净土。水稻种植严格按照《绿色食品水稻生产操作规程》，所产大米米粒整齐饱满、晶莹剔透、香气浓郁、口感润滑，富含人体所需的蛋白质、多种氨基酸等。

（三）有效控制食品的安全卫生质量，降低次品率，提高经济效益

实验米厂由于采取 HACCP 质量保证体系，通过对每一阶段的产品质量进行统计与技术分析，预防和控制从大米生产的原料、加工、储存、销售等全过程可能存在的潜在危害，最大限度地降低风险。"科学加工，生产营养、安全、健康和可口的大米"的质量方针已基本实现。经济效益得到增长，体现在两个方面：一是由于产品质量较高，价格也得到提高，比同类企业产品高出 20～30 元/t，与同等规模企业相比销售额高出 750 万元/a 以上。二是由于产品质量高，无安全问题，年销售量明显增加，2005 年的销售量比 2004 年增加 5 万 t，实现了 5% 的利润增长率。产品销售遍及全国各地并出口 40 多个国家和地区。2004 年，在国家粮食协会大米行业综合排名中，位居全国十大米业榜首；在黑龙江省工业企业前 50 名中，销售收入、利润分别位列第 26 位和第 27 位。

（四）有效地提升产品美誉度，宣传企业品牌，保障食品安全

安全管理体系实施以来消费者对产品评价较好，这主要体现在三个方面：一是实现"零投诉"的目标，没有针对米厂大米产品质量的投诉；二是从社会调查得到的消费者的反馈信息中显示，几乎所有的消费者对米厂的评价都较高；三是产品的合格率由 96% 提高到 99%。

参 考 文 献

[1] 姚惠源. 世界稻米加工业发展趋势与我国未来十年的发展战略. 中国稻米，2004，1：9-10
[2] 韩祖耀，倪平，朱和平. 大米加工中的健康、节能、环保问题. 粮食工业，2008，33 (3)：47-48
[3] 马涛，肖志刚. 谷物加工工艺学. 北京：科学出版社，2009
[4] 中国国家认证认可监督管理委员会. 果蔬汁 HACCP 体系的建立与实施. 北京：知识产权出版社，2003：16-21

［5］中国国家认证认可监督管理委员会. HACCP认证与百家著名食品企业案例分析. 北京：中国农业科学技术出版社，2006

［6］曾庆祝，曾庆孝. 食品质量与安全性控制技术. 食品科学，2003，(8)：155-157

［7］于衍霞，鲁战会，安红周，等. 中国米制品加工学科发展报告. 中国粮油学报，2011，(26)：1-9

［8］王正刚，周望岩. 大米保鲜技术研究进展. 粮食与食品工业，2005，(3)：1-3.

［9］谢健. 中国稻米加工技术的现状与展望. 粮油与饲料工业，2004，10：7-11

［10］韩锐敏. 对稻米加工工艺的探讨. 粮食与饲料工业，2005，(1)：1-3.

［11］李天真. 糙米调质工艺效果影响因素的分析. 粮油食品技，2005，13 (6)：8-9

［12］马俊禄. 多元渐压旋剥方法、原理及应用. 粮油加工与食品机械，2003，9：25-26

［13］白士刚，贾富国，南景富，等. 稻米加工新技术. 农机化研究，2005，9 (5)：8-10

［14］李素梅. 引进碾米工艺及设备探讨. 粮食与饲料业，2001，3：11-12

［15］李维强. 大米质量的稳定性探讨. 粮食加工，2011，36 (1)：26-27

［16］姚惠源. 谷物加工工艺学. 北京：中国财政经济出版社，2003

［17］姚惠源，陈正行，周惠明. 我国十五稻米、小麦加工业技术创新体系与未来十年发展战略研究. 粮食与食品工业，2003，2：9-13

［18］武玉滋，轩永，乔冠志，等. 新工艺在大米加工业中的应用. 粮油加工与食品机械，2003，9：24-25

［19］王辉. 浅谈大米加工中的色选工艺. 粮食与饲料工业，2005，4：1-2

［20］翟爱华，张丽萍，王宪青，等. 稻米加工过程中安全质量分析及控制. 农产品加工，2006. (1)：60-61

［21］曹忠，周舰，赵法江. 优质大米加工技术. 垦殖与稻作，2006，1：66-67

［22］孙强，赵劲松，杨春刚. 国内外稻谷主要精深加工技术. 中国稻米，2007，2：14-16

第三章　大米包装储运品质变化及质量安全控制

第一节　概　　述

随着经济和社会的不断发展，人们的生活水平也在不断提高，大米质量安全问题日益受到全球关注。世界各国在大米质量安全问题管理方面都采取了各种控制措施，我国也对大米质量安全问题做出了多种探索与实践。但由于大米质量安全问题的艰巨性与复杂性，应从根本上解决我国的大米质量安全问题。我国大米质量安全问题涉及各方面的因素，如大米质量安全评价体系不合理、与大米质量安全相关的各种基础设施缺乏等。在分析大米质量安全控制的各种因素过程中，应对大米在包装储运中品质的变化来研究大米质量安全管理问题。例如，大米在包装储运过程中的各个环节可能存在的化学性、生物性和物理性污染，并引起大米品质的变化，严重威胁人类健康。加强各个环节的监管，对大米质量安全控制有着非常重要的意义。

近年来不断发生的"陈化粮"事件再次为大米质量安全敲响了警钟。大米安全事故频繁发生，很大程度上是由于质量安全管理系统不够完善导致的。要从根本上真正解决大米安全问题，就必须找出对大米安全产生威胁的根源因素，并对大米安全进行综合衡量与评价。所以，对未来大米安全问题进行提前追踪并预报，建立良好的大米安全预警系统，为大米安全管理部门提供有效的信息支撑，对大米安全保护有着十分重要的意义。对大米安全进行预警研究，就是寻找可能影响大米安全的若干指标因素，建立相关预警指标体系，并根据不同警情指标对大米质量安全的影响，提前发出警报，有利于相关部门迅速采取有效对策，防范大米存在的不安全风险。因此，采用一套有效合理的预警方法，对大米质量安全的预警研究有着非常重要的意义。

虽然目前我国相关部门已经提出了大米质量安全的预警研究，但大部分是在整个国民经济的大环境下对我国大米安全进行的宏观研究，针对大米质量安全预警的研究还不够系统和完善，许多预警研究还只局限于理论的叙述和宏观的模糊研究，操作性不强，应加强对有关大米质量安全预警指标体系的研究。因此，研究大米质量安全预警问题，必须探索影响大米品质的因子，设置相关预警指标，通过预警模型评价未来大米的安全水平范围，对保护广大群众的身体健康和大米质量安全控制有着非常重要的现实意义。

本章主要内容有大米包装储运过程中产品质变规律的研究及危害的确定，对大米中重金属进行风险评估，并建立基于风险评估的大米质量安全控制体系，利用目前较流行的预测方法——BP人工神经网络来预测大米储藏后期的品质变化，应用大米质量安全预警系统保障大米的质量安全，为日后大米质量的安全控制打下坚实的基础。

一、包装储运过程中大米品质的变化

随着包装储运时间的延长，大米品质均会发生不同程度的变化，甚至发生劣变与陈化，这些变化主要表现在其物理指标、化学成分、组织结构及生理指标等的变化。大米品质指标的变化是一个过程性现象，而影响这一变化的因子很多，也很复杂，并且各因子之间不是孤立和静止不变的，而是联系的、发展的和动态的[1]。

（一）物理化学指标

新收获的大米完成后熟后，细胞内高分子物质已经充分合成，干物质含量达最高，其物理特性随着储藏期的延长会发生一系列的变化。一般来说，在储藏中大米的容重、千粒质量及散落性均会下降。若储藏水分偏高，则黄粒米率会上升；另外，各种新鲜大米均有其特定的色泽和气味，而陈化的大米色泽暗淡，往往伴有陈粮气味及霉味，制成熟食时，其口味和滋味均不及新鲜粮食。

（二）生物化学指标

大米是活的有机体。在储藏期间大米仍在不停地发生生物化学变化，如果仓储条件恶劣，变化显著且迅速，从而导致大米的化学成分变动，直接影响大米的食用品质、营养价值及工艺品质。

1. 酶类的变化

大米在储藏期间发生的物质转变的强度与趋势，除受一定的环境条件影响外，最主要的是有酶的参与才能进行。酶活性在一定程度上能反映储粮的安全性，它与种子的生活力密切相关，可以作为粮食品质劣变的灵敏指标。国外有研究列出了与谷物种子劣变有关的酶有过氧化氢酶、淀粉酶、谷氨酸脱羧酶等。随着储藏时间的延长，粮食中的过氧化物酶的活动度逐渐减小[2]。还有研究指出，谷物中淀粉酶活性随储藏时间的延长而逐渐降低[3]。

2. 脂类的变化

大米在储藏过程中，无论储藏条件多完善、管理多到位，只要有氧存在，其氧化分解过程就会发生，最终使大米酸败变苦，这可以说是决定大米储藏时间的一个较重要的因素。脂肪在储藏过程中的变化指标——脂肪酸值，其测定受人为因素影响较小。各国研究者多用大米脂肪酸值作为大米品质劣变的一项指标。储藏条件对大米脂肪酸值的影响较大，同一储藏时间大米的脂肪酸值各不相同，并随储藏时间的延长而有所下降。大米中游离脂肪酸含量的多少主要取决于脂酶的活性[4]。

3. 蛋白质的变化

大米是人类重要的蛋白质来源（约占总谷物蛋白质的38.4%），它提供着世界约35%人口的主要食物，大米品种的品质水平状况，不仅是大米商品粮的品质基础，也是食品加工企业生产优质食品的重要物质基础，大米的产量和品质，直接关系到人类食物的满足程度和生产水平的提高，影响着人类的营养平衡。大米蛋白质品质对大米营养品质和加工特性都有非常重要的影响，蛋白质的含量决定着大米的食品加工品质，这是大米国际贸易和品质评价中的基本指标，也是目前研究最为广泛和深入的大米品质指标。当前，学术界比较一致的观点是，用稀酸提取出的蛋白质和剩余的蛋白质均随储藏时间的延长而增大，而水溶和醇溶蛋白的含量基本不发生变化，或有减少[5,6]。在储藏期间，谷物蛋白质的氨基酸组成及含量的变化一直使研究者感兴趣，他们试图找到某个变化最明显的氨基酸，作为谷物储藏的安全指标。有研究表明，5种意大利品种的稻谷，在常规条件下储存3年，游离氨基酸含量有所降低，其中赖氨酸含量下降14%~46%，变化最为明显。

4. 碳水化合物的变化

大米中的碳水化合物主要由单糖、低聚糖和多糖组成。多糖包括淀粉和纤维素，其中淀粉是大米籽粒中含量最多，也是最重要的碳水化合物。在储藏阶段，当小麦水分、外界温度、湿度较适宜生物活动时，糖类（或被自身呼吸）分解，或被有害生物（微生物、害虫）利用，其结果会引起储粮发热，甚至霉变、生虫。大米在储藏期间，碳水化合物的变化主要是可溶性糖（还原糖和非还原糖）含量的变化。在储藏过程中，由于大米中的淀粉及非还原糖发生水解，使还原糖的含量先是上升，随着大米呼吸作用逐渐增强，大量的还原糖被大米自身或微生物所消耗，其含量又由上升转为下降，大米中的还原糖的含量先上升、后下降，即意味着其品质开始劣变。储藏过程中，大米中非还原糖（如蔗糖）的含量一直在下降[7]。

二、包装储运过程中的质量安全控制

大米包装是大米的组成部分，具有保护大米自身质量稳定的功能，大米包装是稻谷加工过程中一个必不可少的组成部分，是生产过程的最后一道工序，是大米进入流通领域的首要环节。大米包装不仅直接影响储藏、运输和销售，而且在加强品质管理、减轻劳动强度、保证安全卫生、维护和增进人民身体健康等方面也具有重要的意义。目前，大米包装出现的安全问题主要体现在塑料包装原料不达标、包装生产环节中有害物质的残留及印刷过程中特殊油墨及特殊颜料的安全隐患。此外，大米包装上的生产日期错误、包装方式跟包装标签根本不符合规定等问题都会对大米的质量安全构成威胁。因此，必须提高对大米包装的限制要求，完善大米包装质量安全控制。

大米储藏，一方面对调节大米市场供求关系有着重要的作用，另一方面能防止大米腐败变质。由于大米在储藏过程中容易变质，如受潮、发霉、虫蛀及化学物品的污染等。因此，企业必须设立专用仓库，严格避免与化学合成物质以及有毒、有害、有异味、易污染的物品接触，确保大米储藏安全。

大米运输，就是实现大米的空间转移，从一个地方转移到另一个地方，即在规定的时间内按照相关要求将大米送到规定的地点。由于我国运输管理不完善、运输工具条件落后、相关配送企业基础薄弱，导致大米在运输过程中存在许多安全隐患。因此，必须加强运输管理，运输工具要符合卫生要求，运输作业应防止污染，提升相关运输配送设施的建设[8]。

日本阿高工业公司最近宣布开发出大米储藏新技术并已投入试用。新的大米储藏设备由冷却装置、通风管道、温度自控装置等构成。大米采用散装储藏。大米入仓后，冷却装置启动产生冷气，并通过散布的通风管道使仓内大米全部冷却。当仓内温度降至15％、湿度为75％时，冷却装置自动关闭，并可随时启动，使大米长期处于恒定的低温、低湿条件，因此大幅度地延长了储藏时间。我国连云港粮油储运公司应用除氧剂除氧和加强塑料薄膜的材质，有效地抑制了虫、霉菌的生长繁殖及大米自身的品质陈化，对夏季入库的高温米实现了安全储藏。在大米包装设备方面，日本有公司推出了一种强密封性包装袋，它由一种叫奇克伦的塑料制成，具有极好的隔绝氧气作用。用它来包装新大米，保鲜效果极佳，可长久保持大米的色香味不变，袋内产生的二氧化碳还能防虫、防霉[9]。

第二节　大米包装储运过程中产品质变规律的研究

一、大米在流通中质变规律的研究及危害的确定[10]

大米从生产厂家加工后到达消费者手中一般要经过包装、储运及销售过程。由于大米自身的生理代谢及不良储藏环境的影响，大米在整个流通过程中容易发生品质劣变，食用价值降低，严重时甚至会产生危害消费者生命安全的有害物质，这都严重影响到大米的食用安全性。

（一）实验材料与研究方法

1. 实验材料

大米样品 A 组、B 组（同一厂家生产的同一批次产品）

丙酮、三氯甲烷、苯、三氟乙酸、甲醇（国药试剂集团）

马铃薯葡萄糖琼脂培养基（potato dextrose agar，PDA）（北京奥博星生物技术有限责任公司）

高盐察氏培养基（北京奥博星生物技术有限责任公司）

黄曲霉毒素标准品 B_1（Sigma 公司）

薄层层析板（20cm）（上海蓝季试剂公司）

2. 实验仪器

原子吸收分光光度计-附石墨炉及铅空心阴极灯

气相色谱仪－附氮磷监测器（facial toning device，FTD）、电子捕获器（electron capture detector，ECD）

高速万能组织捣碎机（天津泰斯特仪器有限公司）

快速黏度分析仪（北京微讯超技仪器技术有限公司）

（二）实验研究方法

1. 流通中大米质变规律的研究

1）流通过程中质变规律

大米包装后一般要经过库存、运输、货架销售等环节到达消费者手中，通过对某大型大米加工企业的深入调查，了解到包装后成品大米的库存时间一般为 2～7 天，运输方式主要以铁路和公路为主，运输时间一般为 3～20 天。同时通过调查各大超市大米的销售情况了解到，90％以上的大米是在 6 个月内销售完，在超市很难找到距离生产日期为半年以上的产品。调查问卷详见附录。

本研究分别在大米包装后入库前（本底值）、出库时、运输后到达目的地时以及货架销售过程中进行抽样检测，由于销售时间长，所以在销售过程中每个月抽取大米样品进行检测。将在流通中抽取的大米样品命名为大米样品 A 组；将本底值命名为取样点 0，样品出库时命名为取样点 1，运输后到达目的地时命名为取样点 2，货架销售时间 20 天的大米样品命名为取样点 3，货架销售 50 天的大米样品命名为取样点 4；时间间隔为 30 天，以此类推命名取样点 4～8。

2）实验室储藏样品的质变规律

将大米样品放在实验室的阴凉处进行储藏，每个月抽取大米样品进行检测。并将实验室储藏的大米样品命名为大米样品 B 组。

2. 确定大米检测指标及检测方法

1）感官指标

主要观察大米的色泽、气味、是否有发霉变质发生，参见 NY/T 419—2006。

2）理化指标

目前，我国大米相关标准中仅对大米中的水分做了要求（≤15.5%，参见 NY/T 419—2006），对于能反映大米储藏品质变化的检测指标没有明确的规定，但我国许多学者研究表明，脂肪酸值、还原糖含量和黏度与大米的储藏品质呈一定的相关性，所以确定本研究的理化检测指标见表 3-1。

表 3-1　理化指标及测定方法

Table 3-1　Physical and chemical target and detect method

检测指标		测 定 方 法
水分	GB/T 5497—85	粮食、油料检验水分测定法
脂肪酸值	GB/T 15684—95	谷物制品脂肪酸值测定法
还 原 糖	GB/T 5009.7—2003	食品中还原糖的测定
黏度	LS/T 6101—2002	谷物黏度测定快速黏度仪法

3）安全性指标

（1）化学危害指标。

a. 重金属指标及其国内外大米相关标准（见表 3-2 和表 3-3）。

表 3-2　重金属指标及测定方法

Table 3-2　Heavy metal target and detect method

检测指标		测 定 方 法
砷	GB/T 5009.11—2003	食品中总砷及无机砷的测定
铅	GB/T 5009.12—2003	食品中铅的测定
镉	GB/T 5009.15—2003	食品中镉的测定
汞	GB/T 5009.17—2003	食品中总汞及有机汞的测定

表 3-3　重金属指标标准

Table 3-3　Heavy metal target standard　（单位：mg/kg）

项　目	GB 2762—2005	NY/T 419—2006	CAC	欧　盟
砷	0.15（无机砷）	0.15（无机砷）	—	—
铅	0.20（谷类）	0.20	0.20	0.20
镉	0.20	0.20	0.10	0.20
汞	0.02	0.01	—	—

b. 农药残留指标及国内外相关标准

根据黑龙江水稻农药的使用情况，以及大米国际贸易对大米农药残留标准的要求，确定大米的残留农药检测指标，见表 3-4 和表 3-5。

表 3-4　农药残留指标及测定方法

Table 3-4　Pesticide residue target standard and detect method

检测指标		测定方法
甲胺磷	GB/T 5009.103—2003	植物性食品中甲胺磷和乙酰甲胺磷农药残留量的测定
禾草敌	GB/T 5009.134—2003	大米中禾草敌残留量的测定
杀虫环	GB/T 5009.113—2003	大米中杀虫环残留量的测定
杀虫双	GB/T 5009.114—2003	大米中杀虫双残留量的测定
敌稗	GB/T 5009.177—2003	大米中敌稗残留量的测定
三环唑	GB/T 5009.115—2003	谷物中三环唑残留量的测定
杀螟硫磷	GB/T 5009.20—2003	食品中有机磷农药残留量的测定
溴氰菊酯	GB/T 5009.110—2003	植物性食品中氯氰菊酯、氰戊菊酯和溴氰菊酯残留量的测定
稻瘟灵	GB/T 5009.155—2003	大米中稻瘟灵残留量的测定
六六六、滴滴涕	GB/T 5009.19—2003	食品中六六六、滴滴涕残留量的测定
敌敌畏、乐果、马拉硫磷、倍硫磷、毒死蜱、三唑磷	GB/T 5009.145—2003	植物性食品中有机磷和氨基甲酸酯类农药多种残留的测定

表 3-5　农药残留指标标准

Table 3-5　Pesticide residue target standard　（单位：mg/kg）

农药种类	GB 2763—2005	NY/T 419—2006	日本肯定列表制度	CAC	欧盟（E.U.）08-04
敌敌畏	0.1	0.05	0.2	5	2

农药种类	GB 2763—2005	NY/T 419—2006	日本肯定列表制度	CAC	欧盟（E.U.）08-04
乐果	0.05	0.02	1	—	0.02
马拉硫磷	8	0.1	0.1	8	8
杀螟硫磷	1.0	1.0	0.2	1	—
六六六	0.05	0.05	0.2	—	0.02
滴滴涕	0.05	0.05	0.2	0.1	0.05
倍硫磷	0.05	不得检出（<0.01）	0.05	0.05	—
甲胺磷	0.1	不得检出（<0.01）	0.01	—	0.01
毒死蜱	0.1	0.1	0.1	0.1	0.05
禾草敌	0.1	—	0.1	—	—
杀虫双	0.2	0.1	—	—	—
杀虫环	0.2	—	0.2	—	—
敌稗	2	—	0.1	—	—
三唑磷	0.05	0.05	N.D	0.05	0.02
稻瘟灵	1.0	—	2	—	—
三环唑	2	1.0	3	—	—
溴氰菊酯	0.5	0.5	1	1	1

c. 包装物溶剂残留指标及国内外相关标准

根据大米企业提供的他们所使用的大米复合包装袋的相关信息，以及国内关于复合包装袋的相关卫生标准，本研究以甲苯作为大米复合包装袋溶剂残留检测指标，见表 3-6 和表 3-7。

表 3-6　溶剂残留指标及测定方法

Table 3-6　Solvent residue target and detect method

检测指标		测定方法
甲苯	GB/T 10004—98	耐蒸煮复合膜、袋

表 3-7　溶剂残留指标标准

Table 3-7　Solvent residue target standard

项目	国标 GB/T 10005—98	美国
甲苯	苯系溶剂≤3mg/m²	≤2mg/m²

（2）微生物、真菌毒素指标及国内外相关标准。

大米在流通中感染霉菌总数越多，在适宜的条件下其代谢产毒素的可能性就越大。大米中污染霉菌主要以曲霉和青霉为主，产生的真菌毒素以黄曲霉毒素

B_1 为主，所以确定检测指标见表 3-8 和表 3-9。

表 3-8　微生物、真菌毒素指标及测定方法

Table 3-8　Microorganism, mycotoxin target and detect method

检测指标		测定方法
霉菌总数	GB/T 4789.15—2003	食品微生物学检验，霉菌和酵母计数
黄曲霉毒素 B_1	GB/T 5009.23—2006	食品中黄曲霉毒素 B_1、B_2、G_1、G_2 的测定

表 3-9　真菌毒素指标标准

Table 3-9　Mycotoxin target standard　　　　　　（单位：g/kg）

项目	GB 2761—2005	NY/T 419—2006	欧盟 EC1881/2006
黄曲霉毒素 B_1	10	5.0	2.0（谷物）

（3）物理危害指标。

查看大米中是否有沙石、金属块等外来异物。

3. 实验结果分析及危害的确定

1）感官指标结果分析

大米入库前呈半透明状，新鲜有光泽，有正常的米香味，无霉变发生。在流通过程中抽样观察发现大米经过库存、运输、销售的前 3 个月感官无明显变化，到第 4 个月时大米光泽、透明度逐渐降低，米香味逐渐消失，但无不良气味、无霉变发生。大米样品 B 组从第 5 个月开始大米光泽、透明度逐渐降低，到第 8、9 个月时大米颜色逐渐变暗，无米香味，到第 11、12 个月时大米黯淡，略有陈米味、无明显霉变发生。

2）理化指标检测结果分析

大米样品本底值检测结果见表 3-10。

表 3-10　大米样品理化指标本底值检测结果

Table 3-10　Physical and chemical target detect result of rice background value

	检测指标			
	水分/%	脂肪酸值/(mg KOH/100g 干基)	还原糖/%	黏度/RVU
检测值	14.2	5.71	0.176	303.6

a. 脂肪酸值

大米脂肪酸值是检验大米中游离脂肪酸含量多少的量值，品质正常的大米含有的酸性物质很少，当大米水分含量过大、温度过高或生虫、生霉时，都能促进酸性物质增多。大米中的酸性物质来源于脂肪、蛋白质及碳水化合物的分解，因而大米脂肪酸值含量同大米的酸败有密切关系，能反映储藏期间大米的裂变程度，是大米品质的重要指标。许多国家都曾提出将脂肪酸值作为判断大米品质劣变的重要参数。大米中的脂肪酸值已成为评判其陈化变质的一个重要指标。大米样品 A 组、B 组中脂肪酸值的检测结果分别见图 3-1 和图 3-2。

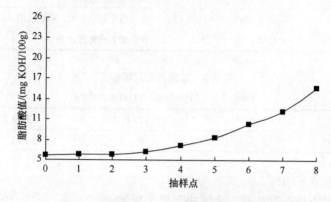

图 3-1　大米样品 A 组的脂肪酸值检测结果

Fig. 3-1　The fatty acid value of rice sample group A

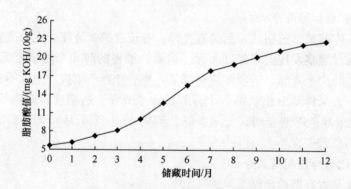

图 3-2　大米样品 B 组的脂肪酸值检测结果

Fig. 3-2　The fatty acid value of rice sample group B

从图 3-1 和图 3-2 可以看出，不论大米是经过正常的流通过程还是在实验室常规储藏条件下，其脂肪酸值均随储藏时间的延长呈增加的趋势。由于大米库存及运输时间短，其脂肪酸值的变化不明显，但在货架销售期后期，大米的脂肪酸值增加趋势明显，且幅度较大。大米样品 B 组的后几个月检测结果显示，其脂肪酸值继续增加，但增加的幅度有所减缓，可能由于实验后期进入冬季，实验室平均气温降低，影响了脂肪酶等的活性，使脂肪等水解速度降低，同时一些游离的脂肪酸进一步分解生成低级的醛、酮化合物，从而使大米脂肪酸值的增加幅度趋于平缓。

采用 SPSS14.0 软件对大米样品 A 组的脂肪酸值与实验室常规储藏的样品前

6 个月检测结果进行 t 检验分析，$|t|=0.004<t=2.178$，故 $P=0.997>0.05$，差异不显著，说明实际流通整个过程脂肪酸值的变化情况与实验室样品中脂肪酸值的变化情况基本相同。因此，实验室储藏具有一定的代表性，在一定程度上可模拟流通过程。

　　b. 还原糖

　　大米中淀粉的主要成分是多糖，在大米储藏期间，淀粉受淀粉酶的作用，部分水解生成小分子的糖类，如葡萄糖、麦芽糖等，这些糖类分子含有游离的还原基，因此具有还原性，在适当的条件下易被氧化，严重影响大米的品质。

　　大米样品 A 组、B 组中还原糖的检测结果分别见图 3-3 和图 3-4。

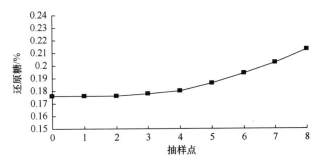

图 3-3　大米样品 A 组的还原糖检测结果

Fig. 3-3　The reducing sugar of rice sample group A

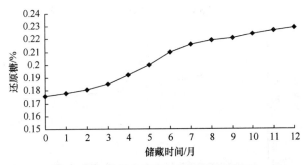

图 3-4　大米样品 B 组的还原糖检测结果

Fig. 3-4　The reducing sugar of rice sample group B

　　由图 3-3 可知，大米在整个流通过程中的还原糖含量随着时间的延长而增加，从 0.176％增加到 0.213％，增加的幅度不大。采用 SPSS14.0 软件对大米样品 A 组的还原糖与实验室常规储藏的样品前 6 个月检测结果进行 t 检验分析，$|t|=0.142<t_{0.05}=2.178$，故 $P=0.889>0.05$，差异不显著，说明流通整个过程还原糖的变化情况与实验室样品中还原糖的变化情况基本相同。因此实验室储藏具有一定的代表性，在一定程度上可模拟流通过程。

图 3-4 显示，大米样品 B 组在储藏后期还原糖含量增长趋于平稳，变化幅度不明显。这主要是由于在储藏后期，淀粉酶逐渐失活，还原糖的来源也随之减少，并且这些低分子糖类是大米生命的中间产物，处于不断变化的状态，加之外来因素的影响，如微生物的消耗等。

c. 黏度

黏度是研究大米品质变化的一项重要的指标，黏度下降、硬度就增加，硬度增加适口性变差，在国际稻谷研究所和日本已把大米的质构特性作为其食用的最终指标。

大米样品 A 组、B 组中黏度的检测结果分别见图 3-5 和图 3-6。

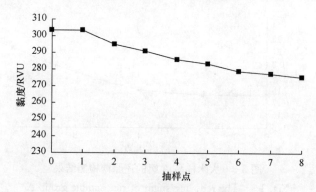

图 3-5　大米样品 A 组的黏度检测结果

Fig. 3-5　The viscosity of rice sample group A

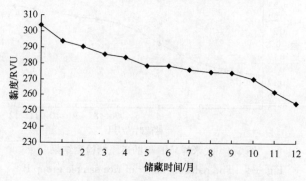

图 3-6　大米样品 B 组的黏度检测结果

Fig. 3-6　The viscosity of rice sample group B

由图 3-5 和图 3-6 可知，不论大米是经过正常的流通过程还是在实验室常规储藏条件下，其黏度均随着储藏时间的延长呈下降趋势。大米黏度随储藏时间的变化下降，可能是因为酶的活性减弱、呼吸降低、原生质胶体结构松弛、物理化学性质状态改变、生活力减退而引起的。采用 SPSS14.0 软件对大米样品 A 组的

黏度与实验室常规储藏的样品前 6 个月检测结果进行 t 检验分析，$|t|=0.501<$ $t_{0.05}=2.178$，故 $P=0.625>0.05$，差异不显著，说明流通整个过程黏度的变化情况与实验室样品中黏度的变化情况基本相同。因此实验室储藏具有一定的代表性，在一定程度上可模拟流通过程。

3）安全性指标检测结果分析及危害的确定

（1）大米中重金属检测结果分析。

大米中重金属残留主要是由于水稻在生长过程中受土壤、工业废水、大气污染和施肥或农药的残留，以及大米在加工过程中由于加工机械的磨损引起的本底污染。而包装好的成品大米在流通过程中不与其他可能造成重金属污染的物品接触，且相关人员严格遵守相关标准及良好操作规范，则其重金属的含量不会有所改变。大米样品 A 组的重金属检测结果见表 3-11。

表 3-11　大米样品 A 组重金属检测结果

Table 3-11　Heavy metal target detect result of sample group A

（单位：mg/kg）

取样点	砷		铅		镉		汞	
	检测值	标准差	检测值	标准差	检测值	标准差	检测值	标准差
0	0.122	0.0195	0.070	0.0073	0.002	0.0007	0.004	0.0006
1	0.124	0.0233	0.062	0.0069	0.002	0.0002	0.004	0.0008
2	0.114	0.0114	0.077	0.0038	0.003	0.0006	0.004	0.0012
3	0.134	0.0341	0.071	0.0008	0.003	0.0008	0.003	0.0009
4	0.128	0.0258	0.068	0.0012	0.002	0.0002	0.004	0.0008
5	0.118	0.0192	0.067	0.0047	0.004	0.0004	0.005	0.0010
6	0.105	0.0132	0.079	0.0011	0.002	0.0007	0.004	0.0006
7	0.132	0.0327	0.070	0.0056	0.002	0.0005	0.005	0.0013
8	0.120	0.0187	0.071	0.0025	0.003	0.0001	0.004	0.0007

注：结果采用 SAS8.2 软件处理。

a. 砷

对不同抽样点样品中砷的检测值进行方差分析得出表 3-12，结果显示 $P=0.8380>0.05$，说明各个抽样点样品中砷的检测值差异不显著，即砷残留量在整个流通过程中无明显变化。

表 3-12　砷检测值方差分析

Table 3-12　Variance analysis of arsenic detect value

差异源	SS	df	MS	F	P
砷检测值	0.001 32	8	0.000 166	0.51	0.838 0
误差	0.011 6	36	0.000 322		
总计	0.012 92	44			

在对照标准 GB 2762—2005 时发现，砷的检测结果当中有 4 个检测值高于国家标准对无机砷 0.15mg/kg 的限量要求，分别为 0.18mg/kg、0.18mg/kg、0.16mg/kg 和 0.16mg/kg，超标率为 8.9%。同时对这 4 个样品进行溯源调查，排除了其在库存、运输及销售过程中由其他外源物污染的可能，说明大米砷的本底值高，并存在超标的现象。而在流通中无机砷残留量的平均值为 0.122mg/kg，占标准限量（0.15mg/kg）的 81.3%，虽然残留砷的平均含量完全符合安全性限量标准要求，但其标准限量的高比率对人体健康可能存在一定的风险性。

b. 铅

对不同抽样点样品中铅的检测值进行方差分析见表 3-13，结果显示 $P=0.7918>0.05$，说明各个抽样点样品中铅的检测值差异不显著，即铅残留量在整个流通过程中无明显变化。

表 3-13　铅检测值方差分析

Table 3-13　Variance analysis of lead detect value

差异源	SS	df	MS	F	P
铅检测值	2.15×10^{-4}	8	2.69×10^{-5}	0.57	0.7918
误差	1.686×10^{-3}	36	4.68×10^{-5}		
总计	1.901×10^{-3}	44			

对比铅在国内、国际的限量标准，铅的检测值均低于 0.2mg/kg 限量标准，完全符合安全性标准要求。而整体铅残留量的平均值为 0.071mg/kg，占标准限量（0.2mg/kg）的 35.5%。

c. 镉

对不同抽样点样品中镉的检测值进行方差分析见表 3-14，结果显示 $P=0.8019>0.05$，说明各个抽样点样品中镉的检测值差异不显著，即镉残留量在整个流通过程中无明显变化。

表 3-14　镉检测值方差分析

Table 3-14　Variance analysis of cadmium detect value

差异源	SS	df	MS	F	P
镉检测值	3.24×10^{-6}	8	4.06×10^{-5}	0.56	0.8019
误差	2.6×10^{-5}	36	7.22×10^{-5}		
总计	2.92×10^{-5}	44			

镉的检测值均低于国内及国际标准限量，完全符合安全性标准要求。而整体镉残留量的平均值为 0.0026mg/kg，占国标及欧盟标准限量（0.2mg/kg）的 1.3%。占 CAC 标准限量（0.1mg/kg）的 2.6%。

d. 汞

对不同抽样点样品中汞的检测值进行方差分析见表 3-15，结果显示 $P=$ 0.9220>0.05，说明各个抽样点样品中汞的检测值差异不显著，即汞残留量在整个流通过程中无明显变化。

表 3-15 汞检测值方差分析

Table 3-15 Variance analysis of mercury detect value

差异源	SS	df	MS	F	P
汞检测值	3.24×10^{-6}	8	4.06×10^{-7}	0.38	0.9220
误差	3.8×10^{-5}	36	1.06×10^{-7}		
总计	4.122×10^{-5}	44			

汞的残留量均低于国内相关限量标准，完全符合安全性标准要求。整体汞残留量的平均值为 0.0042mg/kg，占国家标准限量（0.02mg/kg）的 21%。

由上述检测结果可知，砷存在超标问题，而铅、镉、汞均符合国家相关安全性标准的要求，但从近几年国家对大米的抽样检测结果统计来看，产品存在的重金属不合格因素主要是铅和镉超标，汞超标的概率非常小，因此将大米中的砷、铅、镉确定为显著性危害，其残留量对人体健康可能存在一定的安全风险性。

（2）农药残留检测结果分析。

表 3-16 农药残留检测结果

Table 3-16 Pesticide residue target detect result （单位：mg/kg）

检测项目	方法检出限	检测项目	方法检出限
六六六	<0.000 16	杀虫环	0.062
滴滴涕	<0.002 1	杀虫双	<0.002
马拉硫磷	<0.009	敌稗	0.065
乐果	<0.009	三环唑	<0.002
倍硫磷	<0.005	三唑磷	<0.005
溴氰菊酯	<0.000 88	杀螟硫磷	<0.003
甲胺磷	<0.008	敌敌畏	<0.003
毒死蜱	<0.002	稻瘟灵	<0.05
禾草敌	<0.000 1		

由表 3-16 可见，黑龙江地区所产大米的农药残留除杀虫环和敌稗外其余均低于检出限，低于国内和国际农药残留相关限量标准。图 3-7 至图 3-10 显示，在大米中主要存在的残留农药出峰时间为 3.234min 的杀虫环和出峰时间为 6.643min 的

敌稗，杀虫环的残留浓度为 0.062mg/kg、敌稗的残留浓度为 0.065mg/kg，残留浓度均远远低于国内及国际相关的限量标准，完全符合安全性标准。鉴于此种情况，就未对流通过程中的大米进行跟踪抽样检测农药残留浓度。

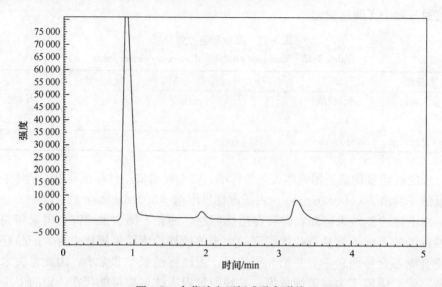

图 3-7　农药杀虫环标准品色谱峰

Fig. 3-7　Pesticide thiocyclam standard sample chromatograph peak

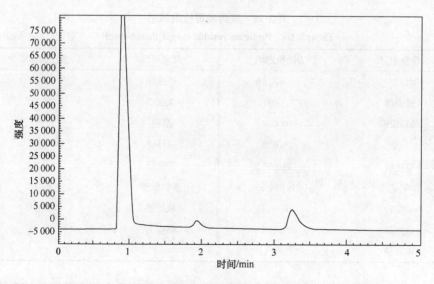

图 3-8　大米中残留农药杀虫环色谱峰

Fig. 3-8　Pesticide thiocyclam residual chromatograph peak of rice

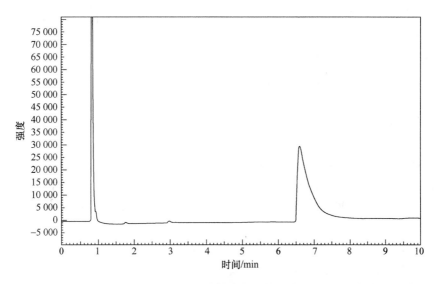

图 3-9　农药敌稗标准品色谱峰

Fig. 3-9　Pesticide propanil standard sample chromatograph peak

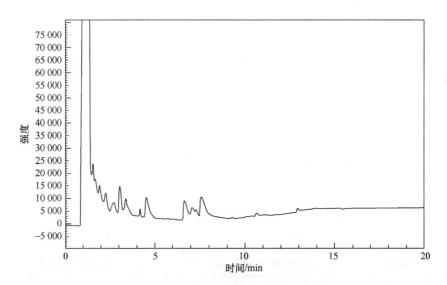

图 3-10　大米残留农药敌稗色谱峰

Fig. 3-10　Pesticide propanil residual chromatograph peak of rice

（3）甲苯检测结果分析。

本研究中大米样品所使用的塑料复合包装袋是尼龙膜，其本底甲苯残留浓度为 0.53mg/m²，低于国标 GB/T 10005—98（＜3mg/m²）的限量标准，也低于美国（$<2mg/m^2$）的限量标准，完全符合安全性标准。在样品储藏末期（即经过 12 个月的储藏）对复合包装袋再次进行检测，甲苯的残留浓度为 $0.56mg/m^2$，低于相关限量标准，完全符合安全性标准。

（4）霉菌总数、黄曲霉毒素 B_1 检测结果分析。

由于刚加工好的大米其初始水分含量低，米中感染的霉菌活动受到一定程度的抑制，由表 3-17 可见，大米样品 A 组霉菌总数在 PDA 上的增长速度缓慢，到销售末期霉菌总数仍小于 103cfu/g，且在高盐察氏培养基上未检出霉菌，说明大米样品霉菌污染程度小，可安全食用。由表 3-18 可见，大米样品 B 组在储藏初期，霉菌含量变化也不明显，但到储藏后期霉菌含量增加速度较快，主要是由于大米在储藏后期品质劣变加速，为霉菌的生长繁殖创造了良好的条件，但在储藏后期，也未在高盐察氏培养基上发现霉菌。

表 3-17　大米样品 A 组霉菌总数及黄曲霉毒素 B_1 检测结果

Table 3-17　The detect result mold and aflatoxicosis B_1 of sample group A

取样点	霉菌计数/(cfu/g)		黄曲霉毒素 B_1 /(μg/kg)
	PDA	高盐察氏培养基	
0	60	0	<5
1	60	0	<5
2	60	0	<5
3	70	0	<5
4	80	0	<5
5	110	0	<5
6	150	0	<0.2
7	290	0	<0.2
8	400	0	<0.2

表 3-18　大米样品 B 组霉菌总数及黄曲霉毒素 B_1 检测结果

Table 3-18　The detect result of mold and aflatoxicosis B_1 of sample group B

储藏时间 /月	霉菌计数/(cfu/g)		黄曲霉毒素 B_1 /(μg/kg)
	PDA	高盐察氏培养基	
0	60	0	<5
1	70	0	<5
2	70	0	<5

续表

储藏时间 /月	霉菌计数/(cfu/g)		黄曲霉毒素 B₁ /(μg/kg)
	PDA	高盐察氏培养基	
3	90	0	<5
4	130	0	<5
5	200	0	<0.2
6	300	0	<0.2
7	400	0	<0.2
8	600	0	<0.2
9	600	0	<0.2
10	800	0	<0.2
11	1100	0	<0.2
12	1200	0	<0.2

由图 3-11 和图 3-12 可以看出，大米在流通和实验室储存的样品中均未检出黄曲霉毒素 B_1。实验初期，采用国标中薄层色谱法检测样品中的黄曲霉毒素 B_1，均未检出，考虑到薄层层析法的检出限（$5\mu g/kg$）比较高，大米样品的后期检测采用国标中高效液相色谱法，其检出限值低为 $0.2\mu g/kg$，但直到实验末期也均未检出黄曲霉毒素 B_1，完全符合安全性标准要求。

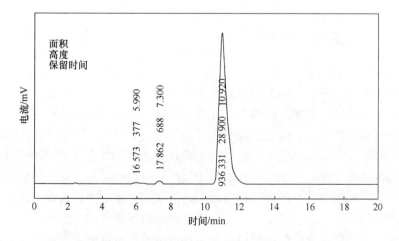

图 3-11 黄曲霉毒素 B_1 标准品色谱图

Fig. 3-11 Aflatoxin B_1 chromatograph peak of standard sample

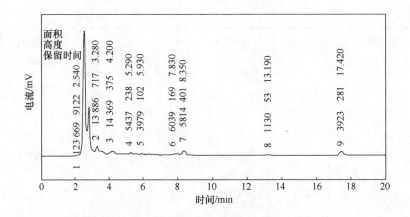

图 3-12　大米样品黄曲霉毒素 B₁ 色谱图

Fig. 3-12　Aflatoxin B₁ chromatograph peak of rice

（5）物理危害。

对大米样品观察发现各抽样点大米样品中无沙石、金属碎屑等外来异物。

4. 小结

本小节分别研究了大米在流通领域和实验室储藏期间的各指标的变化情况，通过对大米中质量指标和安全性指标进行抽样检测分析，得到大米中脂肪酸值、还原糖含量和黏度等质量指标的变化规律，并在一定程度上可用实验室储藏来模拟流通过程中大米各质量指标的变化；确定了重金属砷、铅和镉等安全性指标为显著性危害。

二、大米重金属的风险评估

重金属是一类密度大于 $4.5\sim5.0\text{kg/dm}^3$ 的金属或合金类物质，包括铅、镉、汞等。它们与其他污染不同之处在于重金属危害更多来自工业生产中的污染排放，在复杂的生态圈循环过程中首先进入环境，然后通过食物链不断富集，残留在一些初级农产品中。历史上曾暴发过由于重金属污染而导致食物中毒事件。例如，日本居民食用了神通川上游某铅、锌矿废水灌溉生产的镉米导致骨痛病，甲基汞污染的鱼导致的水俣病事件等。对农产品中重金属开展风险评估并实施风险管理不仅牵扯到农业生产操作行为，同时关系到工业生产行为和不同产业结构的调整和发展方向。砷虽然是一种类金属元素，但其密度、化学性质及危害的严重性等都与重金属非常相似，所以在这一章也把砷归为重金属类进行风险评估。

根据 WHO/FAO 及其所属委员会的观点，风险评估包括 4 个步骤，即危害识别、危害描述、暴露评估及风险描述。

（一）危害识别

1. 镉的危害识别

镉是一种微带蓝色而具有银白色金属光泽的柔软重金属元素，在自然界分布很广，但含量微小，地壳中镉含量为 $0.15\sim0.20mg/kg$。镉在自然界以硫镉矿存在，并常与锌、铅、铜、锰等矿共存，所以在这些金属精炼过程中都会排出大量镉。镉在土壤、植物中有蓄积作用，在人体的半衰期达 $10\sim30$ 年，一旦进入人体内，就会潜伏蓄积很长时间，甚至伴随人的整个生命期，即相当于在体内有一个"镉库"，其不断释放而产生持续毒性作用和累积效应，严重危害人体健康。

肾脏是镉慢性毒作用的主要靶器官，靶部位是肾近曲小管，主要表现为肾小管重吸收功能的障碍，导致低相对分子质量蛋白质在尿中排泄增加，即低相对分子质量蛋白尿（如 β_2-微球蛋白尿），是镉致肾功能损害的主要特征性表现，已在国内外普遍应用为慢性镉中毒普查和诊断指标。据研究，在无明显镉接触的普通人群中，当尿镉达到 $2\mu g/L$ 及以上时，就有 10% 的个体出现肾脏损害的表现，而且糖尿病患者对镉的肾毒性更敏感。10 只雄性 Flmesih 大猩猩和 10 只雄性新西兰兔子被喂食含有 $160mg/kg$ 氯化镉的商业用实验室饲料，每天镉平均摄入量为 $15mg/kg$ 体重。肾脏重量和肾小球硬化、肾小管细胞的退化和小肠纤维化的发生率增加。在对一个日本镉暴露人群的研究发现，出现肾功能不良的人在随后的岁月里有着显著高的死亡风险。

在严重的镉中毒（"痛痛病"，首先在日本发现）中有明显的伴随粉碎的骨疾病。有学者研究低水平的环境镉暴露可能会促进骨骼的去矿物质化。这个机制不是完全清楚。在 Smaland 人群的研究中发现，镉的生物迹象与骨密度成负相关，而骨密度与肾的影响相关。这表明镉在骨质疏松症中扮演了一定角色。

在大鼠中，镉能诱发多种多样的肿瘤，包括在注射部位产生的恶性肿瘤和吸入后在肺部产生的恶性肿瘤。国际癌症中心在 1987 年将镉列为人类肺癌和前列腺癌的可以致癌物，在 1993 年将之确定为人类致癌物。

膳食中镉的暴露来源相对较多。丹麦在 1998 年提交到食品添加剂和污染物法典委员会的一份报告中确定了叶菜和谷物是最主要的膳食中镉暴露来源；加拿大的膳食报告中也总结了面包类产品、谷物和蔬菜这几种食品中镉残留浓度最高；美国、英国、欧盟等国家也均有谷物中镉残留浓度较高的报道。中国人群的镉摄入量估计值中谷物和蔬菜对总镉的贡献量超过 70%，最高镉浓度均值被发现在大米、小麦、蔬菜和水产品中。而我国是以大米为主食的国家，大米中镉是我国消费者膳食镉摄入的主要来源之一。

2. 铅的危害识别

铅在自然界中普遍存在，是广泛应用于工业生产与人类生活的一种重金属。在体内，铅以稳定的氧化态存在，无任何生理功能，只有毒害作用，其理想的血铅浓度为零。由于环境中铅化合物的普遍存在，人体中有可能存在一定量的铅。铅是高亲和性毒物，具有多器官组织毒性，全球环境监测规划——食品部分（General Execution-driven Multiprocessor Simulator-Food，GEMS/FOOD）将铅列入核心监测名单。铅对神经系统、骨髓造血机能、消化系统、生殖系统及人体其他系统都有明显毒害影响，特别是铅对儿童健康的危害，使其成为一种具有近百年历史的独立的儿科疾病。WHO 通报，铅在危害人类健康的因素中已排至第 16 位，即使血铅浓度在 $100\mu g/L$ 以下也能引起人体神经性损害，铅不存在任何安全阈值。

铅是亲神经性毒物，神经系统对铅的毒害作用极为敏感，有人认为神经系统是铅毒害作用的主要靶器官。当铅进入脑组织，会损伤大脑和小脑的皮质细胞，影响脑组织代谢活动，进而发展成弥散性脑损伤。脑病的特点是肿胀或水肿，其原因可能是脑内毛细血管内皮细胞层肿胀，使脑内的血液动力受到影响，同时毛细血管的损伤，导致血管壁的通透性发生改变所致。研究表明，当血铅浓度达到 $60\sim80\mu g/100ml$ 时，大脑皮质的兴奋和抑制过程紊乱，大脑对内脏活动的调节出现障碍，表现出头晕、头痛、疲乏、记忆力衰退及失眠等神经衰弱症状；严重的铅危害脑病会发生惊厥、麻痹、昏迷，甚至引起心、肺衰竭而死亡。慢性铅中毒主要表现为伸肌无力以及出现神经衰弱症状。铅还能导致神经纤维功能缺陷，引起末梢性周围神经炎，出现感觉和运动障碍。据研究，发现慢性铅暴露对小鼠脑海马 CAMK Ⅱ 蛋白表达总体上呈现下降趋势，说明铅扰乱 CAMK Ⅱ 蛋白正常表达。

铅对人类的毒性作用存在着显著的年龄差异，年龄越小对铅毒性的易感性越高，正在发育过程中的儿童神经系统对铅的毒性更为敏感。低水平铅暴露对儿童发育的影响是多方面的。胎儿及婴幼儿血脑屏障尚未发育成熟，功能也不健全，铅很容易通过血脑屏障进入脑内选择性地蓄积于海马部位，影响儿童学习记忆。铅还通过阻断 Ca 通道，干扰蛋白激酶和一氧化氮合酶活性，抑制神经递质受体来影响突触形成和信息传递，从而造成智力、记忆力、神经行为障碍。研究表明，铅污染越是严重的地区，儿童智力低下发病率越高，儿童体内血铅每增加 $10\mu g/100ml$，儿童智商要下降 6～8 分。铅对儿童智力发育的影响具有长期性。这一观点已得到了公认。以往认为，只要不表现为铅性脑病，在脱离铅接触后，儿童可无任何后遗症而恢复到正常的生长发育水平。当前的研究认为，儿童期的铅接触对智力的影响可持续到成人；即使脱离了铅暴露，儿童智力发育水平虽有一定的恢复，但部分儿童的恢复是有限的。

低水平的血铅可影响儿童的听觉和视觉神经传导，以及生长发育迟缓，体重、身高增长缓慢。儿童长期接触低浓度的铅，可出现心理行为改变，表现为学习困难、运动失调、多动、冲动、注意力下降，攻击性增加，整合功能受损，模仿能力减退等。美国一项对 800 名男童长达 4 年的调查发现，骨铅含量高的儿童更有可能出现暴力性和挑衅性行为。

此外，铅能引起机体产生贫血，是因为铅通过干扰血红蛋白的重要组成部分亚铁血红素的合成而阻滞血红蛋白生物合成，同时铅与红细胞膜上的三磷酸腺苷酶结合并对它产生抑制作用，进而引起溶血。铅可能会导致两种肾病：一种是常在儿童中观察到的急性肾病，它是由于短期高水平铅暴露，造成线粒体呼吸及磷酸化被抑制，致使能量传递功能受到损坏，这种损坏作用一般是可逆的；另一种肾病是由于长期铅暴露导致肾小球体过滤速率降低以及肾小管的不可逆萎缩。铅对生殖系统、消化系统都有不良影响。流产和死产可能与孕前以及孕期内铅暴露相关，严重职业性铅暴露会导致男性精子数量减少和畸态精子数量增多。

另外还有铅的致癌性，铅是 FAO/WHO 公布的对人体毒性最强的三种重金属之一（铅、镉、砷）。铅对动物具有肯定的致癌作用，对人的致癌作用目前证据不充分，国际癌症研究机构（International Agency for Research on Cancer, IARC）将其分类为 2B 类，即对动物是致癌物，对人类为可疑致癌物。

3. 砷的危害识别

砷是一种自然界广泛存在的类金属元素，被广泛应用于杀虫剂（如砷酸钙、砷酸铅、稻脚青、稻宁、亚砷酸钠和巴黎绿等）、防腐剂、染料、医药生产等工农业原料。砷的毒性与其存在形式有很大关系，无机砷的毒性大于有机砷，而三价砷化合物毒性明显高于五价砷化合物，约为 60 倍。一定剂量的砷对机体具有致突变、致癌及致畸作用。世界卫生组织及国际癌症机构已将砷列为致癌物质。

大量研究表明，环境砷污染可造成暴露人群的急、慢性砷中毒，尤其是低浓度长期暴露引起的慢性地方性砷中毒。经砷污染的水、食物和空气进入人体后，根据人体摄入量的多少来判断引起急性或慢性砷中毒。急性砷中毒多见于消化道，主要表现为立即出现的呕吐，食道、腹部疼痛出血及血便等，抢救不及时可以造成死亡。一般在砷进入机体后，经过十几年甚至几十年的蓄积才发病。慢性砷暴露最明显的结果是在不同器官，尤其是皮肤、肺和膀胱发生癌变。科学研究已观察到，长期砷暴露对机体的影响首先是皮肤，使皮肤色素改变，导致皮肤角化和皮肤癌等。皮肤色素沉着和色素脱失病变以躯干为主，尤其在非暴露部位（腹腰）比较明显。两种色素改变常同时存在，使躯干皮肤呈花皮状（花肚皮）。皮肤角化以掌跖角化为主，其他如躯干、四肢也可以出现角化斑。研究人员应用原位杂交技术检测了 61 位砷中毒皮肤组织中 MGMT、XRCCI、hMSH2、mRNA的表达变化，22 例为皮肤色素增生及皮炎，16 例为角化过度，12 例为不典型增生、皮角和经久不愈溃疡，11 例中，Bowen 病 6 例、鳞癌 4 例、基癌 1 例。

砷对健康的危害是多方面的，砷进入人体后随血液流动分布于全身各组织器官，可引发多器官组织和功能上的异常改变，如呼吸、消化、循环、神经和泌尿系统内部脏器的损害。砷对职业暴露的工人肝脏有一定程度上的损伤，当尿砷高于 0.1mg/L 时，对肝脏损伤更加广泛。并且职业暴露于砷的工人随着工龄的增长，砷在体内的蓄积加强，对肝脏的亚细胞结构损伤加重并对肝脏的合成功能产生障碍。

在慢性砷暴露对小鼠肾组织 DNA 损伤的研究中得出结论：慢性低剂量砷暴露可引起小鼠肾组织 DNA 的氧化损伤和病理变化，尤其对肾脏近曲小管的损伤作用较为明显。饮水砷可以通过胎盘屏障和血脑屏障引起子代大鼠脑组织脂质过氧化，脑组织丙二醛含量增高，谷胱甘肽含量和谷胱甘肽转移酶活性下降。脑皮质神经元出现变性和形态改变，引起一系列生理病理变化。

此外，有报道称长期暴露于含无机砷饮水后发生末梢神经病及末梢血管病变（黑脚病和雷诺氏症）。人们职业性暴露砷和砷污染的水可增加糖尿病和高血压的风险。工业开发所造成的砷对环境的污染和对人类的有害影响往往是长期的。日本生产三氧化二砷达数百年之久的整个古铜矿山，其堆积的废矿渣使附近土壤、河流等全部受到污染，在停产 10～23 年后，居民中仍有慢性砷中毒患者。

有关饮用水砷污染问题已得到国际学术界的广泛关注。但食物链砷污染问题却长期被人们忽视，砷污染正在威胁食品生产、食品安全和食品质量。在孟加拉国，地下水抽取量的约 95% 被用于灌溉，主要用于旱季稻的生产，每年通过灌溉水进入稻田的砷约为 1000t，由于含砷灌溉水的使用，导致大米中的砷高浓度积累。例如，孟加拉地区大米中砷含量的背景值为 100～200μg/kg。污染地区生产的大米中平均砷浓度可达 1000μg/kg 以上。中国大米砷污染问题也非常严重，不仅源于含砷灌溉水的使用，同时含砷农药的使用也是我国大米中高砷蓄积的原因之一，而我国膳食砷主要来源于谷类食品。有调查显示，我国谷类作物的含砷量为 70～830μg/kg，而在某些砷污染严重的地区，如湖南郴州的某些矿区，水稻籽粒中砷的含量可达 500～7500μg/kg。长期食用含有如此高浓度砷的大米将对人体健康构成严重危害。

（二）暴露评估

1. 评估方法

定量风险评估可分为确定性评估（点评估）和可能性评估（概率评估）。

1) 点评估

点评估（point-estimate）的数据输入为单一的数字。例如，平均值或 95% 置信区间上限值（一般是表示"最坏的情况"，即 worst case 分析）。点评估应用比较简单，节省时间，但对风险情况缺乏全面、深入的理解，通常忽略评估信息的"变异性"和"不确定性"。例如，"最坏情况"评估通常是描述一个完全不可能发生的设想，即所有的情况都做最坏的评估，由此得到的评估结果常常在现实中是不客观的，容易带来对风险问题的错误理解。一般来说，"最坏情况"的评估只是作为最保守的估计。

2) 概率评估

概率评估（probabilistic assessment）的数据输入为一个可能的取值范围，该范围内所有值的概率组成一个概率分布。进行概率评估需要评估者具备相关专业知识，并对所分析的系统有较充分的了解。概率评估的结果中尤其强调数据的"变异性"和"不确定性"，考虑几乎所有可能性及可能的发生方式。认识到真实世界存在的变化性，包括有关对真实情况了解程度的不确定性。

在本研究中，运用概率评估方法评估大庆市人群暴露于大米中重金属的剂量和风险概率。风险过程模型的起点是"企业完成大米的包装"，终点是"消费者的消费，即食用大米"。整个过程包含库存、运输、零售、处理消费等几个部分。过程风险模型如图 3-13 所示。

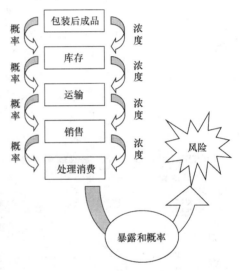

图 3-13　风险过程模型
Fig. 3-13　Risk procedure model

2. 数据来源

包装好的成品大米在库存、运输、销售过程中严格控制外源污染，在消费者购买时其重金属暴露浓度不变。为了解大庆市消费者食用的大米中重金属残留浓度，在大庆市五大城区各超市随机抽样检测。

消费者购买大米和淘米的行为习惯及消费习惯的调查方法是分别选取大庆市各区人群密集的购物商场或超市为调查地点，对来往人群进行随机访问调查，主要对象是 20 岁以上的妇女，她们负责家庭的饮食起居，能比较准确地描述家庭大米的消费情况。按照被调查人员访问的情况由调查者填写问卷，调查问卷内容见附录。调查问卷共 300 份。通过调查，实际完成调查问卷 300 份，其中有效问卷

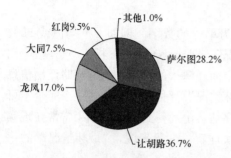

图 3-14　消费者调查样本的地区分布

Fig. 3-14　Consumer sampling endemic
distribution

294 份。消费者调查样本地区分布覆盖了大庆萨尔图区、龙凤区、让胡路区、红岗区、大同区在内的 5 个城区，由于人口的自然流动性，所以随机访问的消费者中也有几个主城区以外的居民（如大庆市）。详细的消费者调查地区分布见图 3-14。

3. 评估工具

整个暴露评估模型的建模方法采用概率评估方法，即用概率分布来描述模型中的参数或结果，以表示该参数的不确定性和变异性。采用 Monte Carlo 模拟技术，以国际上广泛采用的风险分析软件 @Risk 4.5 运行与分析。@Risk（美国 Palisade）是加载到 Excel 上专门用于风险分析的专业软件，为 Excel 增添了高级模型和风险分析功能，允许在建立模型时应用各种概率分布函数，对展开风险评估和数学模拟非常有用。评估中使用的各种参数对应的概率分布采用 @Risk4.5 提供的标准分布函数来表示，以 @Risk 软件的语法书写，其形式为：分布名称（参数 1，参数 2，……），见图 3-15。

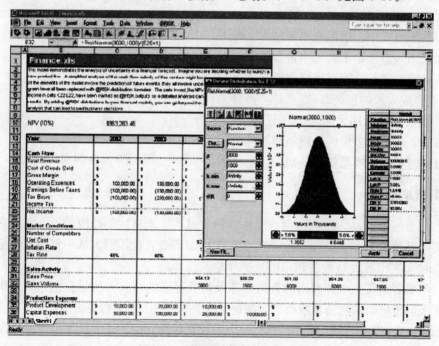

图 3-15　@Risk 软件的部分界面

Fig. 3-15　Part interface of @Risk software

4. 暴露过程风险模型中各参数的确定

1）消费者每日大米膳食摄入量

运用@Risk Professional 4.5 提供的将数据拟合为分布曲线的功能，对调查数据（消费者每日大米的摄入量）进行分布函数的拟合，函数曲线的拟合优度运用 Chi-Squared、Anderson-Darling 和 Kolmogorov-Smimov 三种检验方法进行检验，最终函数曲线的选择将综合考虑三种检验方法的结果，选择最优的拟合分布。消费者每天大米摄入量的拟合分布为 Risk Beta General（1.2760，57.438，18.510，4631.7），如图 3-16 所示。

2）流通过程中重金属的残留浓度

（1）大米中镉残留浓度：大米中镉残留浓度根据抽样检测结果用@Risk 拟合分布为 Risk Expon [22.012，shift(+1.5598)]，见图 3-17。

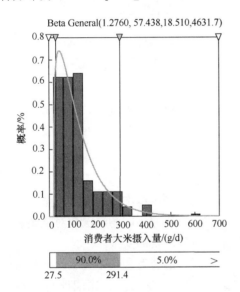

图 3-16　消费者每天大米摄入量拟合分布曲线

Fig. 3-16　Fitting distribution curve of consumer intaking rice everyday

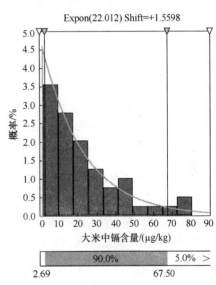

图 3-17　大米中镉残留浓度拟合分布曲线

Fig. 3-17　Fitting distribution curve of residual density of Cd

（2）大米中铅的残留浓度：大米中铅残留浓度根据抽样检测结果用@Risk 拟合分布为 Risk Weibull [3.8574，75.403，shift(+16.877)]，见图 3-18。

（3）大米中砷的残留浓度：大米中砷的残留浓度根据抽样检测结果用@Risk 拟合分布为 Risk Ext Value（114.792，40.495），见图 3-19。

根据抽样检测结果显示，大米中残留砷的平均值为 0.137mg/kg，并且其中一些检测值与国标 GB 2762—2005 中 0.15mg/kg 限量值相比存在严重的超标问题，超标率达到 36％，最高检测值为 0.23mg/kg，是标准限量值的 1.53 倍。而拟合后大米砷残留浓度超过标准限量值的概率也达到 34.2％，完全不符合相关安全性标准的要求，存在一定的安全风险性。

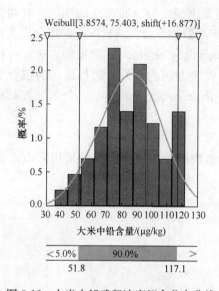

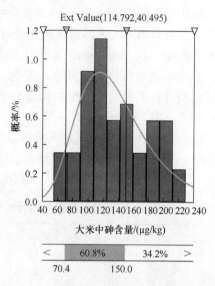

图 3-18　大米中铅残留浓度拟合分布曲线

Fig. 3-18　Fitting distribution curve of residual density of Pb

图 3-19　大米中砷残留浓度拟合分布曲线

Fig. 3-19　Fitting distribution curve of residual density of As

3）大米经不同淘洗处理消费时重金属的残留浓度

大米在食用前一般要经过淘洗，有研究表明，经过淘洗的大米其重金属含量与未经淘洗的大米相比较，重金属含量有所减少。研究不同淘洗次数对重金属含量的影响，进一步完善从"农田到餐桌"整个过程的食品安全。

（1）淘洗次数的确定：通过调查问卷的形式，消费者调查样本地区分布覆盖了大庆萨尔图区、龙凤区、让胡路区、红岗区、大同区在内的五个城区，分别选取各城区人群密集的购物超市作为调查地点，对来往人群进行随机访问调查，调查问卷共 300 份，其中有效问卷 294 份。消费者淘米次数调查统计结果见图 3-20。

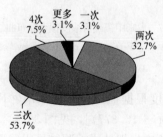

图 3-20　消费者淘米次数调查结果统计图

Fig. 3-20　Finding cartogram of consumer washing rice times

调查结果显示，消费者淘洗大米主要以淘洗两次和淘洗三次为主，分别为 32.7％ 和 53.7％，占全部淘洗次数的 86.4％，所以将大米进行淘洗一次、淘洗二次、淘洗三次处理，并分别测定其重金属的残留量。

（2）样品预处理：取 500g 大米，加入 1L 去离子水进行淘洗，沥干水，即为淘洗一次样品；再加 1L 去离子水进行淘洗，沥干水，即为淘洗两次样品，同样方法制备淘洗三次的样品。

（3）重金属检测方法：见本章第一节表 3-2 和表 3-3。

（4）淘洗次数对大米重金属残留量影响结果分析。

a. 淘洗次数对镉残留量影响的结果分析

检测结果采用 SAS8.2 软件进行处理，对未淘洗与经淘洗一次米中残留镉检测结果（即 T_0 和 T_1）进行方差分析，$F=5.271 > F_{(0.05)}=4.196$，$P=0.029 < 0.050$，故 T_0 与 T_1 差异有统计学意义，说明未经淘洗与淘洗一次米中镉的残留量具有显著差异，也表明淘洗一次对残留镉的去除具有一定的效果，其去除率为 22.8%。

同时对 T_1 与 T_2、T_2 与 T_3 进行方差分析得知，P 值均大于 0.050，故 T_1 与 T_2、T_2 与 T_3 差异均无统计学意义。由表 3-19 我们也可看出 d_2 和 d_3 的值一般为 0.001mg/kg 和 0mg/kg，淘洗三次和淘洗两次镉残留浓度几乎不变，说明随着淘洗次数的增加，镉的去除效果逐渐减小，淘洗两次和淘洗三次镉的去除率分别为 27.3% 和 30.5%。

表 3-19　不同淘洗次数镉的残留量

Table 3-19　The cadmium residue level of rice with the different washing times

（单位：mg/kg）

实验号	T_0	T_1	T_2	T_3	d_1	d_2	d_3
1	0.003	0.002	0.002	0.002	0.001	0	0
2	0.004	0.003	0.003	0.003	0.001	0	0
3	0.005	0.004	0.004	0.003	0.001	0	0.001
4	0.004	0.003	0.003	0.003	0.001	0	0
5	0.004	0.003	0.003	0.003	0.001	0	0
6	0.004	0.003	0.003	0.003	0.001	0	0
7	0.004	0.003	0.003	0.003	0.001	0	0
8	0.005	0.004	0.003	0.003	0.001	0.001	0
9	0.005	0.004	0.003	0.003	0.001	0.001	0
10	0.005	0.004	0.004	0.004	0.001	0	0
11	0.009	0.007	0.006	0.006	0.002	0.001	0.001
12	0.005	0.004	0.004	0.004	0.001	0	0
13	0.005	0.004	0.004	0.004	0.001	0	0

续表

实验号	T_0	T_1	T_2	T_3	d_1	d_2	d_3
14	0.004	0.003	0.003	0.003	0.001	0	0
15	0.006	0.005	0.004	0.003	0.001	0.001	0.001

注：T_0、T_1、T_2、T_3 分别表示未淘洗、淘洗一次、淘洗两次和淘洗三次大米中镉的残留量；

d_1、d_2、d_3 分别表示未淘洗与淘洗一次、淘洗一次与淘洗两次、淘洗两次与淘洗三次大米中镉残留量的差值。

b. 淘洗次数对铅残留量影响的结果分析

检测结果采用 SAS8.2 软件进行处理，对未淘洗与经淘洗一次米中残留铅检测结果（即 T_0 和 T_1）进行方差分析，$F=4.674>F_{(0.05)}=4.196$，$P=0.039<0.05$，故 T_0 与 T_1 差异有统计学意义，说明未经淘洗与淘洗一次米中铅的残留量具有显著差异，也表明淘洗一次对去除残留铅具有一定的效果，其去除率为 9.1%。

同时对 T_1 与 T_2、T_2 与 T_3 进行方差分析得可知，P 值均大于 0.05，故 T_1 与 T_2、T_2 与 T_3 差异均无统计学意义。由表 3-20 我们也可看出 d_2 和 d_3 值为 0～0.003mg/kg，淘洗两次和淘洗三次铅残留浓度几乎不变，说明随着淘洗次数的增加，铅的去除效果逐渐减小，淘洗两次和淘洗三次铅的去除率分别为 10.1% 和 10.7%。

表 3-20　不同淘洗次数铅的残留量

Table 3-20　The lead residue level of rice with different washing times

（单位：mg/kg）

实验号	T_0	T_1	T_2	T_3	d_1	d_2	d_3
1	0.083	0.075	0.075	0.075	0.008	0	0
2	0.077	0.071	0.069	0.067	0.006	0.002	0.002
3	0.069	0.062	0.062	0.062	0.007	0	0
4	0.079	0.075	0.075	0.074	0.004	0	0.001
5	0.082	0.075	0.074	0.074	0.007	0.001	0
6	0.108	0.096	0.095	0.095	0.012	0.001	0
7	0.079	0.071	0.070	0.070	0.008	0.001	0
8	0.068	0.063	0.062	0.062	0.005	0.001	0
9	0.074	0.065	0.065	0.065	0.009	0	0
10	0.075	0.068	0.068	0.067	0.007	0	0.001
11	0.095	0.081	0.079	0.078	0.014	0.002	0.001
12	0.079	0.074	0.074	0.074	0.005	0	0
13	0.093	0.082	0.079	0.078	0.011	0.003	0.001

实验号	T_0	T_1	T_2	T_3	d_1	d_2	d_3
14	0.081	0.074	0.073	0.072	0.007	0.001	0.001
15	0.084	0.081	0.080	0.080	0.003	0.001	0

注：T_0、T_1、T_2、T_3 分别表示未淘洗、淘洗一次、淘洗两次和淘洗三次大米中铅的残留量；

d_1、d_2、d_3 分别表示未淘洗与淘洗一次、淘洗一次与淘洗两次、淘洗两次与淘洗三次大米中铅残留量的差值。

c. 淘洗次数对砷残留量影响的结果分析

检测结果采用 SAS8.2 软件进行处理，对未淘洗与经淘洗一次米中残留砷检测结果（即 T_0 和 T_1）进行方差分析，$F=7.9727>F_{(0.05)}=4.196$，$P=0.008<0.050$，故 T_0 与 T_1 差异有统计学意义，说明未经淘洗与淘洗一次米中砷的残留量具有显著差异，也表明淘洗一次对去除残留砷具有一定的效果，其去除率为 18.7%。

同时对 T_1 与 T_2、T_2 与 T_3 进行方差分析得可知，P 值均大于 0.050，故 T_1 与 T_2、T_2 与 T_3 差异均无统计学意义。由表 3-21 我们也可看出 d_2 和 d_3 值为 0～0.02mg/kg，淘洗两次和淘洗三次砷残留浓度几乎不变，说明随着淘洗次数的增加，砷的去除效果逐渐减小，淘洗两次和淘洗三次砷的去除率分别为 22.1% 和 23.2%。

表 3-21　不同淘洗次数砷的残留量

Table 3-21　The arsenic residue level of rice with different washing times

（单位：mg/kg）

实验号	T_0	T_1	T_2	T_3	d_1	d_2	d_3
1	0.12	0.10	0.10	0.09	0.02	0	0.01
2	0.12	0.11	0.10	0.10	0.01	0.01	0
3	0.16	0.14	0.14	0.13	0.02	0	0.01
4	0.18	0.15	0.13	0.13	0.03	0.02	0
5	0.13	0.10	0.09	0.09	0.03	0	0
6	0.13	0.10	0.09	0.09	0.03	0.01	0
7	0.11	0.09	0.09	0.09	0.02	0	0
8	0.085	0.075	0.075	0.075	0.01	0	0
9	0.16	0.12	0.11	0.11	0.04	0.01	0
10	0.12	0.09	0.09	0.09	0.03	0	0
11	0.11	0.08	0.08	0.08	0.03	0	0
12	0.13	0.10	0.09	0.09	0.03	0.01	0
13	0.12	0.10	0.09	0.09	0.02	0.01	0

实验号	T_0	T_1	T_2	T_3	d_1	d_2	d_3
14	0.12	0.10	0.10	0.10	0.02	0	0
15	0.095	0.08	0.077	0.075	0.015	0.003	0.002

注：T_0、T_1、T_2、T_3分别表示未淘洗、淘洗一次、淘洗两次和淘洗三次大米中砷的残留量；
d_1、d_2、d_3分别表示未淘洗与淘洗一次、淘洗一次与淘洗两次、淘洗两次与淘洗三次大米中砷残留量的差值。

（5）不同淘洗次数米中重金属残留分布：根据以上实验结果可知，大米淘洗一次对重金属有最大去除效果，淘洗两次去除率增加，但增加幅度不大，而淘洗三次对重金属的去除效果与淘洗两次无明显差别。结合消费者淘洗大米的行为习惯，分别拟合大米淘洗一次及两次后重金属残留浓度分布曲线。

a. 淘洗一次及两次后镉的残留浓度拟合分布曲线

淘洗一次和两次后镉残留浓度用@Risk拟合分布分别为 Risk Expon［17.169，shift（+1.2166）］和 Risk Expon［16.069，shift（+1.1386）］，见图3-21和图3-22。

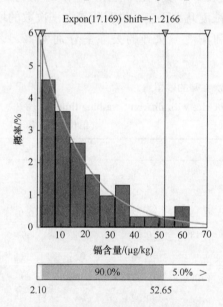

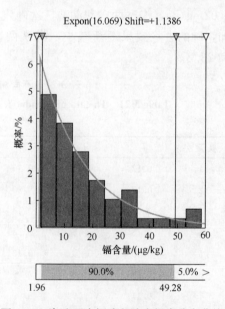

图 3-21　淘洗一次镉残留浓度拟合分布曲线
Fig. 3-21　Fitting distribution curve of Cd residual density after washing once

图 3-22　淘洗两次镉残留浓度拟合分布曲线
Fig. 3-22　Fitting distribution curve of Cd residual density after washing twice

b. 淘洗一次及两次后铅的残留浓度拟合分布曲线

淘洗一次和淘洗两次铅残留浓度用@Risk拟合分布分别为 Risk Weibull［（3.8574，68.616），shift（+15.358）］和 Risk Weibull［（3.8574，67.862）， shift（+15.190）]，见图 3-23 和图 3-24。

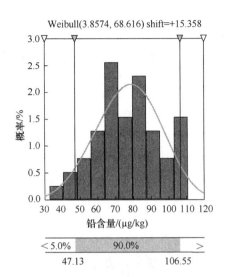

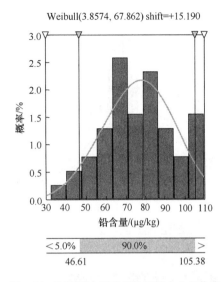

图 3-23　淘洗一次铅残留浓度拟合分布曲线
Fig. 3-23　Fitting distribution curve of
Pb residual density after washing once

图 3-24　淘洗两次铅残留浓度拟合分布曲线
Fig. 3-24　Fitting distribution curve of
Pb residual density after washing twice

c. 淘洗一次及淘洗两次后砷的残留浓度拟合分布曲线

淘洗一次和淘洗两次砷残留浓度用 @Risk 拟合分布分别为 Risk Ext Value（93.326，32.922）和 Risk Ext Value（89.538，31.586），见图 3-25、图 3-26。

5. 重金属膳食暴露评估模型

目前，农产品中重金属的膳食摄入量均采用农产品中重金属的浓度乘以该种农产品的消费量，因此大米中的重金属摄入量评估采用以下公式：

$$Y = C \cdot X$$

式中，Y 为重金属的摄入量；X 为大米摄入量；C 为大米中重金属残留浓度。

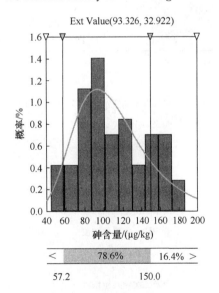

图 3-25　淘洗一次砷残留浓度拟合分布曲线
Fig. 3-25　Fitting distribution curve of
Pb residual density after washing once

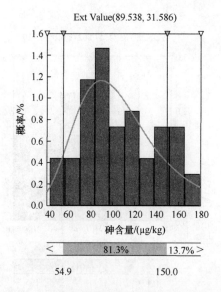

图 3-26　淘洗两次砷残留浓度拟合分布曲线

Fig. 3-26　Fitting distribution curve of Pb residual density after washing twice

6. 暴露评估结果

　　表 3-22 汇总了暴露评估需要的所有变量的分布，@ Risk 能够利用表 3-22 中的所有参数计算各种可能的结果，由此呈现风险的整个状况。摄入量的一次模拟进行 10 000 次运算，每一次运算时采用 Latin Hypercube 抽样方法从模型各变量的概率分布中抽取一个值，以这些随机抽取的数字进行计算。评估的结果以概率分布的形式描述。

　　将米中的各重金属最终摄入量定义为输出变量，表 3-22 中其他变量定义为输入变量，运行模型，得到不同淘洗次数各重金属最终膳食摄入量的分布图。

表 3-22　暴露评估模型汇总

Table 3-22　Exposure assessment model

参数	描述	单位	分布/数值
X	大米的摄入量	g/d	BetaGeneral (1.2760, 57.438, 18.510, 4631.7)
C_1	未淘洗米镉残留浓度	μg/kg	Expon [22.012, Shift(1.5598)]
	淘米一次镉残留浓度		Expon [17.169, Shift(1.2166)]
	淘米二次镉残留浓度		Expon [16.069, Shift(1.1386)]
C_2	未淘洗米铅残留浓度	μg/kg	Weibull [3.8574, 75.403, shift(16.877)]
	淘米一次铅残留浓度		Weibull [3.8574, 68.616, shift(15.358)]
	淘米二次铅残留浓度		Weibull [3.8574, 67.862, shift(15.190)]
C_3	未淘洗米砷残留浓度	μg/kg	Extvalue (114.792, 40.495)
	淘米一次砷残留浓度		Extvalue (93.326, 32.922)
	淘米二次砷残留浓度		Extvalue (89.538, 31.586) $C_i \cdot X/60\ 000$
Y_i	最终摄入量	μg/(kg·d)	$C_i \cdot X/60\ 000$

　　1）镉的膳食暴露浓度拟合结果

　　（1）未淘洗米镉膳食暴露浓度：未淘洗米镉的膳食暴露分布见图 3-27。

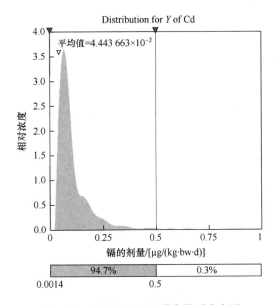

图 3-27　未淘洗米镉的膳食暴露分布图

Fig. 3-27　Dietary exposure distribution of Cd residual density of unwashed rice

（2）淘洗一次镉膳食暴露浓度：淘洗一次镉的膳食暴露分布见图 3-28。

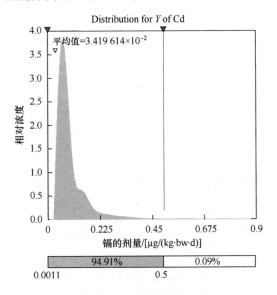

图 3-28　淘洗一次镉的膳食暴露分布图

Fig. 3-28　Dietary exposure distribution of Cd residual density of rice washing once

（3）淘洗两次镉膳食暴露浓度：由图 3-27 至图 3-29 可知，在未淘洗、淘洗一次和淘洗两次三种情况下米中镉的膳食摄入量平均值分别为 $0.044\mu g/(kg \cdot d)$、$0.034\mu g/(kg \cdot d)$ 和 $0.033\mu g/(kg \cdot d)$。而大于 $1\mu g/(kg \cdot d)$ 的概率均为零，大于 $0.500\mu g/(kg \cdot d)$ 的概率分别是 0.3%、0.09% 和 0.06%。

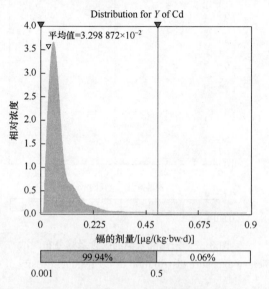

图 3-29　淘洗两次镉的膳食暴露分布图

Fig. 3-29　Dietary exposure distribution of Cd residual density of rice washing twice

2）铅的膳食暴露浓度结果

（1）未淘洗米铅膳食暴露浓度：未淘洗米铅膳食暴露分布见图 3-30。

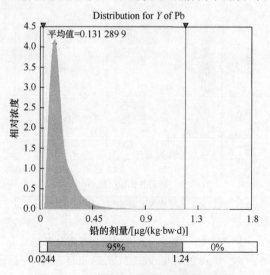

图 3-30　未淘洗米铅的膳食暴露分布图

Fig. 3-30　Dietary exposure distribution of Pb residual density of unwashed rice

由图 3-30 可知，在未淘洗情况下米中铅的膳食摄入量平均值是 0.121μg/(kg·d)，概率达到零时铅的摄入量为 1.240μg/(kg·d)；由图 3-31 可知，在淘洗一次情况下米中铅的膳食摄入量平均值是 0.123μg/(kg·d)，概率达到零时铅的摄入量为 1.020μg/(kg·d)；由图 3-32 可知，在淘洗两次情况下米中铅的膳食摄入量平均值是 0.121μg/(kg·d)，概率达到零时铅的摄入量为 1μg/(kg·d)。

（2）淘洗一次铅膳食暴露浓度：淘洗一次铅膳食暴露分布见图 3-31。

（3）淘洗两次铅膳食暴露浓度：淘洗两次铅膳食暴露分布见图 3-32。

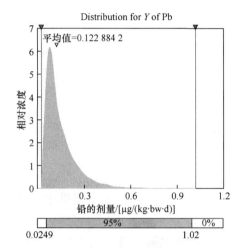

图 3-31　淘洗一次铅的膳食暴露分布图

Fig. 3-31　Dietary exposure distribution of Pb residual density of rice washing once

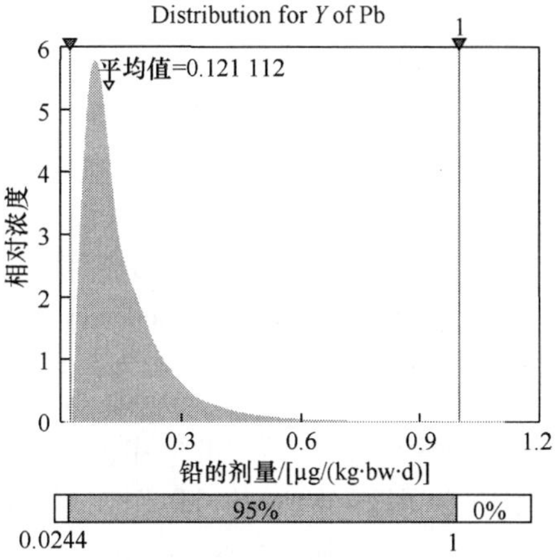

图 3-32　淘洗两次铅的膳食暴露分布图

Fig. 3-32　Dietary exposure distribution of Pb residual density of rice washing twice

3）砷的膳食暴露浓度结果

（1）未淘洗米砷膳食暴露浓度：未淘洗米砷膳食暴露分布见图 3-33。

（2）淘洗一次砷膳食暴露浓度：淘洗一次砷膳食暴露分布见图 3-34。

由图 3-33 可知，在未淘洗情况下米中砷的膳食摄入量平均值是 0.274μg/(kg·d)，大于 2.100μg/(kg·d) 的概率是 0.07%；由图 3-34 可知，在淘洗一次情况下米中砷的膳食摄入量平均值是 0.223μg/(kg·d)，大于 2.100μg/(kg·d) 的概率是 0.03%；由图 3-35 可知，在淘洗两次情况下米中砷的膳食摄入量平均值是 0.213μg/(kg·d)，大于 2.100μg/(kg·d) 的概率是 0.01%。

（3）淘洗两次砷膳食暴露浓度：淘洗两次砷膳食暴露分布见图 3-35。

（三）大米中重金属危害特征描述

危害特征描述主要是指由此危害引起的不良健康作用的评估，该步骤的核心是剂量－反应关系评估，即确定暴露剂量和与之相关的不良健康作用（反应）

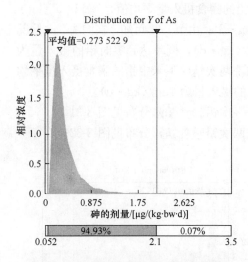

图 3-33　未淘洗米砷的膳食暴露分布图

Fig. 3-33　Dietary exposure distribution of As residual density of unwashed rice

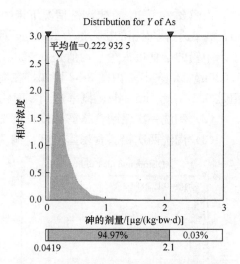

图 3-34　淘洗一次砷的膳食暴露分布图

Fig. 3-34　Dietary exposure distribution of As residual density of rice washing once

的严重程度和（或）频率的关系。本研究是在广泛查阅相关文献的基础上，搜集了关于重金属镉、铅、砷可以引发相关疾病的数据。但某些重金属目前仍然缺乏可以描述膳食摄入水平与相关疾病发生概率之间关系的流行病学资料，因为某些重金属中毒的反应是与重金属的毒理性、食品的类别、摄入量及个体差异等密切相关，所以建立定量的剂量－反应关系模型并非一项简单的工作，需要多部门、多学科的协同工作。鉴于本文介绍风险评估的目的及意义，所以不需要详尽的剂量－反应关系，只是根据已有的流行病学资料及国际上承认的一个可能引发疾病的阈剂量，给最后的风险描述提供参考。重金属风险评估所采用的不是每人每天允许摄入量（acceptable daily intake, ADI），而是暂定 PTWI。一般而言，PTWI 的确定是以血液中重金

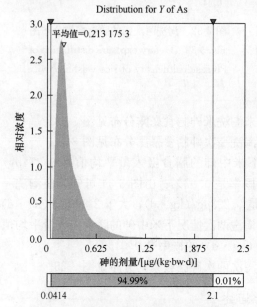

图 3-35　淘洗两次砷的膳食暴露分布图

Fig. 3-35　Dietary exposure distribution of As residual density of rice washing twice

属的浓度为指标物，反推其与剂量的关系。

1. 镉的危害特性描述

镉长期在肾脏积累，所以对 PTWI 的确定使用肾脏积累镉模型。对相关流行病学研究进行的一项综合分析表明：如果镉暴露量超过 $50\mu g/g$ 肾皮质和 $2.50\mu g/g$ 肌酐，肾功能不良和临床病变恶化的风险将会增加。有研究对食品、血和尿中的镉进行了测定，对 607 名非吸烟女性的分析结果表明，食品镉浓度为 $25\mu g/L$、血镉浓度为 $1.80\mu g/L$、尿镉浓度为 $3.90\mu g/g$ 肌酐，肾功能不良的证据更显著。

食品添加剂联合专家委员会（Joint FAO/WHO Expert Committee on Food Additives，JECFA）制订镉的暂定 PTWI 为每千克体重 $7\mu g$，该 PTWI 为粗略估计值。尽管新的数据信息表明暴露在每千克体重 $7\mu g$ 的 PTWI 下，一般人群肾功能不良的风险增加，在欧盟已经提出，继续使用目前的 PTWI 进行镉风险评估是不被接受的，但 2003 年第 61 届会议 JECFA 委员会保持这个值。有对一个大的异质性人群的研究，确定了膳食镉摄入量、尿镉浓度和肾功能不良发生率之间的关系，推断膳食镉摄入量大于 $0.50\mu g/(kg \cdot d)$ 将增加肾小管功能不良的发生率。由于被研究的人群个体差异大，认为这种风险估计不精确，但对于敏感性人群建议镉摄入量的阈值为 $0.50\mu g/(kg \cdot d)$。

2. 铅的危害特征描述

铅是一种具有蓄积性特性的有害元素，我国关于铅污染对人体健康影响的流行病学调查研究多注重对儿童健康的影响，而目前研究最多的是铅对儿童神经系统、智力及体格发育的影响，发育中的中枢神经对铅的损害尤为敏感。有研究表明，当血铅浓度$<50\mu g/L$ 时，血铅与 IQ 损伤之间的关联仍然存在。IQ 的降低被认为是不可逆的。根据美国疾病控制中心（Centers for Disease Control and Prevention，CDC）的调查显示，几乎每项指标都提示血铅浓度或其他铅暴露会对儿童智力行为产生消极影响。此外，铅暴露对儿童身体发育有影响，美国的一项前瞻性研究发现，3～15 个月的婴儿身长的增长速度与血铅水平呈负相关，血铅浓度每增加 $0.005mol/L$，身高将降低 $1.30cm$。

1991 年美国 CDC 修订儿童铅中毒防治的诊断指标从 $250\mu g/L$ 降至 $100\mu g/L$，不论是否有临床症状和血液学改变。一般认为，$100\mu g/L$ 的血铅水平是阻碍儿童神经生理发育的最低限。

FAO/WHO、CAC 和 JECFA 在 1999 年第 53 届会议上对铅作了重新评价，规定其每人 PTWI 为每千克体重 $25\mu g$。PTWI 针对的不仅仅是婴幼儿、儿童，还包括成人，换算成每人每日耐受摄入量为每千克体重 $3.5\mu g$。

3. 砷的危害特性描述

砷的致病性主要来自大量的流行病学研究，而砷对动物的致病性研究却没有更好的模型。砷能引起广泛的毒副作用，对它研究越多，发现它的有害作用就越多，迄今为止，暴露于饮水中的砷能引发包括皮肤癌在内的多种严重的皮肤病、肺癌、膀胱癌、肾脏癌症、其他内部肿瘤、外周血管病、高血压和糖尿病等。有关于饮水砷暴露浓度与皮肤损害的剂量—反应关系的研究，数据来源于 2000～2002 年在孟加拉国进行砷健康作用研究的参与者，对暴露于不同饮水砷浓度下的人们进行尿砷含量的测定。研究发现在不同的回归模型中有一致的剂量—反应作用，当饮水砷浓度为 8.1～40.0μg/L、40.1～91.0μg/L、91.1～175.0μg/L、175.1～864.0μg/L 时，皮肤损伤的发病率分别为 1.26%、3.03%、3.71% 和 5.39%。研究结果虽然受性别、年龄和身体状况条件等因素的影响，但可以为将来进一步研究及政府进行决策提供一定的参考价值。

目前 WHO 只制定了无机砷的暂定 PTWI 为 0.015mg/kg 体重，即每人每日耐受摄入量为每千克体重 2.1μg。

（四）大米中重金属风险评估

1. 风险评估

农产品质量安全重金属风险描述是比较农产品重金属暴露评估结果与重金属的效应评估所得的 PTWI，综合评估农产品中该重金属的风险。

1）镉的风险评估

假定使普通人群产生肾功能不良风险的镉阈剂量值为 JECFA 制订的 1μg/(kg·d)，而使敏感人群，如儿童、老人和缺铁性妇女产生肾功能不良风险的镉阈剂量值为 0.50μg/(kg·d)。根据大庆市消费者食用大米情况，以大米为单一镉来源的镉暴露量的平均值为 0.044μg/(kg·d)，大于 1μg/(kg·d) 的概率为零，大于 0.50μg/(kg·d) 的概率为 0.3%，即对普通人群无风险性，对敏感性人群存在一定的风险性，其增加肾功能不良的风险概率为 0.3%。大米经过一次和两次的淘洗，其镉暴露量的平均值分别降低到 0.034μg/(kg·d) 和 0.033μg/(kg·d)，同时大于 0.50μg/(kg·d) 的概率也分别降低到 0.09% 和 0.06%，也就是说家庭淘洗处理会减少敏感性人群产生肾功能不良的风险，风险概率分别为 0.09% 和 0.06%。而无论大米是否经过淘洗，镉的暴露浓度对普通人均无健康风险。

2）铅的风险评估

根据 WHO 建议的铅暂定 PTWI 为每千克体重 25μg，即使普通人群产生健康风险的阈剂量值为 3.50μg/(kg·d)。根据大庆市消费者食用大米情况，以大米为单一铅来源的铅暴露量的平均值为 $0.131\mu g/(kg \cdot d)$，达到概率为 0 时铅的摄入量为 $1.24\mu g/(kg \cdot d)$，还不到使普通人群产生健康风险阈剂量值 $3.50\mu g/(kg \cdot d)$ 的一半，也就是说目前大庆市居民每日来自大米中铅的膳食暴露量产生的健康风险是可以忽略的、是安全的。在不同的淘米次数情况下，达到概率为 0 时铅的摄入量分别为 $1.02\mu g/(kg \cdot d)$ 和 $1\mu g/(kg \cdot d)$，其产生的健康风险也是可忽略的，同时表明淘洗处理提高了食用大米的安全性。

3) 砷的风险评估

世界卫生组织暂定的无机砷每周 PTWI 为 $0.015mg/(kg \cdot kw)$，即使普通人群产生健康风险的阈剂量值为 $2.10\mu g/(kg \cdot d)$。根据大庆市消费者食用大米情况，以大米为单一砷来源的砷暴露量的平均值为 $0.274\mu g/(kg \cdot d)$，大于 $2.10\mu g/(kg \cdot d)$ 的概率为 0.07%，即对普通人群存在一定的健康风险，其概率为 0.07%；在淘洗一次情况下米中砷的膳食摄入量平均值为 $0.223\mu g/(kg \cdot d)$，大于 $2.10\mu g/(kg \cdot d)$ 的概率是 0.03%，说明淘洗大米会降低存在的健康风险性，使风险概率达到 0.03%；在淘洗两次情况下米中砷的膳食摄入量平均值是 $0.213\mu g/(kg \cdot d)$，大于 $2.10\mu g/(kg \cdot d)$ 的概率是 0.01%，说明大米经淘洗两次后食用其健康风险可降低到 0.01%。

由此可见，就目前大庆市居民大米的消费量以及米中重金属残留浓度的情况来看，消费者食用大米若经过一次淘洗则存在较小的健康风险，健康风险主要来自于砷的残留，其概率仅为 0.03%；但对敏感性人群镉也是其产生健康风险的来源，但仅有 0.09%。若大米经过两次淘洗，由砷产生的健康风险就可降低到 0.01%，而镉对敏感性人群产生的健康风险也会降低到 0.06%。所以建议消费者在食用大米时最好经过两次淘洗，这样既可降低健康风险性，又可保留住大米的营养。

2. 风险评估过程中的变异性和不确定性

在整个流通及处理消费过程中，消费者大米的摄入量及重金属的残留浓度是整个风险评估过程中主要关注的参数，都存在固有的变异性。如果消费者的饥饿感强，那么大米的摄入量会多一些；若消费者的饥饿感弱，那么大米的消费量就少一些；同时，消费者在食用大米的同时摄入其他的食物多就会减少大米的摄入量。另外，重金属的残留浓度也有其固有的变异性，并不是每粒米中重金属的残留浓度都是相同的。在处理消费时，经过不同淘洗次数的米中重金属的残留浓度也是不同的，而消费者淘米次数也是在变化的，这都影响大米中重金属的残留浓度。这些参数本身固有的变异性使其不能用一个值来表达，我们仅能在一定精确范围内进行描述（如概率分布）。

与此相反，评估中的不确定性主要来自于抽样调查本身的误差和参数拟合分布的统计学估计误差，这些误差也是不可避免的，只能采用适当的方法使误差尽量减小，如增加抽样的准确度和样本量、选择更优的参数拟合分布等。由于时间、资金、条件等因素的限制，本文所作调查范围有限，从严格意义上讲所得到的统计结果仅代表被访企业、消费者的情况，得出结论的使用范围慎用。

3. 敏感性分析

对于风险过程模型的敏感性分析可以显示不确定或可变参数对风险影响的大小，对于敏感的可变参数需要进行控制和重点研究。对经淘洗两次的大米中重金属终点暴露值进行敏感性分析的结果见图 3-36 至图 3-38。

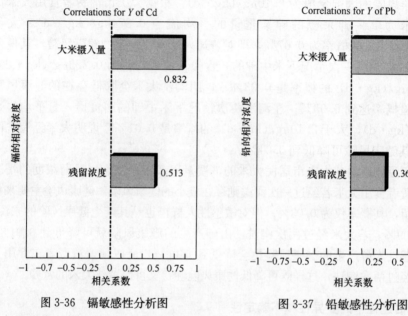

图 3-36　镉敏感性分析图

Fig. 3-36　Sensitivity analysis of Cd

图 3-37　铅敏感性分析图

Fig. 3-37　Sensitivity analysis of Pb

图 3-36 至图 3-38 是相关龙卷风图形，它是通过运行 Spearman 等级相关分析，按照相关性排序生成的图形，用于展示哪个风险因素对输出变量影响最大（@Risk manual）。这一程序与两个分布相关：一个是输出变量的分布；另一个是其中一个输入变量的分布。等级相关系数的取值为−1～+1，负数表示负相关，正数表示正相关，系数的绝对值越大表示相关程度越大。相关性排序是模拟模型中比较受偏爱的方法，因为它不会受某种特殊分布的影响，能够等价地应用于任何不同函数的结合中。

由图 3-36 和图 3-37 可知，对由镉和铅引起的健康风险中大米的摄入量与健康风险相关性最大。由图 3-38 可知，对砷引起的健康风险中砷的残留浓度与健康风险相关性最大。根据敏感性分析，如果这些参数的输入分布对输出风险变量

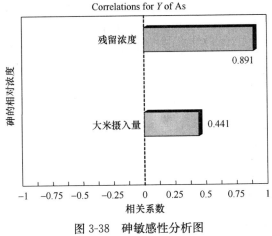

图 3-38　砷敏感性分析图

Fig. 3-38　Sensitivity analysis of As

高度相关，这些变量可能成为干预风险的关键控制点。

（五）大米中重金属危害风险评估结论

为了解以大米为来源的重金属风险状况，本章根据调查大庆市地区大米库存、运输、销售及处理消费的情况，结合 Monte Carlo 模拟的概率评估方法，建立了大米中镉、铅、砷三种重金属的膳食暴露评估模型，运用风险分析软件 @Risk4.5 运行与分析，结果显示，对于普通人群镉和铅引起的健康风险可忽略，而砷引起健康风险的概率是 0.07%，并随着淘洗米次数的增加风险概率随之降低，淘洗两次时，健康风险概率降到 0.01%。对于敏感性人群，镉引起健康风险的概率是 3%，淘洗两次时，引起健康风险的概率降到 0.06%。从整个评估过程来看，消费者每天大米的消费量及重金属的残留浓度是影响人体健康及大米安全性的重要因素。

三、基于风险评估的大米质量安全控制体系的建立

（一）质量安全控制体系

基于风险评估的大米质量安全控制体系构建的原理和思路源于 HACCP 体系，并把 HACCP 中的定性危害分析进行了量化研究，结合 ISO22000 的第七部分——安全产品的策划和实现，与大米生产企业和供应链各类组织相结合，实施成品大米流通的全过程中的安全控制，建立一套先进的、科学的质量安全控制体系。

（二）操作性前提方案

这里的操作性前提方案是指建立安全控制体系之前或过程中所需对食品安全

必要的 GMP 和 SSOP 等。例如，运输车辆的卫生、仓库的环境卫生、包装材料的管理和交叉污染管理等要符合相关标准中的规定。本节建立的安全控制体系是以企业和销售相关人员实施了 GMP、SSOP 等管理规范为前提的。

（三）产品描述

产品描述见表 3-23。

（四）大米流通过程的流程图

根据对企业的现场调查，与生产和流通部门主管的深入访谈结果，以及大米出厂以后的流通状况的调查，绘制大米流通过程的流程图，见图 3-39。

表 3-23　产 品 描 述
Table 3-28　Product description

产品名称	大米	
产品特性	（1）感官指标	
	色泽：白色，呈半透明状	
	气味：有大米香味，无其他异味	
	状态：固体	
	（2）卫生指标：符合国家或行业标准的要求	
包装类型	符合卫生标准的复合塑料袋	
食用方法	蒸煮后食用	
储存条件	常温储藏	
保质期	12 个月	

图 3-39　大米流通过程流程图
Fig. 3-39　Flow chart of rice circulate processes

（五）危害分析

危害分析见大米流通全程抽样分析结果与显著性危害的确定。

（六）风险因素分析与关键控制点的确认

分析大米中潜在的危害在整个流通过程中造成风险的原因，并根据风险发生的可能性和严重性确定关键控制点。关键控制点的确认是在风险评估的基础上，考虑各个参数对最终风险水平的影响而确定的。某一操作风险的定量分析结果表明会发生潜在风险可能时，则这一操作必须得到相应的控制，控制限值的确定会根据评估过程参数模型的修改，以及成本和效益的综合分析来决定。

危害物的风险评估见第四章重金属风险评估，由评估结果可知，目前米中铅的残留浓度对人体产生的健康风险是可以忽略的，但是镉和砷的残留浓度均会引起人体的健康风险。由于米中重金属的特殊性，即其在储藏过程中残留浓度不变，并且本文研究了不同淘洗次数的米中重金属的膳食暴露情况，根据消费者食用大米的现实情况及调查结果，选择淘洗两次后米中镉和砷的含量进行风险因素分析与 CCP 点的确认，见表 3-24。

表 3-24　大米在流通中重金属风险因素分析与 CCP 确认

Table 3-24　Heavy metal risk factor analysis and CCP of during the period of circulation of rice

项目	风险因素	对风险的影响	预防措施	CCP（是/否）	判断依据
镉	大米摄入量	0.832*	减少大米的摄入量，米、面、杂粮等主食要混合吃	是	相关系数很大，说明对风险的影响很大，应该成为关键控制点
	残留浓度	0.513	严格控制大米本底值残留浓度，并适当降低残留浓度	是	相关系数很大，说明对风险的影响很大，应该成为关键控制点
砷	残留浓度	0.891	严格控制大米出厂时砷的残留浓度符合国家标准限量 0.15mg/kg	是	砷的残留浓度对风险的影响是最大的，应该成为关键控制点。且砷的残留浓度超标
	大米摄入量	0.441		否	相关系数相对较小

* 代表相关系数，它是由 @Risk 进行相关性排序分析得出的，用于展示风险因素对最终暴露量的影响。相关系数数值越大说明这一因素对暴露的结果影响越大，反之亦然。

（七）风险干预

通过风险评估，表 3-24 确定了三个 CCP 点，针对这些关键控制点制订关键限值和风险干预措施。

1. 镉的风险干预

（1）根据中国居民膳食营养素参考摄入量中轻体力男子每天所需要 10 460kJ 的能量，并建议碳水化合物提供的能量占总能量的 55%～65% 为宜，假定人体每天所需由碳水化合物供能均来自大米，那么换算后每人每日所需大米的摄入量为 466g。在卫生部发布的《中国居民膳食指南（2007）》中建议每人每天应摄入 250～400g 谷类食品。但卫生部科技部国家统计局于 2004 年 10 月 12 日发布的中国居民营养与健康现状中表明，2002 年全国城乡居民的大米摄入量为 239.9g/标准人（标准人为 18 岁轻体力活动男子）。2004 年北京地区居民膳食调查结果显示，北京市居民平均每天摄入大米 73.8g。目前要就米中镉残留浓度而使风险降低就得减少大米的摄入量。大米中镉的残留浓度分布为 Risk Expon [16.069, shift(+1.1386)]，当大米的摄入量控制在 200g/d 时，运行模型，结果见图 3-40。

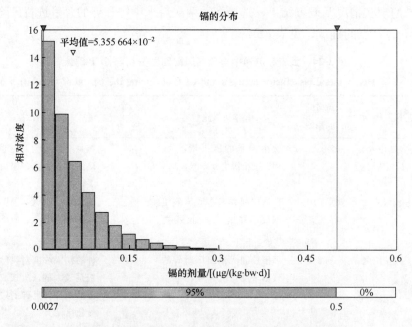

图 3-40　干预大米摄入量后米中镉的暴露分布图

Fig. 3-40　Exposure distribution of Cd after intervention

从图 3-40 可以看出，最终镉的膳食暴露量大于 $0.5\mu g/(kg\cdot kw\cdot d)$ 的概率为 0，也就是说当大米的摄入量为 200g/d 时，残留镉对敏感性人群产生健康风险可以忽略。

(2) 如果保持目前消费者大米的摄入量不变，那么就需要降低米中镉的残留浓度，当大米的摄入量分布为 Risk Beta General (1.2760，57.438，18.510，4631.7)，将淘洗两次后米中镉的残留浓度控制在 $40\mu g/kg$，运行模型，结果见图 3-41。

从图中可以看出当淘洗两次后米中镉的残留浓度控制在 $40\mu g/kg$，那么镉的最终暴露浓度大于 $0.5\mu g/(kg\cdot kw\cdot d)$ 的概率为 0，达到了理想状态，即镉的最终膳食暴露量对敏感性人群产生健康风险可忽略。通过前面的实验得到淘洗两次米中镉的去除率为 27.3%，则相应的未淘洗米中镉的残留浓度应为 $55\mu g/kg$。

2. 砷的风险干预

大米中砷的残留存在严重超标问题，要严格控制大米中砷的残留浓度在 0.15mg/kg 标准限量内，大米摄入量分布为 Risk Beta General (1.2760，57.438，18.510，4631.7)，运行模型，结果见图 3-42。

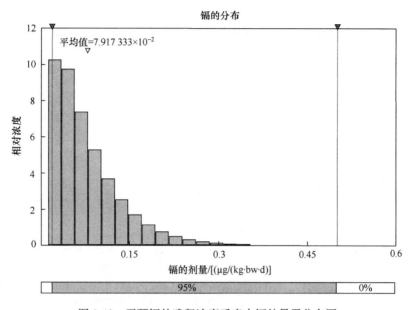

图 3-41 干预镉的残留浓度后米中镉的暴露分布图

Fig. 3-41 Exposure distribution of Cd after intervention

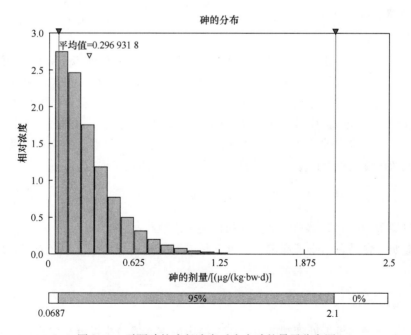

图 3-42 干预砷的残留浓度后米中砷的暴露分布图

Fig. 3-42 Exposure distribution of as after intervention

由图 3-42 可以看出，严格控制大米中砷的残留浓度在 0.15mg/kg 时，砷的最终膳食暴露量大于 2.1μg/(kg·kw·d) 的概率为 0，即达到了理想状态，风险可忽略。

3. 风险干预措施

这里提到的风险干预措施是通过对降低 CCP 点风险概率的控制方法的研究，并结合 HACCP 体系中监控程序与纠偏措施来实施的，见表 3-25。

表 3-25　监控程序及纠偏措施

Table 3-25　Monitoring procedure and correcting an error measure

监 控 程 序				纠偏措施
对象	方法	频率	人员	
镉的残留浓度	出厂前抽样检测	每批	企业质检人员或化验人员	严格控制产品中镉的残留浓度，超过国家标准限量的不允许出厂销售
大米摄入量	控制摄入量	每天	消费者	控制大米的摄入量在 200g/d 之内，并且多摄取钙、铁等微量元素及蛋白质等营养素，增强身体抵抗力，减少对重金属的吸收率
砷的残留浓度	出厂前抽样检测	每批	企业质检人员或化验人员	严格控制产品中砷的残留浓度，超过国家标准限量的不允许出厂销售

为了不使米中残留镉引起敏感性人群健康风险，就目前米中镉的残留浓度，消费者要控制大米的摄入量在 200g/d 以内。如不改变消费者的饮食习惯，那么米中镉的残留浓度要控制在 0.055mg/kg 之内，这个限值要明显高于我国现有的标准限量 0.2mg/kg 及 CAC 的标准限量 0.1mg/kg 的要求。

为了不使米中砷的残留引起人群健康风险，就目前消费者的饮食习惯，米中砷的残留浓度要符合国家标准对砷的 0.15mg/kg 的限量要求。

（八）安全追溯和缺陷产品召回程序

参照 ISO 22000—2005 中 7.9 的相关规定执行。

参照《食品召回管理规定》中第三章内容的相关规定执行，有关内容详见本书第五章。

（九）投诉处理

应建立顾客投诉处理制度，对顾客提出的书面或口头投诉与建议，品质控制负责人应立即追查原因，妥当改善处理。应对顾客提出的质量意见详细记录，做好调查处理工作，并作记录备查。

（十）管理与监督

企业管理人员应对大米安全与质量的有关知识有足够的了解，以便在工作中能正确判断其潜在的危害并采取相应的预防和纠偏措施，保证监测和监督工作的有效进行。

（十一）小结

本节是在风险评估的基础之上，借鉴 HACCP 体系的思想，结合 ISO 22000的第七部分——安全产品的策划和实现，建立了大米在流通过程如何控制重金属镉和砷的安全控制体系，确定了关键控制点。为了降低风险，分别对镉、砷的残留浓度及大米的摄入量这三个变量采取降低风险的干预措施，并通过风险评估的模拟分析方法呈现了实施干预措施以后大米中镉和砷健康风险的理想状况。

第三节　大米包装、储运过程中安全预警体系的建立与应用

食品安全预警体系是通过对食品安全问题的监测、追踪、量化分析、信息通报，预报等，建立一整套针对食品安全问题的功能系统[11]。从目前已有的概念看，"食品安全预警系统"是关于预警信息的快速传递、发布机制的一套信息系统。欧盟食品及饲料类快速预警系统就是这样一套系统，进出口食品安全局所建立的也是这样一套系统[12]。

一、食品安全预警系统的意义

（一）促进食品安全监管工作

食品安全预警系统为食品安全监管工作提供了准则，一定程度上保证了食品安全监管工作的良好实施。

（二）保证食品安全

食品安全预警系统的运行保证了食品的安全，保护消费者免受食品消费中存在的危害。

（三）促进和谐社会的发展

食品是人类赖以生存和发展的物质基础，食品安全直接关系到人体健康和生

命安全，关系到经济发展和社会稳定[13]。食品安全预警系统能够保证人民的食品消费安全，也就能进一步保障人民群众身体健康，促进和谐社会的发展。

二、食品安全预警体系的建立与完善

食品安全突发事件具有突然性、普遍性及非常规性的特点，其影响范围广、涉及人员众多，对经济和社会的稳定带来重大的负面影响。发达国家十分注重食品安全事务的管理，一般而言，处理食品安全突发事件的手段包括建立法律法规体系，完善机构体系，健全信息收集、处理和传播机制，建立预设方案等。我国有关食品安全突发事件的法律法规体系建设仍不完善，已制订的有关条例可操作性尚需改进和加强；公共卫生机构体系的反应速度和协调机制有待提高；完善突发事件的应急报告和信息公布制度，做到信息透明化。

三、进出口食品安全监测与预警系统的研究

提出食品安全监测评价方法和食品安全预警及快速反应方案，建立食品安全监测与预警系统，通过对大量食品安全检测数据的深度挖掘，实时掌握食品安全状态，发现和聚焦存在的主要问题，分析和预测其变化趋势，为政府及有关部门实施控制措施提供决策依据和技术支持[14]。采用"数据库中的知识发现"方法挖掘在现有检测数据中隐含的关于食品中危害物残留水平与产品（农产品、食品）结构、地区、消费习惯、时间之间关系的模式和趋势，提出关于食品安全的预测方法，实现按照不同地区、时间、品种等预测食品安全状态的能力[15]。这包括：通过分类研究构造主要危害物（包括农药残留、兽药残留、食品添加剂、生物毒素、微量元素及微生物）和主要产品种类（包括粮食、蔬菜、水果、肉类、奶类、蛋类、水产品等）及它们的不同组合的食品安全预测模型；通过聚类研究按照对食品安全影响的实际程度发现不同类别的食品危害物，如引起食物中毒类、影响对外出口类等，并以此作为指导食品安全控制和调整监测方法的依据[16]。研究按照食品安全状态监测数据统计结果指导动态调整监测模式，包括取样监测范围、监测对象、监测频度等的方法，提高监测效率和准确率，最大限度地提高关于食品安全状态监测的准确度。在覆盖所有进出口口岸的进出口食品安全监测与预警系统的基础上，分步骤将系统扩大到非口岸和非进出口食品检测，具体为包括农业和卫生系统的实验室，收集非进出口食品的检测结果数据，最终用于国内食品安全的监测与预警[17]。

四、大米质量安全风险因素分析

大米由于失去了外壳的保护，胚乳直接暴露于空间，易受外界因素的影响。因此，与稻谷相比，大米的储藏稳定性比较差，特别在高温多湿的夏季更易酸

败、陈化，所以分析大米的质量安全影响因素对研究大米的包装、储运显得尤为重要。

（一）大米质量安全问题

1. 霉变

大米在加工过程中，表面会沾染糠粉，极易遭受外界温度、湿度的影响而吸湿返潮，有利于微生物的繁衍。大米吸湿能力与加工精度、糠粉含量、碎米总量有关，尤其是糠粉，其吸湿能力强，且带有较多微生物。同时，糠粉还含有大量脂肪，易于氧化分解，使脂肪酸值增加。最易促成大米霉变的是霉菌。霉变初期大米表面发暗，失去光泽；霉变过程中表现为发热，散出轻微的霉味，霉菌自身及其代谢产生的色素，会加速大米的变色。霉变与大米含水量、环境温度、湿度、气体成分显著相关。此外，大米自身的呼吸代谢也会导致大米发热、霉烂。

发热霉变的特点：大米发热霉变的早期现象比较明显，主要是从硬度、散落性、色泽、气味等方面表现出来，感官可以察觉。表现为异味、出汗、发软、散落性降低、色泽鲜明、起毛、起眼、起筋。

大米如果出现了起眼或起筋等现象，一般即转入发热霉变的第二阶段。早期现象持续的时间可长可短，一般当气温在 15℃左右，持续时间较长，以上早期征象可能全部出现；当气温达 25℃左右时，中温性微生物大量繁殖，持续时间可能只有 3～5 天，不等起眼、起筋即急速转入第二阶段。在早期过程中，米质损失不明显，如及时处理，不影响食用。

低水分大米，特别是釉米，在梅雨季节，米堆表层往往因吸湿生霉而无发热现象，这是由于霉层很薄，一般不超过 5cm，热量易于散失的缘故，通常称为"干霉"，应予注意。

2. 虫蚀

大米没有外壳、种皮保护，组织松软，水分较高，极易感染害虫。除少数豆类专食性虫种外，几乎所有的储粮害虫都能侵蚀，其中以玉米象、螨类等害虫危害最严重。米象在温度低于 11℃或高于 35℃时不产卵。

3. 陈化

大米在储存过程中会出现陈化现象。大米的陈化主要表现为光泽减退、酸度增加、米饭香味消失、黏性下降、出现陈化米气味，蒸煮品质变劣。一般储存一年即发生不同程度的陈化。大米若水分大、温度高、精度低、糠粉多，则微生物易繁殖、陈化快，反之则慢。大米水分含量是影响陈化的重要因素。当水分在 12％以下时，细菌繁殖困难，在 14％以下时对某些霉菌孢子有一定抑制作用。

（二）大米的化学成分及其在储藏期间的变化

化学成分是构成粮食的基础物质。各种粮食所含化学成分种类的不同以及它们之间量与质的不同，对粮食的营养价值和品质有着重要的影响。粮食储藏主要是为保证粮食在数量上不受损失，并保持其化学成分的完整性，使品质不致降低，起到适应人体营养需要的作用。粮食中的化学成分以大米中的变化较大，了解大米的成分及其变化，保持大米品质是做好大米储藏工作的前提。下面对大米的化学成分作详细分析。

大米化学成分的组成和特性因品种和生长条件的不同而有差异。对大米化学成分的研究，以往着重研究整个米粒的某项成分的平均含量；现代的研究则着重于分析米粒各个组成部分的成分含量。这样做不仅是因为米粒的外层和内部所含的成分在数量上有明显的差别，而且更重要的是米粒外层的成分和特性最易发生变化。这是因为大米外层组织所含有的成分为糖类、游离氨基酸、蛋白质、游离脂肪酸和酶等都是易于变化的物质。而且米粒表层细胞因加工而失去完整性，也增加了一些成分变化的机会。此外，微生物也大量集中于米粒的外层区域，这就使外层更易发生变化。因此，分析米粒外层的成分能较确切的反映大米在储藏中的变化情况。例如，用米粒的平均成分分析，就有可能掩盖某些已发生的变化或使其变化表现不显著。这种分层研究的方法是对大米化学成分研究方面的一项重要进展。但对米粒的分层是一项较难掌握的技术，各个部分经常发生混杂。因此所得的数据，只能是近似值。表 3-26 所列的数值就是表明各部分所含成分的差别，其中糠层是专指糙米的皮层部分；米栖是指大于糠粉小于碎米的颗粒，包括皮层的内层和部分胚及部分胚乳。

表 3-26　米粒及其组成部分所含主要成分的近似值

Table 3-26　Rice and its major component part of the approximation

（单位：％干基）

类别	蛋白质（NX5.95）	脂肪	纤维素	灰分	碳水化合物
糙米	7.6～10.4	1.8～2.8	0.2～0.9	1.1～1.8	74.5～83.4
大米	6.5～9.6	0.3～1.1	0.4～2.0	0.5～1.9	85.9～89.8
糠层	13.1～15.2	17.5～21.7	9.6～13.1	9.6～12.2	40.9～49.1
胚	18.4～22.0	16.6～24.7	2.0～3.8	6.1～10.0	39.5～55.5
米栖	12.8～16.4	8.8～15.3	2.1～5.3	5.0～9.3	53.7～71.3

从表 3-26 数据可以明显看出，米粒各个部分所含主要成分的差别，并可为开展合理利用提供依据。米粒中各主要成分的分布、含量、特性及其变化如下所述。

1. 碳水化合物

碳水化合物是粮食的主要成分。它主要由碳、氢、氧三种元素组成，也称为糖类。

糙米和白米碳水化合物的近似分析表明，糙米含有 84% 淀粉、1.2% 多缩戊糖、0.7% 的可溶性糖和 0.9% 的粗纤维，白米含 88%～90% 淀粉、0.3%～0.6% 的多缩戊糖、0～0.6% 的可溶性糖和 0.2%～0.5% 的粗纤维。而米中碳水化合物最多的是淀粉。

储藏中稻谷和大米的变化：储藏对稻谷和大米的影响，以往研究多着重于化学成分方面的量的变化。事实上，在正常储藏条件下，一般量的变化不易发生或极为轻微，但在质的方面却有变化。例如，在无虫无霉的情况下，大米淀粉含量的变化极微，但结合碘的能力、黏度等方面均有改变。因此对储藏期间大米的变化需要进行量和质量方面的分析。

储藏期间，当大米水分超过 15% 时，α-淀粉酶和 β-淀粉酶的活性才能激发，使淀粉分解成糊精和麦芽精。但由于呼吸作用耗用了糖，使糖转化为二氧化碳和水，虽然淀粉减少了，而糖的增加并不经常发生，这种变化，实际已经损失了有益于人体的营养成分。稻谷与大米在储藏期中一般是还原糖增加，非还原糖减少。有人研究了在各种密封储藏条件下糖的变化，结果表明在储藏期间还原糖有增加，非还原糖有减少。但用整粒米计算时，还原糖与非还原糖二者的变化没有互偿关系，也就是说还原糖的增加与非还原糖的减少，两者并不一致。如果只计算大米外层时，非还原糖的减少大于还原糖的增加。这是因为大米在储藏期间最易变化的部位是外层，在储藏初期，整粒米没有显示任何变化，而外层变化已很易测出。糖的变化受温度影响最大，其次为水分。在 −25～−20℃ 条件下，大米含糖量基本不变；但在 25～35℃ 条件下发生显著变化。精碾程度也影响糖的变化，精度高的大米比精度低的大米要稳定，这是因为精碾程度高的大米已去掉外层部分。因此改善储粮条件（主要是保持低温、干燥）对防止大米成分变化是很重要的措施。

2. 蛋白质

大米中的蛋白质是仅次于淀粉的第二大成分。蛋白质是粮食中重要的含氮物质，具有很高的营养价值。蛋白质含量通常是根据凯氏定氮法所测的含氮量，再乘以系数 5.95 而计算出来的。大米中的全部含氮物质包括蛋白质态氮和非蛋白质态氮两部分，一般称为全氮量。蛋白质是粮食中必不可少的营养物质，它是由不同氨基酸组成的，有些氨基酸在人体内不能合成，必须从食物中得到补充才能满足人体生长的需要，这类氨基酸就叫做必需氨基酸。因此蛋白质营养价值的高低首先取决于必需氨基酸的有无和含量的高低；其次还取决于能否被人体消化利用，这就与蛋白质可利用的生理价值有关。大米中蛋白质的氨基酸组成情况和有关营养价值方面的情况如下所述。

储藏中的变化：在正常储藏条件下大米的全氮量（包括蛋白质氮与非蛋白质氮）基本没有变化，也就是说蛋白质是比较稳定的。例如，水分为 12.9％、13.7％和 15.6％的大米，在温度为－40℃、5℃、25℃和 35℃条件下密封储藏 10 个月，大米的全氮量仍为一常数，但蛋白质的特性或品质在储藏期间发生了变化。而在室温条件下储藏一年的大米，用胰酶制剂消化的结果，氮的可溶性降低了，不易为人体消化吸收因而影响了品质。用胰蛋白酶进行试验也得到相似的结果。

前已述及，米中的含氮量包括蛋白质态氮和非蛋白质态氮，而后者主要以游离的氨基态氮为代表。米中的氨基态氮即使在不良储藏条件下，如以整粒或米心部分计算，都无显著变化。但米的外层部分氨基态氮则随温度和水分的增高发生明显变化。温度在 25℃和 35℃时氨基态氮明显降低，水分高的大米降低更快。此外，精度差的大米比精度高的大米氨基态氮变化大。大米外层游离氨基态氮的降低似与非酶促褐变有联系，因为大米外层游离氨基态氮的损失与大米白度的下降是平行发生的，因而影响了品质。但大米在不良储藏条件下也会发生游离氨基态氮含量增加的现象。有研究表明，水分 14.6％的大米在 25℃储藏 5 个月，游离氨基态氮从 12mg/100g 干重增加到 39mg/100g 干重，同时大米变质但无虫害发生。游离氨基态氮的增加，毫无疑义是由于米中的解肽酶和能够使蛋白质水解的微生物作用的结果，因蛋白质水解生成游离的氨基酸。这些反应开始时很缓慢，但在温度和水分适宜的条件下就进行的很快。当大米变质达到明显阶段时，它们的作用更为显著。实际上已经有人证实，当镰刀菌在米上生长时能增加游离氨基态氮的含量。发生这种变化，当然已降低了米的品质。

3. 脂类

脂类包括脂肪和类脂。脂肪由甘油与脂肪酸组成。天然脂肪一般是甘油酯的混合物。脂肪在生理上最重要的功能是供给热能。而类脂类物质对新陈代谢的调节起着重要作用。类脂中主要包括脂、磷脂、固醇等物质。

储藏中的变化：大米中的脂类较易变化，它与大米储藏的关系也较密切。脂类物质变质可以使大米失去香味，产生异味，增加酸度和其他不良影响。脂类发生变质的原因，主要为氧化作用或水解作用。脂类氧化由脂肪氧化酶催化，尤其是那些含戊二烯基及过氧化物和过氧化氢的脂类更易氢化分解。这些化合物都是不稳定的，可以进一步降解为醛或酮，使变质大米发出典型的酸败气味。水解可使酯键断裂，产生游离脂肪酸。这个反应过程是由天然存在于米粒中的脂酶和微生物中的脂酶的催化作用。脂类氧化变质和水解变质常同时发生且相互有关。例如，在脂类水解后常常发生过氧化作用，释放出来的脂肪酸又被氧化。

大米脂类在储藏期中发生的变化，以往的研究主要着重于酸度和酸败的变化。对大米脂类各个组分的变化，仅在最近十数年进行了系统的研究。储藏期间大米脂类在数量和品质上发生以下变化：在一般或密封储藏条件下，大米的脂类总量仍为一常数，但脂肪的组分发生了变化；游离脂肪酸增加，中性脂肪和磷脂降低（表 3-27），其中以游离脂肪酸和中性脂肪变化较大而磷脂变化较小。水分 13.7% 的大米在 35℃ 密闭储存 3 个月后，中性脂肪由 60% 减至 40%，游离脂肪酸由 25% 增至 55%，磷脂由 15% 减至 5%。脂类总量的 1/2 存在于占 5% 总重量的米粒外层，所以米粒外层的变化最易显示品质的情况，如以全粒作为计算基础的平均值，往往掩盖了这种显著变化。所以对米粒进行分层分析，有它的意义和必要。

表 3-27 密封储藏大米外层、米心和全粒的脂肪变化

Table 3-27 The fat changes of the outer layer of rice sealed storage, rice in heart and whole rice

储藏条件		脂类总量/%干基			中性脂肪/%干基		
水分/%	温度/℃	外层	米心	整粒	外层	米心	整粒
13.0	5	4.43	0.47	0.67	2.57	0.27	0.39
13.0	25	4.47	0.48	0.67	2.36	0.22	0.32
13.0	35	4.41	0.46	0.66	1.62	0.13	0.21
14.3	25	4.41	0.41	0.61	1.74	0.12	0.20
15.7	25	—	—	0.64	—	—	0.14
原始样品		4.44	0.45	0.66	2.53	0.26	0.38
13.0	5	1.32	0.16	0.20	0.54	0.04	0.08
13.0	25	1.61	0.22	0.29	0.49	0.04	0.06
13.0	35	2.14	0.28	0.38	0.64	0.05	0.08
14.3	25	2.30	0.25	0.36	0.37	0.04	0.06
15.7	25	—	—	0.45	—	—	0.05
原始样品		1.34	0.15	0.21	0.57	0.04	0.07

大米脂肪中甘油的变化很小，不论是陈米或新米，都以二酸甘油酯和三酸甘油酯为主。陈米比新米含有较少的棕榈酸、亚油酸和亚麻酸，但含有较多的油酸。

有研究资料表明大米在密封储藏中，不论精度高低，外层和米心或全粒均发生脂肪酸的变化，但以外层变化最大（表 3-28），可达到极高的含量（150mg

KOH/g 油脂)。

表 3-28　密封储藏大米外层、米心和全粒的脂肪酸变化

Table 3-28　The fatty acid Changes of the outer layer of rice sealed storage, rice in heart and whole rice

储藏条件		脂肪酸值/(mg KOH/g 油脂)								
水分/%	温度/℃	外层			米心			整粒		
		12月	6月	10月	12月	6月	10月	12月	6月	10月
15.5	−20	70.1	76.9	75.1	19.2	20.2	21.7	39.5	38.9	39.4
15.5	+5	70.1	80.7	51.1	19.2	19.2	34.8	39.5	39.3	47.1
15.5	+25	70.1	174.5	140.4	19.2	27.9	44.8	39.5	75.1	78.3
15.5	+35	70.1	183.2	108.0	19.2	42.9	50.2	39.5	87.7	85.3

在不良条件下储藏会降低大米脂肪的碘值、增加过氧化值,碘值的降低和过氧化值的增加表示大米新鲜度的丧失。大米与稻谷有所不同,大米失去外围保护组织,所以大米对脂肪氧化变质的抗性比稻谷弱。但这种变化在水分不高、温度低于 20～25℃时进行得很缓慢。氧化变质也以外层较大,所以大米外层不仅是脂肪水解的源地,也是脂肪氧化的场所。

4. 维生素和矿物质

1) 维生素

维生素是人体进行新陈代谢所必需的物质。维生素缺乏或不足都能引起疾病,所以维生素在营养方面具有重要作用。人体所需的维生素主要来自植物食品,而粮食又是 B 族维生素的主要来源,因此了解粮食中的维生素的种类与含量也是十分必要的。

大米在储藏期中维生素的损失也较显著。维生素的变化与其他变化同时发生。粮食的水分与温度能影响变化的速度。据报道,大米在室温下储藏两年半后,硫胺素平均损失为 29.4%、核黄素为 5.44%。但在低温储藏中硫胺素和楸酸无显著变化,核黄素有轻微损失。

2) 矿物质

粮食经高温燃烧后所得的白色粉末即为灰分,它表示粮食中的矿物质(无机盐)。

稻谷矿物质含量主要因生长时土壤成分的不同以及品种的不同而有差异。从表 3-29 可以看出,糙米中灰分分布为米糠含 51%、胚含 10%、米粞含 11%、白米含 38%。矿物质中以磷、镁、钾在糙米或大米中所占的数量较大;钾和镁是胚和米粞中的主要成分;镁、钾、硅和磷是米糠中的主要成分。总之,关于粮食化学成分方面的知识，是粮食储藏的一项重要理论基础。了解大米的化学组成及其变化的基本规律，对于设计合理的储藏方法，增进大米储藏的稳定性，以及评定大米的品质、进行合理的利用都是十分必要的。

表 3-29　糙米及其组成部分所含的矿物质

Table 3-29　Brown rice contains minerals and its components

（单位：ng/g 干重）

矿物质	糙米	白米	米糠	胚	米粞
铝	—	0.73~7.23	53.5~369	—	—
钙	135~213	73~185	600~842	2 750	910
氯	203~275	163~239	510~970	1 520	—
铁	26~46	1.8~13.6	190	130	280
镁	379~1 170	239~374	9 770~12 300	6 020~15 270	5 680~7 596
锰	13~42	9.9~13.6	406~877	120~140	65
磷	2 520~3 830	1 110~1 850	14 800	21 000	24 400
钾	1 240~2 470	577~1 170	13 650~17 610	3 850~6610	9 500~11 100
硅	280~1 900	140~370	1 700~4 400	560~1 900	560~1 200
钠	31~69	22~51	230	240~740	65~210
锌	15~22	12~21	80	100~300	50~80

（三）大米在包装、储运中质量安全影响因素

当生产出符合质量要求的大米产品后，如何使这种符合质量要求的产品保持质量稳定，并到达消费者手中，其包装、储运技术规范起着至关重要的作用。从粮食储运质量安全的角度来看，影响粮食储运质量安全的因素主要包括温度，水分，气体成分，病虫害，微生物，通风和干燥，运输方式、运输数量、运输条件和运输人员素质。

1. 温度

大米由于失去外壳保护，米粒直接与空气接触，对外界温湿的影响比较敏感，容易吸湿生霉，害虫也容易危害。在高温条件下，水分超过安全标准的大米，吸湿发热的情况就容易发生。同时大米中的糠粉、碎米增加了吸湿面，又阻塞了湿热的扩散，粮堆湿热的积累，使大米粮温升高。大米中的微生物大量繁殖，又可使大米发热生霉；大米的营养成分的分解，又降低了食用品质。

2. 水分

通过前文分析，大米水分含量、温度与大米储藏品质下降呈显著正相关，水

分含量高、温度高，使得其更容易劣变并促进微生物生长。不同温度大米的相对安全水分见表 3-30。

表 3-30　不同温度大米的相对安全水分含量

Table 3-30　The relative safety of different temperature water content of rice

	温度/℃					
	0.5～10	10～20	20～25	25～30	30～35	35～40
相对安全水分/%	16～18	16～14	14～13.5	13～13.5	12～13	11～13

大米吸湿能力与加工精度、糠粉含量、碎米总量有关。尤其是糠粉，其吸湿能力强且携带较多微生物，容易引起发热、长霉、变味，还阻塞米堆孔隙，使积热不易散发。另外，有研究认为，薄膜袋吸潮率与大米水含量呈负相关，与环境温度呈正相关。

3. 气体成分

气体环境对害虫影响比较显著，据研究，二氧化碳能刺激害虫呼吸，使害虫气门持续张开，体内耗氧剧增，直至氧耗尽身亡。通常认为二氧化碳为 17%～18% 时，3 天即可抑制或杀死害虫；氧气小于 10%，害虫可于休眠状态存活；氧气小于 4%，二周致死；氧气小于 2%，害虫 48h 致死。

4. 病虫害、微生物

大米没有外壳、种皮保护，组织松软，水分较高，极易感染害虫。除少数豆类专食性虫种外，几乎所有的储粮害虫都能侵蚀，其中以玉米象、螨类等害虫危害最严重。

有学者认为大米的虫害，在温度低于 11℃ 或高于 35℃ 时不产卵。虫害和鼠害不但引起大米数量上的损失，并且虫、鼠粪等也会严重影响大米品质。危害大米储运的有害生物主要有以下几种。

（1）危害大米储运的主要害虫有玉米象、米象、锯谷盗、大谷盗、长角谷盗、谷蠹、印度谷蛾、粉斑螟蛾、麦蛾、一点谷蛾、米虱和腐食酪螨等。

（2）危害大米储运的微生物与稻谷相同。

（3）老鼠：危害大米储运的鼠类主要有褐鼠、黑鼠和小家鼠。

5. 通风和干燥

利用自然干燥的空气对流，采用合理通风的方法可以降低大米水分和温度。大米入库正是气温下降季节，外界温度低而仓内温度高，通过内外温差或风压作用，把仓内的湿热空气交换出去，形成自然通风，降低仓内的粮温，达到适时合理通风的要求。当粮温高于气温、外界湿度低于70％时，通风是有利的。通过一个冬季通风，粮温一般可下降到5℃或10℃以下，增加了大米储藏的稳定性。

6. 运输方式、运输数量、运输条件和运输人员

粮食在运输质量上也存在着一定问题，如破包、撒漏现象时有发生，被盗丢失案件不断出现，雨淋坏粮问题亦有发生。进入雨季，气候反常时，粮食运输工作质量更难保证。

粮食运输一般采用棚车，而棚车遇到雨天容易遭受雨淋。为防止雨湿、霉坏粮食，车上必须遮盖质量良好的篷布。交通部门应选配适航、适货的船舶、汽车装运粮食，并必须备妥防雨设备，防止雨湿和有毒、污秽物污染粮食。粮食部门要提前备好货位，严格把关，禁止把虫粮、高水分粮及霉变粮调出；要认真检查装粮车、船和篷布。

五、大米的质量安全预警指标及阈值的界定

通过前面对大米质量安全影响因素的分析，采用主成分分析法和聚类分析法筛选出影响大米质量安全的关键预警指标，即温度、水分和脂肪酸。

（一）温度

大米在储藏中，不同水分的大米开始出汗或发热的温度，大体上有一个临界温度线（表3-31）可供参考。但这些数据具有很大的相对性，即在水分与温度关系外，还受米的精度、净度、成熟度、新陈程度、仓房干湿程度等的影响。所以应用时要加以注意。

表3-31 大米储藏的临界温度

Table 3-31 The critical temperature storage of rice （单位：℃）

水分/%	粳米		籼米	
	出汗	发热	出汗	发热
13.5 以下				
13.6~14.0				35
14.0 以下	31	35		32
14.1~14.5	27	32		
14.6~15.0	25	28		
15.1~16.0	22	25	25	28
16.1~16.5	20	22	22	25
16.8~17.0	16	18		

（二）水分

通过前文分析，大米水分含量、温度与大米储藏品质下降呈显著正相关，水分含量高、温度高，使得其更容易劣变，并促进微生物生长。不同温度大米的相对安全水分阈值见表 3-32。

表 3-32　不同温度大米的相对安全水分含量
Table 3-32　The relative safety of different temperature water content of rice

	温度/℃					
	0.5~10	10~20	20~25	25~30	30~35	35~40
相对安全水分/%	16~18	16~14	14~13.5	13~13.5	12~13	11~13

大米吸湿能力与加工精度、糠粉含量、碎米总量有关。尤其是糠粉，其吸湿能力强且带较多微生物，容易引起发热、长霉、变味，还阻塞米堆孔隙，使其积热不易散发。据研究，薄膜袋吸潮率与大米水含量呈负相关，与环境温度呈正相关。

（三）脂肪酸

大米随着储藏时间的延长，在外界温、湿度的影响下，食味下降。脂肪酸增加使大米发酸、胶体物质的衰老变性、大米黏性下降、吸水量减少、排水力减退，使米质陈化。陈化的大米米色变暗，而且有陈腐异味。

粮食脂肪酸值是检验粮食中游离脂肪酸含量多少的量值，品质正常的粮食含有的酸性物质很少，当粮食水分含量过大、温度过高或生虫、生霉时，都能促进酸性物质增多。大米中的酸性物质来源于脂肪、蛋白质及碳水化合物的分解，因而大米脂肪酸值含量同大米的酸败有密切关系，能反映储藏期间大米的裂变程度，是大米品质的重要指标。许多国家都曾提出将脂肪酸值作为判断粮食品质劣变的重要参数。大米中的脂肪酸值已成为评判其陈化变质的一个重要指标。脂肪酸的理化指标如表 3-33 所示。

表 3-33　理化指标及测定方法
Table 3-33　Physicochemical and determination

检测指标	测定方法
水分	GB/T 5497—85 粮食、油料检验水分测定法
脂肪酸值	GB/T 15684—95 谷物制品脂肪酸值测定法

大米样品 A 组、B 组中脂肪酸值的检测结果分别见图 3-43 和图 3-44。

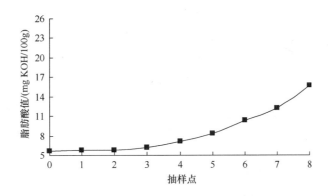

图 3-43 大米样品 A 组的脂肪酸值检测结果

Fig. 3-43 Test results of fatty acid value of Rice sample A

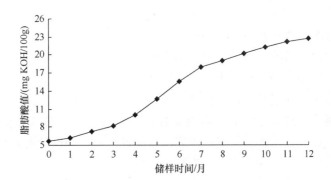

图 3-44 大米样品 B 组的脂肪酸值检测结果

Fig. 3-44 Test results of fatty acid value of rice sample B

从图 3-43 和图 3-44 中可以看出，不论大米是经过正常的流通过程还是在实验室常规储藏条件下，其脂肪酸值均随着储藏时间的延长呈现增加的趋势。由于大米库存及运输时间短，其脂肪酸值的变化不明显，但在货架销售期后期，大米的脂肪酸值增加趋势明显，且幅度较大。大米样品 B 组的后几个月检测结果显示其脂肪酸值继续增加，但增加的幅度有所减缓，这可能由于实验后期进入冬季，实验室平均气温降低，影响了脂肪酶等的活性，使脂肪等水解速度降低，以及一些游离的脂肪酸进一步分解生成低级的醛、酮化合物，从而使得大米脂肪酸值的增加幅度趋于平缓。

采用 SPSS14.0 软件对大米样品 A 组的脂肪酸值与实验室常规储藏的样品前 6 个月检测结果进行 t 检验分析，$|t|=0.004 < t=2.178$，故 $P=0.997 > 0.05$，差异不显著，说明整个实际流通过程脂肪酸值的变化情况与实验室样品中脂肪酸值的变化情况基本相同。因此实验室储藏具有一定的代表性，在一定程度上可模

拟流通过程。

六、大米的质量安全预警模型

（一）大米水分预警模型的建立

大米水分含量的变化不仅影响大米的食用品质，而且关系大米的储藏安全，如何准确、快速地检测大米中的水分含量对大米的储藏和食用具有十分重要的意义。目前对大米水分含量的检测主要依据 GB 5497—85《粮食、油料检测 水分测定法》中介绍的 4 种检测方法，即 105℃恒重法、定温定时烘干法、隧道式烘箱法、两次烘干法，其中以 105℃恒重法最为常用。但这些方法操作过程繁琐，检测时间长，受样品状态的影响较大。近红外技术作为近些年发展起来的一种快速无损检测技术，在国外已广泛应用于食品、果汁、饲料、农产品品质等的分析检测中。近红外检测的优点是不需要化学试剂，也不用称样，只需制备很少量的样品即可对被测物进行快速、准确地测量。但由于近红外光谱峰宽、信号强度较弱、信号不明确且重叠严重，需要用多元统计方法建立数学模型才能用于样品分析。人工神经网络作为一种由大量简单计算单元构造成的非线性系统，具有强大的信息处理能力，在进行数值的检测、预报方面更具有明显的优势。

有学者利用近红外透射分析对批量样品中水稻谷粒、糙米和精米的直链淀粉、水分和蛋白质含量进行了定标研究。目前近红外检测仪检测大米水分含量时主要采用线性回归方程计算样品的检测值，精度不高、误差较大。若将 BP 神经网络与近红外检测仪结合对大米水分含量进行检测，则可克服回归方程的缺点和不足，提高检测的精度和效率。

本研究采用近红外检测仪和国标法同时检测不同水分含量的大米样品，并以近红外仪的检测值作为训练集、以国标法的检测值作为目标集，构建基于 BP 神经网络的大米水分含量预测模型，实现准确、快速地检测大米的水分含量。

1. 近红外光谱分析的检测方法

近红外光谱属于分子振动光谱的倍频和合频吸收光谱，主要是由于分子的非谐振性振动使分子从基态向高能级跃迁时振动产生的，具有消光系数小、谱带重叠严重等特点，因此近红外光谱中含有的信息为多元的弱信息，需要充分利用现有的计算机技术进行处理和分析。

近红外光谱分析技术是一种间接的分析方法，其原理是如果样品分子的组成结构相同，那么光谱也相同；反之亦然。样品分子的组成结构和近红外光谱之间存在对应的函数关系，可以建立已知样品待测参数与近红外光谱数据之间的关联模型。在建立关联模型之前需要收集一定量的具有代表性的训练样品，分别采用近红外检测仪器测得样品的光谱数据和采用相关标准化学分析方法测得样品的各种质量参数数据，根据光谱数据和质量参数数据建立样品的待测参数和近红外光谱之间的关联模型，经过校正，就可根据被测样品的近红外光谱快速计算出所需被测样品的质量参数数据。

2. 试验材料及仪器设备

1）试验材料

试验中使用的大米样品为大荒地牌绿色大米，设其代号为 DHS，产自吉林孤店子，袋装封存于实验室中阴凉处进行保存。

为了检测本章提出的大米水分含量快速检测方法对不同大米样品检测的正确率，利用表 3-34 中进行储藏试验的大米样品，每隔 2 个月取样进行检测。

表 3-34　稻谷品种及培育单位

Table 3-34　Rice varieties and cultivate units

编号	品种	来源	编号	品种	来源
1	五优稻 4 号	肇源农场	4	空育 163	新华农场
2	龙香稻 2 号	肇源农场	5	龙粳 25	850 农场
3	东农 428	泰来农场	6	垦稻 10	查哈阳农场

将采购回来的 6 份稻谷样品各自均分成两份（S1、S2），将其中一份样品先用砻谷机脱壳，再用碾米机碾磨成标一形态的大米样品（S1）；将第二份样品用砻谷机脱壳加工成糙米样品（S2）。将加工好的大米样品和糙米样品用两层塑料袋封装，堆放于实验室中阴凉的地方进行试验。试验的时间为 2008 年 4 月至 2009 年 11 月。

2）仪器和设备

本试验所需仪器和设备如表 3-35 所示。

表 3-35　仪器和设备

Table 3-35　Instruments and equipment

仪 器 和 设 备	生 产 厂 家
8611 型近红外检测仪	瑞典波通仪器公司
FZ 102 型实验植物电动粉碎机	天津泰斯特仪器有限公司
GB 204 型电子分析天平	瑞士 Metter Toledo 公司
ZK-82A 型可调真空干燥箱	上海实验仪器厂
0.80mm 标准筛	浙江上虞市道墟仪器筛具厂

3. 大米水分含量检测的试验方法

1) 大米样品中水分含量的检测

采用大荒地牌绿色大米（代号为 DHS）研究水分含量与近红外光谱之间的关系。首先称取 30g 大米作为样品，用电动粉碎机将试样磨成粉末状，采用 0.80mm 标准筛过筛，去掉米粉中较大的颗粒，再称取 2.0000g 试样，放入烘干箱中进行试验，根据《GB 5497—85 粮食、油料检验水分测定法》中 105℃恒重法检测 DHS 样品中的水分含量作为大米样品的原始水分含量 CMW_0。经过检测可得 DHS 大米样品的水分含量为 $CMW_0 = 9.22\%$。

2) 不同水分含量大米样品的准备

为了研究大米水分含量与近红外光谱之间的关系，本文设计 12 个等级的水分含量，如表 3-36 所示，并通过试验获取不同等级水分含量的大米样品进行研究。

表 3-36 大米样品不同等级水分含量
Table 3-36 Rice sample moisture content of different grades

等级	水分含量/%	等级	水分含量/%
1	7.00	7	19.00
2	9.00	8	21.00
3	11.00	9	23.00
4	13.00	10	25.00
5	15.00	11	27.00
6	17.00	12	29.00

从 DHS 大米样品中称取 12 份大米试样，每份 200g，由于 DHS 原大米样品中的水分含量一定，不能满足试验的要求，本文向大米试样中添加适量蒸馏水调整大米中的水分含量至所需的水分含量。

大米中水分含量的计算公式如下：

$$CMW = \frac{m_0 \times CMW_0 + m_w}{m_0 + m_w} \times 100\% \tag{3-1}$$

式中，CMW 为样品的水分含量（%）；CMW_0 为样品的初始水分含量（%）；m_0 为样品的质量（g）；m_w 为蒸馏水的质量（g）。

根据式（3-1）分别计算达到不同等级水分含量时需向大米样品中添加的蒸馏水量，将添加蒸馏水后的大米样品于常温下密封保存 12h，使样品充分吸收水分，所得的大米样品即为所需等级水分含量的大米样品。

要获得水分含量低于原始水分含量的大米样品，只需将相应等级的大米试样放入烘干箱中进行烘干操作，在烘干过程中随时检测样品中水分含量的变化，直到得到所需水分含量的大米试样为止。

将经过水分调整后得到的不同水分含量的大米样品用实验植物电动粉碎机进行粉碎，将粉碎后的大米样品用孔径为 0.80mm 标准筛过筛，去除大米粉碎试样中颗粒较大的部分，然后再将过筛后的大米粉末样品混合均匀，并且平均分成两份，分别以 Si1 和 Si2 表示（$i=1$，2，6，12，表示试样的水分含量等级）。

3）大米水分含量的国标法检测

本文以《GB 5497—85 粮食、油料检验水分测定法》中 105℃恒重法作为大米样品水分含量检测的标准化学分析方法，并按照该方法从样品 Si1 中称取试样进行水分含量检测。

对大米样品 Si1（$i=1$，2，6，12，表示试样的水分含量等级）中的水分含量进行检测时，在每个水分等级的样品中各取 40 份试样，按照 105℃恒重法进行检测，获取 20 组大米样品水分含量检测值；从每个水分等级大米样品的 20 组水分含量检测值中任取 15 组检测值用于对近红外检测仪进行标定，构建近红外光谱检测值与水分含量之间的关联模型，另外 5 组检测值则用于对构建好的关联模型准确性进行验证。

4）大米水分含量的近红外检测

本文采用 Perten8611 型近红外检测仪对大米样品的水分含量值进行检测。Perten8611 型近红外检测仪是一个快速、通用的近红外反射分析仪，它是通过近红外光波长范围内特定波长近红外光的反射特性测量待测样品中相关成分含量的仪器。

Perten8611 型近红外检测仪共有 11 个滤波片，其工作波长为 1445～2345nm。近红外检测仪中滤光片的工作波长及主要检测成分如表 3-37 所示。

表 3-37　近红外检测仪的工作波长及检测成分

Table 3-37　Near infrared detector working wavelength and testing ingredients

滤光片序号	工作波长/nm	检测成分
1	2336	纤维素、脂肪
2	2310	脂肪、纤维
3	2230	参考（空白）
4	2180	蛋白质
5	2139	淀粉、蛋白质
6	2100	淀粉
7	1982	尿素、水
8	1940	水
9	1818	乳糖、纤维素
10	1795	脂肪
11	1680	参考（空白）

采用 Perten8611 近红外检测仪对大米样品进行检测，要求对大米样品的粉碎步骤与标定近红外仪的粉碎步骤一样；要用相同的粉碎设备对试样进行粉碎，同时用 0.80mm 的标准筛过筛；粉碎后的样品要混合充分，保证样品的均匀性；在粉碎时尽量避免样品发热，否则应将样品冷却到室温再进行检测。

取制备的不同等级水分含量大米样品 $Si2$（$i=1$，2，6，12，表示试样的水分含量等级），按近红外仪的检测要求进行粉碎，再将每个水分等级粉碎后的样品平均分成 4 份试样放入近红外检测仪中进行检测；检测时每份试样检测 2 次获取近红外光谱检测值，取平均值作为大米试样水分含量的近红外光谱检测值；检测完，将 4 份试样混合混匀后再分成 4 份进行检测；重复 5 次，每个水分等级大米样品获取 20 组近红外光谱检测值。

从每个水分等级大米样品 $Si2$ 的 20 组近红外光谱检测值中任取 15 组检测值与样品 $Si1$ 中按照 105℃恒重法检测获取的 15 组水分含量检测值相对应，构建近红外光谱检测值与水分含量之间的关联模型，而另外 5 组近红外光谱检测值则用于对构建好的关联模型准确性进行验证。

5）大米水分含量近红外检测的 BP 神经网络检测

在对大米水分含量进行检测时，通常采用线性回归方程建立检测模型对未知水分含量的待测样品进行检测。由于不同的样品需要建立不同的回归模型，操作过程繁琐、需时较长，且线性回归方程精度不高，误差较大，不利于大量待测样品的检测操作。

本文利用 BP 神经网络适应能力强、检测正确率高等特点，采用大米试样的化学检测值与近红外光谱检测值构建 BP 神经网络对大米水分含量进行检测，可克服回归方程的缺点和不足，提高检测的精度和效率。

4. 大米水分含量检测的试验结果与分析

1）大米水分含量的国标法检测结果与分析

按 GB 5497—85 中 105℃恒重法分别对 12 份不同水分含量等级大米样品的水分含量进行检测，并采用 SPSS 统计软件对样品检测值的均值、方差及均值与预期水分含量之间的误差进行分析。

不同水分含量等级大米样品的编号、水分含量检测值的均值、方差、预期水分含量、检测值均值与预期水分含量的误差之间的对应关系如表 3-38 所示。

由表 3-38 可知，人工加水调整后，不同水分等级大米样品的水分含量检测值均值与水分调整预期值之间的误差小于±2.5%，水分含量检测值的方差小于0.32，说明采用人工加水方法获取的不同等级水分含量的大米样品达到了试验预期大米样品的水分含量要求，能够作为不同等级水分含量的大米样品用于水分含量检测试验的分析研究。

表 3-38　人工加水调整后大米水分含量的检测值

Table 3-38　Artificially adding water after adjusting the moisture content of rice assessment

样品编号	水分含量/%			
	均值	均值方差	预期值	误差/%
1	7.17	0.236	7.00	2.43
2	9.22*	0.236	9.00	2.44
3	11.03	0.316	11.00	0.27
4	12.82	0.240	13.00	−1.38
5	15.37	0.176	15.00	2.47
6	16.97	0.207	17.00	−0.18
7	19.17	0.302	19.00	0.89
8	20.71	0.255	21.00	−1.38
9	22.97	0.302	23.00	−0.13
10	24.81	0.282	25.00	−0.76
11	27.13	0.292	27.00	0.48
12	29.29	0.137	29.00	1.00

＊检测均值为 DHS 大米样品水分含量的原始数值。

可见采用人工加水的方法可以调整大米样品水分含量至所需的水分含量期望值。

2）近红外光谱检测值与水分含量的相关性分析

使用近红外检测仪进行检测时，要使样品具有较好的代表性和相同的粗细度。本试验使用 0.80mm 的标准筛对粉碎后的大米样品进行分离。

本研究开发了大米水分含量近红外检测系统对大米样品中的水分含量进行检测。检测时，系统获取的近红外光谱检测值为被检测样品在工作波长处对近红外光谱的漫反射率数值。12 份不同水分含量大米样品的近红外光谱检测值中，用于对近红外检测仪进行标定的 15 组光谱检测值的均值变化曲线如图 3-45 所示。

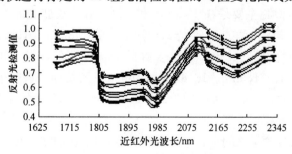

图 3-45　大米样品的近红外检测数据曲线

Fig. 3-45　Rice samples of near infrared test data curve

从图 3-45 中的曲线变化可以看出，由于 Perten8611 近红外检测仪不是近红外光谱范围内的全波段扫描，而是采用 11 个窄波干涉滤光片检测特定波长下被测样品对近红外光的反射率，因此同一份大米样品在不同工作波长下的检测值之间没有规则的变化趋势，这与近红外检测仪在不同工作波长下检测的主要成分不同是一致的；但在同一个工作波长滤光片下，不同等级水分含量的大米样品之间，相关组成成分近红外光谱检测值的变化趋势具有比较明显的相似性，这说明水分含量不同对大米中相同组分的近红外光谱检测值具有一定影响，但与样品中各组分相对含量并无直接明显联系。

根据 12 份不同等级水分含量大米样品检测值中的基准值数据，采用 SPSS 统计软件对大米样品近红外光谱检测值和水分含量间的相关性进行分析，不同工作波长处的近红外光谱检测数值与大米水分含量之间的相关性如表 3-39 所示。

表 3-39　近红外光谱检测值与水分含量的相关性

Table 3-39　Near infrared spectrum correlation with moisture content assessment

工作波长/nm	与水分含量相关系数	工作波长/nm	与水分含量相关系数
2336	−0.682*	1982	−0.725*
2310	−0.699*	1940	−0.725*
2230	−0.699*	1818	−0.701*
2180	−0.700*	1795	−0.339*
2139	−0.674*	1680	−0.690*
2100	−0.272*		

* 表示在 $\alpha=0.01$ 时相关性显著。

由表 3-39 中的数据可知，近红外检测仪在 1982nm 和 1940nm 处的近红外检测值与大米水分含量的相关系数最大，达 −0.725，这说明近红外检测仪对大米水分含量的检测主要是在 1982nm 和 1940nm 波长滤光片下进行的。

在近红外检测仪检测的 11 个光谱检测值，除 1982nm、1940nm、2100nm 和 1795nm 处的检测值外，其他 7 个波长处的光谱检测值，即 2336nm、2310nm、2230nm、2180nm、2139nm、1818nm 和 1680nm 波长处的检测值与大米水分含量的相关系数相对较高，它们与 1982nm、1940nm 波长处光谱检测值和大米水分含量的相关系数相差不多，这说明近红外检测仪在这 7 个波长处滤光片的光谱检测值与大米水分含量之间存在一定的相关性，因此可以用这 7 个波长处的光谱检测值对待测大米样品的水分含量进行检测。

通过分析，本文在近红外检测仪 11 个波长处的光谱检测值中，选择 9 个波长处的光谱检测值，即 2336nm、2310nm、2230nm、2180nm、2139nm、1982nm、1940nm、1818nm 和 1680nm 处的光谱检测值对大米样品的水分含量进行检测。

3）大米水分含量检测的 BP 神经网络构建

根据近红外漫反射光检测值与大米水分含量的相关性，本文剔除 2100nm 和 1795nm 波长处的漫反射光检测值，以其余 9 个波长处的近红外光漫反射检测值作为输入用于大米水分含量的检测。

本文从 12 个水分等级大米样品的近红外检测值和国标法检测值中获取 180 组数据对 BP 神经网络进行训练。构建三层结构的 BP 网络，输入层神经元个数为 9，即近红外仪 9 个波长处的近红外漫反射光检测数值；输出层神经元个数为 1，即大米水分含量；隐含层神经元个数经过网络测试，确定为 25。输入层到隐含层的传递函数为正切 S 形传递函数，隐含层到输出层传递函数为对数 S 形传递函数。采用 Levenberg-Marquardt 规则训练网络，学习速率为 0.05、训练目标 10^{-5}，网络经过 205 次训练达到预定目标。

本文构建的神经网络结构框图如图 3-46 所示，网络的训练误差曲线如图 3-47 所示。

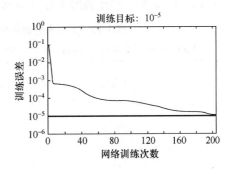

图 3-46　BP 神经网络结构框图
Fig. 3-46　Block diagram of neural network

图 3-47　神经网络的训练误差曲线示意图
Fig. 3-47　Neural network training error curve diagram

4）大米水分含量检测的线性回归方程构建

Perten8611 近红外检测仪中采用特定波长的滤光片检测样品中的水分含量，即近红外检测仪只将 11 个工作波长中的 4 个工作波长处的近红外光谱数值，即 2180nm、1982nm、1940nm 和 1818nm 处的近红外光谱数值用于大米水分含量的检测，其他波长处的近红外光谱数值并不用于检测大米中的水分含量。Perten8611 近红外检测仪计算水分含量的通用回归方程为

$$CMW = F_0 + (F_1 \cdot D_1 + \cdots + F_4 \cdot D_4) \cdot A \qquad (3\text{-}2)$$

式中，CMW 为样品的水分含量（%）；F_0 为截距或补偿常数；$F_1 \sim F_4$ 为工作波长对应的滤光片常数；$D_1 \sim D_4$ 为近红外漫反射光谱检测值；A 为斜率常数，在此取值为 1。

从 12 个水分等级大米样品的近红外检测值和国标法检测值中获取 180 组数据带入式（3-2）中，求解方程未知系数，可得大米水分含量检测回归方程为

$$CMW = 0.074 - 1.051 \times D_1 - 1.449 \times D_2 + 1.601 \times D_3 + 1.278 \times D_4$$

$$(3-3)$$

用统计量 F 对回归方程的显著性进行检验，则 $F = 1586.245 > F_{(0.01)}$（4.175），在显著性水平 $\alpha = 0.01$ 下，回归方程是极其显著的。

5）大米样品水分含量检测的正确率比较

为了对比研究 BP 神经网络和线性回归方程对水分含量检测的正确率，将每个水分等级大米样品中用于验证近红外光谱检测值与水分含量之间关联模型的 5 组近红外光谱数据输入构建好的 BP 神经网络和回归方程（3-3）预测大米样品水分含量，并将预测的水分含量数值与获取的大米水分含量国标法检测数值进行比较，以水分含量的国标法检测值为基准，当预测的水分含量数值与平均值的误差小于 $\pm 0.5\%$ 时，认为预测值正确，否则认为预测值错误。采用 BP 神经网络和线性回归方程预测大米样品的水分含量的结果如表 3-40 所示。

表 3-40 大米水分含量预测的正确率比较

Table 3-40 Moisture content of rice compared the accuracy of prediction

样品编号	样本数量	检测值的均值/%	正确预测值个数	
			BP 神经网络	回归方程
1	5	7.04	5	4
2	5	9.30	5	5
3	5	10.90	5	4
4	5	12.84	5	5
5	5	15.30	5	5
6	5	17.18	5	4
7	5	19.36	5	4
8	5	20.72	4	5
9	5	22.86	5	4
10	5	24.92	4	5

续表

样品编号	样本数量	检测值的均值/%	正确预测值个数	
			BP 神经网络	回归方程
11	5	27.18	5	5
12	5	29.32	5	4
总计	60	—	58	54

由表 3-39 中的数据可知，通过获取大米样品近红外光谱的漫反射数值，并将其中相关漫反射数值作为输入值，采用 BP 神经网络对测试集中的大米样品水分含量进行预测时的正确率可达到 96.67%；而根据近红外检测仪中的通用回归方程拟合出的大米水分含量预测回归模型的预测正确率为 90.00%。可见，对大米样品测试集中的大米试样来说，采用 BP 神经网络对大米水分含量的预测结果令人满意。

6）储藏试验过程中大米水分含量的快速检测

本研究采用构建好的 BP 神经网络对 6 份进行储藏试验的大米样品水分含量进行检测。按照检测步骤进行 10 次试验，分别获取大米样品的近红外光谱检测值和水分含量的国标法检测值。采用近红外仪进行检测时，每份大米样品检测 5 次，取平均值作为大米样品的近红外光谱检测值；然后用构建好的 BP 神经网络对样品进行检测。大米样品水分含量的国标法检测值如表 3-41 所示。

表 3-41　不同大米水分含量（%）的国标法检测值

Table 3-41　Different moisture content of rice was detected by the value of the national standard

检测次数	大米样品品种					
	五优稻 4 号	龙香稻 2 号	东农 428	空育 163	龙粳 25	垦稻 10
1	11.77	11.68	10.11	9.49	9.82	9.50
2	10.67	11.71	9.08	9.35	10.02	10.08
3	10.85	12.39	10.52	10.77	10.65	10.30
4	13.37	13.00	10.43	10.96	11.63	11.23
5	10.75	11.28	9.71	9.54	10.29	10.04
6	10.73	11.59	9.90	10.20	10.31	10.15
7	10.88	12.44	10.34	10.66	10.87	10.71
8	9.67	10.60	9.12	9.36	9.69	9.73
9	9.94	10.99	9.45	9.18	9.73	9.87
10	10.72	11.50	10.00	10.23	10.39	10.34

采用近红外检测仪对大米试样的水分含量进行检测，获取工作波长处近红外光谱的漫反射数值，输入构建好的 BP 神经网络中进行检测，结果如表 3-42所示。

表 3-42　储藏过程中大米水分含量（%）的 BP 神经网络检测值

Table 3-42　Moisture content of rice during storage of the value of BP neural network detection

检测次数	大米样品品种					
	五优稻 4 号	龙香稻 2 号	东农 428	空育 163	龙粳 25	垦稻 10
1	11.80	11.65	9.60*	9.45	9.68	9.46
2	10.83	12.01	8.95	9.64	9.75	10.26
3	11.32	12.30	10.65	10.65	9.94*	10.21
4	13.36	12.93	10.49	11.19	10.43*	11.25
5	10.83	11.57	9.53	9.99	9.89	10.12
6	10.73	11.56	10.24	10.28	10.08	10.47
7	10.78	12.47	10.59	10.07*	10.91	10.43
8	9.44	10.63		9.17	9.52	9.54
9	9.90	10.91	9.36	9.44	10.08	9.79
10	10.16*	11.63	10.24	10.09	10.37	10.40

* 数值为检测错误值。

由表 3-41、表 3-42 可知，与大米水分含量的国标法检测数据相比较，采用BP 神经网络检测时，在±0.5% 的误差范围内，预测错误的样品数为 6 个，预测的平均正确率为 91.67%。在试验过程中，构建的 BP 神经网络对平粳 2 号和吉粳 105 大米样品的预测全部正确，正确率达到 100.00%；对 705-1、辉粳 7 号、松粳 9 号大米样品的预测正确率为 90.00%，略低于平粳 2 号和吉粳 105 大米样品的预测正确率；而吉粳 88 大米样品的预测正确率最低，只有 80.00%。可见，采用近红外检测仪对大米水分含量进行检测时近红外光谱数据可能会受大米品种、检测时的粒度、试验操作等因素影响，但构建的 BP 神经网络对大米水分含量的预测具有较好的稳定性，对 6 种大米样品水分含量检测的平均正确率可以达到 91.67%，因此可以通过近红外检测仪获取大米样品的近红外漫反射光谱数据采用 BP 神经网络对样品水分含量进行快速检测。

（二）基于 BP 人工神经网络大米脂肪酸预测模型的建立

大米在储藏过程中的品质变化规律可以通过检测其品质指标来描述，但在一些特定的条件下，我们没有足够的时间或实验条件去完成大米样品检测，如储藏时间较长的大米，这就需要我们借助一定的工具和方法通过实验前期的品质变化情况去预测大米储藏后期的品质变化。本章就目前较流行的预测方法 BP 人工神经网络来建立大米在储藏后期品质变化的预测模型。

1. 大米品质预测的 BP 网络学习原理

BP 网络的产生归功于 BP 算法的获得，BP 算法属于 d 算法，是一种监督式的学习算法。其主要思想为：对于 q 个输入学习样本：P^1，P^2，…，P^q，已知与其对应的输出样本为 T^1，T^2，…，T^q。学习的目的是用网络的实际输出 A^1，A^2，…，A^q 与目标矢量 T^1，T^2，…，T^q 之间的误差来修正其权值，使 A 与期望的 T 尽可能接近。

BP 算法由两部分组成：信息的正向传递与误差的反向传播。在正向传播过程中，输入信息从输入经隐含层逐层计算传向输出层，每一层神经元的状态只影响下一层神经元的状态。如果在输出层没有得到期望输出，则计算输出层的误差变化值，然后转向反向传播，通过网络将误差信号沿原来的连接通路返传回来修改各神经元的权值，直至达到期望目标。

现以三层 BP 网络（输入层、一个隐含层和输出层）为例，进行算法推导。

设输入节点：$x_j (j=1, …, r)$；隐节点：$y_i (i=1, …, s1)$；输出节点 $O_k(k=1, …, s2)$；输入节点与隐节点之间的网络权值为 $w1_{ij}$，隐节点与输出节点间的连接权值为 $w2_{kj}$，期望输出为 t_k。隐含层的激活函数为 $f1(\cdot)$，输出层的激活函数为 $f2(\cdot)$。

1）信息的正向传递

（1）隐含层中第 i 个神经元的输出为

$$y_i = f1\left(\sum_{j=1}^{r} w1_{kj}x_j - \theta 1_i\right) = f1(\text{net}1), 1,…,s1$$

其中：$\text{net}1 = \sum_{j=1}^{r} w1_{kj} - \theta 1_i$。

（2）输出层第 k 个神经元的输出为

$$O_k = f2\left(\sum_{j=1}^{r} w2_{ki}y_i - \theta 2_k\right) = f2(\text{net}2), k = 1,…,s2$$

其中：$\text{net}2 = \sum_{j=1}^{r} w2_{kj}y_i - \theta 2_k$。

（3）定义误差函数为

$$E = \frac{1}{2}\sum_{k=1}^{s2}(t_k - O_k)^2$$

2）利用梯度下降法求权值变化及误差的反向传播

（1）输出层的权值变化。

对从第 i 个输入到第 k 个输出的权值，有

$$\Delta w2_{ki} = -\eta \frac{\partial E}{\partial w2_{ki}} = -\eta \frac{\partial E}{\partial O_k} \cdot \frac{\partial O_k}{\partial w2_{ki}}$$

其中：$\dfrac{\partial E}{\partial O_k} = \dfrac{1}{2} \sum_i -2(t_i - O_i) \cdot \dfrac{\partial O_i}{\partial O_k} = -(t_k - O_k)$

$$\frac{\partial Q_k}{\partial \theta w2_{ki}} = \frac{\partial Q_k}{\partial net2} \cdot \frac{\partial net2}{\partial \theta w2_{ki}} = f2' \cdot y_i$$

则

$$\Delta w2_{ki} = \eta(t_k - O_k)f2'y_i = \eta\delta_{ki}y_i$$

其中：$\delta_{ki} = (t_k - O_k)f2' = e_k f2'$，而 $e_k = t_k - O_k$。

（2）输出层阈值的变化。

对从第 i 个输入到第 k 个输出的阈值，有

$$\Delta \theta2_{ki} = -\eta \frac{\partial E}{\partial \theta2_{ki}} = -\eta \frac{\partial E}{\partial O_k} \cdot \frac{\partial O_k}{\partial \theta2_{ki}}$$

其中：$\dfrac{\partial E}{\partial O_k} = -(t_k - O_k)$

$$\frac{\partial O_k}{\partial \theta2_{ki}} = \frac{\partial O_k}{\partial net2} \cdot \frac{\partial net2}{\partial \theta2_{ki}} = f2' \cdot (-1)$$

则

$$\Delta \theta2_{ki} = \eta(t_k - O_k) \cdot f2' = \eta\delta_{ki}$$

其中：$\delta_{ki} = (t_k - O_k) \cdot f2' = e_k f2'$，而 $e_k = t_k - O_k$。

（3）隐含层权值的变化。

对第 j 个输入到第 i 个输出的权值，有

$$\Delta w1_{ij} = -\eta \frac{\partial E}{\partial w1_{ij}} = -\eta \frac{\partial E}{\partial O_k} \cdot \frac{\partial O_k}{\partial y_i} \cdot \frac{\partial y_i}{\partial w1_{ij}}$$

其中：$\dfrac{\partial E}{\partial O_k} = \dfrac{1}{2} \sum_{k=1}^{s2} -2(t_k - O_k) \cdot \dfrac{\partial O_k}{\partial O_k} = -\sum_{k=1}^{s2}(t_k - O_k)$

$$\frac{\partial O_k}{\partial y_i} = \frac{\partial O_k}{\partial net2} \cdot \frac{\partial net2}{\partial y_i} = f2' \cdot \frac{\partial net2}{\partial y_i} = f2' \cdot w2_{ki}$$

$$\frac{\partial y_i}{\partial w1_{ij}} = \frac{\partial y_i}{\partial net1} \cdot \frac{\partial net1}{\partial w1_{ij}} = f1' \cdot x_j$$

则

$$\Delta w1_{ij} = \eta \sum_{k=1}^{s2}(t_k - O_k) \cdot f2' \cdot w2_{ki} \cdot f1' \cdot x_j = \eta\delta_{ij} \cdot x_j$$

其中：$\delta_{ij} = e_i \cdot f1'$，而 $e_i = \sum_{k=1}^{s2} \delta_{ki} w2_{ki}$。

（4）隐含层的阈值变化。

对第 j 个输入到第 i 个输出的阈值，有

$$\Delta\theta 1_i = -\eta \frac{\partial E}{\partial O_k} \cdot \frac{\partial O_k}{\partial y_i} \cdot \frac{\partial y_i}{\partial \theta 1_i}$$

其中：$\dfrac{\partial E}{\partial O_k} = \dfrac{1}{2}\sum_{k=1}^{s2} -2(t_k - O_k) \cdot \dfrac{\partial O_k}{\partial O_k} = -\sum_{k=1}^{s2}(t_k - O_k)$

$$\frac{\partial O_k}{\partial y_i} = \frac{\partial O_k}{\partial \text{net}2} \cdot \frac{\partial \text{net}2}{\partial y_i} = f2' \cdot \frac{\partial \text{net}2}{\partial y_i} = f2' \cdot w2_{ki}$$

$$\frac{\partial y_i}{\partial \theta 1_i} = \frac{\partial y_i}{\partial \text{net}1} \cdot \frac{\partial \text{net}1}{\partial \theta 1_i} = f1' \cdot (-1) = -f1'$$

则

$$\Delta\theta 1_i = \eta\delta_{ij}$$

其中：$\delta_{ij} = e_i \cdot f1'$，而 $e_i = \sum\limits_{k=1}^{s2} \delta_{ki}w2_{ki}$。

3）误差反向传播的流程与图形解释

误差反向传播的过程实际上是通过计算输出层的误差 e_k，然后将其与输出层激活函数的一阶倒数 $f2'$ 相乘来求得 δ_{ki}。由于隐含层中没有直接给出目标矢量，所以利用输出层的 δ_{ki} 进行误差反向传递来求出隐含层权值的变化量 $\Delta w2_{ki}$。然后计算 $e_i = \sum\limits_{k=1}^{s2}\delta_{ki}w2_{ki}$，并同样通过 e_i 与该层函数的一阶倒数 $f1'$ 相乘，求得 δ_{ij}，依次求出前层权值的变化量 $\Delta w1_i$。如果前面还有隐含层，同样以此方法类推，一直将输出误差 e_k 一层一层的反推算到第一层为止。其流程如图 3-48 所示。

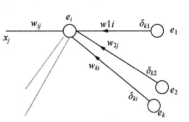

$k=1, 2, \cdots, s2; i=1, 2, \cdots, s1;$
$j=1, 2, \cdots, r.$

图 3-48　误差反向传播的流程
Fig. 3-48　The process of
error back propagation

2. 大米品质的神经网络模型的建立

1）大米预测模型数据来源

本文大米储藏品质人工神经网络预测模型采用 BP 神经网络，以时间序列分析对大米储藏品质的预测，并以大米的脂肪酸值、还原糖和黏度作为预测内容进行分析。其数据来源于实验室储藏大米的试验结果见表 3-43 和表 3-44。

2）预测结果与分析

按照上述神经网络的基本原理及数据资料，脂肪酸值选用 24 个样本进行训练 BP 神经网络，该 BP 神经网络采用输入层为 3 个结点、输出层为 1 个结点，而隐含层有 8 个结点，从输入层到隐含层选用 logsig 作为传递函数，从隐含层到输出层选用 purelin 作为传递函数，取学习率为 0.1。输入 BP 神经网

络，对其进行学习训练，迭代计算，直到输出的误差足够小，能对所用样品数据进行正确选择，将已知数据代入模型进行学习与训练，训练后的数据误差达到预测要求。

表 3-43　实验室储藏大米的脂肪酸值

Table 3-43　Laboratory storage of fatty acid value of rice

时间/d	脂肪酸值/(mg KOH/100g 干基)	时间/d	脂肪酸值/(mg KOH/100g 干基)
0	5.71	195	17.47
15	6.19	210	18.38
30	6.73	225	19.23
45	7.31	240	19.98
60	7.95	255	20.63
75	8.83	270	21.22
90	9.75	285	21.78
105	10.68	300	22.31
120	11.57	315	22.76
135	12.58	330	23.13
150	13.66	345	23.40
165	14.90	360	23.64
180	16.27		

表 3-44　归一化处理后数据样本

Table 3-44　Normalized data sample after

时间/d	脂肪酸值/(mg KOH/100g 干基)	时间/d	脂肪酸值/(mg KOH/100g 干基)
0	0.0000	105	0.2772
15	0.0268	120	0.3268
30	0.0569	135	0.3832
45	0.0892	150	0.4434
60	0.1249	165	0.5125
75	0.1740	180	0.5890
90	0.2253	195	0.6559

续表

时间/d	脂肪酸值/(mg KOH/100g 干基)	时间/d	脂肪酸值/(mg KOH/100g 干基)
210	0.7066	300	0.9258
225	0.7540	315	0.9509
240	0.7959	330	0.9716
255	0.8321	345	0.9866
270	0.8650	360	1.0000
285	0.8963		

由图 3-49 可以看出，所设计的大米脂肪酸值神经网络模型用实测的 24 组样本数据进行训练，当步长达到 103 次的时候，输出层的均方误差就达到 4.23×10^{-6}，满足训练参数中要求的目标误差要求。

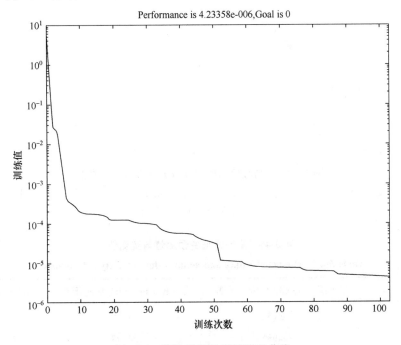

图 3-49 脂肪酸值的训练误差曲线

Fig. 3-49 Training error curve of fatty acid number

利用模型得到大米脂肪酸值的预测值与实测值的拟合结果及误差曲线见图 3-49、图 3-50 所示。

由图 3-50、图 3-51 可以看出，应用 BP 神经网络模型预测数据与实测数据的对比来看，BP 神经网络检测性能较好，绝对误差在 ±0.004，误差较小，BP 神经网络模型的预测效果好。为了进一步验证预测模型的有效性，利用已经训练好的网络，取一组试验数据（包括非训练样本数据）用建立的神经网络来预测大米储藏后期的脂肪酸值的变化情况，并与实测值进行比较分析，见表 3-45。

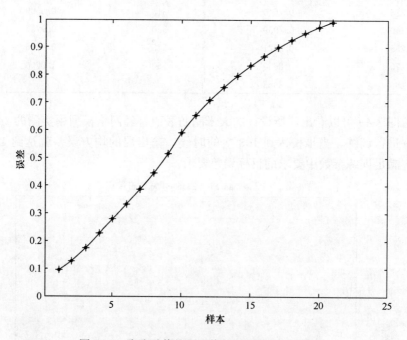

图 3-50　脂肪酸值的预测值与实测值的拟合曲线

Fig. 3-50　Fit curve of predicted values and actual values of fatty acid number

＋代表实测值；·代表预测值

表 3-45　脂肪酸值的预测值与实测值

Table 3-45　Predicted values and actual values of fatty acid number

时间/d	预测值/(mg KOH/100g 干基)	实测值/(mg KOH/100g 干基)	相对误差/%
375	23.84	23.88	0.17
390	23.99	24.05	0.25
405	24.09	24.07	0.08
420	24.15	24.20	0.21
435	24.24	24.31	0.28

由表 3-45 可以看出，平均相对误差为 0.198%，小于 0.01，且脂肪酸值随储藏时间的增加而逐渐增加，这符合大米的储藏品质变化规律，故模型可以用来预测大米在储藏时脂肪酸值随时间变化的规律。

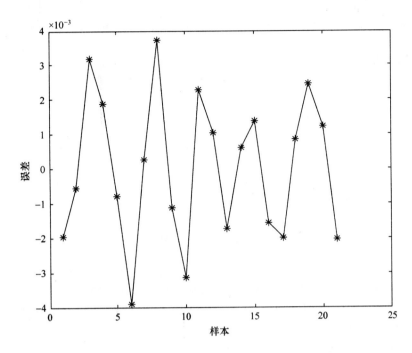

图 3-51　脂肪酸值的预测值与实际值的绝对误差曲线

Fig. 3-51　Absolute error curve of predicted values and actual values of fatty acid number

（三）BP 人工神经网络大米脂肪酸预测模型的结论

本章基于 BP 人工神经网络并使用 MATLAB 神经网络工具箱建立了大米储藏品质的预测模型，可用该模型预测大米的脂肪酸值随时间变化的规律，通过实测值与预测值的对比验证，确定了预测模型的有效性。通过对大米品质变化预测模型的研究，能及时掌握大米下一阶段品质的变化情况，在品质发生劣变之前采取有效措施，预防大米品质严重劣变，影响大米的食用品质和安全性。

参 考 文 献

[1] 张聚元. 小麦品质劣变指标的选择与评定. 粮食储藏，1987，(5)：1-15

[2] 高影，杨建新. 不同水分、温度条件下 CO_2 浓度对谷物品质的影响. 粮食储藏，1997，(2)：9-10

[3] Ohinata H，Karasawa H，Muramatsu N，et al. Properties of buckwheatlipase and depression of free fatty acid accumulation during storage. Journal of Japanese Society of Food Science and Technology，1978，44 (80)：590-593

[4] Delcros J F，Pakotozafy L，Boussard A，et al. Effect of mixing conditions on the behavior of lipoxygenase，peroxidase，and catalase in wheat flour doughs . Cereal Chemistry，1998，75 (1)：85-93

[5] Shearet L，White M，sinna R N. Influence of ambient storage conditions on the breadmaking quality of

two hard red spring wheat. J Stored Prod Res, 1995, 31 (4): 279-289

[6] Srome P J, Grast P W, Nicolas M E. The influence of recovery temperature on the effects of a brief heat shock on wheat . Journal of Cereal Science, 1997, 25 (1): 129-141

[7] 王肇慈, 周瑞芳. 粮油食品品质分析. 北京: 中国轻工业出版社, 1994: 629

[8] 曹冬梅, 张东杰, 褚洋洋, 等. 大豆油贮藏期间质量指标变化规律的研究. 黑龙江八一农垦大学学报, 2009, 21 (1): 48-51

[9] 杨光, 张东杰, 翟爱华. 合成大米增香剂的微胶囊化制备技术的研究. 黑龙江八一农垦大学学报, 2010, 22 (5): 72-75

[10] 叶文慧. 大米流通中质变规律及潜在危害风险评估的研究, 大庆: 黑龙江八一农垦大学硕士学位学位论文, 2008

[11] 唐晓纯, 苟变丽. 食品安全预警体系框架构建研究. 食品科学, 2005, (12): 246-249

[12] 李聪. 食品安全监测与预警系统. 北京: 化学工业出版社, 2006: 146

[13] 金征宇. 食品安全导论. 北京: 化学工业出版社, 2005

[14] Tompkin R B. Interactions between government and industry food safety activities. Food Control, 2001, (12): 203-207

[15] 李朝伟, 陈青川. 食品风险分析. 检验检疫科学, 2001, (1): 57-59

[16] 张胜帮, 李大春, 卢立修, 等. 食品风险分析及其防范措施. 食品科学, 2003, (8): 162-164

[17] van Schothorst M. Microbiological Risk Assessmentof foods in international trade . Safety Science, 2002, 40: 359-382

第四章 大米包装技术应用研究

第一节 概 述

大米作为一种主食食品，为人体提供糖类、蛋白质、脂肪及膳食纤维等主要营养成分，还提供微量元素铁、锌、硒和钙等[1]。我国是世界上大米产量最多的国家，大米品质的优劣不仅影响生活水平，也影响大米的生产、流通和销售。当前国内外评价大米品质注重于碾米加工品质、外观品质、蒸煮食味品质和营养品质4个方面。

一、大米品质的评价

（一）碾米加工品质的评价

大米的加工品质直接反映稻谷加工的特性，评定指标主要有出糙率、整精米率、大米中碎米含量的检验、大米加工精度检验等。

1. 出糙率

净稻谷脱壳后的糙米质量（其中不完善粒折半）占试样质量的百分率称为出糙率。大米出糙率的高低直接反映稻谷的工艺品质、碾米产量的潜力，还可体现大米的食用品质。出糙率高的大米籽粒成熟、饱满，极少受病、虫害的影响，食用品质优良。

2. 整精米率

整精米率是衡量大米品质好坏的重要尺度之一。净稻谷脱壳后，糙米再经碾制成为标一米，除去糠粉后整精米占稻谷质量的百分率就是整精米率。整精米率与大米垩白粒、未熟粒、裂纹粒等含量有关，也与大米的粒形、含水量、陈化度等有关。

3. 大米中碎米含量的检验

大米在加工过程中产生的低于允许长度和规定筛层下的破碎粒统称碎米，它是大米等级标准中不可缺少的一个标准项目。碎米的产生与大米品质、裂纹粒及加工工艺不当等因素密切相关。碎米的存在对大米蒸煮品质、食用品质和储藏品质的影响都很明显。

4. 大米加工精度检验

大米加工精度是指籽粒皮层被碾磨的程度，既背沟和粒面留皮的程度。其值的高低直接影响出米率和食用品质，精度高则出米率低，相应地营养价值也较低，但口感和蒸煮品质往往较好。在大米加工过程中，通常要求同时保证产品质量和精度的前提下，尽可能地提高出米率。

（二）大米外观品质的评价

大米感官品质主要通过检验者的感觉器官和实践经验，对稻谷的色泽、气味、外观、等项目进行鉴定从而判断大米的品质，主要有色泽鉴定、气味鉴定和外观鉴定等，他们是大米首要的商品性状，也是评价大米品质的重要指标[2]。

1. 色泽

色泽是指每批大米固有的颜色和光泽。鉴定结果以"正常"或"不正常"表示，对不正常的大米应加以说明。除此以外还有黄粒米检验。

2. 气味

气味是指一批大米的固有气味。鉴定结果以"正常"或"不正常"表示，对不正常的大米应加以说明。

3. 外观

消费者根据外观来判断大米品质，主要有：类型及互混检验（籼、粳、糯米互混检验，异色粒互混检验，大米粒型检验）、大米垩白粒率和垩白度检验、糙米裂纹粒检验等。

（三）大米蒸煮食味品质的评价

随着加工技术的逐步完善改进，生活品质的不断提升，人们对蒸煮食味品质也不断提出更新更高的要求。影响蒸煮及食味品质的因素主要有大米糊化特性、胶稠度、淀粉结构及蛋白质含量、含水率和米饭入口的食味等。

1. 糊化特性

糊化特性包括糊化温度、最高黏度、最终黏度、冷却黏度增加值和崩溃黏度。除糯米外，一般米的糊化温度为 55～79℃，可分为三级：糊化温度低于70℃为低糊化温度；糊化温度在 70～74℃为中等糊化温度；糊化温度大于 74℃

的为高等糊化温度。糊化温度为低等或中等的大米，一般具有较好的食味。

2. 胶体性质

大米蒸煮的胶体性质多用胶稠度表示，胶稠度可分为三个等级：硬胶体性质（hard gel 27～35mm）、中间胶体性质（medium gel 36～49mm）及软胶体性质（soft gel 50mm 以上）。一般情况下，硬胶体性质的米饭食味较差，即胶稠度越长越好，长则表示米饭柔软，短则表示米饭较硬。

3. 食味品质

米饭的食味品质主要是针对米饭的香味、外观、黏性、弹性或硬性等做出评价的综合指标。检定方法主要分为感官检定和化学仪器测定两种。因此，大米的食味不仅受研究人员主观因素及操作的影响，而且也受大米的品种、产地、气候、栽培、干燥加工储藏和炊饭等因素的影响。食味较好的米饭的表面有一层较厚的海绵网状多孔质结构包裹着饭粒，内部也呈多孔质结构。

4. 大米蛋白质含量

大米蛋白质含量越高，其米饭的外观越差，综合口感也较差。食味较好的米饭为口中有甘味感，饭粒滑润柔软而且有耐咀嚼性，并有适当的弹力与黏性。

5. 淀粉结构

大米中淀粉含量约为 90％，是决定大米食用品质的主要因素。淀粉分为直链淀粉和支链淀粉，前者易溶于水，但黏性小，其含量的高低与大米的蒸煮品质及食用品质呈负相关，与米饭的硬性呈正相关，与大米的浸泡吸水率呈负相关。当大米中直链淀粉含量高时，大米的吸水率高、膨胀率大，米饭相对较硬，饭粒间较松散。

6. 含水率

大米的含水率对米饭的黏度、硬度、食味有很大的影响，大米的水分含量一般为 13％～14％。调整水分可以较好地改善米饭的特性，水分过高，会导致出现陈米味、口感差、酶活增加、脂肪酸败增多、直链淀粉含量增加、微生物生长旺盛、散热增加、促进酶活，大米品质下降。

（四）大米营养品质的评价

大米营养品质的评价主要体现在稻谷中的淀粉、脂肪、蛋白质、维生素及对人体有益的微量元素的含量，而含量高低主要取决于大米自身基因和生长环境中外源物的含量。目前主要评价指标为蛋白质、脂类、维生素和矿物质的含量。

1. 蛋白质

大米蛋白质是易被人体消化和吸收的谷物蛋白质，其含量和质量直接反映该品种营养品质的高低。而且大米中蛋白质含量和大米籽粒强度呈正相关。许多研究表明，大米中蛋白质的赖氨酸、苏氨酸、蛋氨酸含量决定大米蛋白质的质量优劣。

2. 脂类

大米脂类包括脂肪和类脂，脂肪由甘油与脂肪酸组成，称为甘油酯。天然脂肪一般是甘油酯的混合物。脂肪主要负责供给热能，类脂主要负责调解新陈代谢。

3. 维生素

大米的维生素主要分布于糊粉层和胚中，多属水溶性 B 族维生素，不含有维生素 A 和维生素 D。

4. 矿质元素

大米经高温灼烧后所得白色粉末即为灰分，它间接表示谷物的矿物质（无机盐）含量。谷物的矿物质含量因生长土壤及品种的不同而异。大米精度和灰分含量呈负相关。大米的矿物质主要存在于稻壳、胚及皮层中，胚乳中含量极少。

二、影响大米品质的因素

大米品质的差异主要由大米本身所含的化学成分和大米物理特性的不同引起的。影响大米品质的化学成分主要有淀粉、蛋白质、水分、各种微量元素等，其中微量元素的含量与大米的营养价值及人类的健康有着密切的关系。影响大米食用品质的物理特性主要有含碎率、新陈度、爆腰率，还有粒度、均匀度、精度、纯度等。同时，一些环境因素，如水、土壤质量、农药等也对大米的食味品质有很大影响。

（一）米粒的含量

米粒是由碳水化合物、蛋白质和微量物质所组成的非均匀整体，蛋白质、脂肪、维生素和矿物质大量存在于被碾去的米皮中，在胚乳中仅少量存在，这部分少量存在的物质决定着大米的品质。

（二）陈米臭的产生和大米酸度的增加

陈米臭的产生及大米酸度的增加均与脂类的变化直接有关。由于脂解酶在米中的活性很高，它作用于脂质的易感键上使双键打开，产生游离脂肪酸，脂肪酸又进一步氧化分解成羰基化合物，经 GC 分析发现其中的戊醛和己醛是主要的陈米臭味。一旦游离脂肪酸与淀粉发生作用，与直链淀粉形成环状结构，蒸煮时就会限制淀粉的膨润，使米饭蒸煮后变得硬度大且黏性小。通过测定脂肪酸氧化程度还可以判定陈米化程度。

（三）蛋白质含量

大米储藏前后蛋白质总含量无明显变化，但有些蛋白质，如米谷蛋白会出现相对分子质量成倍增长的趋势，导致其溶出度减小，使淀粉不能充分吸水膨胀，影响米饭的硬度和黏度。大米储藏后，—SH 减少、—S—S—增多。—SH 少、—S—S—键交联多的米，蒸煮时米饭不易烂，加热后黏性小，这主要是由于蛋白质在淀粉的周围形成了坚固的网状结构，限制了淀粉粒的膨胀和柔润。还有学者认为—SH 和—S—S—在存放后都减少，这是由于相邻的—SH 被氧化成—S—S—键或不相邻的—SH 基被氧化成亚砜。—SH 多的米，蒸煮的米饭软而黏性大，—SH 被氧化所产生的—S—S—键的多少与大米的食味密切相关。

（四）淀粉的种类和质量

淀粉的种类和质量与食味关系密切。在储藏过程中，大米的 α-淀粉酶和 β-淀粉酶活力都有所下降，但结果是支链淀粉的含量下降而直链淀粉的含量上升。另外从直链淀粉的溶解和淀粉的糊化特性看，陈化大米加热糊化时间长，冷却后黏度下降，糯性降低，热稳定性下降。直链淀粉含量与米饭黏度的相关系数 $r=-0.92$，与米饭硬度的相关系数 $r=0.77$。大米中直链淀粉含量与相对分子质量大小，直接影响米饭食味与蒸煮品质。因此，大米中直链淀粉含量是评价大米品质的主要指标之一。

（五）淀粉酶的种类和质量

大米中少量的 α-淀粉酶和 β-淀粉酶能使直链淀粉含量发生变化，且其本身随大米储藏时间的增加而活力下降。蛋白质分解酶在储藏过程中活力会增加，如果温度过高，其活力增加更快，最后使游离氨基酸含量增加，而氨基酸分解成醛和酮等，是大米出现陈味的原因之一。大米酸性增大，除与脂肪分解有关外，还与蛋白质离解出的氨基酸增加有关。

（六）水分含量

调整水分可改善米饭的黏性等特性。水分过高，也会导致出现陈米味和口感变差、酶活增加、直链淀粉含量增加等现象。蒸煮时水分是一个不能忽略的问题，它对米饭黏度和硬度有影响。

三、大米储藏保鲜技术及包装技术

稻谷加工后没有皮壳的保护层，组织结构暴露，储藏稳定性极差，同时在精研过程中酶活化，促使生理生化反应加剧，加快了大米劣变的速度。大米的储藏、化学药剂残留，以及如何保持大米营养、口味等品质提升和保鲜问题也随着人民生活水平的提高日益凸显。大米的特性决定其保鲜难，大米的储藏始终是粮食储藏学科中的瓶颈。

（一）大米储藏技术和方法

大米主要的储藏技术和方法有常温储藏、低温储藏、缺氧（自然缺氧、充 CO_2、充 N_2、真空）储藏、电子辐照防霉储藏、化学储藏等。

1. 常温储藏

常温储藏是现在应用最广也是我国最为普遍的大米储藏的主要方式。农民收割稻谷后，经晾晒、碾磨、存储等操作，主要是利用大米的水分含量降低，导致大米在储藏过程中品质变化的外环境水分活度低，延缓大米品质劣变，这种方式针对控制大米含水量，操作简单，但大米数量和品质上的损失显著。大中型加工厂、粮站储藏则以标准粮库为主，条件较好，储藏质量相对容易控制，但也有保管不善和大米储藏质量不稳定等问题[3]。

2. 低温储藏

低温储藏是目前较好的方法，主要途径有两种。

（1）利用机械通风将自然低温通入粮堆，使仓内大米温度降至低温状态，并利用粮食导热系数小的特性，使粮食较长时间保持低温。

（2）在夏秋季高温季节采用窗式空调器补充冷源，以保持粮温的准低温状态，但因其费用太高，在目前和今后较长时间内还难以大量推广[4]。

3. 缺氧储藏

缺氧储藏包括自然缺氧、充 CO_2、充 N_2、真空等缺氧储藏措施[5]。因其技术含量高、费用高、外环境（辅助设施）不够成熟，因而尚没有大量推广。目前，随着小包装技术的发展，缺氧储藏技术再一次走上市场。

4. 电子辐照防霉储藏

电子辐照使大米色泽都有一定程度的褐变，并使米饭刚出锅时呈现使人不愉快的气味。褐变程度随辐照剂量的增加色泽加深，与储藏时间的延长无关。

5. 化学储藏

化学储藏也是一种重要的储藏方式。有研究证明，在小包装米中即使放入大量虫样，只要加入敌敌畏（DDVP）缓释片，就可以在几天内将害虫熏蒸杀死，并保持无活虫期达三个月以上[6]，残留测定也表明，试验过的大米是完全安全的。

（二）大米包装的基本要求

大米包装的基本要求是防霉、防虫、保鲜，其次是取用方便。

1. 防霉

大米在加工过程中，表面会沾染糠粉，极易遭受外界温湿度的影响而吸湿返潮，有利于微生物的繁衍。霉变与大米含水量、环境温度、湿度、气体成分显著相关。此外，大米自身的呼吸代谢可导致大米发热、霉烂、变质，所以对大米包装的要求首先是防霉。

2. 防虫

大米的虫害主要是米象，米象在温度低于11℃或高于35℃时不产卵。气体环境对害虫影响比较显著。大米包装应有有效的防虫效果。

3. 保鲜

大米储存过程中会出现陈化现象。大米的陈化主要表现为光泽减退、酸度增加、米饭香味消失、黏性下降、出现陈米气味，蒸煮品质变劣[7]。一般大米储存一年即发生不同程度的陈化，因此选择合适的包装材料对大米保鲜尤为重要。

（三）大米的包装材料

用于包装大米的材料有塑料制品、纸制品、金属制品、玻璃容器、麻制品和复合包装袋等，目前常用的主要是塑料制品。

1. 塑料编织袋

塑料编织袋是用塑料薄膜（聚乙烯、聚丙烯、尼龙等薄膜）制成一定宽度的窄带，或用热拉伸法得到强度高、延伸率小的塑料扁带编织而成。塑料编织袋比塑料膜袋的强度高得多，且不易变形，耐冲击性也好，同时由于编织袋表面有编织纹，提高了防滑性能，便于储存时的堆码[8]。大米重量在5kg以上的包装几乎全用塑料编织袋材料。使用塑料编织袋来包装大米，包装方式简单，但材料防潮性差、阻隔性差、大米易氧化霉变，虫害现象较为严重，尤其在夏季储存期更短。

2. 复合塑料袋

复合塑料袋是由高阻隔性包装材料 EVOH、PVDC、PET、PA 与 PE、PP 等多层塑料的复合，这种包装比塑料编织袋包装防潮、防霉、防虫效果都要好。另外图案、商标印刷很清楚，文字、条码清晰可见，容易吸引顾客，促进销售。大米重量在5kg以下的包装绝大多数用复合塑料袋包装。使用复合塑料袋来包装大米，一般辅以抽真空或充气技术后热封。由于材料本身的致密性和抽真空、充气处理，基本解决了大米包装上防霉、防虫、保质问题，具备一定推广、实用价值。但复合袋包装在封口热合时易出现起皱现象，会影响包装袋的美观度。另外，复合袋的抗压强度不够，一些采用充气方式的包装，在运输过程中经常会出现破袋现象，从而影响大米的保质期。再次，塑料袋由于不易降解，后处理较难，同时，塑料制品有毒性，使塑料袋使用受到一定的制约。

第二节　大米储藏保鲜关键技术研究与应用

一、引言

稻谷去壳得到糙米，糙米再碾去果皮与胚成为大米。胚乳的暴露使其在加工过程中脂肪酶易被激活，促使生理生化反应加剧，加快劣变速度，特别是在高温多湿的夏季更易酸败、陈化。大米的储藏特性决定了其保鲜难，所以研究大米的包装显得势在必行。

（一）大米气调保鲜技术

气调储藏在现代农产物储藏方法中是最被推崇的储藏技术。气调储藏在具体方法上可分为人工气调储藏和自发气调储藏。气调储藏的原理就是通过增加储藏环境中 CO_2 的浓度、降低 O_2 的浓度、来抑制果蔬产品的呼吸作用，延缓后熟衰老[9]。人工气调储藏是利用设备方式使储藏环境中的 O_2 和 CO_2 控制在一定指标内，通常浓度波动<1%，并同时使环境中的乙烯、乙醇、乙醛等有害气体脱除。

人工气调储藏技术在国外研究和应用较早，已在苹果和梨的储藏中成功应用[10]。研究和应用较多的是自发气调储藏小包装气调储藏技术。自发气调储藏利用果蔬的呼吸作用和塑料薄膜的通透性来自发调节包装袋内的气体成分，自发气调储藏的关键是选择合适的保鲜薄膜，中层袋选择具有一定透气、透湿的材料并选择国内外最优微孔膜技术制成的聚烯烃膜。气调保鲜技术是利用粮食采摘后的自身呼吸降低 O_2、提高 CO_2 的自发气调储藏技术来防虫、防霉，反过来又抑制呼吸、延缓陈化的生物理技术[11]。

（二）气调保鲜罐

气调保鲜罐（已申请专利）是一种全新大米包装方式，使产品不仅可以在开包前保护大米的品质，而且在开包食用过程中也对大米进行有效保护。该气调保鲜罐配合脱氧包装方式，可实现大米保鲜、阻氧和定量取米功能，尤其使大米在食用过程中能有效防止大米与空气接触，从而防止大米氧化变质，提高大米储藏品质。

（三）气调保鲜罐的特点

1. 包装阻隔性显著提高

由于硬质包装的材料厚度较大，几乎可以完全阻隔气体、水分以及外界的微生物。

2. 包装保护性显著提高

硬质包装容器具有很高的强度和刚度，几乎可以完全避免因在运输仓储过程中的跌落、冲击、振动和摩擦等对包装产生的机械损伤，最大限度地降低包装破损率。

3. 包装环保性显著提高

新型硬质大米包装罐以聚碳酸酯（PC）为原材，一旦成型之后可反复循环使用，最大限度地减少大米软包装材料对环境的污染。

4. 全过程保鲜

传统的大米包装通常在开包之后，空气进入包装内部，随着食用的进行，大米品质下降很快。新型大米包装罐可有效避免取米时大米与空气接触，始终使其保持较高的食用品质。

5. 一次性包装生产成本高

硬质大米包装罐的生产需要昂贵的模具、设备，生产效率相比大米塑料软包装也要低得多。

（四）研究的主要内容

我国粮食包装始终在前进中总结经验。大米常用的真空包装技术，对大米的保鲜有一定的作用，但在流通过程中的散漏率高达 30%，给企业和消费者都带来一定的损失。有学者结合流通环境对大米真空包装技术进行了一系列的改进研究，建议降低企业现行的大米包装真空度（－0.07～0.095MPa），确定了兼顾食用品质和流通效果的最佳真空度（－0.057MPa），缩短了大米的货架寿命。因此，寻找可代替真空包装的新型气调包装技术是大米包装的发展目标之一。本实验着重研究了三种不同包装方式（传统编织袋、真空包装和气调保鲜罐）储藏流通过程与品质变化的关系，比较三种包装的保鲜和保护效果，为完善大米储藏技术提供依据。

二、大米储藏保鲜实验材料和方法

（一）材料与仪器

1. 材料

市售北大荒牌大米：大米的初始含水量为 14.05%；密度为 $1.6 \times 10^3 kg/m^3$。

复合膜袋：PA/LLDPE，其透湿率为 $8g/(m^2 \cdot 24h)$；透氧和透二氧化碳率分别为 $6.06cm^3/(m^2 \cdot 24h \cdot 0.1MPa)$、$15.4cm^3/(m^2 \cdot 24h \cdot 0.1MPa)$。

气调保鲜罐：自制。

2. 仪器

DZQ400/2SA 多功能真空充气包装机（上海峰全包装机械有限公司）；

SHH-150S 恒温恒湿培养箱（广州艾克明仪器有限公司）；

LN-Ⅱ型粮食黏度测定仪（台州市路桥区嘉晶电子晶体有限公司）；

722S 型分光光度计（上海圣科仪器设备有限公司）；

XT-DL150 单翼跌落试验机（深圳市硒铁检测仪器有限公司）；

OM8620 垂直水平振动试验机（东莞市欧美奥兰仪器有限公司）。

（二）方法

1. 样品处理

1）编织袋试样（◆）

5kg 装编织袋商品大米，8 袋。

2）抽真空包装试样（■）

大米 500g 装入复合塑料薄膜袋中，用真空包装机抽真空并立即封口，真空度达到－0.07MPa（企业常用真空度），8 袋。

3）罐藏气调试样（▲）

将大米 22.5kg（相当于 14L）装入 PC 罐中，旋紧瓶盖密封，8 罐。

2. 模拟储藏试验

三组试样均放在恒温恒湿箱中，温度为（30±0.2）℃，相对湿度为（90±3)%（液态 CO_2 临界温度 31.4℃，不能高于该温度，故选 30℃）进行加速实验，定期（每 15 天）取样测定试样的水分、游离脂肪酸值、还原糖、黏度等项目。试验设计见表 4-1。

表 4-1　不同包装方式大米模拟加速储藏试验设计
Table 4-1　Simulation acceleration of rice in different packaging design of storage test

检测项目	0d	15d	30d	45d	60d	75d	合计
水分							
脂肪酸							
还原糖							◆：8 袋
黏度	◆■▲	◆■▲	◆■▲	◆■▲	◆■▲	◆■▲	■：8 袋
光透差							▲：8 罐
食味值							
微生物							

注：◆代表编织袋；■代表真空包装袋；▲代表气调保鲜罐；表 4-2 同。

3. 模拟流通试验

三组试样分别在跌落试验机和振动试验机上进行跌落和振动试验，根据重量不同选择不同的跌落高度，振动频率 14Hz（虑到大米流通手段主要是公路运输，故选择公路运输常用振动频率），振幅 5mm，检测两组试样包装不破损所能耐受的跌落次数和振动时间。模拟流通试验设计见表 4-2。

表 4-2 不同包装方式大米模拟流通试验设计

Table 4-2 Simulation flow of rice in different packaging experimental design

检测项目	试样数量	合计
跌落	◆■▲	◆：2袋 ■：2袋
振动	◆■▲	▲：2罐

4. 品质分析方法

水分测定：GB 5497—85 隧道式烘箱法；

脂肪酸测定：参照 GB/T 15684—1995 方法测定；

还原糖测定：结合 GB/T 35009.7—2008 方法和水杨酸比色法；

黏度测定：旋转式黏度计法（GB/T 35516—1985 方法测定）；

光透差和微生物测定：参见 GB 478915—1994；

食味评分值：参见 GB/T 15682—2008；

耐跌落性和耐振度测定：参见 GB/T 4857.5—1992 和 GB/T 4857.7—2005。

5. 数据处理方法

试验结果采用数学软件 SPSS13.0 进行分析。

三、大米储藏保鲜实验结果

（一）大米水分含量的变化

大米含水量的变化受其所处环境温、湿度的影响，不同包装方式为大米提供了不同的袋内相对湿度环境，因此对大米含水量的影响也不同，见图 4-1。

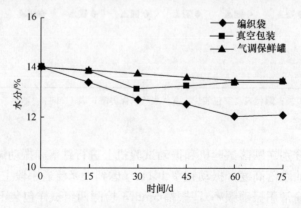

图 4-1 不同储藏方式大米水分含量的变化

Fig. 4-1 Different changes in water content of rice in different storage methods

在高温高湿的环境中，密封在包装袋内的大米受环境高温的影响非常明显，表现为大米失水。由于包装材料的阻隔性，使水分留在包装袋内，袋壁有结露现象，袋内相对湿度增加，对大米失水起到了一定的抑制作用。同时，包装材料的阻湿性在初期成功地减慢了外界环境中水分进入包装袋的速度。

由图 4-1 可见编织袋包装的大米失水情况最严重，这是由于编织袋阻隔性很差，在高温条件下大米水分丧失较快。真空包装大米失水和吸水都相对较小。这与袋中米粒紧紧挤在一起，外界高温在米堆中的传递速度降低有关，米粒升温速度减慢，初期失水少。

气调罐藏包装水分变化最小，呈现出先减小后趋于平稳的趋势。主要原因是气调保鲜罐壁厚较复合膜的厚度大得多，外界环境中的水分很难通过罐壁进入包装内部，另外铁粉除氧的同时需要消耗了一定的水，当罐内氧消耗殆尽时，此反应趋于停止。

（二）大米脂肪酸值的变化

脂肪酸值是粮食储藏中品质变化的重要指标之一。一般来说脂肪酸值越高，粮食品质越差。大米中的脂类含量为 $2\%\sim3\%$，含量不高的脂类与大米的陈化有极大的相关性。大米中的脂类主要是亚油酸、油酸、软脂酸，另有少量不饱和脂肪酸所占比例较大，这些不饱和脂肪酸在空气中的氧及大米中相应的酶的作用下，氧化较快。另外，大米中的真菌是导致大米脂肪分解，脂肪酸值升高的又一个重要因素。微生物分解脂肪产生的初级产物——高级脂肪酸除被微生物利用外，还容易在大米籽粒中积累，导致大米脂肪酸值（酸价）增高。

由图 4-2 可知，储藏期间随着时间增加，脂肪酸值呈上升趋势，但是增加的速度有所不同。编织袋包装大米脂肪酸增加最快，60 天即超过 24mg/100g，真

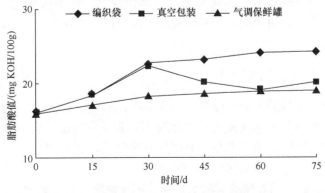

图 4-2　不同储藏方式大米脂肪酸的变化

Fig. 4-2　Different changes in fatty acid of rice in different storage methods

空包装较气调保鲜罐短时间内增加的速度和幅度更大，这是因为虽然抽了真空，但包装内仍含有低浓度的氧，大米脂肪仍然发生缓慢氧化。而气调保鲜罐，CO_2气体置换了空气，使罐内氧含量减少，因而脂肪氧化缓慢，同时，瓶盖内铁粉除氧剂能迅速去除罐内剩余氧气，也减缓了脂肪氧化的程度和速度。经 F 检验，显著性 $P < 0.05$，不同气调包装对大米脂肪酸值的影响差异显著。为了确定其显著性差异，故对不同气调包装进行多重差异比较，多重差异比较用各水平的最小显著差数法（LSD 法），结果见表 4-3，编织袋与真空包装和罐藏处理间差异显著，罐藏与真空包装处理差异并不显著。

表 4-3　大米不同储藏方式多重差异比较

Table 4-3　Rice comparison of multiple different storage methods

处理 I	处理 J	平均差 (I−J)	标准偏差	显著性	95%置信区间	
					下限	上限
编织袋	真空包装	1.148 67 *	3.626 911	0.756	−6.540 04	8.837 38
	保鲜罐	−4.690 76 *	3.626 911	0.214	−12.379 47	2.997 95
真空包装	编织袋	4.690 76 *	3.626 911	0.214	−2.997 95	12.379 47
	保鲜罐	5.839 43	3.626 911	0.127	−1.849 28	13.528 14
保鲜罐	编织袋	−1.148 67 *	3.626 911	0.756	−8.837 38	6.540 04
	真空包装	−5.839 43	3.626 911	0.127	−13.528 14	1.849 28

75 天在我们检测最后一批样本的同时，又测定了 15 天时开包的真空包装大米，结果发现其劣变很严重，脂肪酸含量为 36.9mg KOH/100g，已超出《粮油储存品质判定规则》中粳大米陈化的标准（35mg KOH/100g）。为了对比，我们又测定了 15 天时取样的气调保鲜罐中的剩余样品，脂肪酸值为 20.37mg KOH/100g，仍然适合继续存放。由此可见，气调保鲜罐突破了传统包装对大米储藏过程中的保护作用，更重要的是其全程对大米的保护和保鲜，尤其体现在大米的消费过程。

（三）大米还原糖的变化

大米中含有少量的低分子糖类，如葡萄糖、果糖、麦芽糖、蔗糖、密二糖和棉籽糖等；这些低分子糖类按化学结构的不同又可分为还原糖和非还原糖两类。还原糖分子中含有游离的还原基，因此具有还原性，在适当的条件下易被氧化，严重影响大米的品质，结果如图 4-3 所示。

由图 4-3 可知，随着储藏时间的增加，还原糖的含量逐渐增加。编织袋包装在第 75 天时，还原糖增加了近 1 倍。真空包装与气调保鲜罐较好地抑制了还原糖的产生，气调保鲜罐还原糖前期增加较快，中后期增加速度较缓慢。

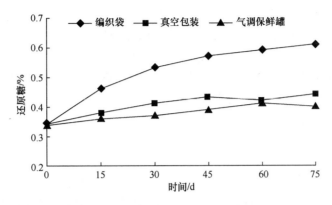

图 4-3 不同储藏方式大米还原糖的变化

Fig. 4-3 Different changes in reducing sugars of rice in different storage methods

（四）大米黏度变化

与大米加工品质和食用品质有密切关系的是其淀粉糊化后的性质，特别是黏稠度的变化。大米在储藏过程中黏性会下降。大米黏性下降是造成大米饭糯性下降、口感变劣，影响食欲的主要原因。因此，黏度指标对以大米为原料进行食品加工的厂家来说，是指导生产的一项重要科学依据。

大米的淀粉黏度降低，是造成大米饭糯性下降、口感变劣、影响食欲的主要原因。影响陈化大米糊化特性和黏度特性的因素有淀粉、蛋白质、淀粉酶活性、米粒细胞壁、脂质等。其中，α-淀粉酶是影响淀粉糊化特性和黏度特性的最主要因素。

由图 4-4 可知，大米的原始黏度值为 10.9mPa·s，不同包装条件下储藏，

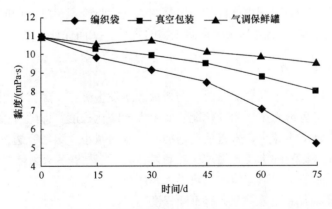

图 4-4 不同储藏方式大米黏度的变化

Fig. 4-4 Different changes in viscosity of rice in different storage methods

均呈下降趋势。编织袋包装大米在 75 天时黏度值下降了一半；真空包装条件下大米在 60 天的黏度值下降了 20%；气调保鲜罐藏 75 天的大米黏度为 9.56 mPa·s，三种储藏方法对大米黏度变化的影响差异显著。虽然整体呈现缓慢下降趋势，这说明绝大多数大米在储存期间的品质都会下降，但气调保鲜罐有效延缓了大米的陈化过程。

（五）微生物的变化

微生物有真菌、细菌、病毒等，而最易促成大米霉变的是真菌中的霉菌，因此大米中微生物的数量就可以有效地反映大米发生霉变的程度，也就是大米品质的优劣，大米中微生物的数量越多，大米霉变的程度越大，大米的品质越差。结果如表 4-4 所示。

表 4-4　不同包装方式中霉菌的测定

Table 4-4　The determination of different packaging molds

包装种类	0 天	15 天	30 天	45 天	60 天	75 天
编织袋	29	0.48×10^3	1.0×10^3	5.04×10^3	1.06×10^4	0.8×10^8
真空包装	29	1.62×10^2	3.34×10^2	5.39×10^2	7.6×10^2	9.5×10^2
气调保鲜罐	29	2.78×10^2	4.7×10^2	2.28×10^2	2.44×10^2	7.5×10^2

理论上水分变化小、含氧量低的真空包装应该不容易发生霉变。但由表 4-4 可知，编织袋长期在高温高湿条件下储存很容易发霉；发生劣变；真空包装和气调保鲜罐能有效抑制霉菌生长。但真空包装抑菌效果稍差，究其原因是抽真空后袋内还残存微量氧气（4% 左右），随着时间的推移，大米和菌类的呼吸虽然消耗了袋中 O_2，使 O_2 含量逐渐降低，但为时已晚。气调保鲜罐能有效地控制包装袋内的氧气含量，在短时间内就能使包装袋内氧气含量降至最低，同时从气瓶中溢出的高浓 CO_2 也能抑制大米呼吸和微生物的生长，从而保证大米的储藏品质。

（六）大米光透差的变化

在大米储藏过程中随着储藏时间的增加大米发生陈化，失去食用价值。米汤碘蓝值（米汤呈色透光率）的变化能够反映大米陈化程度，即随着大米陈化程度的增加，其支链淀粉减少、直链淀粉增加、碘蓝值减小。米汤光透过率能够反映大米霉变情况（霉米的米汤光透过率较新米大）。光透差＝米汤碘蓝值－米汤光透差值。光透差包含了碘蓝值和加热吸水率两个大米蒸煮特性指标，随着大米储存时间的延长，大米光透差都会有不同程度的降低。

如图 4-5 所示，三种包装方式的大米在储藏过程中光透差值都有所下降，编织袋包装下降最快，40 天即为负值；真空包装在储藏后期出现劣变，光透差值为负值；气调保鲜罐光透差值下降缓慢，在 75 天时仍为正值。

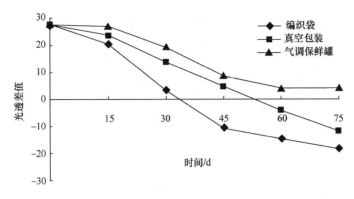

图 4-5　不同包装方式大米光透差的变化

Fig. 4-5　The different packaging of rice through differential changes in light

（七）大米食味品质感官评定

大米在蒸煮和食用过程中所表现的各种理化与感官特性称为蒸煮和食用品质，蒸煮和食用品质直接的鉴定方法是用规格统一的容器，掌握适当的米、水、蒸煮时间把米煮成米饭，并有训练有素的品尝小组（5 人）来做各项指标的鉴定，评价完毕后计算平均值，得到的评定结果见表 4-5。

表 4-5　食味评分值随储藏时间的变化

Table 4-5　The taste score value changes with storage time

包装种类	0 天	15 天	30 天	45 天	60 天	75 天
编织袋	95	82	75	70	65	58
真空包装	95	88	81	76	72	70
气调保鲜罐	95	91	85	83	83	85

由表 4-5 可知编织袋包装大米在高温高湿环境中 70 天左右食味便不能接受，主要是因为发生了严重的霉变和陈化；真空包装大米在储存过程中品质发生劣变，75 天仍可以接受；气调保鲜罐无论任何时间食味评分值都是最高，这主要归功于脱氧剂的除氧能力和 CO_2 的抑菌作用。

（八）耐跌落性和耐振度测定

试验采用的真空度为 $-0.07MPa$，由于真空度较大，包装材料紧紧包裹大米，而大米两端较尖，包装袋很容易被米粒扎破，致使真空包装失效。包装袋在流通过程中袋与袋之间的摩擦、碰撞和跌落很容易造成破袋散漏。试验结果见

表4-6、表4-7。

表4-6　不同包装方式大米低落试验

Table 4-6　The low test different packaging rice

包装种类	1次	2次	3次	4次	5次	10次	20次
编织袋	完好	完好	完好	完好	完好	完好	完好
真空包装	完好	磨损	针孔	破袋	×	×	×
气调保鲜罐	完好	完好	完好	完好	完好	完好	完好

表4-7　不同包装方式大米振动试验

Table 4-7　The vibration testing of different packaging of rice

包装种类	10min	20min	30min	40min	50min	60min	120min
编织袋	完好	完好	完好	完好	完好	完好	完好
真空包装	完好	完好	完好	完好	破空	×	×
气调保鲜罐	完好	完好	完好	完好	完好	划痕	划痕

从表4-6、表4-7可知，无论是跌落还是冲击，编织袋包装显示出很好的保护性，这是因为编织材料的韧性和弹性能吸收来自外界的冲击和振动。真空包装表现不好，跌落4次即有破袋发生，而气调保鲜罐跌20次仍然保持密封。从耐振度表可知，真空包装在频率14Hz、振幅5mm（接近于汽车运输的振动频率）的定频下进行水平振动，50min发生破袋。而气调保鲜罐超过120min也没有发生破损，但与振动台接触的部分发生划痕，这主要是因为聚碳酸酯不耐磨的缘故。之所以气调保鲜罐的耐跌落性和耐振度很高，是因为其具有足够的壁厚，使罐的机械强度、刚度和耐磨性显著提高，因此能抵御严酷的运输环境。

四、大米储藏保鲜效果

从不同包装方式总体储藏保鲜效果分析，得知气调保鲜罐＞真空包装＞编织袋包装，真空包装与气调保鲜罐包装相比，在流通储藏过程中除氧不够完全，保鲜效果欠佳。另外，在消费者开包食用过程中，真空包装对大米不再有任何保护保鲜作用，导致大米很快劣变；而大米气调保鲜罐在大米开包食用全过程，避免了大米与空气直接接触，内部高浓度的CO_2可以有效地抑制霉变、氧化等大米劣变，有效延缓了大米在食用过程中的品质下降。

气调保鲜罐属于硬包装，具有很高的强度和刚度，几乎可以完全避免大米因在运输仓储过程中的跌落、冲击、振动、摩擦等对包装产生的机械损伤，最大限度地降低包装破损率。

参 考 文 献

[1] 蒋中往. 粮食储藏. 北京：中国商业出版社，1995

[2] 周显青. 稻谷精深加工技术. 北京：化学工业出版社，2006

[3] 许晓秋，王善学，李景庆. 粮食保鲜袋技术述评. 粮食储藏，2002，(4)：25-29

[4] 潘巨忠，李喜宏，陈丽，等. 大米储藏技术研究现状与进展. 宁波农业科技，2005，(1)：11-14

[5] 罗来凌，吴敬荣，劳耀然. 敌敌畏对小包装大米缓释熏蒸的研究. 粮食储藏，1996，(5)：9-12

[6] 黄建国. 三种象虫的鉴定与防治方法. 粮食科技与经济，1996，(1)：12-13

[7] 屠洁. 科学鉴别粮食陈化及大米优劣. 监督与选择，2006，(6)：66-67

[8] 胡志鹏，杨燕. 我国粮食包装现状及发展趋势. 中国包装，2004，(1)：51-52

[9] 何晶. 简论食品气调包装技术. 广东包装，2003，(1)：20-21

[10] Isenberg FMR. Controlled atmosphere storage of vegetables. Hort Rev., 1981, (1)：337

[11] 卢立新. 果蔬气调包装理论研究进展. 农业工程学报，2005，21 (7)：175-180

第五章　大米产品追溯系统和召回系统软件的开发

第一节　概　述

随着消费者生活水平的提高和食品安全问题的凸显，建立食品安全追溯制度，实现食品安全的可追溯性，已经成为研究制定食品安全政策的关键因素之一。食品追溯的意义不仅体现在构建食品可追溯体系上，还体现在完善食品可追溯制度和创建食品追溯系统等方面。

一、食品追溯体系应用的意义

食品追溯体系的建立。这不仅是保证食品安全的一项重要措施，也是适应国际贸易，提高消费者对食品安全信心、提高食品安全突发事件应急处置能力的重要手段。食品追溯体系应用的意义可概括为以下几个方面。

（一）适应食品国际贸易要求

欧盟 2000 年 1 月发表了《食品安全白皮书》，提出了新的食品安全体系框架，一项根本性改革措施就是以控制"从农田到餐桌"全过程为基础，明确所有相关生产经营者的责任。2002 年 1 月颁布的 EC178/2002 号法令，要求从 2004 年起，在欧盟范围内销售的所有食品都能够进行追踪和追溯，否则不允许上市销售。

FDA 要求在美国国内外从事生产、加工、包装或掌握人群或动物消费的食品部门，在 2003 年 12 月 12 日前必须向 FDA 登记，以便进行食品安全追踪与追溯。2004 年 5 月美国再次颁布了《食品安全跟踪条例》，要求所有涉及食品运输、配送和进口的企业要建立并保全相关食品流通的全过程记录。该规定不仅适用于美国食品外贸企业，同时适用于美国国内从事食品生产、包装、运输及进口的企业。

日本农林水产省 2002 年 6 月 28 日正式决定将食品信息可追踪系统推广到水产养殖产业，使消费者在购买水产品时可以通过商品包装获取品种、产地以及生产加工流通过程的相关流程信息；2003 年 6 月又通过了《牛只个体识别情报管理特别措施法》，并于 2003 年 12 月 1 日开始实施；2004 年 12 月日本开始立法实施牛肉意外食品追溯制度。

目前，国际上多采用国际物品编码协会（EAN International，EAN）推出的 EAN·UCC 系统，对各个食品供应链环节的管理对象进行标示，通过条形码和人工可识读方式使其相互连接，从而实现对整个食品供应链的追踪与追溯。

食品安全追溯已经成为食品国际贸易要点之一，亦成为一项新的贸易壁垒。通过建立食品追溯体系，可以使中国食品生产管理在尽可能短的时间内与国际接轨，符合国际食品安全追踪与追溯的要求，提高中国食品安全质量安全水平，突破技术壁垒，增加食品的国际竞争力，扩大对外出口[1]。

（二）维护消费者对所消费食品的知情权

食品工业化生产导致消费者和食品生产过程在时间和空间上的分离。目前的食品标签不能为消费者提供足够的信息，使人们不能了解食品的生产地、生产方式、添加剂、类型以及是否来源于转基因原料等。随着食品安全问题的日益突出，越来越多的消费者要求被告知食品整个食品供应链中的细节信息。食品追溯体系能够通过提高生产过程的公开化和透明度，建立一条连接生产和消费的渠道，让消费者能够更加方便地了解食品的生产和流通过程[2]。食品追溯体系的建立，能够将食品供应链中有价值的食品安全信息保存下来，以备消费者查询。不仅有助于维护消费者对所消费食品的知情权，而且有助于提高消费者对食品安全的意识。

（三）提高食品安全性监控水平

据统计，世界上每年约有 700 万人感染食源性疾病，已经引起人们对食品安全性的担忧，甚至失去了消费信心[3]。食品追溯体系的建立，一方面通过食品供应链成员对有关食品安全性信息的记录、归类和整理，促进食品供应链成员改进工艺，不断提高食品安全水平；另一方面通过食品追溯，政府可以更有效地监督和管理食品安全，与向企业派驻监督代表相比，前者只需要考核记录的真实性。食品追溯管理能够明确责任方，从而对食品供应链成员产生一种自我激励机制，使其采用更安全的生产方式并采取积极的态度防患食品风险。这种源于责任的激励机制，可以减少食品供应链发生食品安全事故的概率。同时，对整个产业和政府责任的确定也会产生正面效应，使各部门以积极的防御态度解决食品安全问题，减少食源性疾病的发生。

（四）提高食品安全突发事件应急处置能力

在食源性疾病暴发时，利用食品追溯和召回的系统工具，能实现快速反应、追根溯源，有效控制及时召回和减少损失[4]。因此，食品生产加工与管理部门应在 HACCP、GMP 控制体系的基础上，将污染追溯性管理引入食品供应链全程安全控制中[5]。

（五）提高生产企业诚信意识

全面详尽的食品安全信息的收集和分析，可以及时可靠地向食品供应链成员和消费者提供必要的信息，建立消费者对食品供应链成员的信任，促使食品供应链成员将安全标准化的食品生产变成食品供应链成员自觉自律的行动；同时，系统完整的食品安全信息的收集和分析，可以为有关食品安全生产、管理和消费提供科学的指导，有助于在食品供应链各个环节中改进食品安全操作的适当信息，提高生产管理效率、节省成本支出、提高产品质量。因此，随着全球化的不断深入，食品生产企业应积极构建食品追溯召回体系，实施诚信经营，以赢得消费者的信任。

二、大米在销售过程中的问题

诱发大米质量安全问题的因素繁多，且分布广泛，贯穿整个大米供应链体系，有可能是在供应过程中受到外源污染或内源污染等而引发的食品危害，或消费者食用方法不当或自身体质问题也可产生安全问题。因此，对大米质量安全问题产生原因与机制的剖析，应该从分析现代大米供应与需求的特性出发，利用食品追溯系统，对消费者获得产品之前的各个环节及消费大米全过程中所出现的情况进行追踪和追溯，这是过程追溯的内涵[6]。

（一）生产环节

自然环境条件（土壤、水和大气）的破坏，导致大米受到不同程度的污染，特别是可以通过食物链的生物富集使大米中的污染浓度远远高于环境浓度，一旦人类食用将产生慢性或急性临床危害甚至存在生命危险。

（二）加工环节

大米加工环节的污染主要来自两方面：一是加工环境卫生状况的影响，大米供应链成员内部加工设备设施的运行状况和 HACCP 等管理规范执行情况不良等原因，使食用大米在加工过程中出现污染；二是加工添加材料的影响，原料来源不明而存在安全隐患，添加剂、包装材料和防腐剂的滥用而导致的大米化学性污染。

（三）流通环节

随着食品贸易全球化的发展，农业和食品工业一体化发展进程的加快，对连接食品生产与销售的流通方式提出了更高的要求[7]。一方面，长距离运输、大范围销售及多渠道多环节流通使食品所处的外部环境等诸多条件的变化日益复杂，如温度、湿度、卫生状况等，从而使遭受微生物与有害物质污染的可能性增大；另一方面，食品与饲料的异地生产和销售形式为食源性疾病的传播流行创造了条件。因此，如何有效地运用冷藏链技术和保鲜技术等来降低流通环节的风险，成为食品安全管理中的一个重要研究领域。

（四）消费环节

食品供应链复杂性的演变，使食品生产与消费之间的时空距离逐步加大，从而使大米质量安全信息出现不对称现象，主要表现在三方面：一是大米具有信任品属性，大米质量安全信息作为内在品质不易被消费者察觉；二是由于利益和成本原因，大米供应链上游成员有意隐瞒信息或难以完整准确地揭示食品安全信息；三是消费者自身获取信息能力有限，如受教育程度及经济能力等。

综上所述，食品所具有的质量特性和食品供应链的日益复杂化，使食品供应链"从农田到餐桌"的任何一个环节都有可能引发食品安全问题，并造成严重的后果。过程追溯体系的建立，能够在食品供应链的每一个环节将与食品安全有关的信息保存下来，以备消费者和食品检测部门查询，有效实现了食品信任品特性信息的传递，并能快速有效地处置食品安全事件。

第二节　大米产品追溯系统软件的开发

一、大米产品追溯系统概述

（一）大米检测数据

根据大米包装上的条码可查看到该批次大米的生产日期、生产企业、原料来源及大米级别、留皮率、不完善粒、糠粉、垩白粒率、色泽、气味、透明度等多项指标，并同时提供大米的企业标准及国家标准，以便用户比较。

（二）大米生产工艺流程

用动画形式展现大米生产过程。

（三）大米相关信息数据

大米相关信息数据可提供大米企业标准和国家标准；提供大米常识知识；提供产品认证信息，包括食品安全管理体系要求、质量管理体系要求、良好操作规范、卫生标准操作程序、绿色食品认证、无公害食品认证和有机产品认证等。

（四）用户留言

用户留言提供与用户交互的平台，用户可将自己的看法及联系方式留言到网址上，也可看到其他用户的留言及生产企业的答复。

（五）系统公告

系统公告可发布公告并将每次发布的公告信息动态地保存到数据库中以便查阅。

（六）后台数据管理

后台数据管理包括系统用户数据、大米检测数据、产品来源数据和产品追溯数据（生产农场、产稻地块、施肥用药和受灾情况信息等）。

二、大米产品追溯系统数据管理

（一）数据模型

大米追溯系统信息存入 SQL Server 2000 数据库系统。系统中共有 40 多个数据表构成，各表之间有一部分是独立的，即和其他表间没有关联关系，如公告信息表和用户留言表、国标的数据表等；还有很多表之间有关联关系，如一对一关系、一对多关系和多对多关系。对于多对多关系一般通过建立关联表来维护两者间的关联。具体见图 5-1。

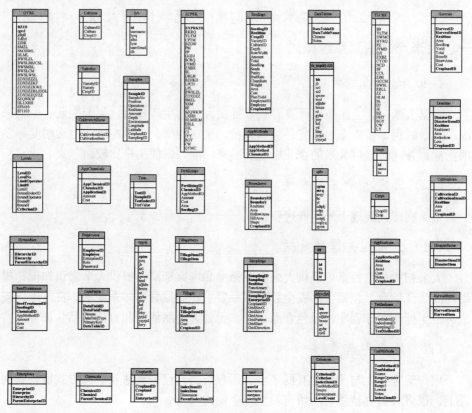

图 5-1　系统数据库表

Fig. 5-1　System database tables

由于系统中涉及的数据表较多，图中只是其中一部分

（二）数据库

由 E-R 图规划出数据库，其中与产品检测有关的数据表如图 5-2 所示。

1	Hierarchies	企业层级单元
2	Enterprises	企业
3	Croplands	农田
4	Employees	人员
5	IndexItems	环境指标
6	TestMethods	分析方法
7	Criterions	分级标准
8	Levels	级别
10	Samplings	采样方案
11	Samples	样品
12	TestIndexes	采样分析项目
13	Tests	分析结果
14	Boundaries	农田边界
15	Crops	作物
16	Varieties	作物品种
17	Cultures	作物栽培方式
18	Chemicals	农化品
19	AppMethods	农化品用法
21	Seedings	农田播种
22	Fertilizings	播种肥料
23	SeedTreatments	播种种子处理
26	TillageItems	整地项目
27	Tillages	农田整地
28	Applications	农化品施用作业
29	AppChemicals	施用农化品
30	CultivationItem	田间管理项目
31	Cultivations	田间管理
32	HarvestItems	收获方式
33	Harvests	农田收获
34	DisasterItems	灾害
35	Disasters	农田受灾

图 5-2 与产品检测有关的数据表

Fig. 5-2 Detection of the data table

（三）管理界面

1. 登录界面

登录界面如图 5-3 所示，输入用户名和密码即可进入系统后台维护程序。初始管理员用户名为"管理员"，初始密码为"1234567"，密码在数据库中是加密存储的，一旦忘记将无法恢复。进入系统后可修改管理员密码。修改密码的界面如图 5-4 所示。

图 5-3　登录界面

Fig. 5-3　Download the interface

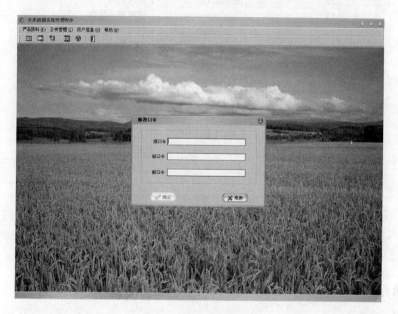

图 5-4　修改密码界面

Fig. 5-4　Resetting passwords interface

2. 大米检验数据维护界面

大米检验数据维护界面：该界面用于管理人员在产品出产前录入该批次产品检测数据（图 5-5）。

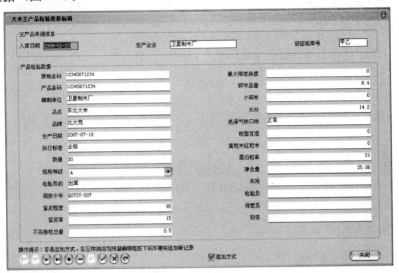

图 5-5 大米检验数据维护界面（1）

Fig. 5-5 Rice for data maintenance interface（1）

大米检验数据维护界面（2）：用于显示管理员录入的信息（图 5-6）。

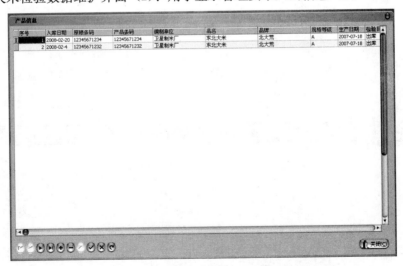

图 5-6 大米检验数据维护界面（2）

Fig. 5-6 Rice for data maintenance interface（2）

3. 大米企业标准浏览界面

大米企业标准浏览界面：用于管理员录入产品的企业标准（图 5-7）。

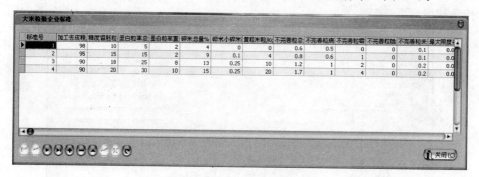

图 5-7　大米企业标准浏览界面

Fig. 5-7　Rice business through an interface standard

4. 用户留言管理界面

用户留言管理界面：用于管理员管理用户留言，根据实际情况筛选是否显示某一条留言（图 5-8）。

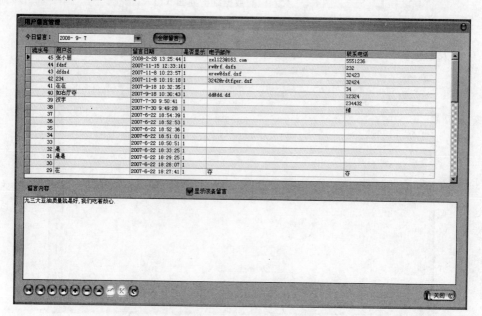

图 5-8　用户留言管理界面

Fig. 5-8　User message management interfaces

5. 系统用户管理界面

系统用户管理界面：用于设置管理员和密码（图 5-9）。

图 5-9 系统用户管理界面

Fig. 5-9 Management system user interface

三、检测追溯流程

（一）大米检测

进入主页后，单击导航条上的"查看追溯"，便可显示如图 5-10 所示界面。

输入大米条码后，单"查看"按钮即可得到该批次大米的检测数据及相应的如图 5-11 所示的企业标识数据。

界面将显示该大米的生产企业及产品的级别、色泽、气味、水分残留等数据，同时在下面一行显示同级别的企业标识数据。

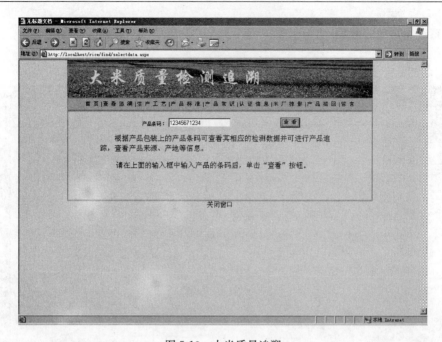

图 5-10　大米质量追溯

Fig. 5-10　Rice quality trace

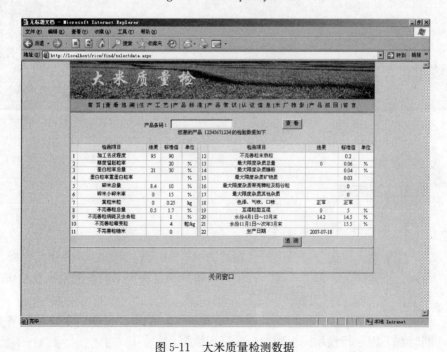

图 5-11　大米质量检测数据

Fig. 5-11　Rice quality inspection data

（二）产品追溯

单击"追溯"按钮，可弹出欲追溯信息的列表，单击左侧的项目，以右侧显示相应的追溯结果如图 5-12 和图 5-13 所示。

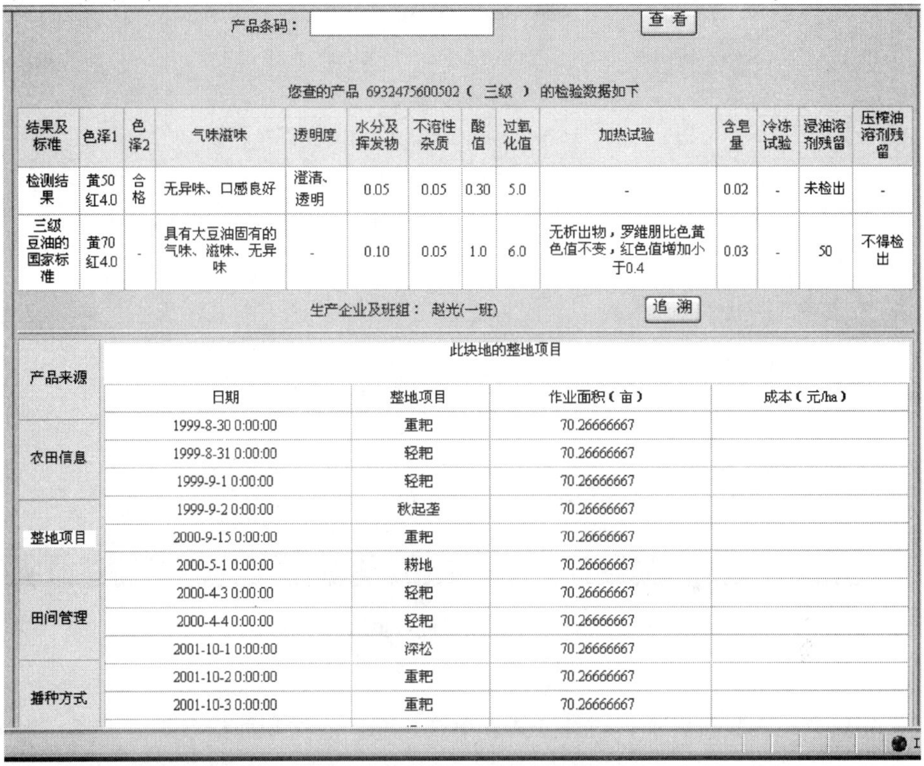

| 产品条码： | | | | | | | | | | | | 查看 |

您查的产品 6932475600502（三级）的检验数据如下

结果及标准	色泽1	色泽2	气味滋味	透明度	水分及挥发物	不溶性杂质	酸值	过氧化值	加热试验	含皂量	冷冻试验	浸油溶剂残留	压榨油溶剂残留
检测结果	黄50红4.0	合格	无异味、口感良好	澄清、透明	0.05	0.05	0.30	5.0	-	0.02	-	未检出	-
三级豆油的国家标准	黄70红4.0	-	具有大豆油固有的气味、滋味、无异味	-	0.10	0.05	1.0	6.0	无析出物，罗维朋比色黄色值不变，红色值增加小于0.4	0.03	-	50	不得检出

生产企业及班组：赵光(一班)　　　　　追溯

产品来源	此块地的整地项目			
	日期	整地项目	作业面积（亩）	成本（元/ha）
农田信息	1999-8-30 0:00:00	重耙	70.26666667	
	1999-8-31 0:00:00	轻耙	70.26666667	
	1999-9-1 0:00:00	轻耙	70.26666667	
	1999-9-2 0:00:00	秋起垄	70.26666667	
整地项目	2000-9-15 0:00:00	重耙	70.26666667	
	2000-5-1 0:00:00	耢地	70.26666667	
	2000-4-3 0:00:00	轻耙	70.26666667	
田间管理	2000-4-4 0:00:00	轻耙	70.26666667	
	2001-10-1 0:00:00	深松	70.26666667	
	2001-10-2 0:00:00	重耙	70.26666667	
播种方式	2001-10-3 0:00:00	重耙	70.26666667	

图 5-12　大米追溯数据（1）

Fig. 5-12　Rice trace to data（1）

检查完成品油的检测数据后，可看该批大米生产的其他相关数据。

大米产地：农场、作业区、作业组和地块。

地块信息：农田面积、洼地面积、岗地面积、边界和采样分析数据。

整地项目：整地日期、项目和面积。

田间管理：整地日期、项目、面积和成本。

播种方式：大米品种、栽培方式、播期、播深、行距、总播量、保苗株数、米间粒度、发芽率、清洁率、播种面积和成本等。

农药化肥：作业面积、农药化肥品种、用量、用法和成本。

灾害状况：受灾时间，干旱还是水涝等信息。

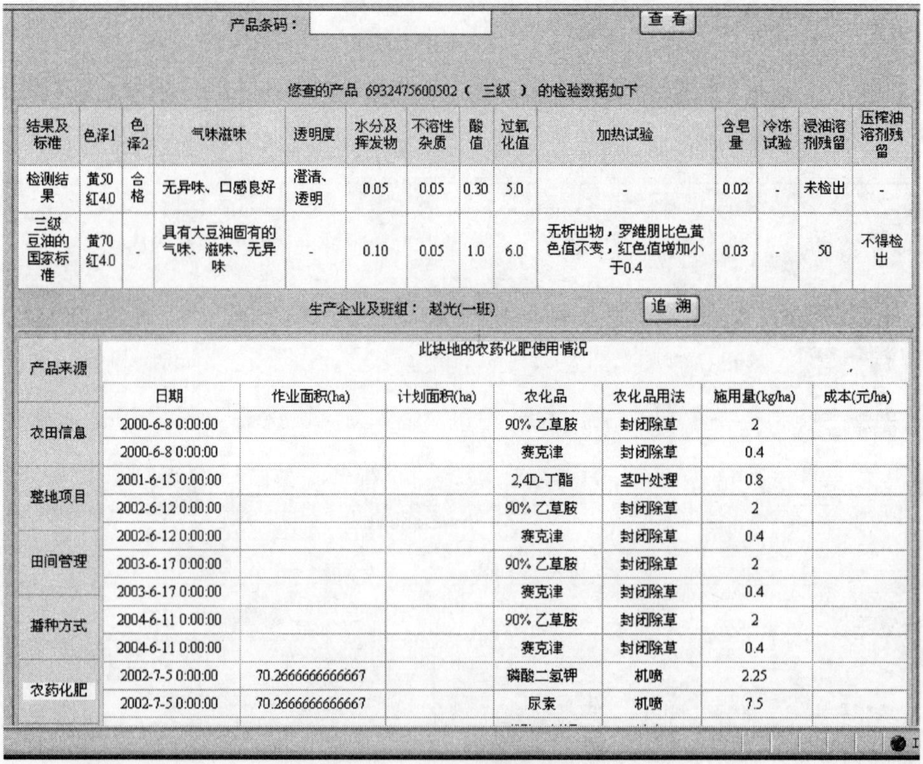

图 5-13　大米追溯数据（2）

Fig. 5-13　Rice trace to data（2）

　　收获方式：收获日期、收获方式、单产、总产、面积和株数等。

四、大米产品追溯系统工艺流程及信息浏览

（一）大米加工工艺流程

由大米生产到包装的整个生产过程用动画演示出来，包括预处理、浸出、水化脱胶、碱炼脱酸、脱色、脱臭和包装过程。可自动播放，也可手动拖动查看（图 5-14）。

生产车间掠影展示大豆油生产过程的实际车间，点击小图可浏览大图（图 5-15）。

（二）大米产品标准

大米产品标准可以查看等级产品的企业标准、国家标准及部分出口国家的产品标准（图 5-16）。

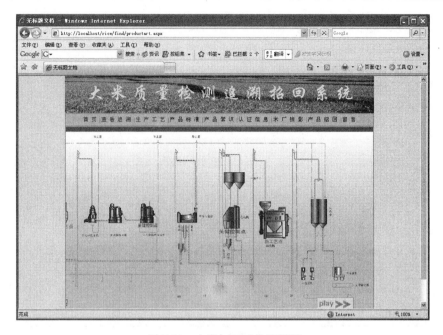

图 5-14 大米加工工艺流程图

Fig. 5-14 Rice processing processes

图 5-15 生产车间掠影

Fig. 5-15 Workshop glimpse

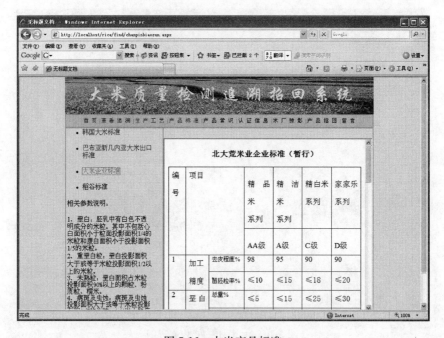

图 5-16　大米产品标准

Fig. 5-16　Rice product standards

（三）大米知识

大米知识可以查看部分和大米相关的基本知识（出糙率的检验方法、新陈米的鉴别方法等）（图 5-17）。

（四）大米认证信息

五、公告留言

（一）公告

在主页上显示最近的 10 条公告，公告信息动态管理，其数据存储在数据库中。可保留历史数据，供管理人员查看（图 5-18）。

（二）留言

用户可在留言板上发表看法，生产企业可在留言板上答复用户。管理员可在后台管理留言板数据（图 5-19）。

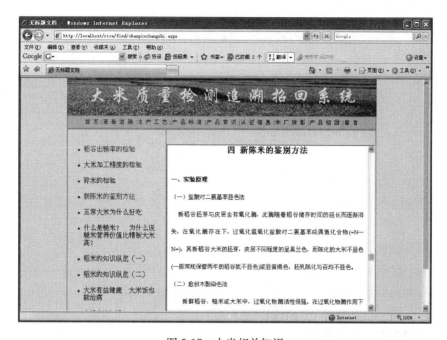

图 5-17　大米相关知识

Fig. 5-17　Rice relevant knowledge

六、开发环境及关键技术

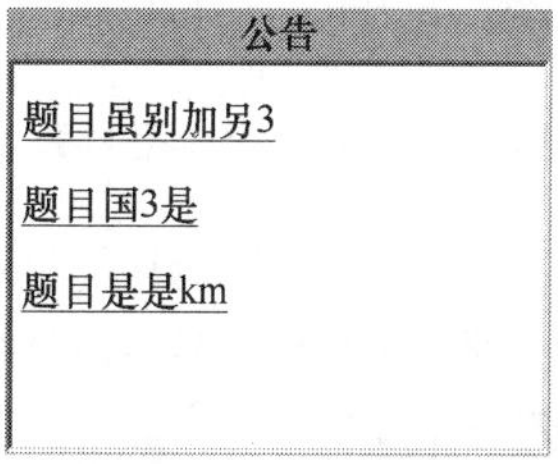

（一）开发环境

开发本系统选用以下开发工具。

1. Macromedia Dreamweaver 8. 0

Dreamweaver 是当前最流行的网页设计软件，目前最新版本为 8. 0。它与同为 Macromedia 公司出品的 Fireworks 和 Flash 一道被称为网页制作三剑客，这三个软件是相辅相成的，是制作网页的最佳选择。

图 5-18　公告

Fig. 5-18　Announcement

Dreamweaver 与其他同类软件相比主要有以下优点。

1）不生成冗余代码

一般的编辑器都会生成大量的冗余代码，给网页修改带来不便，同时增加了网页文件的大小。Dreamweaver 则在使用时完全不生成冗余代码，通过设置，还可用它清除掉网页文件原有的冗余代码。

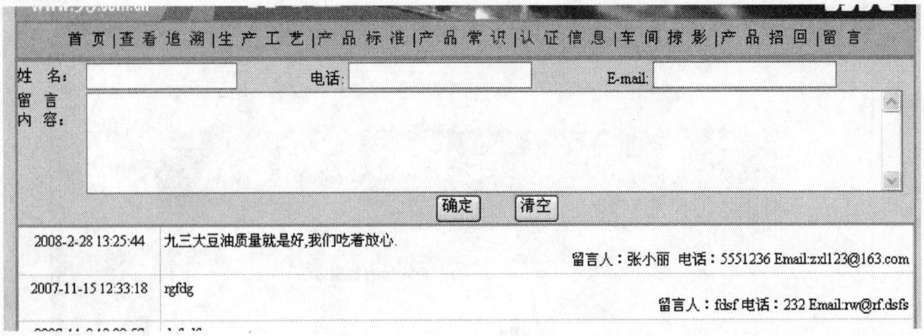

图 5-19　留言

Fig. 5-19　Message

2）方便的代码编辑

可视化编辑和源代码编辑都有其长处和短处。有时直接用源代码编辑会很有效。Dreamweaver 提供了 html 快速编辑器和自建的 html 编辑器，能方便自如的在可视化编辑状态和源代码编辑状态间切换。

3）强大的动态页面支持

Dreamweaver 的 Behavior 能在使用者不懂 java script 的情况下，往网页中加入丰富的动态效果。Dreamweaver 还可精确的对层进行定位，再加上 timeline 功能，可生成动感十足的动态层效果。

2. Microsoft ASP. NET 1. 1

ASP. NET 是建立在公共语言运行库上的编程框架，可用于在服务器上生成功能强大的 Web 应用程序。与以前的 Web 开发模型相比，ASP. NET 具有以下重要的优点。

1）增强的性能

ASP. NET 是在服务器上运行的编译好的公共语言运行库代码。与被解释的前辈不同，ASP. NET 可利用早期绑定、实时编译、本机优化和盒外缓存服务，这相当于在编写代码运行之前显著提高了性能。

2）世界级的工具支持

ASP. NET 框架补充了 Visual Studio 集成开发环境中的大量工具箱和设计器。WYSIWYG 编辑、拖放服务器控件和自动部署只是所提供功能中的少数几种。

3）超强威力和灵活性

由于 ASP. NET 基于公共语言运行库，因此 Web 应用程序开发人员可以利用整个平台的威力和灵活性。ASP. NET 框架类库、消息处理和数据访问解决方案都可从 Web 无缝访问。ASP. NET 也与语言无关，所以可以选择最适合应用程序的语言，或跨多种语言分割应用程序。另外，公共语言运行库的交互性保证在迁移到 ASP. NET 时保留基于 COM 的开发中的现有投资。

4）简易性

ASP. NET 使执行常见任务变得容易，包括从简单的窗体提交和客户端身份验证到部署和站点配置。例如，ASP. NET 页框架使用者可以生成将应用程序逻辑与表示代码清楚分开的用户界面，并在类似于 Visual Basic 的简单窗体处理模型中处理事件。另外，公共语言运行库利用托管代码服务（如自动引用计数和垃圾回收），简化了开发。

5）可管理性

ASP. NET 采用基于文本的分层配置系统，简化了将设置应用于服务器环境和 Web 应用程序。由于配置信息是以纯文本形式存储的，因此可以在没有本地管理工具帮助的情况下应用新设置。此"零本地管理"哲学也扩展到了 ASP. NET 框架应用程序的部署。只需将必要的文件复制到服务器，即可将 ASP. NET 框架应用程序部署到服务器。不需要重新启动服务器，即使是在部署或替换运行的编译代码时。

6）可缩放性和可用性

ASP. NET 在设计时考虑了可缩放性，增加了专门用于在聚集环境和多处理器环境中提高性能的功能。另外，进程受到 ASP. NET 运行库的密切监视和管理，以便当进程行为不正常（泄漏、死锁）时，可就地创建新进程，以帮助保持应用程序始终可用于处理请求。

7）自定义性和扩展性

ASP. NET 随附了一个设计周到的结构，它使开发人员可以在适当的级别"插入"代码。实际上，可以用自己编写的自定义组件扩展或替换 ASP. NET 运行库的任何子组件。实现自定义身份验证或状态服务一直没有变得更容易。

8）安全性

借助内置的 Windows 身份验证和基于每个应用程序的配置，可以保证应用程序是安全的。

3. Microsoft SQL Server 2000

Microsoft SQL Server 是一项全面完整的数据库与分析产品。从借助浏览器实现的数据库查询功能到内容丰富的扩展标记语言（XML）支持特性均可有力地证明，SQL Server 为全面支持 Web 功能的数据库解决方案。与此同时，SQL Server 还在可伸缩性与可靠性方面保持着多项基准测试纪录，而这两方面特性又都是企业数据库系统在激烈市场竞争中制胜的关键所在。无论以应用程序开发速度还是以事务处理运行速度来衡量，SQL Server 都堪称最为快捷的数据库系统，而这恰恰是该产品成为灵活企业首选解决方案的原因所在。

4. Delphi

Delphi 是著名的 Borland 公司开发的可视化软件开发工具。"真正的程序员用 C，聪明的程序员用 Delphi"，这句话是对 Delphi 最经典、最实在的描述。Delphi 被称为第四代编程语言，具有简单、高效、功能强大的特点。与 VC 相比，Delphi 更简单、更易于掌握，而在功能上却丝毫不逊色；与 VB 相比，Delphi 则功能更强大、更实用。可以说 Delphi 同时兼备了 VC 功能强大和 VB 简单易学的特点，它一直是程序员至爱的编程工具。

Delphi 具有以下特性：基于窗体和面向对象的方法，高速的编译器，强大的数据库支持，与 Windows 编程紧密结合，强大而成熟的组件技术。但最重要的还是 Object Pascal 语言，它是一切的根本，也是在 Pascal 语言的基础上发展起来的，简单易学。

Delphi 提供了各种开发工具，包括集成环境、图像编辑（image editor），以及各种开发数据库的应用程序，如 Desktop Data Base Expert 等。除此之外，还允许用户应用其他的应用程序开发工具，如 Borland 公司的资源编辑器（resourse workshop）。

在 Delphi 众多的优势当中，它在数据库方面的特长显得尤为突出：表现为多种数据库结构，从客户机/服务机模式到多层数据结构模式；高效率的数据库管理系统和新一代更先进的数据库引擎；最新的数据分析手段和提供大量的企业组件等。

（二）关键技术

1. 网上显示多数据表中的追溯数据

在输入成品油条码后，显示检测数和同级国标的数据后，单击"追溯"则显示需追溯的数据类别，各类别的查询结果用不同的 Panel 控件控制显示。为提高程序运行速度，在进行多数据表操作时使用一条 select 命令进行。例如，在显示地块信息时需同时对 5 个数据表中的数据进行关联显示，其 select 命令如下：

```
comdstr = "select v0. SampleID as 样品序号,(select SampleNO from samples where
SampleID = V0. SampleID)as 样品代号,(select Position from samples where SampleID =
V0. SampleID) as 采样地点,(select environment from samples where SampleID =
V0. SampleID)as 土壤类型,(select indexitem from indexitems where indexitemid = (se-
lect indexitemid from testindexes where testindexes. testindexid = v0. testindexid))
```

as 分析项目,(select TestMethods. testmethod from TestMethods where TestMeth-
ods. testmethodid = (select testmethodid from testIndexes where testIndex-
es. testindexid = v0. testindexid))as 分析方法,v0. testvalue 分析结果,(select dimen-
sion from indexitems where indexitemid = (select indexitemid from testindexes where
testindexes. testindexid = v0. testindexid))as 结果单位 from tests v0 where sampleid
in(select sampleid from samples where croplandid = "&croplandid &")"

地块信息显示的完成过程如下:

```
sub cropland_onclick(src as object,e as eventargs)
    td1. style("background - color") = "#FFF4ca"
    td2. style("background - color") = "#FFFfff"
    td3. style("background - color") = "#FFF4ca"
    td4. style("background - color") = "#FFF4ca"
    td5. style("background - color") = "#FFF4ca"
    td6. style("background - color") = "#FFF4ca"
    td7. style("background - color") = "#FFF4ca"
    td8. style("background - color") = "#FFF4ca"


    panel_trace. visible = false
    panel_cropland. visible = true
    panel_tillage. visible = false
    panel_cultivation. visible = false
    panel_seed. visible = false
    panel_Application. visible = false
    panel_disaster. visible = false
    panel_Harvest. visible = false


    croplandid = (session("croplandid"))
    '根据农田 id查找农田名称和企业 id
    comdstr = "select *   from croplands where croplandid = " & croplandid
    objconn. open()


    orderadp = new sqlDataAdapter(comdstr,objconn)
    orderadp. fill(orderds,"农田")


    '农田面积
    labelarea. text = cstr(orderds. tables("农田"). rows(0). item("area"))


    comdstr = "select * from boundaries where croplandid = " & croplandid
```

```
orderadp = new sqlDataAdapter(comdstr,objconn)
orderadp. fill(orderds,"农田边界")
  labelboundary. text = orderds. tables("农田边界"). rows(0). item("boundary")
  labelrealtime. text = orderds. tables("农田边界"). rows(0). item("realtime")
  labelarea1. text = orderds. tables("农田边界"). rows(0). item("area")
  labelhollowarea. text = orderds. tables("农田边界"). rows(0). item("hollowarea")
  labelhillarea. text = orderds. tables("农田边界"). rows(0). item("hillarea")

'农田采样分析
comdstr = "select *   from samples where croplandid = " & croplandid
orderadp = new sqlDataAdapter(comdstr,objconn)
orderadp. fill(orderds,"农田采样")

if   cint(orderds. tables("农田采样"). Rows. count)<>0   then
  comdstr = "select v0. SampleID as 样品序号,"
  comdstr + = "(select SampleNO from samples   where SampleID = V0. SampleID) as
样品代号,"
  comdstr + = "(select Position from samples   where SampleID = V0. SampleID) as
采样地点,"
  comdstr + = "(select environment from samples   where SampleID = V0. SampleID)
as 土壤类型,"
  comdstr + = "(select indexitem   from indexitems where indexitemid = "
  comdstr + = "(select indexitemid   from testindexes where testindexes. testindexid
= v0. testindexid)) as 分析项目,"
  comdstr + = "(select TestMethods. testmethod from TestMethods where TestMeth-
ods. testmethodid = "
  comdstr + = " (select testmethodid from testIndexes where testIndex-
es. testindexid = v0. testindexid )) as 分析方法,v0. testvalue 分析结果,"
  comdstr + = "(select dimension from indexitems where indexitemid = "
  comdstr + = " ( select indexitemid   from testindexes where testindex-
es. testindexid = v0. testindexid)) as 结果单位 from tests v0 "
  comdstr + = "where sampleid in (select sampleid from samples where croplandid
= " & croplandid & ")"
  orderadp = new sqlDataAdapter(comdstr,objconn)
  orderadp. fill(orderds,"农田采样综合数据")
repCroplandSample. datasource = orderds. tables("农田采样综合数据")
  repCroplandSample. databind()
  orderds. tables("农田采样"). clear
orderds. tables("农田采样综合数据"). clear
```

```
    objconn. close
    labelCroplandSample. text = "此块地采样分析数据"
else
    'response. write("<script language = 'javascript'>{window. alert('此块地还没
有采样! ');window. history. go( -1);}<" & "/script>")
    labelCroplandSample. text = "此块地还没有采样分析数据! "
    repCroplandSample. databind()
end if
end sub
```

2. 用浮动窗口控制动态公告及各种信息的显示，使网页布局简洁显示信息量大

```
< %  dim src as string

    src = request("src") % >
<iframe      name = "iframe1"      width = "100 % "      height = "420"      scroll-
ing = "auto" src = "< % = src % >"> </iframe>
```

链接设置：

```
<a href = ".. /books/greenfoods/NY T  391 - 2000  绿色食品  产地环境技术条
件 . pdf" target = "iframe1">产地环境技术条件</a>
```

3. Excel 报表数据到 SQL 数据表的转换

　　由于化验这部分数据在生产过程中是电子表格形式存储的，数据量很大，如果完全由人工输入到数据库将会花费很多时间，为此编写了一个程序，快速完成了由电子表格到 SQL Server 2000 数据库的导入[①]。

第三节　大米产品召回系统软件系统的开发

一、开发本系统的目的和意义

　　由于全球性食品安全问题不断出现，推动着国际组织和各国政府，特别是发达国家逐步建立和完善食品安全管理体系，加强食品安全监管工作。食品召回作为应对食品安全事件的一项重要举措，不仅使食品安全管理体系更加完善，而且使食品生产经营者都能遵循经济活动中诚实守信的道德准则，更好的保护消费者的合法权益。作为食品安全监督管理的重要手段和食品安全控制体系不可缺少的组成部分，食品召回制度对于保障迅速有效地收回市场上的缺陷食品、消除食品

---

　　① 需要说明的是由于有些表格的填写不够规范，需要在导入前进行人工检查。

安全危害具有重要的作用。

粮油销售管理的管理原则非常明确，便于用计算机程序来表示。通过粮油销售管理系统可以实现销售信息管理的电子化，为企业销售管理者的决策提供更多帮助从而使销售管理更加标准规范。不同的企业管理模式不尽相同，因而销售管理规则差异显著，开发统一的销售管理系统以适应不同企业的销售管理模式几乎不可能，而必须根据企业具体的销售管理模式，从实际出发，开发出与之相适应的系统，并确保正常运行。

该粮油销售管理系统是为了在企业销售中对两类产品在各销售终端的销售进行相关信息设置时使用，可为销售部门提供优质、高效的业务管理和事务处理。系统能完成信息的输入、数据的修改、查询和统计及打印报表等功能，使用户操作起来简便快捷，是一款根据企业销售部门的需求所制订的实用性强的软件。

二、召回系统应用背景

召回系统主要用于实现对生产粮油的企业对粮油销售进行信息化管理，为销售部门提供优质、高效的业务管理和事务处理，是根据企业领导的需求所制订的功能完备、可靠的管理信息系统。系统能完成信息的录入，数据的修改、查询和统计及打印报表等功能，是一款从实际需求出发、方便用户便用、界面友好、设计灵活的软件。

三、召回系统软件系统开发环境与开发工具

开发本系统所使用的应用程序开发工具是由 MicroSoft 公司开发的 Visual C♯. NET 2005，数据库开发工具是由 MicroSoft 公司开发的 SQL Server。

Visual Studio 是微软公司推出的开发环境，是目前最流行的 Windows 平台应用程序开发环境，目前已经开发到 9.0 版本 Visual Studio 2008。Visual Studio 可以用来创建 Windows 平台下的应用程序和网络应用程序，也可以用来创建网络服务、智能设备应用程序和 Office 插件等。

. NET 的通用语言框架机制（common language runtime，CLR），其目的是在同一个项目中支持不同的语言所开发的组件，所有 CLR 支持的代码都会被解释成为 CLR 可执行的机器代码然后运行。

随着微软发布了 Visual Studio 2005，. NET 字眼从各种语言的名字中被抹去，但该版本的 Visual Studio 仍然还是面向 . NET 框架（版本 2.0），它同时也能开发跨平台的应用程序，如开发使用微软操作系统的手机程序等。这个版本的 Visual Studio 包含有众多版本，分别面向不同的开发角色。同时还永久提供免费的 Visual Studio Express 版本。

使用 Visual Studio 创建满足关键性要求的多层次的智能客户端、Web、移动或基于 Microsoft Office 的应用程序专业开发人员，其具有以下特点。

（1）使用改进后的可视化设计工具、编程语言和代码编辑器，享受高效率的开发环境。

（2）在统一的开发环境中，开发并调试多层次的服务器应用程序。

（3）使用集成的可视化数据库设计和报告工具，创建 SQL Server 解决方案。

（4）使用 Visual Studio SDK 创建可以扩展 Visual Studio IDE 的工具。

（5）Microsoft 系统为单独工作或小型团队中的专业开发人员提供了两种选择，Visual Studio Professional Edition 和用于 Microsoft Office 系统的 Visual Studio 工具。每种版本都在标准版的特性上得到扩展，包括用于远程服务程序开发和调试、SQL Server2005 开发的工具，以及完整的、没有限制的开发环境。

专业开发人员喜欢自由地使用 ASP. NET Framework 2.0，它是一种稳健的、功能齐备的开发环境，支持创建扩展 Visual Studio 集成开发环境的工具。基于以上特点，选择了 Virtual C# 作为本系统的开发平台。

在大多数实际项目中，应用程序需要和数据库交互。ASP NET 中对数据库的访问是通过 ADO. NET 来实现的，ADO. NET 是 ADO 的升级产品。ADO. NET 主要用于分布式应用程序提供数据访问机制，在 ADO. NET 中，通过 Managed Provider 所提供的应用程序变成接口（API）可以轻松地访问各种数据库资源，当然也包括 OLEDB 所支持的数据库和 ODBC 所支持的数据库。

ADO. NET 对象是 Data View，它是 DataSet 的一个视图。DataSet 可以容纳各种关系的复杂数据，通过 Data View，我们可以把 DataSet 的数据限制到某个特定的范围。利用 ADO. Dataset Command 可为 DataSet 填充数据。

显示 DataSet 中的数据。在 ASP. NET 中，显示 DataSet 的常用控件是 DataGrid，它是 ASP. NET 中的一个 HTML 控件，可以很好地表现为一个表格，表格的外观可以任意控制，甚至可以分页显示。

剩下的任务就是把 DataSet 绑定到这个 DataGrid，绑定是把一个 Data View 绑定到 DataGrid，而不是直接绑定 DataSet。

四、大米销售管理系统的系统设计的可行性研究

大米销售管理系统的系统设计的可行性研究的目的就是用最小的代价在尽可能短的时间内确定问题是否能够解决，并且明确应用项目开发的必要性和可行性。可行性研究的目的不是解决问题，而是确定问题是否值得去解决，以下是对该系统可行性地研究。

（一）经济可行性

软件的经济可行性是指软件所能带来的经济效益与开发设计所需要的投资相比是否相适宜，同时还要衡量此软件能否真正给用户带来足够多的经济效益。该系统正是考虑为用户提高工作效率，节省工作时间，方便操作和管理而设计的。开发此软件不需要大量的经费，且是个人设计，既节省费用，又提高动手能力。所以，该系统的开发可行性强。

（二）技术可行性

随着计算机的普及及应用，各种应用软件应运而生，内容在不断丰富。该系统采用先进的数据库技术与高级编程软件相结合，在技术上很容易实现用户要求的多种功能。它面向企业的销售部门，界面简洁、操作简单、功能相对齐全，是一款较完善的应用程序。该系统可以实现增加、删除和修改等基本操作，因此，开发此软件有很多的技术可行性。

（三）时间可行性

软件的时间可行性是指软件在时间跨度上的实际范围，该系统不存在千年虫问题，具有良好的兼容性，可以在以后很长时间内持续使用，即时间可行性明确。

（四）操作可行性

管理形式计算机化是社会发展的必然趋势，该系统用户平台直接面向企业的销售部门，界面简单，采用可视化界面，用户只需用鼠标或键盘就可以完成相应的数据操作；少量的数据输入是由销售部门完成的。对于初次使用此系统的用户，不必经过复杂的培训和学习即可掌握系统的操作流程。由此可见，开发此软件在操作上可行。

五、大米销售管理系统需求分析

在可行性研究阶段已经粗略地了解了用户的需求，甚至还提出了一些可行的方案，使可行性研究的基本目的用较小成本在较短时间内确定是否存在可行的解决方法。

需求指明的是系统必须要实现目标的规格说明，它描述了系统的行为、特性或属性，是在开发过程中对系统的约束。系统的需求是应用程序开发的基础，需求分析是软件定义时期的最后一个阶段，它的基本任务是准确地回答"系统必须做什么"这个问题。

需求分析的任务不是确定系统怎样完成它的工作，而仅是确定系统必须完成哪些工作，即是对目标系统提出完整准确和清晰具体的要求。需求分析的结果是系统开发的基础，关系到工程的成败和软件产品的质量。因此，必须用行之有效的方法对软件需求进行严格的审查验证。需求分析过程是整个系统开发最重要的阶段。分析的成功与否，决定着整个系统功能的完善性和稳定性，在该阶段需求分析人员需要确定整个产品的功能要求。

六、系统功能模块设计

　　系统功能模块设计首先利用用户管理员或销售人员的账号和密码的登录系统，进入系统主界面。在系统主界面中以下拉菜单的形式体现 4 大模块的实现。文件部分是只对数据库的还原和备份；操作备份是主要完成添加销售记录和查询销售记录；管理部分主要完成管理员对用户及经销商的管理；用户部分是客户对自己的账户密码管理。系统总功能模块图如图 5-20 所示。

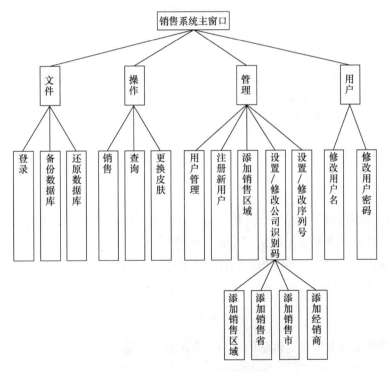

图 5-20　系统总功能模块图

Fig. 5-20　System of functional modules of the total

七、系统功能描述

　　该系统分成 4 个主要的模块，分别为文件、编辑、管理和用户。本部分将从功能的角度分别对这 4 个模块进行介绍。

（一）文件

文件部分的主要功能是完成对数据库的备份和还原，防止数据库因意外遭到破坏，保障数据的安全有效。数据库备份文件会被保存在安装目录的 bak 文件夹下，用户也可根据需要将备份文件移动到其他文件夹下保存。还原数据库功能允许用户在磁盘下寻找备份文件，通过备份文件可以恢复当时所备份的数据库。还有系统的登录与退出功能。登录与退出也可以通过单击主窗口左侧的"登录与退出"完成操作。

（二）编辑

编辑菜单下销售和查询分别有两大功能，这也是该软件最重要的两项功能。用户可以点击主界面左侧的"销售和查询"完成该功能。销售主要针对销售记录的添加，并可以实现批量的添加，只需输入销售的数量和开始的序列号，系统便可以自动完成后续的操作，并记录销售的序列号，以便下次销售时自动完成序列号的填充，无需用户手动操作（如需修改可在管理菜单下修改），节省操作时间。查询可以根据用户描述的一种或几种特征在销售记录中查找具有该特征的记录，并直接导出到报表中，按照所查询的格式打印出来，并可导出为 Excel 格式保存。

另外，为了界面的美观与多样化，在操作菜单添加了换肤菜单，有 21 种风格的主窗口皮肤供用户选择，用户可以根据自己的喜好进行选择。

（三）管理

在管理模块中主要提供对经销区域、经销省、经销城市、经销商和用户的管理，还可设置或修改公司识别码与销售序列号（初始均为 00 000 000），在该模块里可以注册新用户与修改用户的详细资料。还可以添加新的经销区域、经销城市、经销商和用户。

（四）用户

用户模块只向用户提供密码及用户名的修改功能。

八、数据库设计

数据库关系图如图 5-21 所示。

用户表：用来储存用户信息，包括用户的 ID、密码、用户权限、用户的联系方式和身份证号等。

经销商表：由 4 个数据表组成，分别储存在以下 4 个部分：经销区域、经销省、经销城市、经销商；4 个表间存在父子关系。

　　销售记录表：用于存储销售记录，销售记录表作为一个完全独立的表是为了保障销售记录表的数据完整性。详见表 5-1 至表 5-6 的显示。

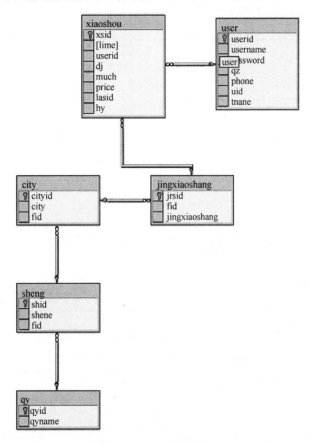

图 5-21　数据库关系图

Fig. 5-21　Database diagrams

表 5-1　User 字段信息表

Table 5-1　User field information sheets

字段名	字段类型及宽度	主键	可否为空及 D 值	备注
Userid	char	Y		账户内部编号
Username	varchar			账户
Password	varchar			密码
Qx	int			用户级别
Uid	char			身份证号码
Phone	char			移动电话
Tname	varchar			真实姓名

表 5-2 Qy 字段信息表
Table 5-2 Qy field information sheets

字段名	字段类型及宽度	主键	可否为空及 D 值	备注
Qyid	char	Y		区域编号
Qyname	varchar			区域名称

表 5-3 sheng 字段信息表
Table 5-3 Sheng field information sheets

字段名	字段类型及宽度	主键	可否为空及 D 值	备注
shengid	char	Y		省编号
Fid	char			所在区域编码
Sheng	varchar			省名称

表 5-4 City 字段信息表
Table 5-4 City field information sheets

字段名	字段类型及宽度	主键	可否为空及 D 值	备注
Cityid	char	Y		城市编号
Fid	char			所在省编码
City	varchar			城市名称

表 5-5 Jxs 字段信息表
Table 5-5 Jxs field information sheets

字段名	字段类型及宽度	主键	可否为空及 D 值	备注
jxsid	char	Y		经销商编号
Fid	char			所在城市编码
Jingxiaoshang	varchar			经销商名称

表 5-6 Jxs 字段信息表
Table 5-6 Jxs field information sheets

字段名	字段类型及宽度	主键	可否为空及 D 值	备注
Id	char	Y		记录编号
Time	datetime			销售时间
UserId	varchar			用户身份证号
Dj	char			食用油等级
Much	float			单位数量
Price	float			单价
jxsid	varchar			销往
Hy	char			产品序列号

SqlConnection myConnection；

```
string connstr = "Data Source = (local);Initial Catalog = dami;Integrated Secu-
rity = True";
myConnection = new SqlConnection(connstr);
string cmd1 = "select qyname from qy";
myConnection. Open();
DataSet mydataset = new DataSet();
SqlDataAdapter myadapter;
myadapter = new SqlDataAdapter(cmd1, connstr);
```

······

以上为主要数据库操作代码，SqlConnection 为数据库连接用，实现数据库的连接、打开与关闭；

DataSet 用于放置数据及数据表；

SqlDataAdapter 用于填充 DataSet。

九、大米销售管理系统应用程序设计及测试

主窗口用 this. ***** . Enabled = false 或用 this. ***** . Enabled=true；来控制各控件的可访问性，在用户未登录时，只有登录、退出可以访问，其他要在登录后根据用户的权限来设定可访问性（图 5-22）。

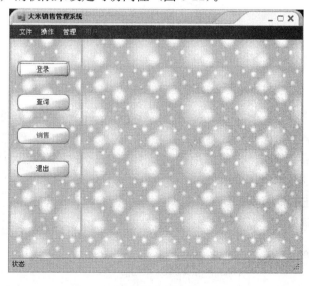

图 5-22　主窗口

Fig. 5-22　The main window

点击登录或在文件菜单点击登录可弹出登录窗口，如图 5-23 所示：

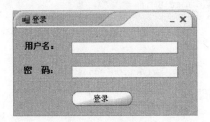

图 5-23　登录的窗口

Fig. 5-23　Landing window

```
private int login(string a, string b)
    { SqlConnection myConnection;
      string connstr = "Data Source = (local);Initial Catalog = dami;In-
      tegrated Security = True";
      myConnection = new SqlConnection(connstr);
      myConnection. Open();
      string str = "select qx from [user] where username = @name and pass-
      word = @pwd";
      SqlCommand cmd = new SqlCommand(str, myConnection);
      cmd. Parameters. Add("@name", SqlDbType. NVarChar). Value = a;
      cmd. Parameters. Add("@pwd", SqlDbType. NVarChar). Value = b;
      int x = (int)cmd. ExecuteScalar();
      //int x = System. Convert. ToInt32(d);
      if (x == 1||x == 0)
          return x;
      else
          return - 1; }
```

以上是用户登录的主要代码，用 SqlConnection 链接并打开数据库。例如，用户输入用户名与密码正确，则返回此用户的权限，并把它传到主窗口，主窗口根据用户的权限来分配用户的可用操作。图 5-24 为管理员权限的界面（普通用户与管理员区别在于管理菜单）。

在界面单击右侧查询按钮或在文件菜单单击查询，在主窗口右侧即显示查询窗口，查询窗口如图 5-25 所示。

```
if (checkBox2. Checked == false)
        {nds = new DataSet();
        DataTable dt = new DataTable();
        DataColumn dc = new DataColumn("jingxiaoshang");
```

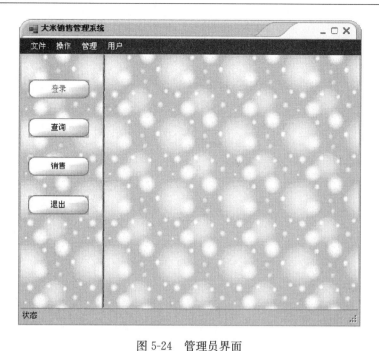

图 5-24　管理员界面

Fig. 5-24　Administrator interface

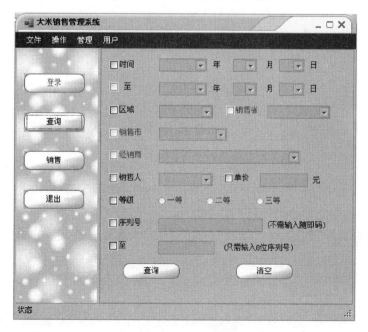

图 5-25　查询窗口

Fig. 5-25　Query window

```
        dt.Columns.Add(dc);

        dt.Rows .Add("%");

        nds.Tables.Add(dt);

        nds.Tables[0].TableName = "jxs";}
    if (checkBox3.Checked == false&&checkBox2.Checked == true)

        {nds = new DataSet();

        cmd = "select qyid from qy where qyname ='" + cmbqy.Text + "'";

        da = new SqlDataAdapter(cmd, sc);

        da.Fill(nds, "qy");

        foreach (DataRow dr in nds.Tables["qy"].Rows)

        {cmd = "select shid from sheng  where fid='" + dr[0] + "'";

         da = new SqlDataAdapter(cmd, sc);

         da.Fill(nds, "sheng");}}

     ......


    if (checkBox8.Checked == false && checkBox11.Checked == false)
    {i = 1;              txlh = "%";              ptxtxlh = "%";}
    else
    { for (int ii = 0; ii < 8; ii++)}
    {                    ptxtxlh += txtxlh.Text[ii];              }
    if (checkBox8.Checked == true && checkBox11.Checked == false)
    {for (int j = 0; j < 8; j++)
    {k += (txtxlh.Text[8 + j] - 48) * (int)System.Math.Pow(10, 7 - j);}
        i = 1;              txlh = xlh;          l = k;}

       else
    {for (int j = 0; j < 8; j++)
    {k += (txtxlh.Text[8 + j] - 48) * (int)System.Math.Pow(10, 7 - j);
     l += (txtzxlh.Text[j] - 48) * (int)System.Math.Pow(10, 7 - j)}
```

以上为查询的主要代码其中用

```
    for (int ii = 0; ii < 8; ii++)
              {                    ptxtxlh += txtxlh.Text[ii];              }
              if(checkBox8.Checked == true && checkBox11.Checked == false)
              {for (int j = 0; j < 8; j++)
              {k += (txtxlh.Text[8 + j] - 48) * (int)System.Math.Pow(10,7 - j);}
              i = 1;              txlh = xlh;                l = k;}
```

来实现对序列号的区间查询。

　　在查询窗口可根据用户选择查询数据库中的相应信息，按查询按钮开始查询，点清空按钮恢复图 5-25 样式，如复选框一个都没有选择，则为查询数据库中所有记录，图 5-26 为查询数据库中所有记录的界面。

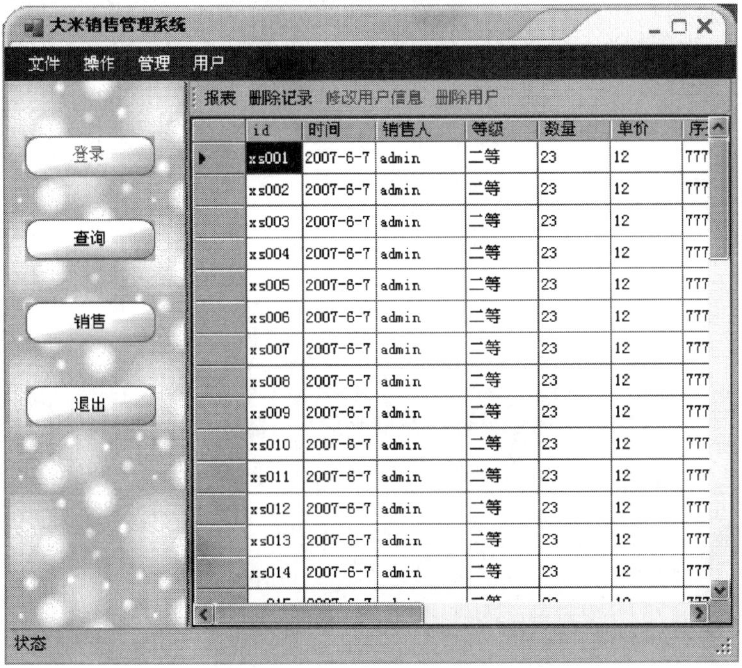

图 5-26　查询结果界面

Fig. 5-26　Query results of the interface

　　图 5-26 界面可以删除数据库中的一条记录，还可以把查询到的结果导入到报表中打印或保存为 Excel 格式。

```
CrystalReport1 cr = new CrystalReport1();
    cr.SetDataSource(ds.Tables[0]);
    crystalReportViewer1.ReportSource = cr;
    dataGridView1.DataSource = ds.Tables[0];
    dataGridView1.AutoResizeColumns();
dataGridView1.MultiSelect = true;
```

　　以上为查找到的表导入 CrystalReport1 的主要过程，借用了通道 SetDataSource 把 ds.Tables 导入 DataGrid View1。图 5-27 为点击报表按钮后的界面。

　　报表可以全屏看，点击销售按钮，则可弹出销售窗口，如图 5-28 所示。

　　以下为卖出操作主要代码：

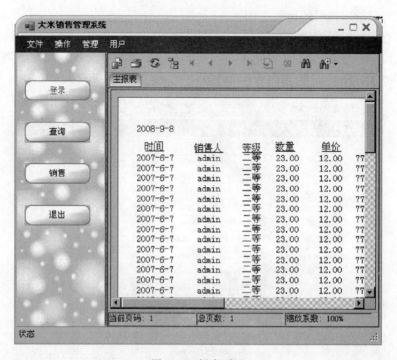

图 5-27　报表页面

Fig. 5-27　Report page

```
SqlConnection myConnection;
        string connstr = "Data Source = (local); Initial Catalog = dami;
        Integrated Security = True";
        myConnection = new SqlConnection(connstr);
        myConnection. Open();
        string cmd1 = "select userid from [user] where username = '" + text-
        Box5. Text + "'";
        string cmd2 = "select jxsid from jingxiaoshang where jingxiaos-
        hang = '" + comboBox14. Text + "'";
        ……
        if (radioButton4. Checked == true)
          n = 1;
        else if (radioButton5. Checked == true)
          n = 2;
        else n = 3;
        string xlh = textBox3. Text;
        xlh = string. Concat(xlh, textBox1. Text);
```

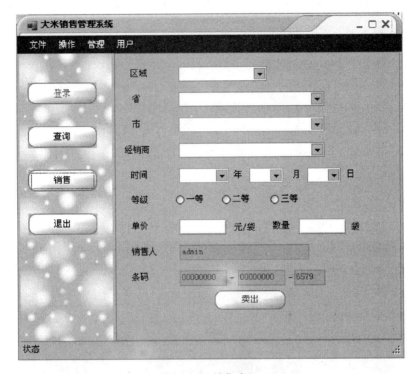

图 5-28　销售窗口

Fig. 5-28　Sales window

xlh = string. Concat(xlh, textBox2. Text);

string cmd = "Insert Into xiaoshou(xsid, time, userid, dj, much, price, jxsid, hy) Values(@ id, @ time, @ userid, @ dj, @ much, @ price, @jxsid, @hy)";

SqlCommand cmd5 = new SqlCommand(cmd, myConnection);

cmd5. Parameters. Add("@id", SqlDbType. NVarChar). Value = "1";

……

cmd5. Parameters. Add("@hy", SqlDbType. NVarChar). Value = xlh;

cmd5. ExecuteNonQuery();

myConnection. Close();

　　在销售窗口中填写数据，知道所有内容填写完整卖出按钮才为可见；另在管理菜单可实现区域、省、市、经销商的添加，用户的注册，公司识别码与序列号的设置与修改及用户详细信息的修改等，下面列举一些管理菜单下的窗口。

　　在用户修改界面可以修改用户的详细资料，管理员可以删除用户，即以后被删用户无法再用此系统，详见图 5-29 和图 5-30。

图 5-29　注册新用户

Fig. 5-29　A register new user

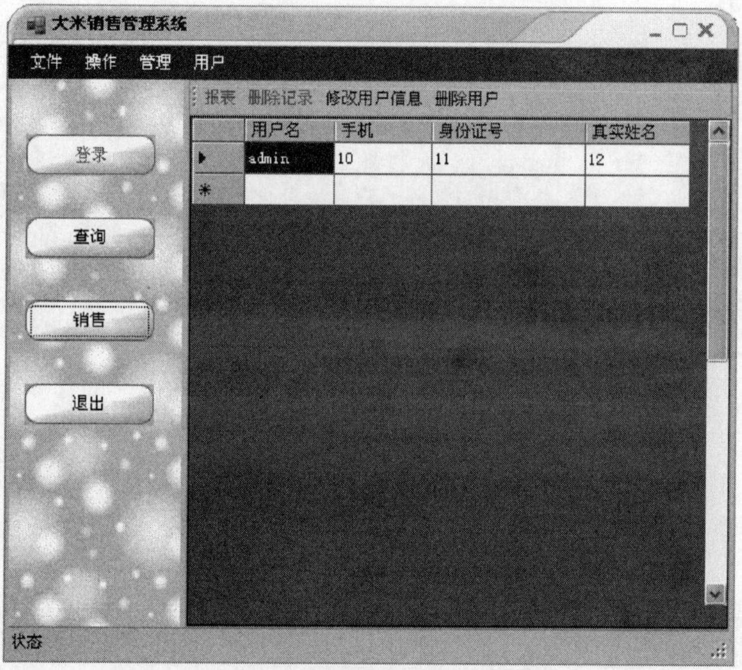

图 5-30　用户信息的修改

Fig. 5-30　User to modify

```
TextBox my = (TextBox)sender;
        if (my. Text. Length == 8 && e. KeyChar！= 8)
        {e. Handled = true;}
```

以上代码为控制修改键的可访问性，在用户输入的序列号或识别码不足 8 位时不可修改。详见图 5-31 和图 5-32 用以下代码控制文件的存储，以实现序列号与识别码的存储与下次卖出时的自动读入。

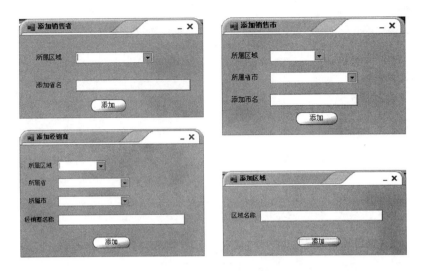

图 5-31　区域、省、市、经销商的添加

Fig. 5-31　Regional，provincial，city and distributors add

图 5-32　公司识别码与序列号的修改

Fig. 5-32　The changes of ID and serial number of the company

```
tf. sbm(textBox1. Text);
FileStream sbmfile = new FileStream("xlh. dll", FileMode. OpenOrCreate);
StreamWriter sw = new StreamWriter(sbmfile);
sw. WriteLine(textBox1. Text);
```

　　填用户的用户名与用户的登录密码，图 5-33 和图 5-34 为修改窗口。

　　另在操作菜单有换肤菜单，可以更换系统的皮肤，图 5-35 和图 5-36 列举几种皮肤。

　　用 skin. ReadXml（"skin. xml"，XmlReadMode. Auto）增加换肤菜单。换肤的主要代码如下所示。

图 5-33　密码修改窗口

Fig. 5-33　Password to modify the window

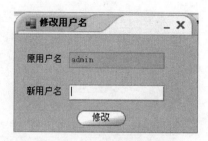

图 5-34　用户名修改效果

Fig. 5-34　User name revision results

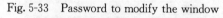

图 5-35　Vista 皮肤

Fig. 5-35　Vista skin

```
foreach (SkinType st in (SkinType[])System.Enum.GetValues(typeof(SkinType)))
        { toolMenu.DropDownItems.Add(new ToolStripMenuItem(st.ToString
()));

            toolMenu.DropDownItems[toolMenu.DropDownItems.Count - 1].
Click + = new EventHandler(frm_Main_Click);
            if (st.ToString() == skin.Tables[0].Rows[0][0].ToString())
            { ((ToolStripMenuItem)toolMenu.DropDownItems[toolMenu.Drop-
DownItems.Count - 1]).Checked = true;
```

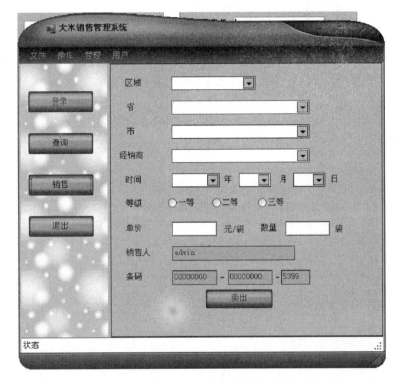

图 5-36　Wave 皮肤

Fig. 5-36　Wave skin

```
        frm_Main_Click(toolMenu.DropDownItems[toolMenu.DropDown-
Items.Count - 1], null); }}
            toolMenu.DropDownItems.Add(new ToolStripMenuItem("系统默认"));
        toolMenu.DropDownItems[toolMenu.DropDownItems.Count - 1].Click
+ = new EventHandler(frm_Main_Click);
        {if (skin.Tables[0].Rows[0][0].ToString() == "系统默认")
        ((ToolStripMenuItem)toolMenu.DropDownItems[toolMenu.DropDown-
Items.Count - 1]).Checked = true; }
```

　　本系统基本满足用户的需求，是个完整统一、技术先进、高效稳定和安全可靠的销售管理系统，是集销售工作自动化和信息化为一体的先进的软件系统，采用安全可靠的现代化处理和控制技术，及时准确和可靠地采集与传输信息，建立完备可靠的粮油销售管理系统。该系统主要用于实现生产粮油的企业对粮油销售进行信息化管理，为销售部门提供优质高效的业务管理和事务处理，是根据企业领导的需求所制订的功能完备可靠的管理信息系统。该系统能够完成信息的录入、数据的修改、查询、统计和打印报表等功能，是一款从实际需求出发、方便用户便用、界面友好和设计灵活的软件。

　　当然该系统还存在这一些应用上的缺陷。例如，在数据的传递和共享上存在着一定的限制，主要因为软件为单机版，以后会在信息软件发展的趋势下努力开发兼容性强的新版本。

参 考 文 献

［1］林金莺，曾庆孝. 可追溯体系在食品中的应用. 现代食品科技，2006，22（4）：189-192

［2］张谷民，陈功玉. 食品安全可追溯系统. 中国物流与采购，2005，36（12）：42-44

［3］杨明亮. 食品溯源. 中国卫生法制，2006，14（6）：4-5

［4］刘文，王菁. 中国食品召回制度的管理模式研究. 食品科技，2007，（11）：6-8

［5］刘依婷.《食品召回管理规定》解读. 中国质量技术监督，2007，（11）：10-11

［6］吴丘林. 我国食品召回制度探析. 上海：上海交通大学硕士学位论文，2007

［7］赵林度，钱娟. 食品溯源与召回. 北京：科学出版社，2009

附　　录

一、大米生产企业调查问卷

本次调查问卷的结果仅用于学术研究，我们将对调查企业的信息予以保密，回收问卷的统计结果不会涉及企业名称。恳请企业相关负责人给予大力支持，我们深表感谢！

1. 企业规模：大、中、小划分的标准？

_____。

2. 目前大米的平均日产量为_____ t？

3. 大米包装后成品的出厂指标有哪几项？

重金属残留　　□无机砷　　　　数值_____

　　　　　　　□总汞　　　　　数值_____

　　　　　　　□铅　　　　　　数值_____

　　　　　　　□镉　　　　　　数值_____

其他_____。

（注：上面不检测的项目填"无"即可。可以补充上面没有的检测项目。）

二、运输部分

1. 大米包装后成品至出厂前的库存环境及时间一般是？

温度_____℃；相对湿度_____%；储藏时间_____天（对应的值可以是一个范围）。

2. 大米的物流配送由企业自己完成还是由专门的物流公司完成？

企业□（选择此项跳至问题4）　　　物流公司□（选择此项跳至问题3）

3. 与物流公司之间是否有书面协议要求（温度、湿度、运输的车辆）？可否出示？

（1）目的地：_____ 运输方式：_____、温度_____℃、湿度_____%、_____天。

（2）目的地：_____ 运输方式：_____、温度_____℃、湿度_____%、_____天。

（3）目的地：_____ 运输方式：_____、温度_____℃、湿度_____%、_____天。

4. 运输的目的地、运输方式、运输条件及大致时间。

（1）目的地：_____；运输方式：_____、温度_____℃、湿度_____%；时间：最少_____天，一般_____天，最多_____天。

（2）目的地：_____；运输方式：_____、温度_____℃、湿度_____%；时间：最少_____天，一般_____天，最多_____天。

（3）目的地：_____；运输方式：_____、温度_____℃、湿度_____%；时间：最少_____天，一般_____天，最多_____天。

三、成品销售部分

1. 不同净含量大米的零售价是多少？

5kg _____元，10kg _____元，25kg _____元，50kg _____元。

2. 大米的日平均销售量是多少袋？

5kg _____袋，10kg _____袋，25kg _____袋，50kg _____袋。

3. 大米的销售形式是什么？该销售形式占全部销售形式的比例是多少？

超市零售□　　比例_____%；

单位订购（如学校、企事业单位）□　　比例_____%；

其他_____　　比例_____%。

4. 大米零售渠道所辖区域？

大庆市区各大超市　　□

大庆市区和郊区各个小店　　□

其他_____。

5. 超市零售大米一般在多长时间内售出？各占多大比例？

15 天内售出　□　　比例_____%；

30 天内售出　□　　比例_____%；

45 天内售出　□　　比例_____%；

60 天内售出　□　　比例_____%；

75 天内售出　□　　比例_____%；

90 天内售出　□　　比例_____%；

120 天内售出　□　　比例_____%；

150 天内售出　□　　比例_____%；

180 天内售出　□　　比例_____%；

更长时间　　□　　比例_____%。

四、消费状况调查问卷

1. 您在购买大米时，会注意外包装生产日期吗？

□会　　　　□不会

2. 您一般购买多大包装的大米？

☐5kg　　　☐10kg　　　☐25kg　　　☐50kg　其他_____

3. 您的家庭一般多久吃完一袋米？

☐15 天　☐30 天　☐45 天　☐60 天　☐75 天　☐90 天

☐105 天　☐120 天　☐135 天　☐150 天　☐165 天　☐180 天　其他_____

4. 您家里有多少人口？

☐2　☐3　☐4　☐5　☐6　☐7　☐8　☐9　其他_____

5. 平均每天每人吃多少米？

☐小于 100 克（2 两）

☐约为 100 克（2 两）

☐约为 200 克（4 两）

☐约为 300 克（6 两，平均每餐 2 两）

☐约为 450 克（9 两，平均每餐 3 两）

☐约于 600 克（平均每餐 4 两）

☐约于 750 克（平均每餐 5 两）

☐约于 900 克（平均每餐 6 两）

☐更多

6. 淘米时，您习惯淘洗几次？

☐一次　　　☐两次　　　☐三次　　　☐四次　　　☐更多

7. 买回家的大米在家里如何储藏？

☐置于室温储藏　　　　☐置于低温储藏（储藏温度_____℃）

8. 您家里有老人或儿童吗？

☐没有

☐有　　　几位_____，他们的饭量约是成年人的几倍？

☐是成年人的1/3　☐是成年人的1/2　☐是成年人的2/3　☐一样多

9. 个人信息：您居住的地点

☐萨尔图区　　☐让胡路区　　☐红岗区　　☐龙凤区　　☐大同区

☐肇州县　　☐肇源县　　☐林甸县　　☐泰康

后　记

随着经济和社会的不断发展，人们的生活水平也在不断地提高，粮食的质量安全问题日益受到全球的关注。本书的主要内容为食品安全基本理论，稻米加工工艺改进及质量安全控制，大米包装储运品质变化及质量安全控制，大米包装技术应用研究，大米产品追溯系统和召回系统软件的开发。本书共分为五章，由黑龙江八一农垦大学张东杰、王颖和翟爱华合著而成，其中前言、第一章第三节、第三章和附录由张东杰著；第一章第六节、第二章和第四章由翟爱华著；第一章第一节、第二节、第四节、第五节和第五章由王颖著。

参与试验过程的人员有曹冬梅、鹿保鑫、褚洋洋、叶文慧、肖静等，另外在本书整理与校对过程中，连玉新、郎双静、怀宝东、苗兰兰、仪朝印、李靖元和胡铭畔等做出了自己的努力和贡献，在此表示非常感谢！

本书是在积累了近年来科研成果，教学成果的基础上，总结了"十五"和"十一五"国家课题及相关的厅局级课题的研究成果，并参考了相关国内外文献资料撰写而成，是整个课题组研究成果的总结。基于本书著者水平有限，难免会出现疏漏和不妥之处，衷心希望各位同仁和读者在阅读本书的过程中，能不断地提出宝贵意见。最后，再次感激在本书的编辑出版过程中对我们的工作给予倾情支持和帮助的人们！

著　者

2011 年 6 月于大庆

(S—0706.0101)

大米质量安全
关键控制技术

www.sciencep.com

ISBN 978-7-03-032063-6

9 787030 320636 >

科学出版中心 生物分社

联系电话：010-64012501

E-mail：lifescience@mail.sciencep.com

网址：http://www.lifescience.com.cn

销售分类建议：轻工；农业

定 价：68.00 元